倾听村上春树

〔美〕 杰伊·鲁宾 著 冯涛 张坤 译

HARUKI MURAKAMI
AND THE MUSIC OF WORDS

上海译文出版社

© Marion Ettlinger

七	瓦格纳序曲与现代化厨房	113
	《再袭面包店》	113
	《象的失踪》	117
八	流行曲	124
	"村上朝日堂"	124
	《挪威的森林》	127
九	随着迥异的曲调起舞	144
	《舞!舞!舞!》	144
	《电视人》与《眠》	148
	《托尼瀑谷》	155
十	再次上路	159
	《国境以南 太阳以西》	167
十一	《贼喜鹊》序曲	173
	《奇鸟行状录》	175
十二	大地的律动	204
	《地下》	204
	《列克星敦的幽灵》	213
	《斯普特尼克恋人》	215
	《地震之后》	220
十三	你令我热狂	227
	《海边的卡夫卡》	232
	《少年卡夫卡》	253
	《麦田里的守望者》	255

目 录

作者弁言　　　　　　　　　　　　　　　　1

一　序曲　　　　　　　　　　　　　　　　1
　　《一九六三／一九八二年的伊帕内玛少女》　7

二　"Boku"的诞生　　　　　　　　　　　11
　　切碎的洋葱和拆散的小说　　　　　　25
　　《且听风吟》第一章　　　　　　　　35

三　半已忘却的旋律　　　　　　　　　　42
　　《一九七三年的弹子球》　　　　　　42
　　《穷婶母的故事》　　　　　　　　　49
　　《去中国的小船》　　　　　　　　　55
　　《袋鼠佳日》　　　　　　　　　　　57

四　洗耳倾听　　　　　　　　　　　　　64
　　《寻羊冒险记》　　　　　　　　　　67

五　练习曲　　　　　　　　　　　　　　89
　　《萤，烧仓房及其他》　　　　　　　90
　　《旋转木马鏖战记》　　　　　　　　93

六　自我之歌　　　　　　　　　　　　　98
　　《世界尽头与冷酷仙境》　　　　　　98

1

《生日故事集》　　　　　　　　　　257
　　"破圈"成为大众偶像　　　　　　　259
　　《东京奇谭集》　　　　　　　　　　270
　　《天黑以后》　　　　　　　　　　　274

十四　如果你相信我　　　　　　　　　291
　　《1Q84》　　　　　　　　　　　　　299
　　我六十四岁的时候　　　　　　　　330

附录一
　　翻译村上　　　　　　　　　　　　338

附录二
　　村上春树主要作品表　　　　　　　352

附录三
　　乔治·布什绝不可能是村上春树的"粉丝"
　　　——杰伊·鲁宾教授访谈录　　　359

译后记　　　　　　　　　　　　　　369

作者弁言

我还是开宗明义坦白承认的好：我是村上春树的"粉丝"。我在读他的作品时喜欢上了他这个人。我知道还有很多跟我一样对他产生了亲近之感的村上迷，他们渴望更深入了解他的人生和艺术，但又苦于不通日文。这本书就是为这些同道中人写的。

我开始翻译村上春树的作品以来就不断收到读者的来信，他们提出过五花八门的疑问，在本书中我试图一一予以解答。互联网上的读者评论算是我另一个灵感源泉。我知道这种创作方式会引起人们对我学术研究客观性的质疑，但我宁肯认为我的学术背景正好可以助我一臂之力，使我能更中肯地向别人以及我本人解释清楚我心目中村上春树的形象，也包括指出我认为他犯下的一些错误。也是基于同样的原因，我在引用他作品的译本时依据自己的解读在某些我认为必要的地方做了些许改动。我这么做不是故意混淆视听，而是借此向读者说明文学翻译，特别是当代文学的翻译可以多么地见仁见智。当然，我的主要目的还是为了与读者分享我在阅读和翻译村上作品时感受到的兴奋之情，同时也可以对这些作品的创作理路有更多的会心。独乐乐，不如众乐乐，来，跟我一起分享村上艺术世界的无限风光吧。

Pintac ni derewohs，amat[①]

杰伊·鲁宾

① 这是村上春树一句"回文"标题译成英文后的反写。参见后文。

纪　念

弥尔顿·罗宾（1909—1963）
弗朗西斯·罗宾（1913—1993）
酒井一平（1909—1995）
酒井正子（1917—1992）

一

序曲

> 哦，丹尼小子，风笛在吹响
> 漫山遍野，传遍高山幽谷。
> 夏日已逝，玫瑰已凋零，
> 是你，是你必须走而我必须留。
> 但记得在夏日染绿草地时一定回来，
> 要么就等山谷盖上皑皑白雪、寂静无声，
> 我会一直等你，无论阴晴，
> 哦，丹尼啊丹尼，我爱你至死不渝！

　　心中满溢着这首爱尔兰民歌忧伤的思绪，《世界尽头与冷酷仙境》(1985)的"内在"主人公终于通过音乐之助与他的内心重新建立起联系。这使他自身和"外在"世界的主人公——他意识中的自我归于和谐。这部小说是村上春树极富想象力的杰作，而这一段堪称其中最动人的一幕。

　　村上春树酷爱音乐——所有种类的音乐：爵士、古典、民谣、摇滚。音乐在他的人生和作品中占据了一个中心的位置。他的第一部小说就要求读者《且听风吟》(1979)，有一本杂志甚至专门整理出一份他作品中提到的所有音乐的详尽分类目录，进而扩展成一本专著。村上春树经营一家爵士乐酒吧七年之久，共收藏有

六千多张唱片。他三天两头听音乐会或是唱片。他本人竟然没有成为一位音乐家，真是个奇迹——实际上在某种意义上他已经是位真正的音乐家了。节奏或许称得上他作品最重要的因素。他沉醉于词汇的音乐性，而且他清楚地意识到他风格独具的节奏跟爵士乐的节拍隐然相和，这有他在加州大学伯克利分校的演讲为证：

> 我的风格可以归结为以下几点：首先，除非绝对必要，我绝不给一个句子增加任何累赘的含义。其次，每个句子都必须有其节奏感。这是我从音乐，特别是爵士乐中学到的。在爵士乐中，了不起的节奏可以造就最伟大的即席效果。一切都取决于节奏的轻重缓急。为了维持这一节奏，绝对不能有任何额外的重量。这并不意味着一点重量都不要——只是不能有任何一点累赘的重量。你必须得把一切赘疣统统切除。

对村上春树而言，音乐是进入深层潜意识——我们精神中那个亘古不变的另一世界的最佳途径。在那儿，在自我的核心，就能找到那个我们每个人到底是谁的故事：那是一种我们只能通过意象来理解的支离破碎的叙事。梦境是一个跟这些意象建立起联系的重要途径，但在我们的现实生活中，梦的浮现太过偶然，只能在某些瞬间被我们的意识捕捉到，然后就又突然消逝，无迹可循了。

村上在讲故事的时候试图将隐含在其中的叙事和盘托出；通过某种无法用理性分析的过程，这些故事与每位读者内心本就存在的故事产生共鸣和互动。这真是一个奇妙的过程，微妙得如同似曾相识的幻觉，难以定义和捕捉。在《世界尽头与冷酷仙境》中，当来自主人公核心的"内在"故事（"世界尽头"）的微弱回声试图触摸到那个实际上就是他的意识的冷酷"外在"世界时，那种强大的震动真令我们感同身受。

在这样一个充满了音乐和故事的世界里，耳朵起到至关重要的作用也就丝毫不足为奇了。村上的人物都特别爱惜自己的耳朵。他们热中于将耳朵清理得干干净净,以便随时捕捉人生中那些不期而遇又倏忽即逝的乐段。《寻羊冒险记》(1982)中有一位耳朵美得"摧枯拉朽"的无名女孩,在其续集《舞!舞!舞!》中有了个名字"喜喜"(Kiki——"倾听"),简直有超自然的能力。耳朵对于村上的叙述者来说同样重要,因为他们把大量的时间都花在倾听故事上。

就以村上的第五部长篇《挪威的森林》(1987)为例,有那么一刻叙述者兼主人公渡边曾感叹道"感觉这一天简直长得可怕"——这可真是如假包换。理由很简单,这一天在整部小说中占了七十多页,其间我们不但与渡边一道奇遇不断而且还听了一个很长的故事。脸上明显起皱的老女人玲子(她十足有三十九岁)为渡边(还有我们)讲述了她的人生故事:她年轻时想成为钢琴演奏家的雄心,打碎了美好梦想的精神疾患,她经由婚姻逐渐康复,她女儿的出生以及作为一位钢琴教师的新音乐生涯的开始,但接着她遇到了一位恶毒的学生,威胁要摧毁她生命的平衡。

正当这个新的线索进入整个故事之际,渡边却一下子意识到已经太晚了,然后就跟玲子告辞,而读者竟被晾在了一边,空悬着一颗心。渡边恭维她就像是《一千零一夜》中的山鲁佐德,我们也满怀期待她的故事继续发展。日文原版要一直等到第二卷才有下文:我们得知玲子被她那个学生——一个漂亮的同性恋小姑娘引诱、诬陷,她原本就摇摇欲坠的重建起来的生活轰然倒塌,她又重新堕入疯狂,最后来到了她向渡边讲述她人生故事的那个疗养院。这真是个令人欲罢不能而又黯然心碎的故事,我们为她讲的每一个字所吸引,不由不感激渡边这个叙述者的积极参与,他总能在紧要关头提出如若我们在场必定不吐不快的疑问。他对节奏的把握外加他的善解人意真是不同凡响。他简直就跟我们一样地好奇、敏感而又善解人意!

村上很知道应该怎么讲故事——外带听故事。他对存在于讲述者和倾听者之间的互动节奏非常敏感，而且很清楚地认识到这一过程的"机械原理"，因此能在一个虚构的场景中将其完美地重现，事实上他经常就是这样做的。一九八五年，他甚至出版了一本专门记述朋友和熟人讲述的真实人生故事的短篇集[①]；后来他才承认这些故事全是他的向壁虚构。村上的另一位叙述者在《奇鸟行状录》（1994—1995）的第三部中描述了这一讲故事的"技术"过程："我发现她（他一起进餐的伴儿）绝对是个技艺卓绝的倾听者。她领悟力超群，很知道如何利用高超的问题和回应引导故事顺畅地发展。"

她也许是个称职的倾听者，不过她使读者感兴趣的首先还是她正在讲的故事，也由此，叙述者能为我们转述那些远远超出他本人生活经历的诸色人等事件。村上的叙述者在个人生活中往往都很被动，但作为倾听者，他们则百分之百地主动。在《一九七三年的弹子球》（1980）开篇，叙述者也正是如此描述自己的：

> 曾热中于听人讲陌生的地方，近乎病态地热中。
>
> 有一段时间，十年前的事了，我不管三七二十一，逢人就问人家生身故乡或是成长期间住过的地方的事。那个时代似乎缺乏愿意听人讲话那一类型的人，所以每个人——真是无论哪一个都对我讲得很是投入。甚至有素昧平生的陌生人在哪里听说我这个嗜好而特意跑来一吐为快。
>
> 他们简直像往枯井里扔石子一样向我说各种各样的事，说罢，全都会心满意足地回家去……我都尽最大努力地洗耳恭听。

即使还算不上货真价实的心理治疗师，叙述者起码提供了一

[①] 即《旋转木马鏖战记》。

种略带幽默、令人安心的声音和深有同情的耳朵。"倾听别人大量的故事对我很有疗伤的功效。"村上曾这样对心理专家河合隼雄说。而河合回答说："没错，没错。我们正是这样做的，我们在为他人疗伤的同时自身也得到了救治。"村上早期作品这一"疗伤性"的调子无疑正是他一夜成名的重要原因之一。由一位二十九岁的叙述者善解人意地娓娓道出自己是如何度过青春年华的，这些早期的小说简直就是为读者提供了一种人生指南，使他们能从容地回顾和抚慰他们自己那一段曾经惶惑痛苦的迷惘岁月——在离开相对稳定的大学生活后，直到找到一种真正适合自己的生活方式前。

村上是位广受欢迎的作家，当然最先是在日本掀起热潮，除此之外，他的作品已经至少在四十多个国家被译成四十三种语言。他的书在其他东亚国家也卖得异乎寻常地好，他那种酷酷的、超然的、经常有些古怪的主人公（也即故事的叙述者）对那些处于正统的儒家家国观念影响下的读者当然显得另类而又清新。以台湾地区为例，在二〇〇〇年十一月，一个书店里的村上春树专区里就能找到他近二十种作品的译本；有一份报纸在其连续做了两天的村上专题报道中称他为自明治时期的文豪夏目漱石以来最重要的日本小说家，并预言他的头像有朝一日也会有像如今的漱石一样印到纸币上的光荣；迄今在华语市场上已至少有五种不同的《挪威的森林》译本。韩国在村上春树的翻译上可称独占鳌头，他几乎所有的作品马上都会出版译本，包括了村上一些似乎绝无可能译成英文的轻松的随笔和游记。身为一位在其作品中对于日本侵略军在他出生前在亚洲大陆释放出的恐怖超级敏感的作家，村上春树如果发现居然有评论家将其在东亚的成功与当初日本的侵略"胜利"联系在了一起，他肯定是会哭笑不得的。"简直像是有意在回溯当初'皇军'的进军路线，村上春树的小说已经在中国台湾地区、韩国、中国大陆、中国香港、马来西亚和新加坡的粉丝当中建立起牢牢的统治地位,轻轻松松就赢得了他们'全心全意'的拥戴,这将会让当初'大东亚共荣圈'的缔造者们多么艳羡不已、惊诧莫名啊!"

在过去的几年中,每逢十月,日本的新闻媒体都会纷纷开始期盼诺贝尔文学奖的颁布,这已经成为一年一度的一个仪式了,与此相伴的是将村上春树与世界上可能获奖的其他作家所进行的无休无止的排比、比较,以及基于当下的政治气候或全球经济形式而得出的获奖可能性的有根有据(有些可能其实也没啥根据)的猜测。而一旦村上春树又获了个其他诺奖得主在收获诺奖前同样得到过的国际奖项(比如二〇〇六年获弗朗茨·卡夫卡奖,二〇〇九年获耶路撒冷文学奖),大家又会一团鼓噪:村上君距离那最终的诺贝尔大奖又迈进了一步。评论家和专业学者已经都应邀写好了睿智的评论,专等宣布获奖的那天到来后就刊登出来的,记者们更是迫不及待地准备好在宣布获奖者的那一刻就把电话(国内和国际都有)打给他——由于这些都还没有成为现实,所以每年的诺奖得主只要不是村上春树,对他们而言都是巨大的失望。

在日本,早在一九九〇年就出现了他的八卷本全集,总结了这位三十岁开始发表作品的作家第一个十年的创作。二〇二二至二〇二三年,又增加了一九九〇至二〇〇〇年创作的作品七卷,但村上春树篇幅最大的小说之一《海边的卡夫卡》(2002)的出版,说明这套作品一时是"全"不了的。《海边的卡夫卡》之后他已经又出了一卷短篇小说集、一部小长篇《天黑以后》,以及长达三卷的巨无霸《1Q84》(2009—2010)。村上春树马上就要年满六十四岁了(迄至二〇一三年一月),他的读者仍一如既往地需要他并反哺他,他仍旧继续为他们写作,并以"业余时间"继续从英语译介大量的文学作品。

有很多评论家,大部分都年长于村上春树的读者群,将他的流行视为不正常的现象,不但是村上而且是整个日本当代文学的不正常。西方日本文学研究的耆宿唐纳德·凯恩就为整个日本文学的现状哀痛不已,他曾言道(有感于大江健三郎于一九九四年因其"严肃的"小说获得诺贝尔文学奖):"如果你走进日本的一家书店,除非是家非常大型的书店,你都很难找到一本真正严肃的文学作品。如今的作家都在为了迎合年轻读者一时的口味而写作。"

村上的一位非常直言不讳的批评者就是一直广受争议的三好将夫,他的论调与凯恩如出一辙:"(日本的读者)抱怨大江健三郎太难了。他们的兴趣都在那些空洞无物、专门生产一次性消费娱乐的作者身上,这其中就包括所谓的'日本新声音',如村上春树和吉本芭娜娜。"三好将夫继续发挥,说村上春树就像三岛由纪夫一样,专为西方的读者量身定制产品。不同之处仅在于"三岛由纪夫是从其民族主义者的角度展示一个异国情调的日本",而村上春树呢,展示的仍然是"一个异国情调的日本,只不过是以一种国际版本的形式呈现";他"对日本有一种先入为主的观念,或者,不如更确切地说,事先想象西方的买家乐于在其中看到一个什么式样的日本"。

三好将夫将村上春树视为一个玩世不恭的中间商,他从来没有出于灵感或是内在的冲动这种"老式、过时的"动机写过一个字。为了吓唬那些竟想把村上春树当真的轻举妄动的文学研究者,他警告道:"几乎没有人会蠢到有兴趣精读村上春树的书。"

《一九六三/一九八二年的伊帕内玛少女》

那好吧,蠢就蠢吧,我们不妨就从村上春树最具音乐性的短篇《一九六三/一九八二年的伊帕内玛少女》(1982)开始看起。

这个只有六页篇幅的短篇小说由一首歌曲的几行歌词开篇,其中一位"高挑的身材,晒黑的皮肤,年轻漂亮的"少女身穿泳衣走在伊帕内玛的沙滩上,与此同时,某个无名的"我"则对她

唱起了单恋的情歌。然后这个"我"就跟村上春树小说中"我"这个叙述者无缝地融为一体,他说道:

> 一九六三年,伊帕内玛少女便是这样回首望着大海。而现在,一九八二年的伊帕内玛少女仍然这样凝望着大海。自那以后她的年龄并没有增加。她凝固在这个形象里,悄然漂过时光的大海。假如年龄增加,她差不多该有四十岁了……当然,在我的唱片里,她一点都不会老去……我把唱片放到转盘上,落下唱针,她立刻现出倩影。

这首歌不但令叙述者想起了歌中的少女,同时也让他想起了高中的走廊,那走廊"总是黑乎乎的。而且几乎总是寂无声息。至少在我的记忆里总是这样"。至于为什么这首歌会让他想起那条走廊,他自己也不甚了然,因为这两者之间根本没有任何关系:"我也想弄清楚一九六三年的伊帕内玛少女到底往我意识的深井里投下了怎样一颗石子。"

跟走廊与歌里的少女之间的关系同样神秘莫测的是叙述者的下一个联想,不过村上春树深知,一旦开始深挖你的记忆,你就很难预测会有什么东西冒出头来:

> 而提起高中的走廊,我又会想起什锦色拉:莴苣、西红柿、黄瓜、青椒、芦笋、切成圆圈状的洋葱,外加粉红色的千岛酱。并不是说高中走廊尽头有家色拉专卖店。不,走廊尽头只有扇门,门外是个不怎么样的二十五米的游泳池。

而色拉又让他想起了当时他认识的一个女孩。"不过,这次的联想可就非常顺理成章了,因为这个女孩总是只吃蔬菜色拉",而且他跟她在一起的时候,他也吃了很多的色拉。他还给出了一个他和她之间经常会出现的那种色拉无处不在的交谈实例:

"英语读书报告（咯吱咯吱）怎么样了（咯吱咯吱）？完成了？"

"还没呢（咯吱咯吱）。还要再读点什么（咯吱咯吱）才行。"

在他有明确意识之前，"我"已经置身于由那首歌召唤而起的"形而上学的"场景之中。他坐在一把沙滩遮阳伞下，喝着罐装啤酒，而来自伊帕内玛的一九六三／一九八二年的少女仍一成不变地从他身旁走过。他邀她喝啤酒，犹豫了一会儿以后，她接受了，跟他一起在遮阳伞下坐了下来。她一气喝掉了一半啤酒，然后开始盯着罐顶那个黑洞洞的孔。"那不过是个带普通孔洞的普通啤酒罐，不过在她这么俨然的关注之下也具有了非同一般的意义——仿佛整个世界即将滑入其中"，用村上自己的说法，"整个世界"无非就是一种记忆的累积，是一种比物质更为形上的存在。

他跟她说起她一点都没有变老，她对此的回应是："当然没有。我是个形而上学的女孩嘛。"她还说起在伊帕内玛灼热的沙滩上无休无止地走来走去，并不会烫伤她的脚底板，因为它们"完全是形而上学的"，而当他伸出手去抚摸她那凉凉的、形上的脚底板时，他意识到连时间本身都静止了下来。"每次想起你，我都想起高中的走廊，"他决定告诉她，"我也不知道是为什么。"而她，则以一种令人震惊的哲学性的雄辩予以了回答：

"人的本质就在于其复杂性。人类科学研究的对象并不在于客体，你知道，而在于身体内部的主体。总之，你必须活下去。活！活！活！没别的。最重要的就是继续活下去。我只能这么说。真的，没别的。我只不过是个具有形而上学脚底板的女孩。"

当她沿着海滩继续行走时，他们聚在一起的那永恒不变的时刻也就此完结。不过，他告诉我们，每过一段时间，他都会在东京的地铁上看到她，他们会相视一笑。这个短篇是这样结束的：

> 自沙滩上的那天之后我们就再也没有交谈过，但我能觉出我们的心已经通过某种方式连接在了一起。至于是怎么连上的我不晓得，想必在遥远世界的某个奇妙场所我们一起打上了一个绳结。我努力想象那个绳结——在我的意识深处默默地穿过一道阒无人迹的黑暗走廊伸展开来。
>
> 如此思来想去，许许多多的事、许许多多的东西便一点点令我怀恋起来，直至充满我的心房。在某个地方，一定有个连接我和我自身的绳结。总有一天，我肯定会在遥远世界中的某个奇妙场所同我自身不期而遇。如果可能，希望那是个温暖的场所，若能再有几罐冰镇啤酒，夫复何求？在那里，我是我自身，我自身是我。主体是客体客体是主体。毫无障碍和阻隔。完美的融合。在世界的某处必能找到这样的场所。

*

一九六三／一九八二年的伊帕内玛少女继续走在发烫的沙滩上，从不休息，一直要走到最后一张唱片磨光为止。

这篇如歌的短篇简短而又意味深长，我们在其中邂逅了失去和老去、记忆和音乐、时光流逝与永恒不变、现实与无意识之墙，以及一种对我们能跟他人和自我完全融为一体的类似世外桃源之地之时的感伤向往——"毫无障碍与阻隔"。而这，正是我们将看到的那个令我们怦然心动、心有戚戚的最美好的村上春树。

二

"Boku"① 的诞生

京都作为日本的旧都历时千年（794—1868）；实际上，时至今日，市区的街道仍然保持着其八世纪时的格局，而且众多的古迹和神殿、寺庙使京都至今仍是日本的宗教和精神中心，吸引着数以百万计的观光客前来追寻在现在的日本首都东京早已湮没不存的文化传统。

一九四九年一月十二日，村上春树就诞生在这个古老的城市，早年生活在仍保留了古代文化、政治和重商传统的京都—大阪—神户（即"关西"）地区。全家移居西宫的大阪市郊时，他还是个步履蹒跚的孩童，他就在这儿长大，讲的是这个地区的方言，本能地不信任任何讲话不带这种方言独特措辞和柔软口音的人。

现在的村上春树给人的感觉是个完全彻底的"国际人"，同时又是个身处边缘的日本人，想想看，他越过了多么顽强的地区偏好，不论是食物（要清淡、微甜，不要浓厚的酱汁）、学院（京都大学是唯一可以接受的学院）甚至棒球手（当地的村山是当时唯一值得认可的投手）。村上春树的父亲村上千秋是京都一位和尚之子，本人也做过几年古老的家族寺庙的和尚，不过所有这些古老的崇拜都未对村上产生影响，他既不信佛，也不信别的任何一种宗教。他母亲村上美幸是京都一商人之女，看来，他同样未能继承母系的家族传统。

千秋和美幸相识之时，两人都是高中的日本语文教师，尽管母亲后来成为全职家庭主妇，小春树仍能经常在饭桌上听到他父母谈论八世纪的诗歌或是中世纪的战争故事。春树是独生子，他自己觉得他的内倾性格与此不无关系。他最早的童年记忆之一是跌入一条小溪并被冲向一条开着口的暗渠，这一可怕的经验他在《奇鸟行状录》的第一部第九章《暗渠外加绝对的电力不足……》中予以了重现。

村上春树的父母基本上是政治上的自由主义者，对他虽要求严格，总的来说还是给了他相当大的自由空间。他记忆中的郊区童年的生活相当平和恬淡，整天在山上漫游，跟小伙伴在附近的沙滩上游泳（这一海岸线自此被永远铭记在心并得到引申发展，在《寻羊冒险记》的最后成为一个感伤的青春纪念）。父母允许他在当地的书店赊账购买喜欢的书，只要不是漫画和周刊就行。

村上春树自此成了个狼吞虎咽的小书虫，这无疑符合他父母的意愿，不过没料到在儿子读书上采取的进步政策也会产生他们不愿看到的后果。村上春树十二岁的时候，全家移居芦屋市附近（又是住在全是独幢房屋的郊区），父母订阅了两种"世界文学"的文丛，每月由当地的书店送达。村上春树的青春期就这样在如饥似渴的阅读中度过。村上千秋未尝不是希望通过每星期天早上辅导春树的日语鼓励儿子对日本古典文学产生兴趣，结果是春树宁肯去看司汤达，后来他又开始喜欢上托尔斯泰，尤其是陀思妥耶夫斯基。

近年来，他倒是开始看日本文学，不过都是现代日本小说，仍然不是古典文学。在一九八五年与福克纳式小说家中上健次（1946—1992）的自由对谈中，很明显可以看出，村上春树除了中上健次本人以及那位喜剧性的感官大师谷崎润一郎（1886—1965）之外几乎再没读过其他的日本作家的作品。他曾说过，"在我的整

---

① 即日语中的"我"。

个成长期，我从未有过被一位日本作家深深打动的经验。"

村上春树自己也写道，他在芦屋市中学时代的所有印象就是挨老师打。他一点都不喜欢他的老师，他们也同样不喜欢他，因为他不肯学习——这个习惯他也随身带进了神户高中。他几乎每天都玩麻将牌（很入迷，但玩得很糟糕），和女孩鬼混，在爵士乐酒吧和电影院里消磨时光，再就是抽烟、翘课、上课时读小说，不一而足，不过他的成绩倒一直都还过得去。

考虑到如此这般的成长经历，村上春树倒真有可能就这样不显山露水地普普通通下去。他是个来自安静城郊的好孩子，童年生活并未给他的人生造成特别的压力。他是有点内向而且爱读书，但绝对算不上绝尘出世；他没有值得一提的嗜好或恶习；也没对哪个特殊的领域或技能沉迷热中；他既没有机能失调的家庭背景要应付，也没有个人的危机和伤痛须面对；不是特别有钱也并不贫困；没什么智力障碍也算不得天才。换句话说，他压根就没有那些据说能激励某些敏感心灵走上以写作来疗救自己及同代人之路的幼年的创伤经验。不过，他倒是逐渐变成了一个顽固的个人主义者。在一个以集体为准则的国家里他一贯避免"扎堆"。在日本，连作家都有他们的协会组织，但村上春树从来不是其中的一员。

村上春树在神户高中阶段曾为校报写稿，此时他的阅读面得以延伸，开始看硬汉侦探小说家罗斯·迈克唐纳、艾德·迈克贝恩和雷蒙德·钱德勒等人的作品，然后是纯文学的杜鲁门·卡波蒂和库尔特·冯内古特等作家。神户是日本国际贸易之都，当地有很多书店出售侨民的二手平装版书籍，原版的文学书比日文的译本还要便宜一半。村上简直被迷住了。他说："美国的平装版书籍最先吸引我的是我发现自己竟能阅读这些用一种外语写的书。对我而言，能够读懂一种靠后天努力才能学会的语言书写的文学并被打动，真是一种奇妙无比的新鲜经验。"

那种语言当然就是英语。虽然最先着迷于法国和俄罗斯文学，但不要忘了，村上是在美国占领期间出生，并伴随日益繁荣却仍继续向往美国的富强和文化的日本一同成长起来的。他渴慕约翰和罗伯特·肯尼迪这样"典型的美国"长相，因为向往保罗·纽曼所代表的那种西海岸的所谓自由风尚，他竟把那部影片《地狱先锋》看了不下十多遍——保罗·纽曼戴上太阳镜的样子简直酷毙了。① 他虽然喜欢上了英美的原版书，却仍然没耐心系统地去学这门语言，他的英文课成绩一直也就不过尔尔。他后来说："当时的老师如果知道我竟然翻译了这么多书，一定会大吃一惊的。"

美国的音乐是另一个吸引他的源泉，首先是摇滚，他是通过电台接触到的：猫王、瑞奇·尼尔森、沙滩男孩。后来，在一九六四年听了亚特·布雷基和"爵士信使"的现场音乐会之后，十五岁的村上就开始经常省下午饭钱来买爵士乐唱片了。

他对爵士乐以及美国其他流行文化的熟稔马上就在他的作品中清楚地表现出来，虽然他并没有刻意去强调这些背景。村上在神户与众多美国侨民一道度过了他的青春期，这时美军的占领已经结束，日本开始跟美利坚齐头并进，大多数日本人仍然视为异乎寻常的，他早已觉得理所应当。在谷崎润一郎眼里，一架宝丽莱相机就是西方堕落的象征；对切身经历过神户大轰炸并为美国大兵拉过皮条的野坂昭如（1930—2015）来说，美国是一场强迫性的噩梦；就连比村上年轻三岁却是在美军军事基地附近长大的小说家村上龙②（1952— ），也被视为日本占领期心理的最后遗痕。

相比而言，村上春树已经被称为第一位对美国流行文化完全认同的作家，而如今的日本已经完全被这种文化所渗透。他也被

---

① 这部影片又名《移动飞靶》，是村上春树最喜欢的影片之一，因为是根据他年方十七岁时读的第一本硬汉侦探小说——罗斯·迈克唐纳的《我名阿彻》改编的。——原注
② 村上龙以《无限近似于透明的蓝》最为知名，小说描写的是一个美军驻地附近身处"嗑药文化"中不能自拔的日本年轻人的生活。——原注

二 "Boku"的诞生

视为第一位真正意义上的"后战后作家",第一位弃绝战后时期"阴湿、沉重气氛",在文学中展现新型的美国式轻快精神的作家。跟他同代的读者一看到他直接引用"沙滩男孩"的歌词,就马上跟他融合无间了:他写的就是他们的世界,而不是为了满足外国读者的猎奇。如果深究村上春树作品中如此丰富的对流行文化的指涉到底代表了什么,那就是他这整整一代人对其父辈文化的拒斥。

村上春树在高中阶段感兴趣的可并非只有小说。他自称读过至少二十遍的另一种多卷本丛书是中央公论社版的《世界历史全集》。尽管村上春树的作品被评论家们指斥为缺乏政治关怀和漠视历史传统,实际上他的大部分小说都有一个精心界定的历史时期,总体看来,可以当作日本"后战后"时期的精神史来解读:从一九六〇年代的学生运动高潮到一九七〇年代的"大寒";从一九八〇年代的拼命赚钱到一九九〇年代的(只是也许)重拾理想主义。《奇鸟行状录》故事发生的确切时间是一九八〇年代中期,但它一直深挖到日本现代疾患的战前根源。短篇小说集《地震之后》①(2000)的聚焦则更为精确,六个短篇的故事都发生在一九九五年二月份,正好介于一月份的大阪—神户地震和三月份的地铁毒气事件之间。

村上春树这种持久的历史兴趣似乎根源于他父亲。村上总的说来是个容易合作的采访对象,不过他一直避免谈及可能被他的评论伤害的尚健在的个人,尤其不愿谈到他父亲。(你会在他的作品中碰到数不清的叔叔,但很少有父亲形象。)不过,伊安·布鲁玛在为《纽约客》采写的富有洞见的人物稿中竟然撬开了一点他一贯顽固的"墙脚":

> 战前,(村上春树的)父亲是京都大学一位很有资质的大

---

① 中译本书名为《神的孩子全跳舞》。

15

学生；后来被征召入伍，去中国作战。有一次，在村上春树还是个孩子的时候，他听父亲讲过某段在中国的经历，深深为之震惊。他已经忘了具体是什么事了……但他清楚地记得那种可怕的痛苦感觉。

结果是村上一直以来都对中国和中国人怀有一种复杂的矛盾心理。这在他生平写的第一篇短篇小说中就初露端倪——那就是《去中国的小船》①（1980），记录的是叙述者如何对他生活中邂逅的几位中国人开始怀有一种负罪感的过程，描写得细致微妙而又意外地动人。这一主题在《寻羊冒险记》触及日本对亚洲其他民族侵略的段落中再次浮现，并在《奇鸟行状录》对战争骇人听闻的描述中得到最令人痛苦的发展。

村上春树原本就讨厌为了考试学习，等到真正要面对日本恶名昭彰的"考试地狱"之时，其复杂的心情可想而知。作为一个教养良好的中产阶级少年，他还想不到质疑整个考试制度，完全将其置之脑后，所以只得三心二意地去投考几所会令父母满意的重点高校。他以为自己对法律还有点兴趣，就选择了法律系，但没有考取，于是像很多落榜生一样成了浪人（"丧家的武士"），为下一年的考试做准备。一九六七年的大部分时间他都在当地的芦屋图书馆用功（或者如他自己所言，在打瞌睡）。

英文通常被认为是大学入学考试最难的科目之一，村上却没耐心学语法，倒有兴趣去试译他喜欢的美国惊悚小说。不过，一本备考书上节选的一段文字却以一种全新的方式打动了他：那是杜鲁门·卡波蒂的短篇《无头鹰》的开篇。村上自己说，那是"在所有那些硬汉侦探小说之后我第一次读到的真正的文学"。他

---

① 这是林少华先生的译法，其实并不确切，因为日文书名中原文出现的就是"Slow Boat"。赖明珠女士干脆译作《去中国的 Slow Boat》，而女作家陈丹燕有一部小说就叫《慢船去中国》。

二 "Boku"的诞生

找到一本卡波蒂的短篇集子，读了又读。这一年时间的赋闲阅读和反省使他认识到他对文学的兴趣远大于法律，遂决定投考东京的早稻田大学文学系，最终如愿以偿。

在讲了整整十八年关西方言后，村上春树很担心自己掌握不了标准的东京腔日语，事实上他只用了三天时间就会讲了。"我猜自己的适应能力还是很强的。"

刚进早稻田的时候，他住在一个叫做"和敬寮"的宿舍里，此地的风物在《挪威的森林》中有细致传神的描写。这是一处由某个基金会掌管的产业，位于俯瞰早稻田大学的小山上，林木繁茂。这儿并不隶属任何一所大学，住户来自好几所不同的学校。在村上笔下，这儿极端右翼又充满喜剧色彩，偏爱所谓精英大学的学生，是个"恐怖的"肮脏猪窝（当然，全世界范围内也难得找出一处整洁的男生宿舍）。学日语的外国学生经常住那儿，不过既然村上对那儿的描述如此不堪，那些一心想追随他足迹的"国际友人"总是备受冷遇。虽然《挪威的森林》的男主角在那儿一住就是两年，村上实际上只在那儿待了六个月，之后就落荒逃到一处能让他享受他渴望的隐私权的小公寓里了。

据村上自己宣称，就像大多数日本大学生一样，他很少去上课。他说，"我在高中基本上不学习，在大学可是压根儿不学习。"他把时间都花在新宿娱乐区的爵士乐酒吧或是早稻田大学附近的酒吧里了，学校附近的酒吧从宿舍区下山即至。那时候的校园简直就是由张贴政治标语的三合板组成的森林，这些三合板除了派此用场外，还兼做担架，用来把烂醉如泥的哥们儿抬回寝室。有一次，烂醉的村上被朋友抬着攀上陡峭山坡的水泥台阶回房睡觉，不幸权充担架的三合板裂成了两半，他的头重重磕在台阶上，一连疼了好几天。

村上还很喜欢做个背包族徒步走天涯。他愉快地回忆起睡在露天，全国各地好心的陌生人给他食物吃的经历，这也正是《挪威的森林》临近结尾时主人公的经历。

早稻田大学是所私立高校，文科一直很好，具有很强的戏剧研究传统，这得归功于早期的莎士比亚学者兼翻译家坪内逍遥（1859—1935）的卓越工作。村上读的就是早稻田的戏剧专业，不过注册之后就从没进过剧场，而且他觉得讲座令人失望。相反，他倒是热爱电影，想做个电影编剧。等他发现电影编剧的研讨社团也索然无味之后，就把大把时间消磨在早稻田著名的戏剧图书馆里，读了数不胜数的电影剧本。他说："这是我在早稻田唯一有价值的收获。"他试写过电影剧本，但写出来的东西他没有一部满意。"我不再写剧本了。我认识到这活儿跟我的个性犯冲，因为从一个剧本到最后的影片，你必须得跟一大帮子人通力合作。"在很长一段时间内他都觉得通过写点东西来谋生是个不错的主意，也不一定要写小说，但当剧本写作成了死路一条时，他却也毫不觉可惜地放弃了这种半已成型了的雄心。

此时的村上最享受的是有生以来第一次一个人住。后来就有了女孩们——或者说一个特别的女孩。"我朋友并不多——就学院的两个。一个是我现在的妻子。另一个也是个女孩。我的朋友只有女孩。"

高桥阳子是位苗条娴静的女孩，长长的头发，相貌愉快可亲却自有一种难言的特殊魅力。她和村上是一九六八年四月在早稻田的第一堂课上认识的（日本的学年始于四月份）——显然那堂课他们俩都去了。出身现代中产阶级家庭的村上以前从没结识过阳子这号人物，她在旧东京一个传统的手艺人和商人社区长大，父亲是位数代家传的蒲团匠人。阳子生于一九四八年十月三日，比村上大三个月。因为学业成绩优良，父母把阳子送进了一家专收富家女的预科学校，她在其中一直感觉很不爽。阳子曾向一位富家女同学抱怨洗澡要跑好远的路，她指的是去公共浴室洗澡，因为在那个年代像她住的那种老区是很少有人家里装有浴缸的。她那位同学却故意误解她的话，而且毫不掩饰地挖苦道，"哦。那你们家房子一定大得离谱！"自此阳子再也没提过这个话题。

　　他们俩渐生好感后，阳子坦白告诉村上她已经有交往的男生了。话虽如此，两人的关系还是突飞猛进，不久就出双入对了。而此时也正是政治风潮开始高涨之际。

　　一九六八年十月二十一日夜，当国际反战日的大规模示威在新宿爆发时，村上可能正像《且听风吟》的主人公一样曾亲历其境。示威导致新宿站及周边地区的铁路、公交线路完全关闭，并有大批人员被捕。村上早期的老师都一直在向他灌输这样一种观念，即日本虽然贫弱，但起码有一样可以引以为傲的东西：它是全世界唯一一个在宪法中宣布永不再战的国家。在这样一种观念熏陶下长大的学生自然将反对建立自卫队的"伪善"行为当作他们抗争的核心问题。（"美国制造"的《日本国宪法》第九条明确宣布日本永不再战，一直以来就是日本保守政府麻烦不断的一个根源，这是广大反战民众和所谓应国际要求参与军事行动之间的矛盾造成的，最明显地表现在一九九一年的海湾战争和美国"九一一"事件之后国际范围内的联合反恐上。）

　　第二年，早稻田大学的学生罢课导致长达五个月时间的总停课。即使在学生运动达到设置路障的高潮阶段之时，村上也一直与所谓的集体行动完全绝缘。他总是一个人行动，不依附任何政治派别。他曾写道："作为个体，我很享受学校的'骚乱'。我也向警察抛掷石块，跟他们对着干，但我认为在设置路障和其他有组织的行动中存在'不纯'的动机，所以我个人绝不参与。""所谓手拉手一道游行示威的想法本身就令我心生厌恶。"随着时间的流逝，敌对的各个激进小派别之间也渐生龃龉，甚至产生暴力冲突，这就更令村上避之唯恐不及了。后来，在《挪威的森林》中他还不忘对校园的激进派讥讽几句。他曾写到两个学生积极分子强占了一堂戏剧课的情景：

　　　　在瘦长个子散发传单时，黑圆脸登上讲台发表演说。传单上以将任何事情一律简单化的特有笔法写道："**粉碎校长选举阴谋！**""**全力投身于全学联第二次总罢课运动！**""**砸烂日帝一产一学联合体！**"立论堂堂正正，措辞亦无可厚非，问题是文章本身却空洞无物，既无可信性，又缺乏鼓动人心的力量。黑圆脸的演说也是半斤八两，一派陈词滥调，换汤不换药。我暗自思忖：这伙小子的真正敌人恐怕不是国家权力，而是想象力的枯竭。

既无党派可依附，又无课程可用功，村上春树遂决定：除了一门心思去看电影外，别的一概无须操心；于是在一年之内他至少看了两百部影片。

崇尚个性有时也免不了惹些麻烦。"我的头发长及肩膀，还留了胡子。上大学之前，我一直是一副严格意义上的'常春藤名校'学生派头，但在早稻田他们却绝不会让你就这副样子轻易脱身。我当然并不在乎别人怎么想，但你衣服穿成这样子确实没办法生存，我于是就干脆一路邋遢下去。"

一九六九年九月三日，学校当局招来防暴警察解决僵局。于是激奋的情绪和理想主义的豪情顷刻间土崩瓦解，只剩下幻灭之后随之醒来的厌倦和无聊。既成的权力体制大获全胜，而学生只剩下暗自垂泪的份儿。《挪威的森林》就此写道：

>大学可不是这么容易被"瓦解"的。投入大量资本的大学不可能因为有几个学生闹事就毁于一旦，况且用路障将校园封锁起来的一伙人也并非真心想肢解大学，他们只是想在大学的体制内改变其权力的制衡。这对我来说更是压根儿就全无所谓，因此，学潮被镇压后也毫无感慨。

这一令人吃惊的情绪转变对村上和阳子的生活来说是一种具有决定意义的经历。后来，当村上开始在小说中书写他本人在这段时期的历史时，它是有其前因后果的：一九六九年的豪情万丈与一九七〇年的厌倦无聊。日本以及西方世界的学生运动差不多同时土崩瓦解；正是这种普遍性的失落、迷惘感俘获了日本国内外与村上同时代的读者，而且还会继续吸引没赶上亲身体验这一过程的更年轻的一代，他们同样会为这种对于生命中失落的"某物"的伤悼大起同情。"既然生命总是显得这么无依无靠，"路易斯·孟南德写道，"每一代人都会以各自的方式感到失望……并由此呼唤为他们自己鸣不平的文学。"《麦田里的守望者》就是最典型的一例，它如此准确地捕捉到了那种幻灭感，难怪它会一代代地继续流传。

如果说村上的作品尚有一点与前辈作家三岛由纪夫（村上极少数喜爱的作家之一）不谋而合的地方，那就是真实的人生从来不会像它事先许诺的那般完满。三岛由纪夫总想赋予人生优美的配乐和宽银幕效果，他的作品义无反顾（也相当廉价）地投身对"美"的追求。村上春树则更像《麦田里的守望者》的作者塞林格；他大部分时间都离家更近，不断地思考到底迷失了什么，要么就是对于那些曾经神秘莫测的东西体验到一种模糊的、无以名状的预兆。学生运动的土崩瓦解可以视为他这代人空虚感的第一次爆发。从涉及这种"丧失纯真"的历史环境的角度来说，《挪威的森林》称得上村上最"现实主义"的小说。

一九七一年，村上和阳子都年满二十二岁，他们之间的关系开始到了需要认真考虑的地步了。他们俩都已经确定是想在一起了——不光是同居，而是结婚。但村上的父母却并不高兴。首先，他们就不希望他娶个关西地区以外的女孩。而且也特别不希望他在还没毕业、没按照"正常"规则找到一份"正常"工作前就结婚。怎奈村上已经拿定了主意。阳子的父亲倒并没表示反对，他只问了他一个问题："你爱阳子吗？"村上为此很是感激他的心胸开阔和他不摆老派架子的作风。

村上和阳子在十月份就这样清清净净地跑去区公所登了记，

就这么简单。或者说差不多就这么简单。不过还有个到哪儿住、以什么为生的问题没有解决。在这一点上，阳子的父亲倒也许会为自己的缺乏立场稍稍感到遗憾——他们搬过去跟他一起住了！那时，阳子的母亲已经去世，她的两个姐姐也已出嫁，所以家里就剩了这对新婚夫妇外加老岳父。

不过，他们就这么贸然成婚却一直使村上的父母感到不开心，而且时不时地会让阳子为此付出点代价。就在她跟村上结婚前不久，他们俩一起去芦屋看望两位老人。按她自己的说法，她一觉醒来感觉就像给戴上了紧箍儿，几乎麻痹，动都不能动了——西方人难免少见多怪，其实在讲究礼法的日本这种情况还是相当普遍的。阳子别无他法，只得躺在那儿静候这阵麻痹状态过去，等她终于能起身了，这才去村上的房间找他。

村上的学业还悬在那儿——最后花了七年时间才拿到学士学位。他决定休学一年，但他知道不能总是靠岳父接济度日。他想去电视台找份工作，而且真的去参加了几次面试，但"这工作太蠢了。我觉得宁肯自己开个小店，靠自己的双手做点正经事。我当时想用自己的材料，做成成品，再用自己的双手捧给顾客。不过，在我的想象中我唯一能做的还是开一家爵士乐酒吧。我喜欢爵士乐，乐意做点跟它沾点边的事"。

当时看来，村上违背父母的意愿贸然成婚是够糟的：他跟新婚妻子竟然打算"进军"名声可疑的这种酒吧和音乐餐馆之流的"酒水行业"。他们当然无意让阳子成为一位酒吧"妈妈桑"，跟喝得醉醺醺的顾客调情，正如他父母害怕的那样。他们的爵士乐酒吧也会像别的同类型酒吧一样充满震耳的音乐，连说话都听不清：吸引村上的是有机会听音乐而不是跟顾客们周旋酬酢。阳子的父亲同意为这次新的冒险借钱给他们——是真正的"借"，要付利息，正可见他心胸开阔中略嫌粗鄙的一面。

为了为这一新的人生阶段做准备，村上和阳子开始打工：白天在一家唱片店、晚上在一家咖啡馆干。村上春树在《挪威的森林》的第六章对在唱片店打工的经历有所描绘。小两口共积攒了两百五十万日元，按当时的比价约相当于八千五百美元。又从银行借了同样多的一笔贷款，他们就于一九七四年在东京西郊开了一家舒适的小店。他们以村上的一只老宠物猫的名字"彼得猫"为其命名。那只真正的彼得猫此时却已被送往一位家住乡下的朋友家休养，对他来说，大城市的生活压力显然太大。等他活到九岁以上时，他也许会像《寻羊冒险记》中的那只猫一样虚弱而又自负，虽然他实际上并没有再活多长时间，他的形象却一直都是村上夫妇生活和村上作品中的一部分。猫的画像和小雕像永远是他们家庭装饰的一部分，他的作品中也总有猫的身影浮现。《奇鸟行状录》中那一系列匪夷所思的怪异事件就正是由作品中夫妇俩那只猫的走失引发的。他们那家"彼得猫"酒吧内部是西班牙风格的白墙、木质桌椅，一点都不像《寻羊冒险记》和更早作品中的杰氏酒吧。村上夫妇是作为真正平等的伴侣共同经营这家酒吧的。

摄影家松村映三是这家酒吧早期的常客之一，至今还跟他们夫妇有来往。从一开始，他就对村上春树投入工作——还有就是旁若无人地读书的执著劲儿印象深刻；正是这种执著劲儿使"彼得猫"成为一个与众不同、"'时光驻足不前'的地方。那是一间地下室，没有窗子；白天是咖啡馆，晚上供应酒类，就成了酒吧。村上春树就在那儿，在暗淡的灯光下放爵士唱片、准备酒水、清洗碗碟、还有读书。"只要是到手的小说他无所不读，不光是美国作家的作品（比如狄更斯和法国作家巴塔耶）。"村上春树确信，如果没有这段酒吧岁月，他怎么也不会写起小说来。他有了观察和沉思的时间，而且他相信'重体力劳动赋予我道德的根基'。"

据他自述，他"体察"到的最有价值的东西就是"活生生的人"，外带为了照应这么多顾客所不可避免的种种麻烦。"按我的本性，如果不是经营这么一个酒吧，如果不是在这样的压力下，我是怎么都不会跟这么多人扯上关系的。它提供给我一种很有价值的关于生活的训练，否则，我将永远与其失之交臂。"因为生来内向腼腆，村上春树得强迫自己担负起照应客人的"重任"，尽管如此，就一个酒吧老板的要求来说他做得还很不够；很多顾客——包括著名小说家中上健次——都认为他彻头彻尾地不合群。

因为小两口兢兢业业的操持，酒吧开得可说很红火。不过要想支撑起一个独立的小家庭，还是很觉艰难。短篇小说《我的呈芝士蛋糕形状的贫穷》（1983）可以使我们得以窥视到他们早期婚姻生活的点滴状况，那时村上、阳子跟"彼得猫"的继任者一起生活在东京一块独一无二的三角地带。这一三角地带由两条铁路夹道而成，吵到骇人听闻的程度，不过也正是托了吵闹的"福"，这对小夫妻才能在他们可怜的预算范围内租到了住的地方，而且还不光是一个单元，是一幢独立住宅！

"租吧，"我说，"的确很吵，不过我想总可以习惯的。"

"你这么说，那就这样吧。"她应道。

"就这么坐在这儿不动，不知怎么的，感觉真像结了婚住在了自己家里一样。"

"你*是*结了婚了，"她抗议道，"跟我呀！"

"那是，你明白我的意思的。"

不管怎么说，阳子在一九七二年按时从早稻田毕了业。可村上还得再熬三年。他利用经营酒吧的空闲时间完成了论文《美国电影中的旅行思想》，在一九七五年二十六岁时拿到了毕业证。毕业后他没去费神找什么全职的工作（这在当时的日本可是"自甘堕落"），继续经营酒吧，供应一种家制特产——白菜卷，但供应过于频繁，搞得他以后再也吃不下这种特产了。

一九七七年，他把酒吧迁到了市中心。他们又把猫的主题发挥到无所不用其极：酒吧门外是一张巨大的嘻嘻笑着的柴郡猫脸，每张桌子上都有个猫的小雕像，钢琴上也有，墙上贴的是猫的画像和照片，猫形的花瓶里插的是猫咪柳的枝条，火柴盒、杯垫、筷子包装,甚至衣架上都随处是猫的身影。小夫妻俩曾因此在一九七九年接受过一家爱猫杂志的采访,阳子穿的毛衣上织有"彼得猫"的字样和好几只猫的图案。

切碎的洋葱和拆散的小说

村上春树创作第一篇小说的环境跟小说本身可说是融合无间。据村上在伯克利的谈话,那是一九七八年春天的事:

> 我写第一部小说《且听风吟》时二十九岁。当时我正在东京经营一家小小的爵士乐酒吧。大学毕业后,我一点都不想去什么公司工作,成为一个上班族,所以就贷了笔款子开了这家酒吧。我还在读书的时候就朦胧地感觉到想写点东西的欲望,但我从来没就此真正提过笔,在经营自己的酒吧时也再没转过这个念头——只是从早到晚地听爵士,调鸡尾酒,做三明治。每天我都得切掉整整一口袋洋葱。感谢这段经历,我现在还能不流一滴泪地切完一个洋葱。① 那段时间内我的大部分朋友都是年轻的爵士乐手,而不是作家。
>
> 但在一九七八年四月的某一天,我突然感到想写篇小说的冲动。我清楚地记得那一天。那天下午我在看一场棒球赛。我坐在外场区,一边喝着啤酒。从我的公寓步行十分钟就能到那个球场。我喜欢的球队是养乐多燕子队。他们当时是跟广岛鲤鱼队对阵。燕子队第一局后半场的第一击球手是戴夫·希尔顿,美国人。你们可能从没听说过他的名字。他在美国一点都不出名,所以才到日本打球。我能肯定他是那一年的头号击球手。不管怎么说吧,他以一个二垒打将第一个

---

① 窍门是切得飞快,在刺激气味还没刺激到眼睛前就切完。——原注

投给他的球击到了左场。就在这时那个念头一下子击中了我：我能写出篇小说来。

那就像是个全新的启示，就这么平白无故一下子冒了出来。没有任何原因，绝对无法解释。我突然有了那么个想法，只是个念头。我做得到。时机已经成熟了。

球赛结束后——毕竟还是燕子队胜了——我去一家文具店买了支自来水笔和一叠纸。然后，在每天酒吧的工作结束后，我就在厨房的桌子旁一坐一两个小时，边喝啤酒边写我的小说。我会一直待到凌晨三四点钟。我一天能挤出来的时间也就一个小时，最多两小时。这正是我第一部小说句子和章节都简短至极的原因。我当时的确很欣赏库尔特·冯内古特和理查德·布劳提根，我也确实是从他们身上学到这种简单、快捷风格的，不过我第一部小说的这种风格的主要原因就是我没有足够的时间来写那种从容严密的文章。

（小说写了有六个月。）写完后，我把它寄给了一家每年都举行新人大奖赛的文学杂志。我能得到一九七九年度的"群像新人奖"真是莫大的幸运——这可是开始作家生涯的一个绝好开端。（随便说一句，在获奖后，我还特意跑去讨了一个戴夫·希尔顿的签名，现在还保存在家里。我觉得他就是我的幸运符。）大家都管我的小说叫"流行"文学，认为它富有新意：因为它简短、片段以及象征的风格。但实际上，这种风格的由来就是我忙得要命。我压根没有换种方式来写的工夫。我当时唯一的念头就是：我能写一部好得多的小说。或许还要花时间，但我能成为一个好得多的小说家。

村上春树将作品投给《群像》杂志原因非常现实：只有它举办的那个文学赛事才接受像他的作品这么长的手稿。还有就是他感觉这一赛事更能接受新型的写作方式。后来有些其他杂志的编辑也确实告诉他，如果他当初把稿子投给他们的话，他无论如何也不会获什么奖的。而如果他没得这个奖的话，正如他自己经常说的，他可能再也不会提笔写下一部小说了。

如果我什么都没写的话，对我来说那也没什么，但那就像是在我就要迈入三十岁时对我这么多年来一直保持安静的一个奖赏。我不得不做点清算账目的工作……我觉得，我还不至于要靠写一部小说才能继续生存下去，事实上，就连写作需要的大把时间我都支付不起。在一整天的辛苦之后，我得凌晨一点才能回到家中。然后，我得一直写到太阳升起，而一到中午我又得开始工作。

小说的题目据说受到杜鲁门·卡波蒂一九四七年的小说《关上最后一道门》的启发，卡波蒂的这篇小说要远比村上的作品灰暗，主人公沃尔特心怀恶意，善于操纵他人。当沃尔特认识到别人讨厌他完全是他咎由自取时，他挣扎着想要否认这一点："于是他把脸埋进枕头，双手捂住耳朵，想：什么也别想，只想想风吧。"村上春树后来曾遗憾地表示，他自己的题目实际上远比他本来设想的要甜腻，不过他还是借来了风的形象和那种祈使的语气。

虽说《且听风吟》的创作冲动简直像是劈空而来，这部作品仍然有一种令人难以捉摸或几乎可以说是随意的特性。村上曾说过，他不是按时间的顺序依次写来，而是单独地"摄取"每个"场景"，然后再将其串联起来。《风》中有很多东西我自己都不甚了了。它的大部分素材都是在不知不觉中出现的……简直就像是自动写作……在开头的几页纸里我只是记录下我想说的每句话，后面的内容就真的是'无心插柳'了……我从没想过它会正式出版——更不用说成为三部曲中的第一部了。"

听起来虽像是一片混乱，小说毕竟还具有传统小说的成分——几个可以辨识的人物的生活中发生的一系列事件（虽说不上"故事"）按时间顺序排列出来，事件的场景也清晰可辨。时间明确限定在一九七〇年八月八日到二十六日，就是学生运动垮台后紧接着的那个乏味的夏季，大学就要重新走上正轨的那个秋季学期的前奏。无名的主人公是个学生物的大学生，二十一岁，回家度暑假，就要返回东京继续学业。年前曾在一次学生示威中被防暴警察打落了一颗牙齿，如今他已觉得当初的行动"毫无意义"了。

稍稍年长些的朋友"鼠"，因一场失败的恋爱而萎靡不振，决定辍学。其实他真正的幻灭源自他认识到被一个防暴警察揍了一顿的结果却毫无意义。两人在杰氏酒吧里消磨了很多时间，灌了无数瓶啤酒以压下那永远无法解除的干渴，一块分享醉后那些故作深奥的见解（富有的"鼠"长篇大套地发表激烈的演说攻击财富，他父亲的财富很多就来自二战、美占期间和朝鲜战争）。

"鼠"在一次翻江倒海的狂吐之后，原本对文学丝毫不感兴趣的他转而开始专注于厚重的西方文学经典，后来开始自己写小说。"尾声"告诉我们，故事结束后，"我"已经二十九岁，结了婚住在东京，"鼠"呢，已经三十岁了，正在一部部地写不会出版的小说（其中既没有性，也没有死），寄给自己的朋友作为圣诞兼生日礼物。

在"鼠"身上，我们会发现想当作家的作者带点冷嘲的自画像。

"怎么得了这么个名号？"

"记不得了。很久以前的事了。起初给人这么叫，心里是不痛快，现在无所谓了。什么都可以习惯的嘛。"

这是个如此古老的绰号——在精神的原初泥潭里埋藏得如此之深——他都"记不得"是怎么得来的了。这个只专注于自身的年轻人倒确实是与"鼠"这种没有神经、一心探察那些深藏的黑暗空间的黑夜生物两两对应的。村上或许确实没能"理解"他第一本书里的所有内容，但他知道他是在深掘他精神上的过去，那些半已遗忘的记忆和不甚了了的形象会出人意料地从"彼一世界"

浮出水面。正如早期一个短篇（容后详细讨论）中的作家兼叙述者所言："不知为什么，那些抓住我不放的总是那些我不能了解的事。"不能在理性上予以归类、遗忘以及自由联想：如此这般就凿开了那个通往永恒存在的、与此一世界平行的彼一世界的深井和暗廊。而且此后，村上会带着越来越强的自信继续探索那个"彼一世界"。甚至连杰氏酒吧都提供了一个进入精神世界的入口：

>杰氏酒吧的柜台上方，挂着一幅被烟熏得变了色的版画。实在百无聊赖的时候，我便不厌其烦地盯着那幅画，一盯就是几个钟头。那俨然用来进行罗夏测验的图案，活像两只同我对坐的绿毛猴在相互传递两个漏完了气的网球……
>"可象征什么呢？"我问（杰）。
>"左边的猴子是你，右边的是我。我扔啤酒瓶，你扔钱过来。"

村上春树一般说来总是对动物意象以及象征主义之类的说法一笑置之。他一贯固执地否认在他的作品中有什么"象征"。但诸如"罗夏猴子"之类却又是他总在读者眼前"招摇"的一个堪称典型的"意象"，此外还有村上无论在采访还是文本中都拒绝予以限定的那些并不稀罕的动物或水域、植物或地貌"意象"，这些意象本身就如同罗夏墨迹，会作用于每个读者的心上。

如果说"鼠"是位专注于象征的内部世界的作家，那相比而言，叙述者则仅是一位赋予"这些纸页"一个外形的记录者。他只是对进入他视线的那些事件和人物做出反应——更准确地说，只是在观察，这些事件和人物往往比他本人更显得有趣。小时候，他最大的问题就是无法与外部世界沟通。他太沉默寡言了，以至于他父母决定带他去看心理医生。"文明就意味着传达，"医生告诉他，"不能表达的东西，就等于其并不存在。"大了以后回想此事，他也表示同意："一旦再也没有需要传达或者表达之事，文明即寿终正寝。咔嚓……OFF。"十四岁那年,有三个月时间,他突然犹如河堤决口般说了起来,不过此事过去之后,他终于变"正常"了,既不口讷,也不再饶舌。

高中最后一年的时候,叙述者开始有意识地采取一种冷淡、疏离的态度,立誓脑子里想什么嘴里最多说出一半;现在成了作家,他发现他这种习惯性的冷淡在某种程度上变成了一种障碍。肯定在跟"鼠"的关系上成了一种障碍,他觉得无法真正与他坦诚相见。就像杰所言,"你是个好孩子,不过总给人感觉太过冷淡超然"。叙述者发誓要跟"鼠"推心置腹地好好谈谈,但他们俩实际上从来没能真正互吐衷肠。作为作家的这两个方面一直两不相干。

作为小说中的作者,叙述者将他的"冷感"("酷")传给了小说的语言。毫无疑问,这部相对而言分量并不轻的处女作最吸引人的地方正是它的风格,村上对语言的运用令人兴味盎然。在他又写了几部小说后,他的一位采访者对他说,"我喜欢你风格中很好玩的那种感觉,对语言的畅意游戏。跟更早期的作品相比,在你和你的语句之间存在一种距离感。"村上春树答道,"喔,那种感觉来自我有一种很强的想要书写的欲望,但却一点可写的东西都没有。有那么多东西我原本并不想写,当我把它们都剥离之后也就一无所剩了。"村上对此哈哈大笑,不过又继续说:"所以我单只挑出七十年代的背景,开始码字。我想以前也说过这话:鬼才知道为什么,这么做就真会有东西出来,真值得一试。现在想来,可能是这么回事,不管我怎么把字码起来,那总是我自己在这么做,我的意识也就注定会以这样或那样的方式随着这些字句流淌出来。"

村上春树在伯克利发表讲演时曾谈起他在风格问题上的挣扎,特指他所受的影响均来自日本以外:

> 我猜在座的诸位中有很多会对我再也没提一位对我有影响的日本作家感到奇怪。这是事实:我提到的所有作家不是美国人就是英国人。很多日本评论家已经在按图索骥,拿我

的作品跟他们比了。美国也有很多研究日本文学的学生和教授在做同样的工作。

事实就这么简单，在我真正开始写作前，我爱读的作家是理查德·布劳提根和库尔特·冯内古特这一类的。在拉美作家中我喜欢曼努埃尔·普伊格和加西亚·马尔克斯。约翰·欧文和雷蒙德·卡佛还有蒂姆·奥布莱恩开始发表作品后，我也觉得他们很让人享受。他们每个人的风格都令我着迷，他们的小说中带着某种属于他们本人的魔力。坦率地说，我没能从同时阅读的日本当代小说中感受到这种魅力。我觉得这很让人挠头。日本的语言为什么就不能创造出那样的魅力？

所以，我就着手创造属于自己的风格。

村上提到普伊格真是别有趣味，这位《蜘蛛女之吻》和《丽塔·海华斯的背叛》的作者恰好被中上健次称为"拉美的村上春树"。他正是村上非常喜爱、广泛阅读的少数几位拉美作家之一。

村上在别处也曾论到风格问题："一开始，我竭力真实地去写，但结果却无法卒读。于是我就试着用英文重写开头。我把它翻回日文，再加工一下。用英文写的话，我的词汇有限，就不能写长句子。在这种情况下，竟然给我抓到了一种节奏，比较而言词语精练、句子简洁。"这正是他在冯内古特和布劳提根身上感觉到的那种调调。

这令人想起塞缪尔·贝克特在法国写作的经历，明显可以看出两人所受的影响都是一种故意的冷然和疏离感，不仅表现在语言上，还有那种略带幽默的对人生——以及死亡所抱的"间离"视角。当然，村上春树的世界里绝少贝克特式棱角粗粝的嘲笑所带来的严厉和沉重感；那是一个更容易消受、色彩柔和得多的世界，不时还容许感伤的思绪慢慢划过。

村上春树是通过几个途径达到这种既疏离又舒服的境界的。叙述者通过稍稍年长之后但又丝毫没染上成年人市侩气的自家的视角来讲述他二十岁出头时候的经历。很重要的一点是，小说出现"我"时，自始至终使用的都是"Boku"这个词。虽然所谓"私小说"在日本严肃文学史上源远流长，但叙述者最常用的第一人称代词是带有正式语气的"Watakushi"或"Watashi"①。村上春树特意选用的这个语气随便的"Boku"原本是年轻男性在非正式场合使用的带点谦逊语气的代词。（女性说"我"的时候从来不用"Boku"。村上春树笔下极少数的几个女性叙述者使用的是中性色彩的"Watashi"。）

村上春树当然不是第一位采用"Boku"来指"我"的日本小说家，但村上为他的 Boku 所注入的个性却是独一无二的。首先，它好像就是村上本人的个性，有大把的好奇心，对人生所固有的怪异之处冷然、疏离而又困惑地予以接受。这一姿态当然赋予Boku 一种被动的特性，但反过来也使村上的主人公在面对混乱的境况时经常带出一种特殊的语言习惯——或者就叫作"村上主义"——"Yare-yare"。翻成英文就是"了不起，真了不起"或是"太可怕了"，要么就只是一声叹息，端赖译者的处理和让人摸不着头脑的语境而定。村上特意选择这个 Boku 来称呼他小说中的主人公，是因为他觉得这是日语中最接近英语的中立表达法"I"的词汇；更少日本社会固有的阶层感，更多民主色彩，而且肯定更没有那种自以为是的权威意识。

村上春树从一开始写作就明确表示过他对那种全知全能的叙事态度感觉很不舒服——像造物主一样为他的人物赐名，用第三人称叙述他们的活动。采用第一人称的"我"是他决心在他的叙事中远离一切权威感的本能性决定。"我"可能会碰上千奇百怪的故事，但对读者讲述时使用的口吻却像个朋友跟我们诉说自己的亲身经历般亲切和随意——而且还会使我们对于故事中发生的事

---

① 这几个词在日语中都是"我"的意思，但有明显的语气差异："Watakushi"是最正式最恭敬的说法，其次是"Watashi"，"Boku"带有自表谦逊的非正式语气，更加随意、大大咧咧的说法是"Ore"，或可译作"俺"。

件产生一定的距离感。二十年来，使用这种朋友般亲切的第一人称方式讲述故事一直是村上春树叙事策略的中心环节。

年满二十九岁的村上春树笔下的"我"也已经二十九岁，娓娓道出他近十年前的人生故事。实际上，这就使得叙述者成为读者善解人意的老大哥，一个稍微年长的过来人，能提供些经验帮你度过骚动难安的青春岁月，使你获得一定程度的自我认识（而且没有一丁点成年人的自命不凡）。"我"曾亲历过死亡和幻灭，但他首先是个平凡的喜欢喝点啤酒的普通人，并非过于敏感的艺术家或戛戛不凡的智者。他彬彬有礼、举止得体，他喜欢棒球、摇滚和爵士，喜欢女孩和性爱又有分寸和原则，而且对性伴侣温存体贴。他实际上是某种足堪仿效的"角色模型"，这部作品也多多少少算是一本教育小说，就如何克服青春年少时期的挫折、沮丧，继续自己的人生温和地提供了建议。

跟周围的人物相比，"我"倒是最"没"趣的，不过却使人倍感亲切、乐于接近——就像是查理·布朗，借助他，我们才认识了露茜、莱纳斯以及施罗德①这帮个性十足的怪人。他是那种最值得信任，人们会把隐藏最深的秘密都向他和盘托出的人——一位了不起的倾听者，就像是面对一位心理医生，大家在把自己的故事告诉他之后似乎立刻就觉得好过多了。他对他们也有兴趣，不过只对他们作为故事和乖僻的所有者这一点而非对他们完整的个人感兴趣。也可以说，在村上春树绝大多数叙述者为"我"的作品中，唯一存在的"个性"就是"我"本人，他的颖悟力一直令我们着迷。其余的人物都只是他心灵的映射。一个村上春树的故事的焦点就是"我"的一段奇遇或经历；一部村上春树的小说通常会提供很多这样的"节点"，而不在于探索某个人物的个性或展开某种结构紧密的情节。当叙述者被吸引去追寻某一神秘的人物或事件时，他追寻

---

① 查理·布朗是美国著名漫画兼剧集《花生》中的男主角，一个充满幻想的普通男孩。露茜、莱纳斯和施罗德都是他的同学和朋友。

的过程本身总是比他要追的鹅（或羊）更有意味。

《且听风吟》的叙述者一开始就提请读者放心，他压根儿无意创造凌虚高蹈的艺术，尽管他的书里面也许包含着"一两点教训"。从它的标题开始，这部小说都毫无疑问具有说教意味，现代日本文学中从来不乏提供生活之楷模的传统（比如夏目漱石或志贺直哉），但因为其中就像漫画《花生》一样缺少父亲型的权威角色，于是它传达信息的方式就立刻引起了年轻读者的兴趣——也因此常使老一辈的评论家无法忍受。（大江健三郎曾断言村上春树"为日本现今和将来创造的典型形象基本上无法引起知识阶层的兴趣"，其实大谬不然。他只是碰巧不喜欢村上春树的典型形象而已。）虽然村上后来的作品说教意味越来越淡，读者还是不妨将"我"作为走进村上春树的艺术世界的一个窗口。

村上春树声称他当时就很有信心会赢得"群像"奖，特别是在经过第一次整体删削润色之后。真正吃惊非小的是他的朋友。他们从没料想到这样的荣誉会垂顾一个如此平凡之人——至少是先前就读过这部小说的一位朋友，他劝村上春树就此搁笔算了，因为他写得实在太糟了。

"平凡"这个词经常会冒出来，村上春树如此评价自己，据他自己说别人也都这样评价他。确实，外表看来他是个平凡、懒散、喝喝啤酒看看棒球的主儿，除非碰到意外情境，比如他突然间退守到自己内心深处，你看得出来他已经神游物外了。他警告说，那个坐在你对面大嚼三明治的家伙跟写出一本本书的并不是同一个人，这两个人不容混淆。平凡的村上春树对另外那位的写作没有丝毫功劳，也许正因为这一点，日常生活中的村上春树才成为那么个得体、谦逊之人。他从不装腔作势，也并非塞林格那样的遁世者——虽然有些传言这么说他。他虽不会在电视上抛头露面，也尽量避免社交场合，但他却能轻易地将一屋子人都逗乐，一旦他被拖去参加一个聚会，他也能自得其乐（前提是他们得允许他早点回家睡觉，因为第二天早上他还要起来写作）。不过说到底，那种平凡、随意的感觉仍然在他的作品中先入为主。村上春树了不起的成就在于对一个平凡的头脑观照世界的神秘和距离有所感悟。如果说平凡的村上对那个创造性的村上有所贡献的话，那就是他教会了自己遵循必需的纪律以使他创造性的自我得以凝神观照。

必需的纪律。凝神观照。一旦村上春树下定决心要做什么，他就一定做到。有一次，村上在美国新罕布什尔州进行越野滑雪，当从一个小斜坡上下滑时他失去平衡，脸朝下栽到了一个已经结了冰的雪堆里。他的同伴也一样对滑雪没有经验，但足够明智，就把滑雪板脱下来步行下山，发现村上轻度昏迷、嘴唇上都是血。稍稍用酒精棉敷了几下之后，村上又跋涉到山顶重新来过——再重新来过——再来，直到自己掌握了为止。那次就是意志力的一次动人展示。

如果村上只满足于继续重复自己，他也就不会比那些专为高中生大学生写作的作家高明多少了。这些年来，他已经表现出惊人的进步，不过，这部使他一鸣惊人的小说的第一章——这部处女作据信倒空了他所有不得不说的话——仍然值得全文征引，既可以作为当时的读者何以受到其吸引的样本，同时也可以用作讨论他后期创作的参照。看起来像是一位新小说家对自己在写作上受到的影响的自觉思考，不过其中包括的那些主题和形象已经预示了村上春树最重要的几部作品的产生。

且听风吟

第一章

"不存在十全十美的写作，如同不存在彻头彻尾的绝望。"

这是大学时代偶然结识的一位作家对我说的话，但我对其含义的真正理解则是在很久很久之后——不过至少还是给了我某种安慰。的确,所谓十全十美的写作是不存在的。

尽管如此,每当我提笔写点东西的时候,还是经常陷入绝望的情绪之中。因为我所能写的范围实在过于狭小,譬如,我或许可以就大象本身写点什么,但对大象的管理员却不知从何写起。诸如此类。

八年时间里,我总是怀有这样一种无奈的苦闷——八年,八年之久。

当然,只要我始终保持事事留心的好学态度,即使逐渐老去也该不再那么难以接受。就一般情形而言。

二十岁刚过,我就一直尽可能采取这样的生活态度,因此不知多少次被人重创,遭人欺骗,给人误解,同时也经历了许多莫可言喻的体验。各种各样的人赶来向我倾诉,浑如过桥一般从我身上跋涉而去,然后再也不曾返回。这种时候,我只是默默地缄口不语,对自己的故事讳莫如深。如此迎来了我二十岁的最后一个春秋。

而现在,我打算一吐为快。

诚然,难题一个也未得到解决,并且在我倾吐完之后事态怕也依然如故。说到底,写作并非自我疗伤的手段,充其量不过是自我疗伤的一种小小的尝试。

问题是,直言不讳是件极为困难的事。甚至越是想直言不讳,直率的语言越是遁入黑暗的深处。

我无意自我辩解。能够在这里诉说,至少我已尽了现在的我的最大努力。已经再没有别的可说了。但我发现自己还在这样想:如若进展胜利,或许在一段时间,在几年或几十年之后,我会发现自己终于得救了。到那时,大象将会重返平原,而我将用更为美妙的语言描述这个世界。

*

文章的写法,我大多,或者应该说几乎全部是从德里克·哈特费尔德那里学得的。不幸的是，哈特费尔德本人在所有的意义上却都是个无可救药的作家。这点一读他的作品即可了然。行文佶屈聱牙，情节颠三倒四，立意肤浅稚拙。然而，他却是极少数能以文字为武器进行战斗的非凡作家之一。纵使同海明威、菲茨杰拉德等与他同时代的作家相比，我想其战斗姿态恐怕也毫不逊色。遗憾的是，这个哈特费尔德直到最后也未能认清敌手的面目，这也正是他的所谓无可救药之处。

他将这种无可救药的战斗锲而不舍地进行了八年零两个月，然后死了。一九三八年六月一个晴朗的周日早晨，他右臂抱着希特勒画像，左手一把撑开的伞，从纽约帝国大厦的楼顶纵身跳下。同他生前一样，死时也没引起怎样的反响。

我偶然搞到的第一本哈特费尔德已经绝版的书，还是在初中三年级——胯间生着奇痒难忍的皮疹的那年暑假。送我这本书的叔父，三年后身患肠癌，死的时候被切割得体无完肤，身体的入口和出口插着塑料管，痛苦不堪。最后见面那次，他全身青黑透红，萎缩成一团，活像狡黠的猴。

*

我总共有二个叔父，一个死于上海郊区——战败第二天踩响了自己埋下的地雷。活下来的那个叔父成了个变戏法的，在全国各个有温泉的所在巡回表演。

*

关于好的文章，哈特费尔德这样写道："从事写作这一任务，首先要确认自己同周遭事物之间的距离。所需要的不是感性，而是尺度。"（《心情愉悦有何不好？》1936）

于是我一手拿尺，开始惶惶不安地张望周围的世界。想来定然是肯尼迪总统惨死那年，距今已有十五年之久。这十五年里我的确扔掉了很多很多东西，就像发动机出了故障的飞机，为减轻重量先是甩掉货物，然后甩掉座椅，最后连可怜的男乘务员也甩掉一样。十五年里我舍弃了一切，身上几乎一无所有了。

至于这样做是否正确，我无从断定。心情变得痛快这点倒是确确实实。然而每当我想到临终时身上将剩何物，我便觉得格外恐慌。一旦付之一炬，想必连一截残骨也断难剩下。

死去的祖母常说："心情抑郁的人只能做抑郁的梦，要是更加抑郁，连梦都不做的。"

祖母辞世的夜晚，我做的第一件事，是伸手把她的眼睑轻轻合拢。与此同时，她七十九年来所怀有的梦，便如落在人行道上的夏日阵雨一样悄然逝去，了无痕迹。

*

就写作我再啰嗦一点。最后一点。

对我来说，写作是极其痛楚的事情。有时一整月过去了只写出一行，有时又挥笔连写三天三夜，到头来却又全都写得驴唇不对马嘴。

尽管如此，写作同时又是一种乐趣。因为较之生之维艰，在这上面寻求意味的确太轻而易举了。

意识到这一点时我才十几岁吧？当时竟惊愕得一周都说不出话来。我觉得只要耍点小聪明，整个世界都将被自己玩于股掌之上，所有的价值观将全然为之一变，甚至时光都可以倒流……

等我意识到这不过是种错觉时，不幸已经是很久以后的事了。我在记事簿的正中画一条直线，左侧记载所得，右侧则写所失。失却的、毁掉的，尤其是不屑一顾的、付诸牺牲的、背弃不要的……我永远都列举不完。

我们要努力认识的对象和实际认识的对象之间，总是横陈着一道深渊，无论用多么长的尺都无法完全测出其深度。我这里所能够书写出来的，不过是一份目录而已。既非小说、文学，又不是艺术，只是正中画有一条直线的一本记事簿。若说教训，其中也有那么一两点。

如果你志在追求艺术追求文学，读读希腊人写的东西会大有好处。因为要诞生真正的艺术，奴隶制度是必不可少的。而古希腊人便是这样：奴隶们耕种、烧饭、划船，而市民们则在地中海的阳光下沉醉于吟诗作赋，埋头于数学解析。所谓艺术便是这么一种玩意儿。

至于半夜三点在悄无声息的厨房里将电冰箱搜个遍儿的人，只能写出这等模样的文章。

而那也包括我在内。

———

年届二十九岁之后，"我"开始最低限度地期望将来的某一天终会获得理解（如果他继续写作，也许几十年后连他自己都会获得拯救），但他坚决否认他有任何答案。他不是个受到粗暴对待的权威或者潜在的权威形象。那个文学上的权威，臆想出来的籍籍无名的美国小说家德里克·哈特费尔德最后发疯自杀了。引他认识哈特费尔德的叔父因患癌症皱缩成一个古怪的猴子（又是猴子的意象）。代表战时一代的那个叔父死得可笑之极，战败后踩上了自己埋的地雷。唯一活下来的叔父成了个卑贱的变戏法的。

"我"从"哈特费尔德"身上学到的最重要的东西就是尺度：距离和反讽。一个臆造的书名提出了经过努力可能获致的安慰：《心情愉悦有何不好？》。这可能是活过从刚满二十直到将近三十这八年间唯一的凭借（不管除了三十岁这道坎之外还能剩下什么），尽管谁都无法打包票：哈特费尔德八年零两个月的战斗就以自杀告终（这是这短短的一章中出现的第五次死亡）。你所能做的一切不过是不断地告诉自己要始终保持事事留心的好学态度，不断地测量自己同周遭事物和人们之间的距离。这其中蕴涵深深的反讽，不过也不乏积极的意味：自愿继续测量和实验，渴望确认自我和世界之间的关系，并检验这两者间交流的本质，观察梦想与感觉能进入"彼一世界"的程度、所能达至的深度、确认现实——和幻想的本质。村上春树是一位认识论者，他希望摸清楚"我们要努力认识的对象和实际认识的对象之间……横陈的那道深渊"。

这一经验将形成村上所有作品的基础。我们将眼见他试验他的能力并质询其合法性。作为一个作家,"我觉得只要耍点小聪明,整个世界都将被自己玩于股掌之上,所有的价值观将全然为之一变,甚至时光都可以倒流"。然而,这种唯我论却被一个恼人的猜疑轻易挫败:在"我"的意识智能之外似乎还有别的意识智能在形成它们自己的内部世界。在那些我"失却的、毁掉的,尤其是不屑一顾的、付诸牺牲的、背弃不要的"事物中还有一种"事物",那就是人。村上曾说过他"在那些日子里对真正的人不感兴趣",以这种态度开始写作或许真是歪打正着。文学从根本上说来就是一种从真实的世界逃逸出去的途径——从日本文学和日本的文学语言中逃逸出去。这将与他在现实生活中从日本这个国家中逃逸出去形成对照。日后,他将重新审视这一时刻,并说:

> 我在青年时期开始写小说时唯一的念头就是逃离所谓的"日本状态",逃得越远越好。我当时想使自己从日本人的诅咒中解脱出来,越远越好……

这或许可以解释他为什么宁肯将肯尼迪被刺当作一个重要的标志事件而不从本国历史中选择的原因。"我当时也并不特别赞赏肯尼迪的政策,"村上自己说过,"但他给一九六〇年代早期带来的那种理想主义、自由主义的氛围强烈地吸引了我——或许甚至影响了我。"再就是他下定决心离开自己的祖国:

> 我身在日本时,唯一想做的就是一个人待着,远离社会、人群和拘束——离得越远越好。我大学毕业后没有选择去某个公司。我一直生活在自己的写作世界里。文学界对我而言只是一种痛苦,正因为这个原因我才一直一个人待着,写我自己的小说。

同样因为这个原因我才去了欧洲，一住三年，而且在日本待了一年后，我又跑到美国去住了四年多时间。

　　不过，随着村上春树和他笔下"我"的成熟，自我和他人之间相互理解和不理解的程度将逐渐成为他创作的中心；而且，一旦他重新发现日本作为一个国家成为他希望了解而不再是逃离的对象，"真正的"人也将开始在他的作品中牢牢地占据一席之地。

三

半已忘却的旋律

当村上完成《且听风吟》并寄往《群像》杂志后,他已经将在棒球场上突然产生的奇怪冲动付诸了实施,很有可能就此搁笔了。但获奖改变了一切——虽然并非一步到位。一九八〇年,三十一岁的他仍然是个碰巧写了部畅销小说的爵士乐酒吧的小老板。不过获奖的事实使他有了再尝试一次的勇气。他仍然得在一天的辛苦工作后伏在厨房的桌子上动笔,而且也并非总能写得顺畅自如。

"我写的时候颇多抱怨,我太太被烦得要命,声称再也无法忍受我的喋喋不休了,"据村上讲,这个习惯他迄今也未能改掉。有时阳子也会逗他,"你干吗不就此搁笔重新做个正常的丈夫呢?"

村上此时写的也并非都是小说。杂志的编辑们迫切想出版他这个文学新贵的作品,他就短篇小说、翻译(几篇菲茨杰拉德的小说)、散文(关于斯蒂芬·金,关于影片中的代沟主题,关于他已届中年想继续写作的决心)样样都来。创作于此时的第二部长篇则继续描述"我"和"鼠"的历险。

《一九七三年的弹子球》

《一九七三年的弹子球》(1980)的开篇是对一九六九年至

一九七三年东京学潮及结束后这段时期的一个概述，然后聚焦在一九七三年的九月到十一月，此时"我"二十四岁，"鼠"二十五岁。"我"住在东京，跟一对双胞胎女孩一起睡，这两个女孩只能通过她们T恤上印的数字208和209才能区分开来，"我"开了一家商业翻译的小事务所，没精打采地跟一位朋友和一位颇有魅力的女助手一道工作。他只觉自己二十岁的光阴像团没形没状、无聊的污迹一样转瞬即逝，但当他告诉办公室的女孩他应付毫无意义的例行公事的原则就是"再不期待任何东西"时，她并不相信——其实他自己也不信。

与此同时"鼠"从大学里退学，还继续在杰的酒吧里晃荡，距神户七百公里，竭力想跟一个纠缠不清的女人了断，计划着一劳永逸地离开那个小镇。他是通过应征打字员的分类广告认识那个女人的，从中我们认识到"鼠"仍然想当个作家。（顺便说一句，我们对这个女人知之甚少，我们知道的少数几个事实之一是她拥有一张斯堪的纳维亚风格的床，也许是暗合"披头士"那首《挪威的森林》，收有这首歌的专辑《橡胶灵魂》在小说中提到过数次。）

"我"和"鼠"在小说中从未聚首；每个章节交替出现第一人称描述的"我"的生活和第三人称对"鼠"的记述（次序交替上稍有些不同）。这是我们首次意识到"鼠"其实是个"编造出来"的虚构人物，而"我"则更加接近作者。说教的成分再次在这部小说中浮现，不过大多不是源自"我"——这部小说不再以"回首前尘往事"的视角展现——而是直接出自那位聪明的"老"中国人（四十五岁）——酒吧老板杰之口，这个人物在《且听风吟》中几乎一无作为。"我"更多地是以当时二十四岁的面目出现，较之《且听》与"鼠"有更多的类同，不再以回顾的口吻讲述。"鼠"的痛苦一如《且听》中的彻骨，丝毫没有减轻，而且"我"也让我们认识了他过去的某些痛苦，他的冷漠只不过是面对失落感莫可奈何的自卫姿态。

整部小说的叙述口吻远比《且听》来得阴郁，不过，相对于"我"重返过去其至爱直子死去的那最为痛苦的一章，村上让"我"在一切事物中似乎故意地迷上了弹子球，因此度过了许多百无挂虑的幸福时光——正如当初在杰的酒吧里玩的一样，直到三年前它随着东京那家游戏厅的关闭彻底消失。

　　小说的高潮出现在那个弥漫着死鸡气味的冰冷仓库里，那意外的闪现简直令人目眩，在那种绝对令人作呕的死亡的气息中，"我"与记忆中那个沉寂、永恒的"彼一世界"直面相对。这一世界会以不同的面貌呈现：传奇般的"大象墓园"；"古老到根本无从忆起的梦之墓园"；童话中的"森林深处"，刹那间令"我"感到会变成一个无法动弹的怪兽滴水嘴的威胁；或者一个储存已经枯萎的少年时代梦想的藏宝室，好莱坞每个小明星都在其间高耸着她们辉煌的乳房。这次是一个外太空的所在，那些弹子机——所谓的"宇宙飞船"——在绝对的静寂中一动不动地等着他。这是流行小说和电影中几乎所有不同种类的"彼一世界"的一种折中呈现。

　　这个地方不但弥漫着死鸡的气味，还充斥着数目字：有不多不少七十八台弹子机——"七十八个死亡和沉寂"——站在"三百一十三条腿上"，这些精确的数字远没有这些数字竟是如此精确的事实重要——生硬、永恒、已然死去。记忆是个我们曾经经历过的人和事仍然鲜活不变地居于其间的所在，哪怕在现实中他（它）们早已不复存在；在我们这个沉寂的"大象墓园"中，一台弹子机对我们而言可以像我们经历过的人一样真实一样重要，一个曾一度如此真实，甚至拥有了村上一贯吝于奉献的礼物：一个拥有名字的人——在这本小说（以及后来的《挪威的森林》）中她叫直子。

　　死亡是村上"彼一世界"的主要意象，不过也不尽然。《舞！舞！舞！》中神秘的"羊男"就正是对彼一世界仅是死亡和湮灭的否定。彼一世界就存在于他所说的"现实"中——如果所有的

"现实"尽是记忆，他的话当然没错。《舞！舞！舞！》中的"我"所体验到的"奇怪的熟悉"的冷感也可以认为就是这个死鸡冷库中的寒冷，而此处由动物散发的死亡的恶臭也可以在村上其他几部作品中寻到对照。如《纽约矿难》（1981）对于日常生活中那种（在幻想中）不断迫近死亡的感觉的沉思，就是以对一个只要暴风骤雨来临就要赶往动物园的人的描述开始的。此人就是后文中叙述者一旦不得不去参加葬礼就要向他借西装穿的主儿——而这种事情居然发生得极为频繁。部分要归功于对动物的强调以及小说激起的人与动物的生命间的相互贯通感，死亡的意象由此变得不那么具有威胁性了，而仅仅成为构成生命的那些具有神秘联系的纷繁芜杂的流程的另一个侧面。动物之所以令村上着迷是因为它们的生活同人头脑中的生活一样浑浑噩噩：活着但却全无理性思考可言，跟那些神秘的力量频繁接触但却总是无法与之交流。动物——也正如《且听风吟》中罗夏墨迹中的猴子——虽富于象征性却又根本没有特别的象征意味可言。

跟一台久已失去的弹子机重新聚首本是一种相当荒唐、怪异的经验，之所以赋予其以如此之重的隐喻意味，可以在"我"早些时的观感中寻得些许端倪：

> 某天，某样东西会突然引起我们的注意（确切地说是"俘获了我们的心"）。无所谓什么，什么都可以。玫瑰花蕾、忘记放在哪里的帽子、儿时中意的运动衫、吉恩·皮特尼的旧唱片。全是失去归宿的无谓之物的堆砌。诸如此类的东西在我们心中彷徨个两三天，而后复归原处……黑暗。我们的心由此被掘出无数口井，井口有飞鸟掠过。
>
> 那年秋天一个黄昏俘获了我的心的，其实是弹子球。我和双胞胎一同去高尔夫球场八号洞区的草坪上观看日落。八号洞区是理想的五杆长洞区，一无坡二无障碍，唯独小学走廊般平坦坦的草地径直铺展开去……至于为什么就在那一瞬

弹子机一下子攫住了我的心,我一无所知。

通往过去的通道是一个令人想起儿时情景的悠长、像条走廊的所在,在受"伊帕内玛少女"激发而写的那个故事中是这样描述的。

那么,人生对于村上而言就只不过是会突然"俘获"一个人的"心",然后又重新消匿无痕的"无谓之物"吗?是又不是。宇宙喀哒喀哒无情地逝去,其间的一切都不免归于湮灭无痕,但与此同时我们仍然拥有我们的生命,这生命对我们可以有所意味,端赖我们的人生态度为何。这正是《一九七三年的弹子球》的"教训"所在,正如杰之所言:

> 我活了四十五年时间只明白了一件事,那就是:人只要努力,肯定会有所得。从再普通再平凡的事物中你都能有所得。我在哪儿读到过,即使是剃刀上都有不同的哲学。事实上,倘非如此,谁都不可能幸存下去。

为了寻找"意味"之所在,"我"求教于康德的《纯粹理性批判》,在小说的进程中他读了无数遍。他不得不在一个"葬礼"中担当起牧师的职责。十月的秋雨浸透了这一阴郁场景中的一切,仪式在其间异常肃穆地进行。这一描述得如此美丽,甚至令人深深为之动容的葬礼虽不是直子的,事实上只不过是为一块已经"死亡"必须丢弃的配电盘而举行,但又有什么关系?村上春树百分百地当真,直到:

> 双胞胎之一从纸袋取出我们挚爱的那个配电盘递给我。在雨中,它显得比平时更加凄惨。
> "说句祷词吧!"
> "祷词?"我一声惊叫。

"葬礼嘛，要说些什么的。"……

"哲学的义务，"我搬出康德，"在于消除因误解产生的幻象……配电盘哟，在水库底安息吧！"……

"好精彩的祷词！"

"你想出来的？"

"当然。"我说。

为一个毫无意义之物举行的荒谬仪式，这次葬礼揭示了认为人的生命比一个配电盘有更多意义的"幻象"。生命的意义到底为何？那些进入什么生命最终又不可避免地归于虚无的事物——包括人在内——到底有何意义？它们都不过是我们心灵中的印象，不会比我们灌注其中的意义更多，也不会更少。在"我"努力使办公室的女孩确信她的生命并非通往一条死胡同之际，"我"再次想起了配电盘。"我"决定，对于人生苦痛的唯一回应应该是处之超然："最好不要再对任何东西抱有希望。"

"鼠"也在以自己的方式寻求超然，更为传统的方式。他为永无尽头的思考所苦，在小说的结尾，他终于设法跟那个女人分手，心怀感激地跟杰永别，而且——在这本薄薄的小说中第三次——通过在他的车里入睡获得寂灭（也许也预示了《世界尽头与冷酷仙境》中"我"的命运）。他一直在说要离开，但他对海底会是如何温暖舒适的想法肯定暗示了面对他精神的痛苦他也许有了一种更为永久的解决办法。

"我"如今的超然生活最突出的特征就是那对双胞胎姐妹：208和209，小说的情节以她们始又以她们终。虽然她们坚持她们的截然不同，但事实上她们是完全可以互换的——到了通过互换"我"借以区分她们的运动衫以确认相互"身份"的程度。当有人问"我"有没有女朋友时，她们并未在他头脑中出现。他睡在她们中间，但她们的存在却完全与情色和肉体无涉（双胞胎中的一位在去往葬礼的路上抚摸了他的大腿内侧，但只是为了安慰而非挑逗他）。的确，她们在小说的世界中几乎不是作为人存在的，远没有他日思夜想、终于得见的弹子机更有个性。"我"宣称自己不知道这对双胞胎是何时进入自己生活的，只有"我"的时间感自此回到一种单细胞生物的水平。她们是将作者分为"我"与"鼠"的一种苍白、抽象（虽然漂亮）的形象表征。208和209就是那些"无谓之物"的一部分，在"我的意识中彷徨"了片刻，而后"复归于原处"，她们的离去也就标志着小说的结束。"你们要去哪儿？""我"问她们。"复归于我们所来之地。"她们回答。她们陪"我"穿过那条漫长、笔直的八洞球道，也正是在这儿，弹子机一下子由他记忆的深处显现出来——这条球道同样亦是源于村上潜意识中使双胞胎本人具体成形的那条神秘通道。她们在飞鸟——那些自由地在意识和潜意识世界之间游走的造物——的注视下离开。"我不知道如何表达是好，"他说，"但没了你们我会真的寂寞难耐。"

他当然不知道该如何表达才好——或者向自己解释清楚作者是何时停止写作此书、何时不再思考这些想象中的臆造之物的，她们的缺席会使他备感孤独——但她们毕竟曾以无可否认的现实形式呈现在他眼前，他会想念她们的。"我们在哪儿再碰头吧。"他建议道。"是呀，在哪儿吧。"她们回答，而她们的声音回响在他的心中就像回声一样；因为要找到那个特别的"哪儿"，他能在那儿再次"碰到"那些曾一度攫住他的心的人——还有那些事、那些概念和话语——是"我"——村上春树的中心文学化投射——的追求。

虽然村上春树这些充满爵士味道的作品初看之下与最典型日本气质的小说家川端康成（1899—1972）笔下那些艺伎和茶道并无多少不同，两者都是作者力图挽住将人生无情地卷往过去的时间之流的结果，而且都将"超然"作为一种对抗之途。在他"失去"双胞胎姐妹时，他眼看着白天从他窗前离去，"一个如此安静的十一月的周日，似乎一切很快就将完全透明。"他再次处于超然状态，他的追求安全抵达了一个终点，那个"真实"的世界慢慢抽离出自己的色彩。这一结局不禁令人想起川端康成《伊豆的舞女》的结局：主人公在流尽热泪后慢慢遁入禅宗的虚无。

《穷婶母的故事》

村上春树的世界中最有力地展现记忆力量的小说之一发表于《一九七三年的弹子球》同年，标题怪异之极，叫《穷婶母的故事》(1980，修订于1990年)。在这篇小说中，莫名其妙攫住了叙述者的心的是"穷婶母"这个词——这个词本身在现实世界里毫无深意，在日语中也无任何特殊含义。英语世界的读者请务必不要认为"穷婶母"这个词在日本比在英国或美国具有更多的含义。

《穷婶母》在村上春树的作品中属于异数（不过在现代日本小说中应该相当普遍）：这是个关于作家想写个故事的故事。村上的绝大多数主人公都是身陷无聊、世俗工作中不能自拔之人——广告打字员、商业翻译者以及已经失去一九六〇年代的理想主义、使自己适应了既定制度之人。但这个短篇写的却是关于一位作家对词语的迷恋，我们尽可安全地假设此处描述的这位作家其实就是村上本人很大程度上的自画像。

村上春树是一个对于用词语凭空从无中创造出某样东西这一无可预测的过程充满迷恋的作家。据他自己所言，他的大多数短篇其实都源自它们的标题。某个词语本能地在头脑中形成某种意象，于是他就在写作中"追逐"这一意象，全然不知它会将他带往何处。有时这一过程会是个失败，他不得不放弃，但通常那一意象真的能启发一个开场的情景，小说后面的部分就由此发展出来。"我写作时，某种我原本无意识的东西会自动现身。我发现这一过程充满刺激，非常有趣。"他说。

《穷婶母的故事》就是个完美的例证。确实，"这就是个主题源于其标题的故事……这个故事有一种双重结构：同时包含了'一个穷婶母的故事'以及'创造"一个穷婶母的故事"的故事'。"这一次，"穷婶母"这个词是在跟他妻子阳子闲聊时突然袭上心头的。他的家族中并没有什么穷婶母存在，这个词实在无用武之地，然而阳子因为生于相对不太富裕之家，倒是真有个把穷婶母。

小说的开端是"我"跟女朋友坐在一家画廊外面的水池边，享受着七月一个星期天的午后。一切都宁静而又平常，但某些特定的细节却以一种典型村上春树的方式打动了"我"："就连草坪上揉成一团扔着的巧克力包装纸，在这七月王国里都如湖底的水晶一般自命不凡地闪烁其辉……沉在水底的几个软饮料罐透过澄澈的池水熠熠生辉。在我，它们就像古代被弃置的城镇废墟……坐在水池边，和女友一起呆愣愣地抬头看着池对面的独角兽铜像。"突然间，那个无始无终的传奇世界侵入了"真实的"世界。独角兽尤其别有意味。东京明治神宫外花园中的明治纪念馆画廊外面巨大喷泉旁站立的真实独角兽铜像将变成《世界尽头与冷酷仙境》中那个永恒的彼一世界中的主要角色。

马上，我们又听到音乐声，又一转入内心的典型暗示："从不知是谁放在草坪上的巨大便携收音机里低声传出音乐，仿佛砂糖放多了的甜腻腻的流行歌曲随风而来，唱的是已然失去的爱和可能失去的爱。我似乎能辨认出这一曲调，但又不能肯定曾听到过。感觉就像我认识的另一个人。"

然后就发生了：

"就在这样一个星期天的午后，一切的一切中，独独穷婶母俘获了我的心。原因我不晓得。周遭连穷婶母的身影都没有，也没有任何令我想象到她的存在的东西。然而她还是来了又走了。哪怕只有一百分之一秒，她确实在我的心中出现过。而且当她离去的时候，她还在她待过的地方留下了一个奇怪的、人形的空白。感觉上就如有个人呼啸着经过一扇窗，马上又消失了。"

"我"于是转向女友说："想就穷婶母写点什么。"(他又对读者言简意赅地解释说："我是那种想写点小说的人。")

"为什么？"女友问道，"怎么想起穷婶母来了？"

"我也不知道是怎么回事。不知为什么，那些会一下子俘获了我的心的都是我不明所以的事物。"

女友问"我"是不是真的有个穷婶母，由是提出了内在和外在世界之间的关系问题，结果他根本没有什么穷婶母。她倒是确实有一位——甚至曾跟她住过一段时间——但她可不想写她。

"便携收音机开始播一个不同的曲子，跟先前的很像，但这个我却全然不认得了……""我"已经跟自己的深层记忆脱了钩。他于是回到外部世界来问读者是不是也碰巧有个穷婶母。他又说，即使答案是否定的，"你想必至少也在某某人的婚礼上见过穷婶母的形象。就像谁的书架上都有一本久未读完的书，任何立柜里都有一件久未沾身的衬衫一般，任何婚礼上都会有一个穷婶母"。她代表一种悲哀的形象，几乎没有谁搭理，酒席上的举止也远非无可挑剔。

在他就"穷婶母"沉思了片刻后，一个"真的"穷婶母突然在他背上成了形。他虽看不到她，但

> 最初觉察到她的存在是在八月中旬。并非因为什么才觉察到的，只是某一天忽有所感：我背上有了个穷婶母。那绝非什么不快之感。既不太重，耳后又没有呼出的臭气。她只是如漂白过的影子紧贴在我的后背。若非相当注意，别人连她贴着我都看不出。和我住在一起的猫们在开头两三天固然以狐疑的眼神看她，但在明白对方无意扰乱自己的疆域之后，便很快适应了她的存在。

"我"的朋友却没这么容易通融。"穷婶母"令他们感觉沮丧，因为她使他们想起自己人生中那些令他们沮丧的人与事。他认识

到"我背上贴的并非某个特定形象的穷姉母,而是能够随所看之人心中图像不断变换的类似乙醚的东西"。在一个人看来,她是他死去的一个宠物,一条痛苦地死于食道癌的老狗;在另一个人眼里,她又成了他的一位因一九四四年的东京空袭满身烧伤的小学女老师。

媒体也开始追着"我"不放,甚至还上了一次电视采访。待他解释说背上的"穷姉母"只是一种符号和词语后,主持人的年轻女助理于是问他是不是可以随时将其"擦去"。"不行,"他说,"那不可能。事物一旦产生,必然脱离我的意志而存在下去。就像是记忆。你知道记忆是种什么情况——尤其是你希望忘记的记忆。"

通过让"我"被"穷姉母"这个词纠缠不放,村上春树实际上塞给我们一个我们从未有过的记忆。他通过发明一个套语使我们自己经历了一种似曾相识的感觉——那个套语在经过数次重复后呈现出一种神秘离奇的熟悉感,直到我们开始认为它就是我们一直都知道但却从未真正想到过的一种特殊的表达。村上通过巧妙地暗示那些我们应该知道却已设法压抑的事物,令他的这个新套语成为我们不愿正视的一切事物的代表。对我们而言,"穷姉母"也许是街上的一个无家可归的乞丐,或是被"美国造"炸弹炸残的萨尔瓦多或伊拉克或巴尔干或阿富汗儿童,或是遭受折磨的政治犯,或只是某个我们刻意回避的亲戚,因为他用餐时的仪态欠佳。"每个人的反应将各个不同,这是当然的。""我"解释道。

就"我"而言,这个词诱发的不仅是同情,还有因一种无助感、一种无力缓解现实世界中任何一种"穷姉母"的痛苦或孤独而生的某种程度的负疚感。他归结说她们令我们对时间的影响力变得异常敏感:"在一个穷姉母身上,我们可以看到时间的暴政,宛如通过一扇水族馆的展示窗。"

"穷姉母"就是一个符号,但又是透明的,读者可以在其中注入各自的等价物。村上最看重的就是它在我们每个人心中激起怎样的想法。它应当有一种似曾相识感。它应当既陌生又熟悉。或许再没有别的作家——包括川端康成，甚至普鲁斯特在内——在涉及记忆以及再现过去的困难的问题上做得如村上捕捉这种似曾相识感的直观性这般成功了。当村上的叙述者之一告诉我们他对自己的回忆很没把握时，我们可以确定他正指向故事的中心。

"穷婶母"在"我"背上待了几个月后突然消失。在某一班列车上，"我"看到一个小女孩受到妈妈的不公平对待，他内心对此很是关注。这一场景与之前"我"跟女友的一次讨论形成呼应，当时他们谈到现实世界中"穷婶母"的"起源"问题："我有时心想，当上穷婶母的究竟是什么样的人呢？这穷婶母么，是生下来就是穷婶母呢，还是有一种形成穷婶母的特别的条件？……说不定穷婶母自有穷婶母式的少女时代、青春时代，也可能没有。但有没有又有什么关系。"

列车上的那个小女孩可能就是个成型中的"穷婶母"。也许根本不是。重要的是，她当时当地在"我"的眼里就是个"穷婶母"形象，就像他朋友眼里的老狗、小学教师或者母亲。重要的是在他身外的现实世界中有了一个唤起他同情的人（读者也不会例外，那一场景确实令人同情），"我"由此得以解脱头脑中对那个词的纠缠。

这种纠缠同样也影响到他的人际关系。自从他执著于内在的生活，他七月里那个决定性星期天的女友已经被弃置边缘：他们已有三个月未曾谋面，再次通话时已经快到冬天了。"穷婶母"刚从他背上消失他就打电话给她。已经这么久压根就没想到她了，发现她"还活着"他备感欣慰，但她却还不能打开心灵回应他。一个小细节显示出在他沉迷于内心之前他俩曾如何地亲密："她那头沉默了一会儿，我能感觉她正咬着嘴唇，并用小指触摸眉毛。"

当这一毫无结果的电话挂断后，一种形而上的饥饿突然将他压倒,为了满足它,他竟然不顾一切地转向读者,先是非直接地然后直接用第二人称向他们乞求:"假如他们能给我点吃的,我会手脚并用地爬过去。我会连他们的手指都舔得一干二净。是的,我会的,我会把你们的手指舔得一干二净。"

接下来的是一首臆想中的狂想曲,那种自由出入于文字和意象世界的感觉或许只有作家才能体验——而且也许只有在他稍微有些失控,在他愿意被他潜意识的洪流裹挟前进,无论去往何处,丝毫不加改编、不经分析时才能实现——那是如此怪异又如此美丽:

> 她们(穷婶母)可能制作若干个巨型醋瓶,甘愿进入瓶中静静地生活。从天上望下去,地表想必排列着几万几十万只之多的醋瓶,无边无际,触目皆是,景象肯定无比壮观……如果世界上还有挤得下一首诗的余地,我愿意成为那个写诗的人:穷婶母们的桂冠诗人……我将歌颂照在绿色醋瓶上熠熠生辉的太阳,歌颂脚下铺展的晨露晶莹的草海。

除了醋瓶之外,小说中还有另外几种谁都无法完全解释清楚的奇怪的、唤起人无限联想的村上式意象。不过其中有一样怪癖的缘起却似乎尚有迹可循。"我"曾想到如果背上背的是一把雨伞,是不是比一个穷婶母好些,这种臆想到底出自何处似乎绝难追查。一九九四年十二月一日,达夫斯大学查理·伊诺伊班上的一个学生曾直接问起这一奇怪的选择出于何种考虑,村上审慎地回答说那可能源自当初他爵士乐酒吧里的伞架一直让他头痛。有些客人的好伞会被别人拿走,于是他们会愤怒地向他抱怨。

不管怎么说,此处的叙述者能够救助这个世界上所有的穷婶母、患了癌症的狗和留下伤疤的老师。他可以作为桂冠诗人为他们吟唱,多少补偿些他们忍受的孤独,同时也尽力抚慰他因此前一直对他们掉头不顾而产生的负疚感。

但这种救助只能是暂时的。小说始于一个美丽的七月天,结束于冬季将临，冬季的到来意味着他在一生中能真正帮助某个人的希望实在渺茫。也许一万年之后才能实现。

穷婶母的消失与其成形来得同样突然。"我不知道这是何时发生的。她已经返回她的原初之地。"这个"原初"就是记忆居留之所，她们就是从这儿溜出来"俘获"了我们，然后再次返回原处的，就像《一九七三年的弹子球》中的双胞胎姐妹"复归于我们所来之地"。那正是自我的核心所在："她已经重新返回她最初存在之地，我又成为原初的自我了。但我原初的自我又是什么？我不再那么肯定了。我不禁觉得那其实是另一个我，另一个跟我原初的自我极为相像的自我。那我现在该怎么办？"

在《穷婶母的故事》之后，村上将继续探索意识中这个最难定义和把握的区域，这个"原初之地"，这也正是他之所以提笔写作的根源。当小说中的作家"我"说"不知为什么，那些会一下子俘获了我的心的都是我不明所以的事物"时，他其实就是在代村上而言。

《去中国的小船》

《穷婶母的故事》后来编入小说集《去中国的小船》（1983年5月）。"我们可以称为我的世界的大部分要素已经在这第一部小说集中得以呈现。"村上曾如是说。确实，《穷婶母的故事》无疑就属于他盖棺定性的作品之一。我们早先曾提到的《纽约矿难》（1981年3月）以其展现死亡所采取的既怪异又滑稽的角度，成为对村上春树最中心和持久主题的一次早期探索。

《袋鼠通讯》（1981年10月）正是吸引我们注意村上早期创作的一个文字焰火疯狂喷发的典型例子。也许这也正是它成为村上第一篇被译成英文发表的小说的原因。更恰当的篇名或许应该叫《三十六道工序》。饶舌的叙述者坚称，经过分析，生活中哪怕看起来最杂乱无章的事件之间也会找到逻辑联系。比如,从动物园的袋鼠到"您"之间存在的三十六道工序。这里的"您"是一位写信要求退货的女顾客,"我"这个二十六岁的商店雇员则口述录在磁带上一大篇疯狂离题的"通讯"回复她。这位年轻人声称要跟这位他素昧平生、一无所知的女士上床,这在现实世界中不但会让他丢了工作,而且可能会让他因为性骚扰而入狱,不过这一"通讯"当然不是一扇开向社会的窗口,更多的是针对人际关系中角色的随意性和偶然性而发的一种风格化的文字放纵。在这一意义上,这篇小说与村上同年早些时间出版的《四月一个晴朗的早晨,遇到百分之百的女孩》非常类似,后者后来收入稍晚出版的小说集,将在后文中论及。

另外一篇值得一提的小说是《去中国的小船》集子中的《下午最后的草坪》(1982年8月),在其中,"我"回顾了曾为了有钱花而去修剪草坪的一段大学时光,评论道:"记忆这东西类似小说,或者说,小说这东西类似记忆。我一开始写小说,就对此深有所感……"这篇小说强调了典型的村上主人公的一个重要性格特征:倾向于从事某种不需思考的体力活——熨烫衬衣、煮意大利面、修剪草坪——在从事的过程中一丝不苟地面面俱到,将其作为一种疗治精神创伤的运动——类似禅宗或保养摩托车。

集子的同名小说《去中国的小船》(1980年4月)也是一篇具有决定意义的作品,不过是在另一种意义上。这是村上发表的第一个短篇,也是第一篇暗示出他对中国持久不衰兴趣的作品。不过也仅只暗示而已,所以其全面的意义只有在回顾中才能完全把握。

"我"第一次遇到的中国人是一次考试时的监考老师,因谈起民族差异以及自尊的重要而给他留下难以磨灭的记忆。

第二个是他打工时一起工作的漂亮女孩。他约她出去,开心地跳了一晚上舞,在一个火柴盒背面记下她的电话号码,但接着却莫名其妙地将她送上了相反方向的列车。他不得不费尽力气让她相信那不是因为她是中国人而对她实施的恶意捉弄。他保证会给她打电话，互道晚安，然后却无心地将空火柴盒扔进了垃圾筒。她又刚刚换了工作和地址；他想方设法要找到她，但终归无望。这么一来，她当然会认定他当时就是在捉弄她了。他的自责和受挫感不言自明——而且无法补救；这一部分是整篇小说情感的中心。

"我"碰到的第三个中国人是一位怎么也想不起来——也可能是不想忆及——的中学同学，如今是个专以中国人为目标客户的百科全书推销员。

所有的三个片段都涉及不愉快的记忆，我们由此得到的是一种奇怪、伤感的情绪体验，不论到底是有关中国人的什么令"我"困扰不安，其中更多的成分源自城市中的孤独而非民族性的差异。的确，这篇小说是如此间接、迂回，因此评论家青木保在一九八三年论道："这篇小说跟中国人本身可以说毫无关系；他们不过在主人公从一九六〇年代到一九八〇年代所走的道路中充当了里程碑的作用……当《去中国的小船》曲终人歇后，一个时代开始了，有那么一刻，我们也不禁想起我们自己人生旅途中的相似路途。"这也许正是对村上春树早期读者起作用的动力所在，但现在看来，他对中国和中国人一直以来难以释怀的关注可以被视为两个民族间难以释怀的历史记忆的一种表现。

《袋鼠佳日》

村上春树早期短篇小说中包含几次简短却令人惊异的精神之旅，后来构成他第二部小说集《袋鼠佳日》[①]（1983）的中心内容。《一九六三／一九八二年的伊帕内玛少女》（1982年4月）中的"我"神游于由著名的同名爵士歌曲创造的精神空间。尤其富于想象的一篇是《鹦鹉》（1981年9月），预示了《世界尽头与冷酷仙

---

① 这部小说集的中文版书名改为《遇到百分之百的女孩》。

境》中的对隐秘世界的不懈探索。这篇小说堪称村上短篇创作中最怪异的作品之一，半是卡夫卡，半是劳莱和哈代[①]，不啻对读者头脑的一种暴力袭击。如果有的读者总的来说被村上的短篇搞得晕头转向，这一次晕头转向的是村上自己。无论何时提到这篇小说，他总会抓抓头皮轻声笑道："这是个奇怪的故事。"仿佛他至今还没弄明白它是打哪儿来的。

正如《穷婶母的故事》，《䴘䴘》也需要事先稍作提醒。日文的标题"Kaitsuburi"对于普通的日语读者而言正如"Dadchick"（䴘䴘）对大多数英语读者一样生僻难解。这两个词均指一种真实存在却鲜为人知的水鸟，在英文中是"grebe"的另一种叫法。小说的中心意象——走廊，对于我们来说已经不算陌生了。此处这一意象承载着村上所能赋予其上的最绝对、最抽象的意味。小说如此开头："下罢混凝土浇筑的狭窄楼梯，接着是一条长走廊笔直地伸向前去。也许是天花板极高的关系，走廊看上去活像干涸的排水沟。光秃秃的没有任何装饰，它又确确实实只是条走廊而已。"

"我"继续沿似乎没有尽头的走廊走下去，然后前面突然出现一T字路口。从口袋里抽出来的早已皱巴巴的明信片告诉他在此处应该有道门，但根本没有门。决心非把这次前来面试的工作搞到手，他抛了个硬币决定朝右走。沿着走廊七扭八拐之后，他确实发现了一道门，但起先竟然没有人应门。终于，一个面色苍白的年轻人裹着褐色睡衣开了门，因为刚洗完"规定"的中午澡，身上还是湿的。

"我"为迟到了五分钟而道歉，但那个年轻人根本没得到会有新的面试者前来的通知，所以不愿去通报老板，除非"我"能说

[①] 劳莱（Stan Laurel, 1890—1965）和哈代（Oliver Hardy, 1892—1957），好莱坞第一对著名电影喜剧演员搭档，瘦子劳莱饰演笨手笨脚、到处惹祸的傻瓜，烘托妄自尊大、傲慢专横的哈代，这对活宝常常以令人难以置信的无知和愚蠢将日常小事弄成一团糟，闹得不可开交。

出"口令"。

接下来的对话活像一幕滑稽剧,因为"我"竭尽全力想在不知道口令的情况下被接见。我们也得知这位门卫从来就没见过他的"上司",很怕像他的前任那样因为让某个不知道口令的家伙擅入而被解雇。"我"又是哀求又是哄骗了好几分钟,终于硬逼着他接受了"鹧鹧"这个口令,尽管他们俩谁都不知道"鹧鹧"到底是什么玩意儿。(他们看来都同意它"巴掌大小",即能放进手心。)"在我亲耳听到自己说出它之前,我甚至都不知道自己知道这个词。但'鹧鹧'是唯一我能想起来有八个字母又符合所有线索提示的词。"

"真服了你了,"(门卫)道,又用毛巾擦了一下头发,"就先说一声试试吧。不过我肯定对你没什么好处。"

"多谢,"我说,"感激不尽。"

"不过请告诉我,莫非真的有什么手心大的鹧鹧?"

"有的。毫无疑问,它们存在于某个地方。"我说,暗想我这一辈子恐怕都搞不清楚这个词到底是怎么跳到我脑袋里的。

*

手心鹧鹧用天鹅绒布擦一下镜片,又叹息一声。右下槽牙一剜一剜地痛。又要看牙医了?想到这儿顿时没了情绪。活着真是无益:牙医、所得税申报、小汽车的分期付款、空调的故障……他把头靠在包皮的扶手椅靠背上,闭上眼睛,对死的问题思来想去。死如海底般沉寂,如五月玫瑰般甜美。这些天来鹧鹧总是在想象着死。在想象中,他眼看着自己在享受着永恒的休憩。

此处长眠着手心鹧鹧,墓碑上刻着这样的文字。

这时对讲机铃声响起。

"干吗!"他朝对讲机怒吼道。

"有人要见您，先生，"是门卫的声音，"说他应该今天到这儿上班的。他知道口令。"

手心鹦鹉蹙起眉头瞥了眼手表。

"迟到十五分钟。"

在对读者的智力做了这么一次最后的刺激后，小说就此结束。那位门卫"知道"他那位想来从未得见的老板"是"只鹦鹉吗？他说"我"知道口令是在向老板撒谎吗？如果口令不是这个连"我"都不甚清楚怎么冒出来的词，那么应该"是"什么？在一篇主人公仅凭抛硬币进入情节，却发现自己似乎是个不速之客，结果倒成为作品的所有人物应该存在于其中的那整个现实体系中的主导智能的小说中，"是"到底有何意味？一只鸟会有槽牙？一个有自杀倾向的老板怎么可能同时又"是"一只"手心鹦鹉"？小说中的龃龉和繁复实在无法索解，因其极端的突兀和想象力令人难以忘怀。

《袋鼠佳日》所收的小说并非篇篇都是如此难以索解的智力游戏。《我的呈芝士蛋糕形状的贫穷》是对村上曾经居住的一所位于三角地带住房的趣味横生的一瞥。集子中的另外两个短篇的英译本也应该不难找到——其中的一篇更应如此。

在《一扇窗》(1982年5月；原题为《喜欢伯特·巴卡拉克吗？》[1])中，我们发现二十二岁的"我"正在做一份"通信指导"的兼职：帮助学生提高其书信写作水平。开篇是：

您好！
寒冷一天天减弱，阳光中可以感觉到一丝春意了。相信您一切都好。

---

[1] 中译本的篇名是后者。

> 日前来信饶有兴味地拜读了。汉堡牛肉饼和肉豆蔻之间关系的那段尤其精彩,如此富有真实的生活气息,从中可以真切地感受到厨房温暖的气息和菜刀切洋葱的"咚咚"声!

"我"写信的对象是位三十二岁的已婚女学员(但没有孩子,异常孤独),这次给她的习作打了七十分,主动提出想给他做汉堡牛肉饼吃。虽然公司的章程禁止学员和指导老师之间的私人接触,但这份工作他就要不干了,所以他同意跟她会面,享用她做的汉堡牛肉饼,一边放伯特·巴卡拉克的歌曲一边闲聊,并且不跟她上床。

> 即使十年后的今天,每次坐小田急线电车从她公寓附近通过,我仍会想起她,想起一咬就发出脆响的汉堡牛肉饼。我望着车窗外沿线的住宅,问自己哪扇窗是她的。我回想着从那扇窗望出去的风景,竭力想确定它的确切位置。但每次都是徒劳。

忧伤、甜蜜、有趣并深深浸染着那些从未经过细细体谅的人际关系的感觉,这样一篇关于汉堡牛肉饼的怀旧之作也只有村上春树写得出来。

另一篇对于人与人之间的可能关系的淡彩轻描出自一个篇幅极短标题却极长的短篇:《四月一个晴朗的早晨,遇到百分之百的女孩》(1981年7月)。"我"突然在东京街头看到了自己心目中完美的女孩,于是想道:

> 我想和她说话,哪怕三十分钟也好:就问问她的情况,告诉他我是个什么人,更重要的,是想向她解释导致一九八一年四月一个晴朗早晨我们在原宿后街擦肩而过这一

复杂宿命的原委。

继而，他用了两页的篇幅想象了一个故事：一场恶性流感抹去了两个百分之百般配的恋人的记忆，多年后，当他们俩在东京街头擦肩而过时，共同的记忆只在他们心底微弱地一闪，随即逝去。当然，他们此后再没相见。

《尖角酥盛衰记》(1983年3月）也属集子里最诡异的作品之列，可惜还没有英译本。"尖角酥"是日本一种至少自十世纪以来就已有的糕点，但在一九八〇年代却开始失去市场，特别是年轻人的市场。至少这是"我"参加一次由一家公司组织的大型推广活动时获知的内容。他此前从没听说过什么尖角酥，但参加大会的很多年轻人似乎都很知道这种"名点"，而且还有据说会攻击任何批评这种糕点的所谓"尖角乌鸦"。

"我"虽并不觉得尖角酥有什么好吃的，但既然这家公司会为制作出新口味尖角酥的参赛人员提供丰厚奖金，他也就决定参加比赛。一个月后，他被召到那家公司，得知他做的尖角酥得分最高，尤其讨年轻的雇员喜欢，但有些年纪大些的却坚持认为他做的糕点并非真正的尖角酥。于是只好有待尖角乌鸦做出最终的裁决。当"我"问这位专务尖角乌鸦到底是怎么回事时，这位专务简直觉得不可思议：

"你是说你连尖角乌鸦大人都不知晓就参赛了？"

"对不起。不谙世事。"

他们穿过一条走廊，乘电梯上到六楼，再穿过一条走廊，走廊尽头是一扇铁门。这就是他们的尖角乌鸦大人们居住多年的所在，它们除了尖角酥之外什么也不吃，专务解释道。进门后他发现屋子里架着高高的木杆，上面蹲着百多只巨大而又极为盛气凌人的乌鸦，一齐在尖叫："尖角酥！尖角酥！"这些乌鸦没有眼睛，该有眼睛的位置是一小团白色脂肪，等专务取出些尖角酥往地上一撒时,"我"才明白是怎么回事:尖角乌鸦蜂拥而上,为了争抢尖角酥相互猛啄。接下来专务将一些参赛落选的糕点撒出去,但尖角乌鸦们马上吐出来,尖叫着要真正的尖角酥。

"好了,这回把您做的新尖角酥撒撒看,"专务对他道,"它们吃,您就获胜,不吃,就落选。"一场混战再次兴起,有的大吃特吃,有的则吐出来,没抢到的就气急败坏地猛啄那些得到的,血沫四溅。

"我"于是厌恶地离开,自分哪怕得到再多的奖金也不值得自己下半辈子跟这些畜生共处。"从今往后,我只做自己想吃的东西,自己受用。什么乌鸦之类,就让它们相互啄死好了。"

《尖角酥盛衰记》是对日本的公司为每一种糕点和泡菜都寻出番悠久历史的戏仿,一种对专以吸引年轻顾客为务的全球化企业的超前的讽刺,以及对于崇尚为大众服务而不是个人决定的所谓虔诚精神的批评。村上春树对于黑暗区域的探索已经初露端倪,之后他将对涉及超自然因素的黑暗领域进行更加全面、深广的探索。

有一件跟这篇小说有关的小小逸事值得在此一提。译为"尖角酥"的日义单词拼作"tongari-yaki",字面意思大体是"烘烤而成的尖状物"。在写完这篇小说之后,村上和阳子有一次在东京街头看到一个宣传新型糕点的广告牌,不禁大吃一惊,这种糕点叫作"tongari-kon",意为"尖角玉米酥",是一种羊角形状的玉米片。"尖角玉米酥"的知名度自此变得比村上那篇小说大多了。但请别忘记,村上的"烘烤而成的尖状物"可是发明在先哦!

四

洗耳倾听

　　一九八一年，村上春树和阳子卖掉爵士乐酒吧，从此成为专业作家，是年他三十二岁。酒吧的生意蒸蒸日上，他也喜欢这份工作，但头两部长篇的畅销使他希望能专心写作，不必再每天切堆得如小山一般的洋葱。到了该把厨房的餐桌换成正经书桌的时候了。

　　夫妇俩从东京搬到市郊的船桥，生活方式也来了个彻底改变。村上不再在酒吧一直工作到凌晨两三点，十点睡觉六点就起床写作。听的音乐也是古典的越来越多，还跟阳子一起在庭院里种菜。

　　村上进入他文学生涯的高产期。此前，他已经翻译了不少F.司各特·菲茨杰拉德的小说，于是在这年五月份出版了一本名为《我失落的城市》的小说集，这之后他也一直继续从事翻译。他把一般人可以当一生事业的文学翻译当作一种消遣，上午写自己的小说、随笔、游记写累了，下午就搞点翻译权作放松和消遣。

　　迄今为止，在东京大学美国文学教授柴田元幸的经常协助下，村上不但翻译了菲茨杰拉德的作品，还有雷蒙德·卡佛（全部作品）、约翰·欧文、保罗·索鲁、C.D.B.布莱恩、杜鲁门·卡波蒂、蒂姆·奥布莱恩、格雷斯·佩利、马克·斯特兰德以及爵士乐贝斯手比尔·克劳（一部自传和生平秘录）、米卡尔·吉尔摩①（关于加里·吉尔摩的生平及被处死刑的书）、当代美国短篇小说的选集及评论，外加几本插图童书。"学习另一种语言就像摇身一变成了另一个人。"他说。日本在一九八〇年代之所以兴起一股新的翻译美国文学的热潮，村上春树亦功不可没。

作为翻译家的村上在当代日本文坛亦是个重要角色，其小说的大受欢迎也使他的翻译备受瞩目，他的翻译又为他提供了广阔的西方（特别是美国）文学的知识。就这样，他成为日本文学风格的一场"一个人的革命"。他在日本文学中培育出一种全新的、城市的、国际化并且明显美国风味化了的文学趣味。他也造就了一大批模仿者。杰出的批评家柄谷行人就曾抱怨，一九九一年度入围文学新人奖（就是村上在一九七九年赢得的群像奖）最后名单的四部作品中有两部"明显受到村上春树的影响"。"有一个村上春树就足够了。"一位《群像》的编辑补充道。

据村上自供，对他而言最重要的作家是雷蒙德·卡佛，他译出了这位作家的全部作品，而且他自己的创作也深受其影响。他在一九八二年读到卡佛的《这么多的水离家这么近》，此前他从未听说过这位作家。那"对我来说绝对像次电击。"他写道：

> 他的小说创造了一个几乎令人屏息的坚实的世界，他的风格既强且韧，他的故事线索令人信服。虽然他的风格基础是现实主义的，但他作品中有某种复杂而又具有穿透性的东西，超越了简单的现实主义。我感觉就像邂逅了一种全新类型的小说，仿佛此前从未有类似的小说存在过。

---

① 米卡尔·吉尔摩（Mikal Gilmore, 1951— ），《滚石》杂志撰稿人，加里的幼弟，加里·吉尔摩于一九七七年因谋杀罪被处死刑，这是美国间隔十年后的第一次执行死刑。米卡尔的传记作品《利穿心脏》(*Shot in the Heart*) 详细描写了其兄的成长经历及被处死的经过，美国著名作家诺曼·梅勒的《刽子手之歌》亦是源自这一真实事件。

四 洗耳倾听

村上春树相信在卡佛的作品中发现了真正的天才，在读了发表于《纽约客》上的《我打电话的地方》后，他开始收集和翻译卡佛的作品。次年五月，他出版了他翻译的第一本卡佛小说集《我打电话的地方及其他》，与《去中国的小船》同月。

雷蒙德·卡佛即使在美国也难说是家喻户晓的作家，在日本是直到村上开始翻译他的作品才渐为人知的，但反响竟然势不可挡。"对雷蒙德·卡佛友好甚至充满热情的接受对我来说就像喜欢我自己的作品一样让我兴奋不已。"他写道。他继续翻译卡佛的一切作品，包括他未出版的手稿和书信。村上花费如此心血于日本读书界的一个空白之上的结果，是他在翻译和学习卡佛的过程中自觉找到了一个真正的良师益友。

> 雷蒙德·卡佛毫无疑问是我有生以来最有价值的老师，同时也是我最了不起的文学同志。当然，我自认为我写的小说与雷[①]的非常不同。但如果他根本不存在，抑或我从未邂逅他的作品的话，那么我写的书（特别是我的短篇小说）可能就会呈现为非常不同的样式。

几年后，当美国作家杰伊·麦金纳尼向他指出他的短篇《拧发条鸟与星期二的女人》（后文将论及）跟卡佛的《把你本人放到我的鞋子里》有相当程度的类似时，他真是大吃一惊。"在杰伊向我提起之前，我对此竟浑然未觉，可能是因为雷的节奏以及类似他对世界的观感等等深入我内心的程度比我意识到的还要深得多。当然，他并非唯一对我有所影响的作家。但雷·卡佛毕竟是对我而言最为重要的作家。否则，我怎么会想翻译他所有的作品？"

如果说卡佛确实影响了村上春树，那么也许可以说村上春树也影响了卡佛——至少在翻译中。正如桥本广美教授指出的，有

---

① 雷蒙德的昵称。

人批评村上内省、淡彩、以"我"为中心的风格已经侵入卡佛的世界——特别是他的早期作品（经常被描述为"肮脏现实主义"、"凯马特①现实主义"、"乡气式时髦"、"穷白人小说"等等）。卡佛采取的是一种严格的客观主义叙事，村上则乐于引进一个更加主观的调子。以《邻居》为例，卡佛写道："他怀疑那些植物是否与空气的温度有关。"村上的翻译则进入了角色的内心。"他漫不经心地想着：'嗨，温度会因为这儿的植物而有所不同吗？'"桥本教授总结说这种视角上的稍微转移更适用于卡佛的后期作品（自《大教堂》以降），村上对这些作品的翻译绝对出色。

学习日本文学的学生应该知道小说角色从外向内的转移反映了日本语言向内心深入的一种自然趋势。学者泰德·福勒曾就此问题写过一本专著，讨论日语如何越来越趋向于叙述上的主观化，比如在日本现代文学中占据统治地位的"私小说"。卡佛在日本之所以比在美国更容易受到读者认同，可能正源于通过日语的中介，卡佛的"边缘性"部分丧失，于是置于"他"和"我"的距离感觉并不遥远的日本背景之下也就变得更加"歪打正着"了。

《寻羊冒险记》

一九八一年秋，村上春树开始写一部新小说，于次年春完成——这对他来说已经成为某种模式。他知道（在所有的一切当中）他想写一部关于羊的小说，于是生平第一次离家做了些调查。他到日本最北端的海岛北海道去参观养羊的农场并访问了很多养羊的专家。

因为对村上龙的一部名为《寄物柜婴儿》的小说印象深刻，村上知道他想写一部同样连贯的长篇小说，不再像他前两本引起

---

① 凯马特是美国最大的折扣零售商之一。

文坛瞩目的片段式作品。正是《寄物柜婴儿》所具有的充沛能量激励他放弃了蒙太奇式的手法，更多地着力于能够带来叙述动力和完整感的叙述方式。如今，他已经有了可以集中精力的时间，他集中精力的成果使他远远超越了迄今他达到的成就。

不过一眼看去，一切仍都似曾相识。村上这第一部真正的"足本"长篇小说仍然沿用了《且听风吟》和《一九七三年的弹子球》中的中心人物。当我们在《寻羊冒险记》（1982）中再次邂逅"我"、"鼠"以及华人酒吧老板杰时，时间已到了一九七八年七月，虽然前面还顶着个"一九七〇年十一月二十五日"的序幕（原文就用的英文）。那天正是小说家三岛由纪夫以天皇的名义鼓动日本自卫队"奋起"的同一天。眼看自卫队拒绝配合，三岛由纪夫按传统方式切腹自杀并由一位追随者配合将其斩首。然而在《寻羊冒险记》中，三岛由纪夫对自卫队大声疾呼的演说只不过是一台无声电视屏幕上闪过的一串图像。音量控制器坏了，不过正在看电视的学生终归也都不会感兴趣的——此为一九六九年学生运动后又一倦怠冷漠的例证。

如今的"我"已经二十九岁，已经与那位漂亮的办公室助理结了婚又离了婚。她跟他的一位朋友定期睡觉，但他却既无心重新赢回她的心，也懒得在四年的婚姻生活后阻拦她离家而去。他已经将他那家小翻译社扩展为一家中等规模的广告公司，但他已失去"鼠"的任何线索，"鼠"就这么消失了，正像《一九七三年的弹子球》结尾所暗示的那般；他也不再像《且听风吟》的尾声中提到的那样每年十二月给"我"寄他的小说复印件了。

"倦怠"在较早期作品中的"我"的人生态度中居于如此中心的位置，且看以下最直白的自述：

> 不知该如何表达才好，我就是无法通过自己的头脑确认此时此地真的就是此时此地。或者我真的是我。就是无法切中要害。总是这样。直到很长时间以后事物才组合、构成整

体。过去的十年里就是这副德行。

一九六九年的学生运动标志着他年轻时代理想主义的结束。这之后，二十几岁的他除了死气沉沉例行公事的工作之外再一无所剩，渐渐地，在"我"和"我自己"之间似乎横亘了一条鸿沟。"我"是如此怀恋鸿沟绽开之前的岁月。"我"在《一九六三/一九八二年的伊帕内玛少女》中沉思道："我迟早肯定要在遥远世界中的某个奇妙场所同我自身不期而遇。……在那里，我是我自身，我自身是我。主体是客体客体是主体。毫无障碍和阻隔。完美的融合。"但如今的"我"大部分时间都沉在由烟草和酒精导致的迷雾中，靠吃垃圾食物过活。

在《寻羊冒险记》中，厌倦和生活大体是相对的两极，"冒险"则为从厌倦逃脱进入生活提供了一次契机。小说《寻羊冒险记》——对一只神秘之羊的追寻——正暗合英文中的"野鹅之追寻"[①]的说法。"我"以一个无聊的都市人起始，然后突然陷入一场保证可以缓解其无聊感的冒险，结果只不过又回到他无聊的都市人的生活——但有了一个至关紧要的区别：他已经认识到由平常的血肉构成的凡俗人生远比那个记忆与死亡的世界更为可取，后者只有鬼魂居住其间。"我返回了生的世界。不管这世界何等平庸且百无聊赖，毕竟是我的世界。"

《寻羊冒险记》中的几位人物本是我们的老相识，但这次他们的生活和行动却以全新的方式呈现。村上春树曾在加州大学伯克利分校如此描述过他的这种新手法：

> 在这部小说中，我的风格经历了一次巨大改变——或者说两大改变。句子更长、更连贯了；与前两本书相比，叙事

---

① "Wild-goose chase" 意为"荒谬无益、徒劳无果之追求"。

的成分起到重要得多的作用。

在我提笔写《寻羊冒险记》之际，我开始强烈地感觉到，一个故事，一个"物语"，并非是你的创造。它是你从内心"拽"出来的某种东西。那个故事已经在你内心存在着了。你无法创造它，你只能把它表现出来。至少对我而言这是真的：这就是故事的所谓自发性。对我而言，一个故事就是一辆将读者带往某处的车子。不论你想传达何种信息，不论你想使读者产生何种情感，你首先要做的就是要让读者进入你那辆车。而那辆车——那个故事——那个"物语"——必须要具有使读者信以为真的本事。以上这些是一个故事必须满足的条件。

当我提笔写《寻羊冒险记》时，我脑子里并无预设的计划。开篇的第一章我几乎是兴之所至信笔写下的。之后的故事将如何衍生发展下去我依然毫无概念。但我丝毫没感到焦虑，因为我感觉——我知道——那个故事就在那儿，在我内心。我就像个手持占卜杖的寻水者。我已经感觉到——我知道——水就在那儿。于是我开始挖下去。

《寻羊冒险记》的结构深受侦探小说家雷蒙德·钱德勒的影响。我是他的热心读者，他有的书我读了很多遍。我当时想把他的情节结构应用在我的新小说中。这首先就意味着，小说的主人公将是个孤独的城市中人。他就要开始寻找某样东西。在他追寻的过程中，他将纠缠到各种复杂的情景中。当他终于找到他寻找的那样东西时，它要么已经毁掉要么永远失去了。这显然是钱德勒的方法，我在《寻羊冒险记》中就想采用这样的方式。有位西海岸的读者已经看出了其间的联系。为了对应钱德勒的《大睡》，他把我的小说称为《大羊》。对此我备感荣幸。

但我并不想在《寻羊冒险记》中写一个神秘故事。在一部神秘小说中，故事中的那个"谜"终归会被解开。但我却不想解决任何东西。我想写的是一个没有解决之道的谜。对于小说中的人物称之为"羊男"的那个角色，对于背上有个星斑的那只羊以及"鼠"最后到底遭遇了何事我几乎无话可说。我采用了神秘小说的结构，塞进去的却是截然不同的成分。换句话说，那种结构对我来说就是一种运载工具。

我摸索着走完最初几章的路程，仍然不能肯定它会发展出一个什么类型的故事。那感觉就像摸索着走夜路。对于这个故事何时何地会跟羊的故事搭上线我一点头绪都没有。但很快就有某种东西咔嗒一声进入我的意识。眼前的黑暗中现出一丝微弱的闪光。某种东西在告诉我我应该做的就是朝那个方向前进。当然，我也得步步小心。在我向前走时我将不得不小心地不要绊倒，不要陷进任何洞中。

最重要的一点是信心。你一定得确信你有能力讲出这个故事，探测到水脉，有能力把无数的拼图碎片合成一个完整的图形。如果没有这种信心，你哪儿都去不了。这就像拳击赛，一旦爬进那个场地，你就不能退出了。你不得不一直奋斗到比赛结束。

这就是我写作小说的方式，而且我也喜欢读用这种方式写成的小说。对我而言，自发性是最重要的。

我确信那个故事的力量。我确信那个故事会激起我们精神中、我们意识中的某种东西——某种从远古一直传递到我们手里的东西。约翰·欧文曾说过，一个好故事就像一剂麻醉针。如果你能把一个好故事注入读者的静脉，他们就会形成依赖，跑回来要求再来一剂，不管评论家如何评说。他的比喻也许比较吓人，不过我想他是对的。

在写作《寻羊冒险记》的过程中，我越来越肯定地觉得我能够成为一个小说家。

村上春树通过挖井得到的这个故事确实具有　种不可预测的自发性，大致如下：

正当一位全身着黑的危险人物打算向"我"泄露他感兴趣的目标就是由"我"的广告公司制作的一张广告画中的某一只羊时,小说的叙述来了个闪回。我们获知一九七七年,"鼠"曾从国土极北地区寄来一个包裹,里面有他写的一封信和一部小说。另一封来自"某个截然不同之地"的信五月寄到,附有一张田园牧歌风味的羊群风景照片,并要求"我"将其公开发表。"鼠"也拜托我去看望一下杰和他在《一九七三年的弹子球》中抛弃的那个女人,代其向他们道声再见。(为了故事情节着想,这第二封信上的邮戳在"我"撕信的时候被毁。)"我"将这张照片插进一份由其公司制作的广告中,而且负责地重返故乡做了一次感伤之旅。

回到现在。我们得知那个全身着黑的恶人出于某种对羊群照片秘而未宣的兴趣,已经找到了"我"。那个恶人——一因为脑生巨瘤危在旦夕的右翼组织"老板"("先生")的助理——胁迫我们的主人公去寻找照片上一只背生浅色星状斑纹的羊。现在,"我"必须去寻找"鼠",因为是"鼠"寄了这张照片给他。"我"带着新女友一起上路,这位新女友是位兼职应召女,模样虽一般,却长了一对"完美得摧枯拉朽的耳朵",这对耳朵她要——就像村上笔下的几个人物——不断地清洗干净。她那对耳朵一旦展露出来所具有的魅力是以如下喜剧性的夸张手法描述的:

> 几位(餐馆的)客人回过头,神思恍惚地紧盯着她。来添咖啡的男侍无法把咖啡斟好。没有人说话,一句都没有。只有音乐磁带的走带轴在缓缓转动。

令人想起那类惊人的股票经纪广告:满屋子的人都一起停下手里的事,因为"E.F.赫顿讲话时,大家都听着"[①]。这是书中一个

[①] 赫顿(Edward Francis Hutton,1875—1962),美国著名投资银行家,这是多年前美国一则电视广告的内容。

令人难忘的场面，占了专属自己的整整一"章"，也是至关紧要的一章，因为村上自由驰骋的喜剧性描述完全解除了读者的武装。既然已经接受了这一点，那么再接受他这位女友的特异之处、她的超感能力以及它们展现给"我"的逐渐升级的一系列怪异事件也就顺理成章了。在这一点上村上春树和托马斯·品钦不无相似之处，但村上却并未公开承认他受到品钦的影响。据他说，品钦的《V》是部绝妙的小说，但"我不知何故，再没读过他的任何作品。也许具有相似倾向的小说家不喜欢读对方的作品"。

突然没来由地预言"我"将接到一个有关羊的重要电话的是"我"的这位女友。坚持他们应该去北海道寻羊的是她；似乎完全出于偶然，从电话本上选中他们那家"形而上的"旅馆的又是她（一家以另一种动物名——"海豚"——命名的旅馆，因其与《白鲸》——又一部对一种难以捉摸的动物的追寻的叙述——的关联由其店主选中）。更巧的是，这幢建筑竟然就是原来的北海道绵羊会馆，而且住着一位"羊博士"，他们正在寻找的羊在一九三五年就进入过他体内。他也许是世上唯一一个能够告诉"我"那张照片摄自何处的人了（事实上，旅馆的门厅里就挂着张类似的照片），他于是提出了引导"我"走向"鼠"的最后线索——"我"意识到，如果不是因为"忘了""鼠"家在北海道拥有一所度夏小屋的话，"我"自己本来就可以找到这一联系的。

"我"一旦得到这一最终线索，女友便退居背景，她在小说中唯一还保留的角色就是不再跟他性交，继而在他经历一个净化过程时彻底消失。"我"也适时地一直等找到去"鼠"的度夏小屋的路径后才注意到"老板"与北海道这一地区的明显联系。在那儿，他几乎出于偶然地碰巧读到一本战时的书籍，赞扬日本的大陆扩张政策，而且书里就夹着一张扩张活跃分子的名单，"老板"的名字及其籍贯赫然在列。真可谓得来全不费功夫。

所有这些线索的联系都是如此脆弱，临近结尾时那位身着黑衣的秘书在附近的现身更是最后一击：他坦白承认他一直都知道"鼠"的藏身之处,正是他把"我"一路送上这一"寻羊之旅"的,因为要靠某个"鼠"信任的人才能把他诱出,某个不知道秘书想把附体"鼠"的羊转移到自身以便利用其超级能量这一邪恶计划的人。这是否意味着女友本来就是秘书一伙的,她本人的所谓能量本就是个诡计?是否意味着她选择海豚宾馆根本就不是意外?羊博士和他的儿子是否也是秘书布置下的?还是只不过意味着村上春树乐于让这些事件自行其是而不愿予以深究?

至少女友就这么轻而易举地消失,而"我"居然平心静气地就让她这么走了(她的离去带着一种"背信弃义"的调调),暗示她或许已经完成使命得到了报酬,也暗示他不知何故已经开始嫌恶她了。(当旅馆的老板告诉"我""她身体好像不大舒服时","我"随便一句"没关系"就把他打发了。)但又不对:她的能量都是"真的",羊博士的存在也非出自任何人的安插。表现羊博士的痛苦时丝毫未带嘲讽,小说的中心意旨也正是通过他的口讲出的:"现代日本愚蠢的根源在于我们在跟其他亚洲民族的接触中什么都没学到。"太执著于逻辑的一贯性可能会妨碍我们享受一部在结构上宁巧勿拙并意在以最不令人痛苦的方式呈现其政治立场的侦探小说的乐趣。

虽说是一部充满"层出不穷"的冒险的"冒险"小说,《寻羊冒险记》所要关注的其实是死亡以及无可挽回的丧失。它以"我"读到一位前女友的意外死亡开始;接着他忆起三岛由纪夫仪式感十足的切腹自杀;后来他发现"鼠"其实已经自杀;在跟"鼠"的鬼魂晤面之后,那个身着黑衣的恶人也被杀。沿途下来,至少还有另外四起死亡事件,包括那位右翼组织老板以及"我"的故乡滨海地区因那些墓石般的现代建筑而致的"死亡"。临近结尾时女友的消失是又一丧失,之前还有"我"妻子的离去及其合伙生意的拆伙。"我已经失去了故乡,失去了青春,失去了朋友,失去了妻子,再过三个月二十九岁也将失去。到六十岁时我还能剩下什么,我无法想象。"很是酷酷的"我"努力不把所有这一切太过当真,"我"曾将"丧失"归结为三种形式:"有些是忘了,有些消失了,有些死了。任何一种都很难说具有什么悲剧性。"

他的寻"鼠"之旅——他希望"鼠"能引他找到那只神秘的羊——将他带到了北海道,正是《一九七三年的弹子球》中的办公室女助理曾建议的出游之地。(村上春树经常沿用他前面的作品的线索,《寻羊冒险记》在这方面尤其突出:我们甚至在其中发现了纳京高的《国境以南》,同名小说《国境以南 太阳以西》要到l年后才出版。)当独自一人在"鼠"似乎刚刚离去的与世隔绝的山区小屋里枯等时,"我"唯一的人际联系对象就是当地一个叫做"羊男"的人,其实他都不完全算是人。这个小个男人(四英尺十英寸)就这么毫无来由地出现在眼前:

> 羊男把羊皮一直披到头顶,他敦敦实实的体形同那衣裳正相吻合。四肢部分则是接上去的仿制品,头罩也是仿制品,其顶端探出的两根环状角则是真的。头罩两侧像是用铁丝连接的两只平扁扁的耳朵水平支出。遮住上半边脸的面罩和手套、袜子统统是黑的。衣裳从颈部到胯部带有拉链……衣裳后部还伸出一根小尾巴。

羊男就穿着这么一身行头隐身于户外的森林,逃避这个世界总体意义上的战争和军事存在,成为一只自我指认的和平的羔羊。我们不知道他在森林里是否有间小屋栖身——或者除了跟我说话的场景之外他是否真的以实体的形式存在:他就这么从户外的森林中化身出来,然后又复归森林,不过是种童话式的造物,并不比《一九七三年的弹子球》中的双胞胎姐妹更有血肉。

渐渐地,当我开始感觉到"鼠"就存在于这个怪异的造物身上时,秋意渐深,雪开始落下,曾浸透《一九七三年的弹子球》中那个鸡冷库的寒意发展为酷寒。"我"感觉就要有什么事情发生了:

越想我就越觉得羊男的行为实际上在反映鼠的意志。羊男把我的女友弄下山，弄得我成了孤家寡人。他的出场想必是某种前兆。我身边的的确确有什么正在进行。场地已经被清理并被净化。就要有什么事情发生了。

作为就要降临之事的"先兆"，村上春树用了一种"古体"表达方式："场地已经被清理并被净化"，日本的神道教在迎神之前必先进行一番仪式化的净化准备。"这不是等闲之地，你该牢记在心。"羊男如此警示于"我"。当我开始实行健康食谱（献祭是神道教的中心仪式），放弃性交、戒烟并开始每天在寒冷清洁的空气中跑步之时，正是在进行一种肉体的净化。他甚至同时在精神上净化自我："我决定忘记一切。"

"我"在一次晨跑中被寒冷击中，只得退回室内。大雪将整个地区变成一片沉寂的白，"我"在一种净化精神的曼怛罗状态中用唱机一连放了平·克劳斯贝的《白色圣诞节》二十六遍。他感觉一切都与他无关地"流淌"而去，而且，他也仿佛变成了这一潮流的一部分，于是他继续进行一种描写得几乎富有诗意的清洁仪式，这是一种身体的需要，他最新清洁过的肺部对此反应良好：洒扫、吸尘、擦拭并为地板打蜡，刷洗浴盆和马桶，为家具上光，为窗玻璃和百叶窗除尘，而且最后——清洁仪式中最需要的——把镜子——神道教仪式中最重要的物品——擦拭干净。

小屋中的这面镜子非常巨大，是件"古董"，"我"把它擦拭得如此干净，以至镜中映出的世界就像外面的世界一样——或者不如说比外面的世界更加真实。"我"在弹奏"鼠"的吉他时引来了羊男，当"我"注意到他的形象无法在镜中映出时，"我"真是被惊得脊梁沟直冒凉气。尽管瘦高的"鼠"和形似侏儒的羊男体形相差何其远也，"我"还是明白了"我"的老朋友就存在于羊男身上。为了确认，"我"将吉他摔碎，恳求"鼠"当夜来访并将羊男遣回他居住的森林。

做了个心神不宁的梦之后,"我"在寒冷和黑暗中等待"鼠"的到来。他感觉自己像是"蜷伏在一口深井底部"。他停止思考,将自己彻底交付给时间之流。"鼠"从沉寂中跟他搭话,有那么一瞬他们俩得以重返"旧日的时光",在这次无始无终的重聚中止住钟摆,他们一边喝啤酒,"鼠"向他一一道出他如何在那只邪恶之羊进入他体内后与其同归于尽的经过。"我"因备尝当地的严寒之苦,"鼠"于是许诺他们必能再次相见,"最好在更加明亮的地方见,也许是在夏天"——也许是像伊帕内玛海滩的某个地方。相见后,"我"整个夜里高烧不止、幻梦连连,醒来后直怀疑昨晚的相见到底是梦还是现实。经历过与死亡世界的接触后,"我"继之以另一番简单的净化仪式——刮脸并撒了一泡"巨多"的尿。

我们将"我"跟已死的朋友间这次成功的重聚看作"真实"也好,认为只是幻觉的产物也罢,这都是他此次万里追寻的高潮。他已经成功地重新捕获他已失去的过去——"旧日的时光",尽管只有短短的一瞬。当初"我"向那位拥有完美耳朵的女孩列举他乏味的生存状况时,曾提起:"艾勒里·奎因每部侦探小说里谋杀犯的姓名全部记得,普鲁斯特的《追忆逝水年华》也一本不缺,但只读了一半。"特意提到这部法国小说也许会使我们觉得一贯低调的"我"这次似乎有些做作,但这其实是个应该引起译者注意的信号,此处提到普鲁斯特可不单单是个暗示这位法国大作家作品难读的玩笑。原来的英文译名《追忆过往之事》不会让人产生联想,但自从被重译为《追寻失去的时间》后,这一译名以及精确的日文译名听起来简直就像是纯粹的村上春树了——因为这正是"我"一直在干的事。

村上春树在记忆的内部世界进行的冒险,目的就是步普鲁斯特之后尘力图捕获时间之流,但有一个至关紧要的不同:村上一点都不沉闷。你可以轻松地读完全书。他像艾勒里·奎因一样轻松有趣——是为我们这个高度商业化、低胆固醇的时代提供的一种清新的低卡路里式的普鲁斯特趣味。他处理的都是那些根本性的问题——生与死的意义、真实的本质、对时间的感觉与记忆及物质世界的关系、寻找身份和认同、爱之意义——但采取的是一种易于消化的形式，不沉闷、不冗赘、不压抑，但又十足真诚，绝不故弄玄虚。他面向现今的我们讲话，用的是我们这个时代的语言，对于活在这个世上所具有的全部好处和乐趣既敏于感受又秉持一种虚无主义的态度。

讲完所有这些之后，仍然有个问题没有解决：为什么是羊？羊具有怎样的象征意义（如果有的话）？村上春树曾试图如此这般解释这个问题：

> 除了将"羊"作为《寻羊冒险记》的关键词并在最后由其将前台人物"我"和后台人物"鼠"联接到一起之外，我事先没有丝毫故事该如何讲述的计划。这就是这部小说整个的结构……而且我相信，如果这的确是部成功的小说，那正是因为连我本人也不清楚那只羊到底有何意味。

一九九二年十一月，在华盛顿大学的一次谈话中，村上终于揭示了羊这一形象的根源，并以事后诸葛亮的方式揭示了它可能的所指。在讨论《一九七三年的弹子球》时，小说家高桥和子（高橋たか子）就曾责备村上春树不该将灌木描写为"像是正在啃食青草的羊群"。她的理由是"这是个很不适合采用的形象，因为日本根本就没有羊。"但村上肯定地表示日本绝对应该有羊，于是他就开始研究这个课题。他在加州大学伯克利分校的讲座中描述了这一过程：

> 我跑到北海道去看真的羊。日本几乎所有大型养羊的牧场都集中在北海道。在那儿，我得以亲眼看到真正的羊，跟

养羊的人交谈，并在政府部门查阅关于羊的一些资料。我得知日本本土原来并没有羊。它们是在明治早期作为一种稀罕的动物进口到国内的。明治政府曾制定过鼓励养羊的政策，但如今羊差不多已经被政府当作一项没什么经济效益的投资完全放弃了。换句话说，羊在某种程度上成了日本政府不顾一切推进现代化进程的一种象征。我知道这些之后，就马上决定我要写一部以"羊"为关键词的小说。

当我动手写这样一部小说时，关于羊的这些历史事实自然转化为一个主要的情节要素。我称之为羊男的那个人物就绝对是从幽深的历史黑暗中浮起的一个存在。然而，当初在我打算写一部关于羊的小说时，我对这类事实还一无所知。羊男就是个纯属偶然的产物。

不过，羊男在躲避战争这点上却不是什么偶然。当"我"阅读一本关于当地一个虚构的"十二瀑镇"的历史时，他发现明治政府曾将鼓励当地的养羊业作为其大陆侵略计划的一部分。当地人一度不理解政府怎么会如此慷慨，竟然免费提供第一群羊给他们养——直到他们自己的儿子穿着羊毛外套死在日俄战争（1904—1905）的战场上。

二战后镇上的经济一蹶不振，经济开始腾飞之际，当地的经济转向为新兴城市消费者生产木质产品：电视柜、镜架、动物玩具等等，"我"乏味的成长期就在这样的新兴社会中度过。"我"对十二瀑镇的早期历史深感兴趣，但其后期却如此乏味（那本历史书结束于一九七〇年，真有些百无聊赖了），直使他昏昏欲睡。

村上对历史容或有些怪异的偏见，但值得注意的是，在他这本首次突破学生运动的狭窄视野的小说中，他就开始探索日本与亚洲大陆的悲剧性对决，后面他还将在《奇鸟行状录》中全力探索这一领域。

《寻羊冒险记》中那位可疑的右翼组织老板生于一九一三年，

曾奉派前往满洲里,"混迹于关东军上层,参与了某些密谋"。(日本赖以维持其满洲傀儡政权的关东军确实曾策划过各种阴谋,至少其中之一致使敌意日深,直接导致战争升级并最终引发太平洋战争。)老板"在中国大陆全境四处兴风作浪,在苏军出兵(在战争的最后阶段摧毁关东军)两周前登上一艘驱逐舰夹着尾巴逃回日本。连同多得搬不过来的金银财宝"。

利用他掠夺的财富,老板逐步暗地里控制了"政治、金融、大众传媒、官僚机构、文化……所有的一切"——村上借此赋予当代日本消费文化的关键性控制因素以邪恶的动机,并将其与隐藏在日本注定走向毁灭的大陆侵略扩张企图之后的同样驱动力联系到一起。而在老板无所不包的影子帝国之后,隐藏着一种巨大的、吞噬个人的、极权主义的"意志",其化身就是一只"背部有褐色星斑的羊"。这只羊于一九三六年进入老板的脑中,一度控制并激励了嗜血的成吉思汗的也许就是这只羊。被羊控制一年后,老板来到满洲里。(小说暗示)正是他煽动关东军于一九三七年发动了臭名昭著的"九一八"事变[①],成为日军入侵中国的关键性事件,亦是其对第二次世界大战的首要"贡献"。

既然羊所代表的邪恶"意志"竟然给整个亚洲带来如此深广的灾难,那它就不再只是和平的象征了。确实,这一以羊为载体的"意志"看来就起源于这块大陆,这块屡次成为日本侵略的牺牲品的大陆:从甲午战争(1894—1895)开始,中经日俄战争(1904—1905)、并吞朝鲜(1910),一直到一九三一年至一九四五年最后那轮野蛮的侵华战争,还包括一九三二年至一九四五年的满洲国傀儡政权。天皇的皇军最终目的是建立"大东亚共荣圈"。如此"高尚的"暴力,除了和平的羔羊,还到哪儿找更好的象征去?

[①] 原文如此,事实上"九一八"事变发生于一九三一年。一九三七年,抗日战争全面爆发。

《寻羊冒险记》

　　酒吧的华人老板杰也应视为侵华战争及其后果的受害者。一九四五年战争结束时他已经十七岁了。来到日本后，他曾结过婚，但妻子又因病去世，不过除了偶尔吐出几句智者箴言并借给"我"的世界一个孤独的背影外，他对情节的发展几乎没什么贡献。当"我"沉浸在将他生命中所有的重要人物聚集一处，在北海道的群山上开一家餐馆的白日梦时，他往杰身上倾注了如此强烈的感情，以至于英译者竟然认为这一段实系衍文，应该删去。此段如下：

　　　　若是杰能来这里，所有事情肯定一帆风顺。一切都应以
　　　　他为核心运转，以宽容、怜爱、容纳为中心。

　　这样的表述方式简直是要人认为杰（J）代表的就是耶稣（Jesus）了。村上春树并非基督教徒（也不信佛或任何有组织的宗教），但他确实是在玩"和平之羔羊"的意象，既然如此，从杰到耶稣也就并不遥远了。看来杰代表的恰是其"意志"一直在他祖国肆虐的老板的反面。最后，简直就像是赔付战争赔款，"我"递给杰一张巨额支票，那是他从老板的秘书手里得到的进行寻羊冒险的代价。

　　现在，老板正在弥留，那只神秘之羊已经弃他而去，选中的下一位"宿主"竟然恰巧就是"鼠"——至于羊为何从一个右翼暴徒转移到一个理想幻灭的激进学生身上，这个关节点作者则明智地未予深究。也许它转移到三岛由纪夫身上倒更"合理"些，小说正是以他剖腹自杀的那天开始，年月日分毫不差。然而，作为一九七〇年代前期理想主义的最后一次绽放，"鼠"决定趁那只神通广大的羊在他体内睡着时自杀，作为他为社会做出的唯一贡献。"我"也伸出援手，替已经死去的"鼠"接好炸弹，将那个一心想继承那只羊的神通广大的阴险秘书炸死深山。

　　当然，杀死那只羊和那个秘书并不会使日本从此免受由他们

81

代表的邪恶控制，也并不意味着这总体来说是对日本大型公司或其对恭顺劳动力实施的剥削政策的系统化批评。不过，毫无疑问的是，众多读者可以将自身与"我"的城市病联系起来，着迷于小说中于想象间展开的回击。通过"我"的形象，他们可以替代性地摧毁那个控制着经济机器的腐败而又强大的系统，他们一直自感身陷其间无法自拔、备受剥削，并且使他们无法感觉"此时此刻是真正的此时此刻。我是真正的我"。

*

"我"在北海道的"净化"有很强的自传性。村上本人在临近完成《寻羊冒险记》时戒了烟（彻底干净地戒除：从一天三包到一根不抽）并认真开始长跑。他越是深挖自己、寻找素材，就越发感觉需要某种肉体锻炼来维持身心平衡。

日本文学界典型的文人形象历来是沉溺于所谓"醇酒妇人"的"颓废者"，其自身肉体的衰落成为创作的主要源泉，但村上则坚信自己的身体健康才是他职业创作生涯的基础。正如他笔下的人物总是为自己准备"简单的"食物，村上自己的健康摄生法包括饮食简单，特别强调多吃蔬菜（巨型色拉！），清淡的日本料理，几乎不吃淀粉类食物。不过，正如他笔下的众多人物，他确实喜欢恰到火候地烹调意大利面，也正如已反映在作品中的，意大利菜虽或许是他的最爱，他喜好的菜式真算得上兼容并蓄。

他之所以很不喜欢中国菜，应该跟他对日本在中国犯下的暴行特别难以释怀有关，不过在交谈中他强调对他而言唯一的问题出在调味料上，而且指出他"天生无法消受的不只是中国菜，还有朝鲜和越南菜"（日本人在这两个国家眼里也绝非天使）。他从不滥饮，不过喜欢偶尔来杯啤酒或葡萄酒，尤其喜欢纯麦芽酿制的威士忌。"我无数次听说小说源自某些不健康的东西，但我认为恰恰相反。你自身保持得越是健康，你就越容易将你内部那些不健康的东西表达出来。"

迄至一九九九年，村上春树已经跑完十六次全程马拉松，他的形象是如此崇尚运动，如此健康，以至于有本杂志用了二十五页篇幅来讨论他的长跑与他的创作的关系。"你必须得有足够的体力和耐力，"他说，"才能花整整一年写一部长篇，然后在下一年重写它十遍或十五遍。"他决定就当每天只有二十三个小时算，不管多忙，他都会将雷打不动的一个小时用于运动。"精力和注意力是同一硬币的两面……我每天定时在桌前坐下写作，不管状态如何，是否能投入，写得艰难还是顺畅。我早上四点起床，通常一直写到下午。我日复一日照此办理，终于——这同样适用于跑步——我到达了我自知一直在寻找的那个点。要想如此行事必须仰赖一定的体力……这就像是通过一堵墙。你轻轻一滑就过去了。"村上严格的体能自律与他同样严格的专业自律是密不可分的，正是这一点才使他年复一年一直保持惊人的高产。最终他意识到，如果说爵士乐为他早期的作品提供了节奏上的动力，那么他后期作品充沛有力的风格则在很大程度上端赖他成了个长跑运动员。

一九八三年，村上写完《寻羊冒险记》一年后，第一次出国旅行。他在雅典跑完雅典马拉松全程，同年的稍后，他在火奴鲁鲁跑完他第一次竞技马拉松赛。自此，他不但参加日本国内的马拉松、半程马拉松、三项全能（包括一九九六年在北海道举行的一百公里的"超级马拉松"，他花了十一个小时跑完全程），而且参加过雅典、纽约、新泽西、新贝德福和波士顿的长跑（至一九九七年止）；他的最佳纪录是三小时三十一分零四秒（1991）。

这种新兴的对旅行的热情也反映出他专业作家生涯的成功。《寻羊冒险记》在六个月内售出五万册。不过除了偶尔驾驶阿尔法·罗密欧或奔驰车出行之外，商业上的成功并未改变村上本质上的斯巴达式生活方式。他与文学界的名流刻意保持一种距离并回避在电视上露面。（在一九九五年神户地区地震后的一次少见的公开露面中，他自愿为了向当地图书馆募捐做公开朗读。）他仍然大部分时间脚蹬板鞋跑来跑去，喜欢塑料手表，他发现二〇〇〇年他已经拥有了五套正式西装和二十条领带，但这些正装几乎一直闲置在衣橱里。他的住所位于东京一处公认的时髦（即既安静又幽僻的）地段，他位于东京以西的海边别墅素净得正如他极简主义的散文风格。

村上绝对是个工作狂，因为他所做的一切很少有跟他的写作完全无关的，而且他绝对乐此不疲。他将体育运动当作保持身体健康以便更好写作的手段。大部分重要的旅行都是受某本杂志所托带着"任务"进行的，经常与一位摄影师同行（有时阳子亲自担任摄影师，她出色的摄影跟他的文字相得益彰）；这也就意味着即使去旅行他也要用心去看去学，而不像普通的观光客那么悠闲，他将学到的东西付诸文字，这给他极大的乐趣。

二〇〇〇年他在过年休假期间曾发誓要停工一段时间，他虽坚持不开电脑，却实在无法忍受这种无所事事的状态。为了打发时间，他开始编写"回文"自遣——即正读反读都完全一样的句子，如"Madam, I'm Adam"（夫人，我叫亚当），回答为"Sir, I'm Iris"（先生，我叫爱丽斯）。当然，村上是用日文写的，日文中的"回文"不一定是完整的句子。他为日语中的每个表音字母"假名"（共四十四个）都想出一句"回文"，而且，他不像旁人一样把它往抽屉里一扔了事，他还写了些无厘头故事来解释每一句回文，最后出了一本漂亮的小开本书，并配有友泽美美代（友沢ミミヨ）所画的插图。为他一直在扩展的作品里又添了全新的一册。

这本小书名为 Ma-ta-ta-bi a-bi-ta Ta-ma（またたび浴びたタマ），正读反读一模一样，一个音节都不差。"Tama"是一只猫的大名，所以大写。要想用另一种文字的回文来翻译几乎不可能。村上书名的意思不过是"Tama, showered in catnip"（Tama，被埋在猫薄荷底下），反过来写就成了"Pintac ni derewohs, amat"。①

---

① 本书作者的"作者弁言"的结尾"题词"就是这句反写的"回文"。

84

1984年夏，村上和阳子花六个星期的时间在美国进行了一次与工作相关的旅行。前一年村上就曾在夏威夷中途短暂停留参加当年的马拉松赛事，借首次正式美国之旅的机会，他拜访了雷蒙德·卡佛、约翰·欧文以及F.司各特·菲茨杰拉德的母校普林斯顿大学。

村上春树首次文学朝圣就是到华盛顿州去会见卡佛及其妻子，诗人苔丝·加拉格尔。会面的地点在"天庐"：他们的奥林匹亚半岛的家里。会面虽只持续了一两个小时，却给两对夫妇都留下了深刻印象。卡佛当时正在紧张地进行一个写作计划，仍然特意抽出时间接待村上这位不远万里特意前来拜访的译者。据苔丝·加拉格尔描述，当时"雷非常急切地想会见村上春树，几乎像个孩子一样兴奋不已，他想亲眼看看这位译者到底长什么样，雷的作品是怎么会将地球上的两个人联系到一起的"。村上和阳子在午后两三点钟左右到达，被招待了一顿简餐，内容包括茶、烟熏三文鱼和薄脆饼干。

在村上春树对这次会面的描述中，他注意到卡佛已经不再酗酒。

> 在那个安静午后的暗淡日光下，我记得他呷红茶的样子显得多么嫌恶。他手里端着茶杯的样子看起来仿佛他正在一个不合时宜之地干什么不合时宜之事。有时他会起身到外面抽烟。从苔丝·加拉格尔这所位于安吉勒斯港的"天庐"窗口望出去，可以辨认出一艘正开往加拿大的渡轮。

他们来到这所山顶别墅的露台上，一起哀悼那些撞死在玻璃挡风墙上的小鸟。他们讨论了卡佛的作品为什么在日本大受欢迎，村上认为或许应归功于卡佛专注于日常生活中无数小屈辱的主题使然，日本读者特别容易对这种主题产生共鸣。这些讨论给卡佛

留下了深刻的记忆,后来激发他写了一首名为《射弹》的诗,题献给村上春树:

> 我们呷着茶。彬彬有礼地探讨
> 我的书在你的国家受到欢迎的
> 可能原因。谈到
> 你在我的故事中发现的那些
> 一再发生的
> 痛苦和屈辱。还有那些
> 绝对偶然的因素。所有这些如何
> 影响到了销路。
> 我望着房间的一个角落。
> 突然间我再次回到十六岁
> 跟五六个家伙一起挤在
> 一辆五十年代的道奇汽车里
> 在雪中蹒跚前行。向
> 另一些家伙做出淫荡的手势……

于是引发了一场雪仗,"哑运"给了我一记射弹:"正中我的侧脸／击碎了我的耳鼓",激烈的疼痛使他当着朋友的面流下屈辱的泪水。获胜的那个"家伙"驾车离去,也许

> 再也不会想到这件事。他干吗要想?
> 总有那么多事情要想。
> 为什么要记得那辆愚蠢的车
> 在路上打着滑,然后转了个弯
> 就此消失?
> 我们彬彬有礼地举起茶杯。
> 在那个一度有别的东西进入的房间里。

当然，在村上春树的作品还没有英译本的当时，卡佛无论如何想不到，他这种精神上的闪回在他这位日文译者的小说世界中是多么熟习常见。苔丝·加拉格尔记得当时村上仅把自己介绍为一位译者，而且他相对不甚流利的英语对话还导致了几次冷场。但"他显然因为雷肯于跟他会面大为感动"。之后，她跟卡佛一致认为他们刚刚会见的这对夫妇极不寻常，相互间有一种莫名的心灵相通。

一九八七年，卡佛应日本中央公论社邀请打算访日，村上春树特地在自己的新家为身高六英尺两英寸（合一米八十八）的卡佛定制了一张超大的床。床架由一位家具制造商特制，蒲团式床垫（五英尺宽七英尺长）由阳子父亲原来经营的店铺制作。但卡佛最后却因癌症未能成行。十月一日动手术切除了四分之三的肺，次年卡佛就溘然长逝了。

死讯传来，村上春树简直难以置信。"我不禁去想，这么魁梧的一个人经过这么长时间的病痛辞世该是多么痛苦的经历。我想庶几类似一株参天大树慢慢地倒下。"卡佛的死使他觉得痛失一位挚友，之后他跟阳子与苔丝·加拉格尔的联系愈加紧密。苔丝也切身感受到卡佛对村上春树的意义是何等重大，于是送了他一双卡佛的鞋子以为纪念。村上东京寓所中悬挂的极少几张照片中就有一幅卡佛和苔丝的合影。

村上已经风闻约翰·欧文盛名之下不但很难联系到，而且可能更难相处，差不多已经完全放弃了与其会面的希望。但一九八四年夏在华盛顿时，他通过国务院递交的申请却得到了非常热情的回应。欧文说他很愿意会见村上——在纽约——因为他是第三位要求将他一直不太受欢迎的处女作《放熊归山》翻译为一种外语的译者。（村上的译本出版于一九八八年。）欧文从村上提供的简历中得知他是位长跑选手，于是建议他们一起去慢跑。

小说家和他的日译者在六月十四日闷热的午后身着运动服在中央公园的门口碰面。他们一起轻松地慢跑了六英里,一直在交谈,因为无法拍照和记录,村上事后全凭记忆描述这一难得的经历。他们对运动的共同爱好,他们差不多的身高(五英尺七英寸[约合一米七]),欧文突出的清澈目光,当然还有村上对他作品的仰慕都使他们晤谈甚欢,欧文不断提醒村上注意中央公园里的"马粪和出租车司机"。他们谈论欧文作品的电影改编,他告诉村上他的新书《苹果酒屋的规则》的有关情况。他也高度评价了雷蒙德·卡佛,称他为一位长期受到低估的第一流作家,如今终于得到应有的评价。绕公园一周后,他们挥汗道别,欧文还要去参加摔跤训练,村上则在附近一个酒吧喝掉三瓶啤酒。

此次美国之行,村上跟卡佛和欧文的会面均皆大欢喜,但总体说来他跟美国小说家的接触却并不令人满意。抛开语言的障碍不论,他们总给他一种他不甚擅长与他的美国同行交流的感觉。在对小说的理解方面他们和他之间存在某种根本性的——也许是无以名状的——差异,致使他们之间无法完全理解对方并使他倍感沮丧。

普林斯顿给村上留下了难以磨灭的印象,他在校园里漫步,去图书馆参观 F. 司各特·菲茨杰拉德的手稿。最重要的是那些松鼠——因为日本游客总会因为在美国城市里自由跑动的松鼠而大惊小怪,更别提是在大学校园这种公园般美丽的地方。这些松鼠——还有他晨间慢跑时碰到的兔子——成为普林斯顿大学宁静平和、田园牧歌氛围的一部分。这一美好回忆还将促使他在七年之后故地重游。

五

练习曲

一九八四年夏旅美归来后,村上和阳子从东京东郊的工人区搬到了西部更古老、更安静的藤泽郊区。搬家的干扰看来对村上高产的写作和翻译均无甚影响。是年十二月,他以重要作家的身份应一份权威文学刊物之邀参加了一次跟著名小说家中上健次的"一对一对谈"。中上健次初识村上时他还是"彼得猫"爵士乐酒吧一位相当孤僻的店主;如今他们已经以差不多对等的身份交谈了。八年后,村上惊闻中上健次因肾癌去世,将永远无法完成他们那天谈起的计划中的小说创作了。

村上在《寻羊冒险记》(1982)和他下一部长篇《世界尽头与冷酷仙境》(1985)之间这段时间的创作即使按"村上的标准"而言都堪称多产。除了撰写大量文学和电影评论及印象主义风格的随笔外,已写的短篇小说又出了两本集子,新发表的短篇又够出第三本小说集了,而且他还在继续翻译美国文学。村上总是说从自己的翻译中"获益匪浅"。他译的雷蒙德·卡佛的小说集《我打电话的地方》于一九八三年七月出版,村上去美国的前一年。他翻译的约翰·欧文的《放熊归山》自一九八五年四月开始连载,一九八六年出书。村上翻译的卡佛的《鲑鱼在夜间游动》在一九八五年八月出版,长篇小说《世界尽头与冷酷仙境》及他的第四部短篇集同月出版,外加在他少年时期深深打动过他的杜鲁门·卡波蒂的短篇小说《无头鹰》的译本。

《萤，烧仓房及其他》[1]

村上春树第三部短篇小说集《萤，烧仓房及其他》（1984）包括多篇他在《寻羊冒险记》之后创作的值得注意的短篇。这些作品显示出他同时在朝几个不同的方向发展，也表现出他文学生涯的进一步发展，因为它们大多发表于权威刊物，而此前他的短篇则大多发表于非正统杂志。（著名文学刊物《新潮》是个例外：它几乎从一开始就刊登和出版村上的作品。）

《萤》（1983年1月）这篇比较长的短篇最初发表于《中央公论》，这是一家享誉颇高、包罗甚广的自由主义杂志，谷崎润一郎曾是他们的签约作家，村上翻译的雷蒙德·卡佛的全集也由他们陆续出版。"酷酷的"村上的追随者们对这篇小说的场景和相当感伤的叙述都会有深究的兴趣，因为它完全"写实"，以村上本人早期的大学生涯为素材写成，丝毫没有超现实的因素。不过如今这篇小说几乎不会再引起读者的阅读兴趣了，因为大部分读者对《挪威的森林》第二、三章相比而言充实得多的重写版已经非常熟悉了。

村上春树第一次描述了他住过的肮脏的宿舍；还创造了热爱地图的结巴室友和陷入困境的女友（此时还没有名姓），其前男友（"我"的铁哥们）在他们上中学时就自杀了。在和女友唯一一次做爱后，她抛弃"我"进入疗养院，"我"则身陷自怨自艾中无法自拔。

将室友写成个结巴并非一个廉价的插科打诨。他在发"地图"这个词时尤其困难，对于一个地理专业的学生而言这可真够讽刺

---

[1] 中文版书名为《萤》。

的，可以理解为一种由严格的纪律带来的压力。在《挪威的森林》中，这位室友将因其右翼做派被赐以"敢死队"的绰号，而在《奇鸟行状录》中，直接服务于日本军国主义侵略的地图绘制和后勤保证将得到直接的表现。

用作标题的萤火虫是室友送给"我"的。最后，他来到宿舍的楼顶将萤火虫从罐子里放生到暗夜中。这悲伤的一幕完整无缺地保留在《挪威的森林》中：

> 萤火虫消失之后，那光的轨迹仍久久地印在我的脑际。那微弱浅淡的光点，仿佛迷失去向的魂灵，在漆黑厚重的夜幕中往来彷徨。
> 我几次朝这夜幕中伸出手去。指尖毫无所触。那微弱的光点看来近在咫尺，却是咫尺天涯，再难触及。

《烧仓房》（1983年1月）是又一篇"脚踏实地的"小说，虽说描写的是一位三十几岁的小说家（"我"）和一个二十来岁的波希米亚风的女孩的怪异情事。村上留下了如许多悬而未决的线索任其在风中飘荡，不止是篇末那个女孩的消失，整篇小说的基调都只能说是个"谜"。

小说的关键所在是吸了大麻后"我"跟女孩的新男友之间一场散漫、抽象的闲聊。自打那位男友自曝最喜欢烧空的仓房后，"烧仓房"这个词简直就像句曼怛罗咒语般重复不休，此后"我"在附近还颇进行了一番细心的搜寻，想找到一两个被烧的仓房（很合逻辑），结果竟一无所获（很是神秘）。无疑，这正是村上对于不明所以在脑海中浮现的这个词——源自威廉·福克纳的短篇小说《烧仓房》——的"探索"过程。

集子中最令人震惊的是那篇《跳舞的小人》（1984年1月）。如果说村上早期短篇的魅力在于介于现实和常识边界的那种张力，那么这篇小说却远远跨越了这条界线。

梦中出来一个小人，问我跳不跳舞。

我完全清楚这是做梦，但梦中的我也和当时现实中的我同样疲惫。于是我婉言谢绝：对不起我很累恐怕跳不成的。小人并未因此不快，一个人跳起舞来。

正因为是村上梦中的小人，所以他喜欢伴着"滚石"、弗兰克·辛纳特拉、格伦·米勒、莫里斯·拉威尔和查理·帕克的音乐起舞。（小人的音乐趣味同村上本人一样兼容并蓄，而且同样将自己的密纹唱片随处乱放，捡到哪张算哪张。）他的舞跳得美妙绝伦。他来自"北国"，那儿禁止跳舞。

我就想这么跳，所以才来到南方。来南方当了舞者，在酒吧跳舞。我的舞大受欢迎，在国王面前也跳来着。啊，那当然是革命前的事了。革命爆发后，如你所知，国王死了，我也被赶出城，开始在森林中生活。

"我"觉得自己就快醒了，于是向小人道别，但小人却告诉他，略有些不祥的感觉，他们注定还要再见。

大梦初醒，我似乎——直到下段结束——已经重返完全世俗的世界：

我仔仔细细地洗脸、剃须、烤面包、煮咖啡。喂过猫，给猫厕所换上新猫砂，打好领带，穿鞋，然后乘公共汽车去象厂上班。

"象厂"？叙述者就这么轻描淡写地一提，读者按本能反应都会将其理解为一个玩具工厂。但村上春树却不会让我们这么容易就脱了钩。他继续让我们困惑下去：

> 不用说，象不是那么好做的。首先，它们非常庞大，结构也复杂。不同于做发卡或彩色铅笔。工厂占地广大，由好几幢建筑构成。每一幢建筑已相当可观，按车间涂成不同的颜色。

村上就这么就事论事地逐一描述工厂的结构，不同颜色的车间如何对应着大象的各个部位，读者的困惑越积越高，最后才意识到"我"工作的象厂原来就是一家生产大象的工厂。真正的大象。村上再次跟我们的智商做起了游戏。不过他确实有他的目的。在《一九七三年的弹子球》中，无意识的深渊被标记为"大象墓园"，而此处的大象是与创造性过程——想象的能力联系在一起的。这还不是村上最后一次提到大象。

第二天，"我"把梦中小人的事告诉了象耳车间的同伴。平素寡言少语的同伴竟然说他以前似乎听说过这么一个小人，这令"我"大吃一惊。他建议"我"去问一位自打革命前就在工厂做工的老工人。（啊哈，这么说来这个世界中也有过一场革命了！）通过《跳舞的小人》的这一点，我们意识到梦幻世界和"真实"世界（一个有家"象厂"的"真实"世界确实需要打引号）之间的交叉可远远不是偶然的。小说的剩余部分以一种童话采用的那种不容置疑的确定口气讲述下去，一直发展到恐怖的高潮：一位美丽的年轻女郎在狂舞中变成一摊蠕动的蛆虫。《跳舞的小人》完美地展示出村上将传统的故事主题以令人震惊的方式讲述出来的才能，在某种意义上说来，也是《世界尽头和冷酷仙境》中大规模描述两个对立世界的一次练兵。

《旋转木马鏖战记》

创作于《寻羊冒险记》之后的又一部短篇小说集《旋转木马

鏖战记》(1985年10月)无论就其本身抑或其假装非其本身的内容而言,均令人惊叹。跟此前那几部将发表于各杂志的各自为政的短篇结集出版的集子不同,村上特为这本小说集写了篇导言式随笔,将其中的作品在主题和观念上联系起来,并毫不含糊地宣称它们并非虚构——或者至少不那么虚构。他如此这般以"我"的口吻讲话,并模糊了现实和小说(虚构)的界线:

> 将这里收录的文章称为小说,对此我真是不无犹豫。它们并非真正意义上的虚构的小说……它们无一例外均有事实基础。我不过从很多人口中听来了各式各样的故事,将其笔录成篇。为了不给当事人带来麻烦,细节上我当然做了种种加工……但每个故事的主线全都属实,既没有夸张以求趣味,又不曾添枝加叶……
>
> 最先开始写这些作品——姑且称之为速写吧——原是为了将来创作长篇小说进行的"预热",觉得将各种事实据实以录,日后定会派上用场。我就是说,一开始我没打算将这些文字变成铅字。

集子中所有的故事都以如下框架展开:某人决定向"我"敞开心扉、一吐为快,"我"洗耳恭听,据实以录。故事的某些提供者甚至称呼他"村上君",这当然更强化了"我"和"村上"实系一人的印象。直到一九九一年村上《全集》的第五卷出版,他才承认《旋转木马鏖战记》中的所有故事都是虚构的。"没有一个人物是有所本的。"他宣称。"我自己脑子里很清楚我要在这一系列故事中达到何种目的……我需要这种一字一句据实以录的伪装。我一直对菲茨杰拉德《了不起的盖茨比》中的叙述者尼克·卡洛维这个人物抱有浓厚兴趣,这也就是我采用这种叙述方式最直接的诱因……如果没有这次的实践,我恐怕永远都没办法写出《挪威的森林》。"

为了力求细节的真实，故事的讲述稍嫌啰嗦；为了强化现实主义的表象，它们均以某种原生态、片段化的样式呈现，在那些读者或许期望"我"提供点"真知灼见"或者为局促不安的故事讲述者提点建议的地方，他却通常显得跟别人一样困惑不解，一直到最后都不会有任何清楚斩截的结论。这部集子在复制一种"干巴巴的"现实主义方面可以说做得非常成功，这未免使其跟村上其他几部小说集相比显得不够引人入胜，但它自有一种特别的、不事张扬的吸引力，值得细读慢品。现在，村上乐于将其中几篇相对"完整"的作品作为独立成篇的短篇小说看待。

　　村上在《旋转木马鏖战记》（篇名借自詹姆斯·柯本一九六六年主演的同名影片）中以一种"骇人的"的轻松着意表现他酷爱的主题：人的生活和个性之易变。

　　《背带短裤》（1985年10月）讲的是一个女人在为丈夫定制一条背带短裤的半个小时之内整个人生彻底改变的故事。她在这么多年一直对他心怀怨愤后——主要因为他的不忠——突然意识到她要离婚，这个决定要归功于她此次欧洲之行重新找回的独立自由的感觉。这是村上笔下不断出现的失踪女人这一主题的一个生动而又简洁的实例。

　　集子中的第二篇小说《出租车上的男人》（1984年2月）塑造了另一位在国外决定放弃丈夫和孩子、活回自己的女性形象。催化剂是一幅她买自纽约一位捷克画家的肖像画。那幅画的技法虽谈不上高明，但它对一个坐在出租车上的年轻男人的寂寥和空虚的描绘正好契合了她自己的失败感以及年方二十九岁就已青春不再的灰暗心情。她烧掉那幅画返回日本。多年以后，她在雅典意外发现跟她同乘一辆出租车的竟然就是多年前画中描绘的那个男子，他青春依旧，衣着打扮跟当时画中的一模一样。她当然一句都没提那幅画，但感觉自己的一部分已经跟那个美男子一起留在了出租车里。"我"承认这个故事在他心里一直放不下，终于找到机会把它讲出来自己很觉轻松。在这么一部表面看来如此"现实"

的小说集子里，这真是一次对于神秘之域的罕见突袭。

在另一短篇《游泳池畔》(1983年10月)，"我"坐在一个极清澈的游泳池畔，池中的泳客简直像是飘浮在空中，听一个通过系统严格的锻炼和节食跟四十岁的年龄奋战的中年人讲他的故事。这个人搞不懂为什么自己婚姻幸福事业成功，却仍感觉内心有种自己无法把握的缺憾。这个短篇可以当作《国境以南　太阳以西》(1992)的前奏来读。

一位叫村上的小说家（自称"我"）回忆起大学期间的一次出游，一位自己很不喜欢的漂亮女孩跟他挤睡一处，而他也竟然因此起了性欲。多年后他邂逅她的丈夫，后者告诉他因为她是个娇惯成性的富家女，因此一直无法接受他们女儿夭折的事实。"我"因为对当初的经历一直无法释然，也没接受丈夫的建议再给她打电话。《献给已故的公主》(1984年4月)就这么曲终人散。

在《呕吐一九七九》(1984年10月)中，一位曾同"我"/村上为一家杂志共过事的年轻插图画家（也偶尔交流爵士乐唱片）自一九七九年六月四日开始呕吐，每天呕吐一次，一直持续到七月十四日（他的日记有精确记载）。在此期间，他还接到一位陌生男子打来的神秘电话：叫出他的名字后当即挂断。这也许跟他感到（或应该感到）的罪恶感不无干系，因为他喜欢勾引他朋友的妻子和女友，但从未给过任何明确的解释。这篇小说于是在完全俗世的氛围中将超现实的感觉推至极致，只隐约暗示到一点心理方面的由头，这在村上的小说世界里可谓屡见不鲜了。相似的"噱头"同样在《棒球场》(1984年6月)中出现，一位大学生突然变成了一个窥淫癖，后来窥淫癖倒是不治而愈了，他却感觉无法把握真实的自我了。

《避雨》(1983年12月)的主角是位年轻貌美的女编辑，"我"/村上初登文坛第一个采访"我"的人，但完了之后不久她就不但失了业，还失了恋。多年忙碌之后终于第一次有了大量闲暇，起初她很是享受，不过很快也就厌倦了，于是开始把自己的肉体出卖给男人，直到几周后她找到新工作。这段插曲看来对她竟没有丝毫影响。村上经常在意识和肉体似乎泾渭分明的背景下来描写性，从重要性上讲，意识远甚于肉体。

《猎刀》(1984年12月)一开始是对一处滨海度假宾馆冗长而且看似避重就轻的描述，其间"我"注意到一对母子，我们只知道母亲五十来岁，似乎阵发精神崩溃，儿子坐着轮椅，将近三十。并非偶然的是，同样接近三十的"我"和妻子也正在试图一劳永逸地决定到底要不要孩子的问题，而眼前这对怪兮兮的母子实在算不得正面的例子。"我"就自己对于人际交往的态度发的一番议论多少可以作为村上的自述看待："我把在桌底下架起的双腿分开，寻找撤退时机。我觉得自己好像经常在生活中寻找撤退时机，大概是性格使然吧。"

《沉默》生动地回顾了中学时期的精神压力，回忆的契机是一位业余拳击手告诉"我"他曾因一次并非他犯的过错被同学施以"沉默"的处罚：谁都不再理他。直到成年，最让他难以释怀的就是一个所谓"魅力十足"的人（通常浅薄至极）竟然能轻而易举地影响整个班级。村上将在《奇鸟行状录》中通过一位老谋深算却大受欢迎的媒体偶像的角色，并在他对奥姆真理教以沙林毒气袭击东京地铁的调查中继续追索这一主题。

这一时期的短篇小说创作显示出村上是在利用这一体裁为后面的长篇做各种准备。在小说集《萤》的后记中，他写道："大家经常问我更喜欢写短篇还是长篇，我实在不知该如何作答。完成一部长篇后，我常有一种模糊又挥之不去的遗憾，而在我写完几篇短篇之后，一种压抑的感觉又会促使我捡起长篇的创作。这就是我的行为方式。也许有一天我会不再采取这种长短篇轮着来的做法，但我深知我想继续写下去。写小说是我最高兴干的事。"

六

自我之歌

《世界尽头与冷酷仙境》

村上春树凭《寻羊冒险记》赢得颇负盛名的"野间文艺新人奖"。他下一部长篇小说《世界尽头与冷酷仙境》（1985）则获得更负盛名的谷崎润一郎奖，这个奖以《疯癫老人日记》《钥匙》《细雪》等一系列现代经典的作者、闻名遐迩的小说大师谷崎润一郎（1886—1965）命名。被授予这个奖，村上的确应该感到荣幸，也恰如其分，因为谷崎正是一位曾在日本文学中创造出一个完全想象中的小说世界的前辈作家。而村上在《世界尽头与冷酷仙境》中则创造出虽巧妙相关却截然不同的两个小说世界。

授予村上这个奖的那几位杰出作家对这本书的赞扬虽非众口一词，不过其中的大江健三郎写道，"年轻的"村上因苦心经营这一富有冒险精神的文学实验而获此奖"实在令人欢欣鼓舞"；他还指出这本小说可以当作一部新的《阴翳礼赞》来读，特意提及的这部谷崎最为著名的散文作品暗示出在村上和谷崎之间其实存在某种美学方面的联系。

大江对村上的看法看来一直未变，也因此他后来批评村上的作品未能"超越对于年轻人的生活风尚的影响，无法在更宽广的意义上以对日本现状与未来的表现引起知识分子读者的兴趣"。大江的评论不过是对谷崎评论的一种回声，谷崎的评论者认为他的作品缺乏理想、完全孤立于真实的世界。

如果说《寻羊冒险记》在村上的头两部长篇中堪称一次重大的飞跃，那么《世界尽头与冷酷仙境》则不论是在想象的范围还是大胆的程度上都是一次更大的跨越。这是他专为出书而不是杂志写的第一部长篇，亦是创造一部具有繁复结构的长篇的一次最成功的尝试。因为它篇幅宏大内容复杂，人们也许会认为村上在完成《寻羊冒险记》之后就将全副精力尽付于此了，但实际上，他是自美国归来之后才执笔创作此书的，从一九八四年八月写到次年一月，总共五个月时间。在此期间他全身心投入，小说恰好在他三十六岁生日的傍晚完成，停笔之际真有一种如蒙大赦的轻松感。因为阳子建议他重写整个下半部，他又静下心来花了两个月时间进行修改，结尾重写了不下五六次。

此时的村上已经写了大量的短篇小说，如我们上文所述，不过当新潮社邀请他为其久负盛名的"纯文学丛书"写一部长篇时，他转向了一篇他在《一九七三年的弹子球》之后写的较长的短篇：《小镇及其不确定的墙》(1980)，他自认小说写得完全失败，后来排除在《全集》之外。他写道，他当时的功力还不足以胜任这样的挑战，但他自觉后来的历练使他有信心再尝试一遍。

上文讨论过的《鹏鹉》篇幅虽短，却是再明显不过的证明：对于村上而言，所有的现实皆是记忆，小说则不折不扣是词语与想象交互作用的结果。篇幅宏大的《世界尽头与冷酷仙境》正是如此，苏珊·纳皮尔精辟地称其为"唯我主义"作品。小说荣获谷崎润一郎奖之后，村上曾对一位采访者言道，世上再没有比以最精确的细节详细描述一样压根不存在的事物的过程更让他享受的了。

回顾过去，村上似乎也注定应该写一部《世界尽头与冷酷仙境》。如果说《且听风吟》中火星人的井尚算不得显豁的话，次年的《一九七三年的弹子球》中他显然已经在思考位于人类意识的

99

深井中那一无始无终的"本原"。这一储藏传奇和梦想的墓地无法通过有意识的思考获致,但种种完全异质的意象以及与特定的某段已经失去的过去(还有已然遗失在过去的事件和人物)联系在一起的话语却会神秘地源自于它,不期而至。它们穿越黑暗的通道一度占据了意识的空间,不久又重返那个无始无终的"本原"。

村上春树曾言道,将"存在"和"非存在"进行比照是他的癖性,亦是他所有作品的基础。他喜欢在作品中并置两个平行的世界,其一显然是臆造的,另一个则较近于可认知的"现实"。以《且听风吟》为例,他创造了一个"此一世界"的酷酷的"我"以及一个痛苦的耽溺于内心的作家"鼠"。而在《一九七三年的弹子球》中,"我"跟"鼠"则再也无法碰面,将他们分开的不单是东京与神户之间的地理距离,还有显然是自传体第一人称的叙事者与更虚构化的以第三人称表述的一个人物之间的距离。他们俩分居于两个平行的世界,大体上相互交错地一章表现一个世界。在《寻羊冒险记》中,叙述视角自始至终局限在"我"身上,他接触到他另一个世界中已经死去的朋友的唯一途径,只能借助一种在无尽的黑暗中发生的似乎谵妄的体验。

《寻羊冒险记》出版后,经过了三年的间隙村上才再次拾笔创作长篇,这种心理上的分歧又如影随形般现身。不过这次村上都懒得再给他的另一个自我取个名字(或绰号),直接将他的两个叙述者兼主人公都叫做"我"("Boku"和"Watashi"),将比较正式的"Watashi"——"我"赋予看来更真实些的似乎是未来的东京的那个世界,将不太正式的"Boku"——"我"留给那个内在的、"小镇及其不确定的墙"的臆造的世界。

"Watashi"和"Boku"在日语中是两个意味相当不同的人称代词,因此,日本读者只要打开书,不论翻到的是哪一页,都会立马清楚当下的叙述者到底是谁。但翻译者就苦了,因为不论是"Watashi"还是"Boku",翻来倒去仍然是一个"我"。英译者阿尔弗雷德·伯恩鲍姆解决这一问题的办法是以现在时态译"世界尽头"部分以为区别,由这么一种在英语中算是自然的方式将那两个叙述者的世界区分开来。而且还"因祸得福"地赋予其叙述一种无始无终的特质,也许还强似原文的一般过去时。

作为叙述者,"Watashi"和"Boku"是截然分开的,不过在"Watashi"跟其他人物谈话时,他仍像一般的年轻人那样自称为"Boku"。这一点在临近结尾,当两个人物开始融合时突然变得极端重要起来。当"Watashi"强烈要求知道"我(Boku)到底会变成什么"时,他实质上是在问"我"身处另一世界中的"Boku"将会变成什么。

两个叙述者分别在交错出现的章节中向前发展:"Watashi"的"冷酷仙境"和"Boku"的"世界尽头"。两个叙述者分别创造了两个不同的世界,起先这两个世界只在最琐碎的细枝末节上呼应(比如对回形针的特别强调),不过愈往后两个世界就愈发类似和对称。两个叙述者均跟图书管理员扯上了关系,都去了跟独角兽有关的图书馆。("现实"中的性爱虽然高度"写实",但此间的那位女性却拥有一个超大的胃,这又远远超越了现实的界线。)阅读这部小说的最大奇遇就在于发现这两个世界是如何相互关联的。

村上通过精心掌控细节和整体结构紧紧控制着这一发现的过程。第一章那些再琐碎不过的细节——勉强用口哨吹出来的一首歌,一抹古龙香水——结果都在情节的展开之中充当了重要角色。村上之前和此后再没有别的小说如此这般地注重整体的小说结构。两个分离却同时存在的叙述者是故意被分开的。这么做的根本原因在于个人无法探知自己的内心世界。

内心世界在这部小说中被冠以诸多不同的名号:"核心意识"、"黑匣子",还有,用教授这个人物的话说,一个"巨大的人迹未至的大象墓园"。不过,教授又马上修正了一下自己的说法:

101

不不，大象墓园这一说法并不贴切。那里并非死去记忆的堆放场。准确说来，称为"象厂"倒更贴切些。因为无数记忆和认识的断片在那里筛选，筛选出的断片在那里被错综复杂地组合成为线，又将线错综复杂地组合为线束，由线束构成体系。这正是一家"工厂"，从事生产的工厂。老板当然是你，遗憾的是你不能去那儿访问。就像是《爱丽丝漫游奇境》，要进入必须有一种特殊的药才行。

就这样，《且听风吟》中的"象"发展成为《一九七三年的弹子球》的大象墓园以及《跳舞的小人》中的"象厂"，逐渐变成了一种潜意识的象征：将内在的深层意识看成一家"可望而不可即的"生产大象——那些神秘费解的记忆载体的工厂。"没人掌握着我们内心象厂的钥匙。"教授说，连弗洛伊德和荣格都无能为力。不过，在属于他的冷酷仙境中，"Watashi"[①]将会前所未有地深入认识他自己的"象厂"，并将"继往开来地"进行普鲁斯特式的追寻逝去的时间之旅。

井的意象在小说的第一页就在读者眼前闪过，紧接着，"冷酷仙境"的叙述者"我"就走在一条漫长、昏暗的走廊中，带路的是一位身着粉色衣裙的漂亮（不过异常丰满的）年轻女性，而且她的发声好像还有障碍。正如《鹂鹋》的叙述者，"我"是前来应聘的，而且同样对沉默的女接待员为自己迟到而道歉。她身上的古龙香水散发出一种类似香瓜的芬芳，"使我涌起一种怀旧而又莫可名状的情绪，仿佛两种全不相干的记忆在我不知晓的某个隐秘所在交融互汇"，就在此时，她的口型似乎在发出"普鲁斯特"这个词。不禁让我们想起《寻羊冒险记》中对普鲁斯特的间接引用，这种典型的怪异的"村上做派"（试试在没有任何上下文的情况下

[①] 为了便宜行事，下文无论是"Watashi"还是"Boku"译者都以"我"代之。

发发"Proust"这个词，特别是日语的发音是"Purūsuto"！）意味着"我"就要开始一次进入他自己记忆的"未知的隐秘深处"的旅程，如普鲁斯特的尝试一样严肃。看来村上非常自信地认为他正在跨入普鲁斯特的领域，但又没人会怀疑他竟会如此"自命不凡"，所以他决定搞点玩笑。

考虑到也许自己误读了那位女孩口型的可能性，"我"尝试了其他可能的词。也许她说的是"urūdoshi"（"闰年"：一种古老的纪年方式）？是"tsurushi-ido"（"悬垂井"：一个村上自造的词，以增加他的"井类总目"）？还是"kuroiudo"（"黑土当归"：一种连接天地、具有潜在超强能力的植物形象）？

> 我试着将这些毫无意义的字眼一个接一个默念了一遍，但哪个都不能正好吻合。我只能得出结论，她说的确实就是"普鲁斯特"。但问题是这漫长的走廊跟普鲁斯特又有什么相干？我如坠五里云雾。
> 也许她是作为漫长走廊的暗喻搬出马塞尔·普鲁斯特来的。果真如此，这种表达方式虽算不得轻率，也未免稍嫌古怪了些吧？假如把漫长的走廊暗喻为普鲁斯特的作品，我倒还可以理解。反过来则实在莫名其妙。
> 如同马塞尔·普鲁斯特作品一般长的走廊？
> 不管怎样，我得跟在她后头继续沿着走廊向前走。说实话，这走廊可真够长的。

村上就这样让他的主人公带着这个靠灵光一闪既可以确立亦可以否定的文学化证件，沿着这条漫长的走廊踏上了全新又有《鹧鸪》作为喜剧性先导的探询之路。

女孩将"我"引至一个空荡荡的现代风格的办公室，递给他雨披、胶靴、护目镜和手电筒，并带他来到一个隐藏在巨大壁橱内的漆黑洞口，洞内传出河流的流淌声。按照她无言的指示，他沿一架很长的梯子下到黑暗中，开始沿着一条河的河岸向前走，走到头他应该发现一道瀑布，瀑布后面才是女孩祖父的实验室——而所有这一切竟然就发生在东京的市中心！

祖父却意外地到半路接他来了。不知怎么的把河流的声音"关小"后，他们才能相互听得清楚，他提醒"我"有碰到"夜鬼"的危险，它们就住在这个城市地下——事实上就在皇宫正下方——如果有人误入它们的领地会被它们撕碎了生吃掉。

我们从后文中得知，女孩的祖父，也就是教授之所以将试验室安在这么个危险所在，是为了防"计算士"和"符号士"两大帮派，他们都想利用他工作的成果，驱走夜鬼则是靠控制周围的声响。（教授这才意识到他因为粗心在上次的实验中把他孙女的声音"关掉"了，于是只得在"我"为他工作之际跑去纠正错误。）原来"我"本人就是个计算士，教授也是——不过在计算士"组织"中的地位远高于"我"。变节的计算士通常会被对头符号士及其"工厂"收编，但教授在硝烟正浓的信息战争中哪边都不靠。

"我"因为身为计算士的才能受雇于教授：计算士的大脑已经被分区，因此可以进行复杂的计算。这样做的目的是为了安全，因为人脑不像电脑那样能被读破——至少迄今为止尚不能被窃秘，虽然残忍的符号士一直在努力找到破解的办法。实际上，他们曾绑架了五位计算士，将他们的头盖骨锯开，试图直接从他们的大脑中取得资讯，但没有成功。"我"的身份中这一"赛博朋克"的侧面跟威廉·吉卜森[①]一九八一年的短篇小说《强尼的记忆》具有惊人的相似，但村上否认他这部小说受到吉卜森的影响。

[①] 威廉·吉卜森（William Gibson, 1948—　），著名科幻小说家，生于美国，十九岁移居加拿大，为"赛博朋克"（cyberpunk）小说流派的领军人物。吉卜森著有小说多部，《强尼的记忆》（*Johnny Mnemonic*）一九九五年被改编为影片，由基努·里维斯主演，片名一般译为《非常任务》或《捍卫记忆》。

这个"冷酷仙境"的世界与"世界尽头"形成了鲜明对照。前者是个言语与声音的世界；后者则是个形象与歌的世界，有很多形象与歌已差不多被遗忘，它们的意义也丧失殆尽。（不过，随着这两个世界之间的藩篱渐渐被打破，"冷酷仙境"中的"我"开始体验到一种似曾相识感，既回忆起了形象又想起了歌。）"冷酷仙境"中的"我"喜欢絮叨，不断地开玩笑寻开心，甚至不乏自嘲精神；开场的电梯大得"牵进三头骆驼，栽一棵中等的椰子树都绰乎有余"。他以一种相当"冷酷"的风格通过讥讽的幽默与那个世界保持一段距离。而"世界尽头"中充满梦想色彩的"我"则没有这种可以产生距离的嘲讽。他感觉到一种来自他已几乎完全忘记的过去的震颤，看待这个世界的方式具有诗人气质（"点点的黄光在降落中时而膨胀时而缩小"）。

两个世界中时间的流逝也很不同。"冷酷仙境"中的"我"的行动可以说分分秒秒都记录在案，共涵盖了五天，准确讲来是从九月二十八日到十月三日。"世界尽头"中的时间则是从秋天到深冬。两者风波迭起地流逝而去，朝向最后的高潮发展。当"世界尽头"的"我"重新发现音乐和温暖之时，正是"冷酷仙境"的"我"狂热地感受着真实世界的最后一些琐细的感觉和印象，伴着鲍勃·迪伦那既是流行又属高度文化的电子狂想曲在车上渐渐睡去之际。

"我"叙述中的"世界尽头"宛如一个城垣环绕的中世纪小镇，但后文提到的废弃了的工厂、电灯、退伍的衰老军官以及空寂的军营，却在在表明这更像一个核战争之后（也许只是常规战后）的世界，战前的过去只留卜些许遗迹，已经无从记起。钟塔上的钟定格在十点三十五分（虽然镇上其他的计时器照常走动）。环绕城镇的城垣高不可攀——"几乎有三十英尺高，只有飞鸟能飞越"。整个的市镇实际上就是一个复杂精细的潜意识之井，就像《一九七三年的弹子球》中的描述："我们的心由此被掘出无数口井，井口有飞鸟掠过。"只有飞鸟能自由地在意识与潜意识的世界之间往来穿梭，所以他们就成为村上深感兴趣的所有那些微妙的心理现象的符号象征——似曾相识感、那些已半被遗忘的事物的意象、记忆的闪现以及与其相对的突然的记忆空白。村上为这个小镇提供了一张地图，看起来很像大脑的形状。（他说他在写作的过程中画了这张地图，以便将他想象中的这个城镇的规划牢记在心。）

在"世界尽头"有一群独角兽，白天待在高墙环绕的镇内，夜晚则由守门人放归城外，他似乎对镇上的居民具有一种专制的特权。（参见上文对《穷婶母的故事》中独角兽的讨论。）"我"并非镇上的原住民，在"我"初次抵达之际，守门人（这位老兄把大部分时间都消磨在磨利刀具上）坚持要将"我"的影子从脚踝上一刀斩下，他保证会照看好影子，也允许"我"来看他。失去影子标志着"我"开始失去能让"我"认为和感觉自己是个独立个体的一切。"我"不久获悉，"我"的影子在从"我"身上分离之后将活不过就要到来的冬季。

值得注意的是，"我"关于影子以及遗忘的信息最初就得自一位退休的军官：上校。斯蒂芬·斯奈德曾论道："这个被城垣环绕、罹患健忘症的社群正是日本一直不愿正视其过去以及积极确认未来在全球扮演的角色的隐喻（虽然这样的解读将赋予村上比其通常表现的更多的政治意识）。"村上对上校这个角色的描写似乎证实了这一论断，至少牵涉到过去的时候给人如此感觉，而且很多人现在仍然发现"城垣"环绕的日本还是令人失望的根源。"交出影子就这么任由他死去确实不是件容易的事。"上校告诉"我"。"难过对谁都一个滋味，我也不例外。如果在还不懂事的小时候，在相互还没交往的时候同影子分开倒也罢了，但对于一个老傻瓜而言就吃不消了。我的影子是在我六十五岁那年死的。到了那把年纪，回忆真是数不胜数了。"

上校似乎也在附和战前日本保守势力对于境外"危险思想"的恐惧，因为他警告"我"要远离丛林，我们后来得知，因为在那儿居住的"一小搓人"并未完全"交心"、交出他们的思想和记忆。"他们的生存方式完全异于我们,"他说,"他们很危险。他们会对你产生不利的影响。"他还警告说城墙对"我"是另一种潜在的危险之源。不但因为它将所有人完全禁锢在墙内,"它还会洞悉墙内发生的一切",它就像日本社会本身一样严格监控着有"越界"倾向的每一个人。

守门人下定决心要将"我"和"我"的记忆永远分开,他的形象变得越来越狠恶毒。在"我"死心塌地地想在这个禁止其居民拥有影子的小镇生活下去之后,"我"发现无论是自己还是任何人都不得离开这个地方。在"我"偷着去看自己的影子时,影子命令"我"仔细侦察这个小镇并要画一张详细的地图,尤其要关注城墙及出入口。(书中大脑形状的地图就由此而来。)而且,守门人在"我"初来乍到之际就分派我担任"读梦人"的工作,并丝毫无痛地在"我"的眼球上切了几道裂口,以此作为其工作的标记。这使得"我"对光变得异常敏感,使"我"不得不回避阳光灿烂的日子,只能在夜晚到镇"图书馆"去读梦。

镇上那些"古老的梦"都储藏在图书馆收藏的大量独角兽头骨中,当"我"触摸某个头骨时,那些梦就会以一系列生动而毫无关联的图像形式出现在他眼前,其意义何在他却不得而知。不论是他还是他逐渐爱上的女图书馆员都不知道他为何一定要干这个工作,但最后他终于意识到他释放到空中的正是人之为人的那些品质以及容许激情——指向其他个体及这个世界的激情——存在的人的记忆。

为了换得长生不死的生命,镇上的居民必须牺牲他们的心和思想。这是通向救赎的唯一途径。当守门人将其宣布出来并向"我"夸口城墙的"完美无缺"及绝无逃脱的可能时说:

> 晓得你(失去影了)有多么难受。但这个过程谁都要经历,所以你也必须学会忍耐。那之后你就会得到救赎,就再

不会烦恼不会痛苦，四大皆空。什么一时的感受之类，那东西一文不值。告诉你这些是为你好：忘掉影子。这里是世界尽头。世界到此为止，再无出路。任何人都无处可去——你也不例外。

生活在守门人控制之下的镇上的居民不论是相互间还是对于这个世界都只剩下了最苍白淡漠的情感。被"我"爱着的年轻图书馆员无法回报"我"的爱，因为她的影子在她年方十七时就死去了（正好跟那位身着粉色衣裙的丰满女孩同龄，她或许就是她在外部世界的"影子"），她于是再没有思想的能力对"我"产生深刻的情感。她正是由此而"得救"的，也正是《一九七三年的弹子球》中"我"总结得出的结论：通往"平和"的唯一途径就是"无欲无求"。

"我"于是问她——

"你的影子在死前你可曾见过？"

她摇摇头。"不，没见。没理由再见她了，她已经同我毫不相干了。"

"但你的影子也许就是你本身呢。"

"也许吧。但不管怎样，如今都是一码事。早已加箍封盖了。"

水壶开始在炉子上咕咕作响。在我听来，那仿佛是远方传来的风声。

"即使这样你也仍然想要我？"她问。

"是的，"我答道，"我仍然想要你。"

我们在这儿看到的，正是对《一九六三/一九八二年的伊帕内玛少女》中提到的那种"隔阂"的全面探索："在（我意识的）某个地方，一定有个连接我和我自身的绳结。我迟早肯定要在遥远世界中的某个奇妙场所同我自身不期而遇……在那里，我是我自身，我自身是我。主体是客体客体是主体。毫无障碍和阻隔。完美的融合。在世界的某处必能找到这样的场所。"

镇上居民缺乏深刻的情感，最清楚的表现莫过于他们已经丧失了欣赏音乐的能力。镇上的某个犄角旮旯里确实还有个储藏室堆放着一些老旧的乐器，但那是当作奇巧的玩意儿留下来的，它们的功用早就给忘记了。图书馆员模糊地记得她妈妈曾经时常以一种特别的方式"讲话"：

"妈妈会将词句一会儿拉长一会儿缩短。她的声音听来就像风声一般时高时低。"
"那是在唱歌。"我突然意识到。
"你也会那么讲话？"
"唱歌不是讲话。那是歌。"
"你也会那么做吗？"她问。
我深深地吸了一口气，却发现居然一首歌都想不起来。

当冬天的白雪越积越厚（又是《一九七三年的弹子球》中死鸡仓库中的寒冷），"我"费尽心机要自己想起一首歌的旋律，最后终于从"有供手指按的按键"、"用折叠起来的皮革联接到一起的一个盒子"（手风琴）上"榨"出了一段旋律。

过了有一会儿，仿佛随心所欲般，我终于找到了最初的四个音。它们宛如清晨的阳光，从内心的天际款款洒落。它们找到了**我**；这就是我一直苦苦寻觅的音符。
我按住一个和弦键，反复依序按这四个单独的音符。这四个音似乎在渴求更多的音和另一个和弦。我屏息凝神，迫切想听到后面的和弦。最初的四个音引导我找到接下来的五个音，然后就是另一个和弦，又带出三个音。

这已经是个旋律了。并非完整的一首歌,但是开头的一节。我一遍又一遍地按动这三个和弦和十二个音。这是首我应该熟悉的歌曲。

《丹尼少年》(正是"冷酷仙境"的"我"在开篇一章一直想回忆起来却终归失败的那首歌)!

一旦想起歌名,后面的和弦、音符与和声便水到渠成地从指间自然地涌出。完了以后我又完整地弹了一遍。

最后一次听歌是什么时候的事了?我的身体一直在渴望着它。我已经有这么长时间没有音乐相伴,我甚至都意识不到我自身的饥渴了。旋律在滋润我的心田,整个紧绷绷的身体为之释然。音乐使我被漫长的冬季冻僵的身心舒展开来,赋予我的眼睛以温煦亲切的光芒。

整个镇子都似乎活了过来,在我演奏的音乐中喘息。街道随着我的每一动作摇摆着,城墙就像我的血肉和皮肤一样伸展、皱缩。我连弹了好几遍,然后把乐器往地板上一放,靠着墙闭上了眼睛。所有的一切都恍若我自身的一部分——围墙也罢城门也罢森林也罢河流也罢水潭也罢,统统是我自身。

直到"我"意识到小镇就是他自身后,他才意识到他对它担负的责任,这使他与他的影子一起逃往"真实"世界的计划顿生波澜,大为复杂化了。这两个世界之间的张力——一个虽然真实却濒临死亡,另一个无始无终却又没有灵魂——实在令读者心神难安,这种张力将一直持续到最后的大结局。"我"最终的选择令人大感意外,也许只有安居于这两个世界之间某一边缘位置的作者才能做出这般抉择。

(对于还没读过《世界尽头与冷酷仙境》的读者而言,上述的梗概故意在关键之处含糊其辞。阅读这部小说的乐趣是非常特别的。)

《世界尽头与冷酷仙境》是村上对于大脑及其接受的世界之

间的关系进行的一次最深刻入微的探索。在被问及他创作风格的"自发性"问题时,他曾对此有所阐释。采访者不大买他号称"没什么写"的账,村上援引的就是《且听风吟》的例子。采访者于是诘问道:"如果你没什么可写的,那你怎么解释你已经写出了好几部篇幅宏大的小说这一事实?"

> 我想恰恰是因为我没有想写的东西我才能写出篇幅很长的小说的。我想说的东西越少,小说的结构也就越是简单。如果你事先就很清楚"我想讲这个或那个",结构自然就开始变得沉重不堪,就会打破故事自发的流动……"主题"绝对只是第二性的……从根本上说,我相信人类内在的能力。
> 问:嗨,这倒让我想起凯斯·杰瑞[①]的即兴演奏。
> 答:只不过我不信什么上帝之类的概念。
> 问:没错,他的信念是宗教性的。他说他演奏时是上帝在指引着他。
> 答:我更加……怎么说?……实际一点?……物质一点?这也正是大脑不断在我的作品中出现的原因。我觉得我是在某个地方将大脑和内在的力量系到了一起。所以,以《寻羊冒险记》为例,"老板"的脑子里就长了个血瘤。当然了,我不相信有上帝存在,但我想我的确相信有某种类似的力量存在于人类的**体制**中。

大约在村上完成《世界尽头与冷酷仙境》最后部分一个月前,他感受到一种强烈的、确凿尤疑的作为一位小说家的成就感。"我没法不写小说,"他告诉作家中上健次,"对我而言,一个短篇小说多多少少都是一部长篇的跳板。"当中上健次指出村上在这方

[①] 凯斯·杰瑞(Keith Jarrett,1945—),爵士乐钢琴演奏大师,以其即兴演奏著称于世。

面的声誉其实主要依靠其短篇小说时,村上坚持道:"我的感觉是,一个短篇要么可以视作一部长篇的准备要么就是某种拾遗补阙——将某些不适合较长篇幅作品的素材写出来的方式。"

村上然后告诉中上健次,他打算将一九八五年用于翻译和写写短篇,下一年就去国外待一段时间。跟美国作家的会面虽令他很是兴奋,但美国作为一个旅居之地对他却不太有吸引力。他当时的打算是去希腊或土耳其,他对这两处地方留有非常美好的印象。除了他又花了四个月时间才完成手头那本小说的写作及重写之外,他的计划大部分都实现了。

当中上健次询及这部新小说的大名时,村上只是轻声一笑:"真不好意思说出口。"他在伯克利做演讲时揭示了其中的缘由:

> 之后我写了部标题极长的长篇:《世界尽头与冷酷仙境》。我日本国内的编辑要我将其压缩为《世界尽头》。我美国的编辑要求我压缩为《冷酷仙境》。英译者阿尔弗雷德·伯恩鲍姆曾认为标题相当荒谬,请我另寻一个完全不同的代替。但我统统拒绝了他们。《世界尽头与冷酷仙境》或许确实是个冗长、荒谬的标题,但这本书只能叫这个名字。
>
> 之所以用这个"双重"标题,是因为小说中包含两个不同的故事,一个叫"冷酷仙境",另一个叫"世界尽头",交互以间错的章节平行展开。最后,这两个截然不同的故事会相互重合、合二为一。这种叙述技巧一般用于神秘故事或科幻小说。像肯·福莱特就经常援用类似手法。我想将这一手法用于一部大型的长篇小说……
>
> 写这部小说的过程对我而言像是某种游戏,所以在很长一段时间内连我自己对这两个故事将如何融合为一体也没有概念。那种经历真是刺激,同时也让我筋疲力尽。我明白自己会有相当长一段时间不会再去做类似的尝试了。

七

瓦格纳序曲与现代化厨房

在较长一段时间致力于长篇小说创作之后，村上再次捡起短篇。他有几篇最出色的短篇都创作于《世界尽头与冷酷仙境》（1985年6月）和《挪威的森林》（1987年9月）之间。两篇最佳之作均发表于一九八五年八月，即《再袭面包店》及《象的失踪》。创作于这一时期的几个短篇后来被编为村上春树的第五部短篇小说集《再袭面包店》（1986年4月），而且其中有不少于五篇被选入村上的第一部英译选集《象的失踪》。

《再袭面包店》

年轻的丈夫和妻子半夜里突然被无法忍受的饥饿感惊醒。"不知为什么，我们总在同样的时刻醒来，"丈夫（"我"）告诉我们。"几分钟后，饥饿感以《绿野仙踪》中的龙卷风之势袭上心头。"他们这种"巨大的、压倒一切的饥饿感"令人想起《世界尽头与冷酷仙境》中那位胃扩张的女图书馆员，暗示一种无以名之的内在需要。这跟这对夫妇的新婚身份似乎没有因果关系——有没有呢？

故事展开之后，我们越来越清楚地看到，他们相互之间全新的关系所带来的不确定感正是这篇小说的主题。但村上以如此新奇、微妙、迂回的喜剧性手法来处理他的素材，结果夫妻间的关系又代表了人生中所有令我们深感困惑和意外的事件。长话短说，《再袭面包店》或许可以视为村上视角最完美、最有诗意的精粹化表现。

夫妇俩（他二十八或二十九岁，供职于一家法律事务所；她小他"两年零八个月"，一所设计学校的秘书）住在一起还没多久，尚不足以在家里建立一套"规范"的饮食"制度"，所以他们家已然弹尽粮绝。"我们冰箱里的存货没有一样可以在技术上归到'食物'目录之下：两瓶法国调味料、六罐啤酒、两个皱缩的洋葱、一小块黄油外加一盒冰箱除臭剂。"他建议他们找家通宵餐馆，但她拒绝了："哪有半夜之后还去餐馆就餐的。"他只能回答："像是没有。"然后就沉浸于他极度的饥饿由他体内生出的一座海底火山的意象中无法自拔。精神上，他乘着一叶扁舟漂浮在水面，透过如水晶般清澈透明的海水望着下面的火山。

  此前在什么时候我一度有过同样的经验。我的胃袋当时也同样空空如也……那是什么时候？……哦，对了，那是——
"夜袭面包店时。"我听见自己脱口而出。
"夜袭面包店？你在说什么？"
就这么开了头。

突然跳入"我"脑海中的这类插曲对于村上的铁杆读者而言或许同样并不陌生。这个短篇之所以叫《再袭面包店》部分也是因为四年前村上已经发表了一篇名为《夜袭面包店》的小说。"我"在《再袭面包店》中无意间撞上心头，向妻子讲述的就是上一篇小说的梗概。

这一事件发生在"我"的大学时代——更准确地讲是他暂时休学期间。对村上而言，因为学生暴动导致大学关门的那段时期几乎理所当然意味着他的黄金时代。出于一种被怪异地扭曲了的学生的理想主义，"我"和一位朋友决定——出于财政也出于"哲学上的"原因——要"袭击"当地的一家面包店来平息他们的饥饿而非找个工作赚钱买面包。"我们当时不想工作。对这一点我们毫不含糊。"当"我"妻子指出他此后就妥协了，而且现在就是个上班族时，他吞下一大口啤酒沉思道，"时代变了。人也变了。"然后就建议上床睡觉。但她想听他更详细地讲讲当初夜袭面包店那档子事："夜袭成功了吗？"

"怎么说呢，算是成功了吧。又不能全算。我们拿到了想要的东西。但作为一次抢劫来说又不算：在我们强抢之前面包店主就把面包给了我们。"

"免费的？"

"也不全是。不。一言难尽哪。"我摇了摇头。"店主是个古典音乐的发烧友，我们到的时候他正在听一张瓦格纳序曲的唱片。于是他就跟我们做了个交易。如果我们从头至尾听完唱片，我们想拿多少面包都随便。我跟同伴商量后认为可以。在最纯粹的意义上讲这也算不得什么工作，而且又不会伤害任何人。于是我们把刀子放回背包，拖过两把椅子来，听完了《汤豪舍》与《漂泊的荷兰人》的序曲。"

"我"于是跟朋友得到了够吃好几天的面包，又没违反他们的"原则"，尽管这原则也没什么大不了的。但从那之后，他就一直疑惑是不是面包店主将某种类似"诅咒"的东西施加到了他和朋友身上："那次事件具有了类似转折点的作用，我返回大学，毕了业，开始为事务所工作而且还同时准备参加律师资格考试，我还遇到了你并结了婚。我再也没干过当初那类事，再也没袭击过面包店。"

换句话说，他的妥协正是调整自己以适应正常的中产阶级生活的开始,但他又到底有些"腹诽"。来自过去的某样东西仍暗藏在心底,就像一座海底火山,威胁着随时就要喷发。他的新婚妻子倒煞是明智,认识到这些过去未曾解决好的因素有可能危及他们的婚姻。他们那种超现实的饥饿,她告诉他,肯定就是那一诅咒的结果。现在唯一能做的就是:"再袭面包店。马上。现在就动手。这是唯一的出路。"

此处正是村上喜剧性的超凡想象发挥至淋漓尽致之时。像所有的新婚丈夫一样,"我"在新婚妻子身上发现了很多打死他都想不到的东西:她竟然拥有一挺雷明顿自动猎枪和两个滑雪面罩。"我妻子怎么会拥有一挺猎枪,我一头雾水。还有什么滑雪面罩。我们俩都未曾滑过雪。但她根本没做什么解释,我也没问。婚姻生活真是怪异,我感觉。"更令人印象深刻的是她在"夜袭"之中镇定自若的专业行事方式,这本身就堪称一项喜剧绝活。

事实证明她是对的:诅咒已经被解除,她可以安心入睡了,留下"我"一个人细细思忖:

> 只剩我一个人了,我从我那叶扁舟边缘俯身下去,朝海底张望。火山已然无影无踪。平静的水面映出蔚蓝的天空,只有柔波细浪宛如微风拂过丝绸睡衣般温情脉脉地叩击着小舟的舷板。
>
> 我四仰八叉地躺在船底,闭上了眼睛,等着上升的潮水将我携往属于我的地方。

《再袭面包店》也许算得上村上最接近于为其笔下的人物及其读者提供"救赎"的那一刻。即使在处理那些涉及神秘与"另一世界"题材的作品中,村上谈论的也仍旧是此岸这个世界以及我们在这个世界内那根本无法确定的归宿,但在这儿,他却通过一种微妙的喜剧性夸张以一种"经济的"方式解决了这个问题。为了能使问题得到解决,在技术上就需要略过某些特定的因素,不予深究，也正因此，它更适合短篇而非长篇小说的形式。

村上无论如何也不肯告诉任何人他作品中那些象征的"意味"。事实上，他通常断然否定它们是象征。一九九一年，当他跑完波士顿马拉松的当天应邀参加哈佛霍华德·希贝特教授的日本文学班就《再袭面包店》举行的讨论会时，就是这么做的。当班上的学生被问及他们认为海底火山到底象征着什么时，村上插进来坚持说火山不是一个象征：它就是一座火山。

参加讨论的一位学者对学生大叫："别听他的！他不知道他在讲什么！"于是引发了一场活跃的辩论。村上的答复一如既往地坦白直接："难道你饿的时候不会在想象中看到一座火山吗？我看到了。"他在写这个短篇时正饿着；于是，也就自然而然地出现了火山这个意象：就这么简单。

不论村上饿着时可能在想象中看到什么图像，在《再袭面包店》的语境中那座海底火山明显是个象征：象征的是过去未曾解决的问题，象征着游荡在潜意识中威胁着随时都会爆发并把眼下的平静毁于一旦的东西。不过，认定它就是个象征并如此这般予以确认，只会抽干村上赋予它的所有生动丰富的内涵。就像其他作家一样，村上也宁愿就这么保留这座火山，任它在每位读者的头脑中自行其是，不去强作解人。

《象的失踪》

小说集《再袭面包店》中另一个短篇杰作名为《象的失踪》，立刻将读者带入一个充满日常生活细节的世界："大象从镇上的象舍中失踪的事，我是从报纸上知道的。这天，我一如往常地被调至六点十三分的闹钟叫醒，然后去厨房煮咖啡，烤面包片，打开收音机，啃着面包在餐桌上摊开晨报。"

"我"继续概述新闻中报道的象与饲养员双双突然失踪的事

件。铁杆的村上读者几乎肯定会立刻想起七年前他第一部长篇《且听风吟》中的话:"当我提笔想写点东西的时候我总是满怀绝望。我的那点本事真是太有限了。比如说,就算我能描写一头大象,我可能也无法描写大象的饲养员。"在《象的失踪》中,村上终于能够同时兼顾这两者了——并非提供或许是长篇小说所必须的冗长描写,而是在这两者被打发走之前留给我们生动的几瞥。

报纸("我"保存着全套的剪报,实属罕见)提供了这个城镇当初是如何意外领养到一头大象的,对落成典礼的描写实在是对当地(而且并不限于当地)政治的一番饶有趣味的戏拟:

> 我也参加了象舍的落成典礼。镇长面对大象发表演说(关于本镇的发展与文化设施的充实),小学生代表朗读作文(象君,祝你永远健康云云),举行了大象写生比赛(大象写生此后遂成为本镇小学生美术教育中一个必不可少的重要保留项目),身穿翩然飘然的连衣裙的两名妙龄女郎(算不上绝代佳人)分别给大象吃了一串香蕉。大象则几乎纹丝不动地静静忍受着这场相当乏味——起码对象来说毫无意味——的仪式的进行,以近乎麻木不仁的空漠的眼神大口小口吃着香蕉。吃罢,众人一起拍手。

"我"又向我们描述了大象后腿上拴的沉重铁链如何固定在一个水泥墩上,描述了象的饲养员渡边升,一位"瘦小的老人",如何长着一对巨大的(大象般的?)耳朵以及象和老人之间类似心灵感应般相互交流的能力。再加上更多的细节使"我"确信"大象根本没办法逃脱。它只不过在稀薄的空气中失踪了"。因为对于警方不愿认同这种可能性隐隐有些厌恶,"我"决定不就他"知道的"失踪事实跟警方联络。"对那些甚至没有认真设想过大象失踪可能性的家伙,讲这些又有何益?"几个月就这么过去了,毫无线索,大象也渐渐地被所有人遗忘了——只有"我"仍然一直心念系之,而且一直没有向我们透露他了解的失踪的详情。

然后,叙述突然转入一个看似毫无关系的全新方向:"我见到她时,九月都已接近尾声了。"激起他兴趣的这位女性是一家以年轻家庭主妇为主要读者的杂志的编辑。她来参加由"我"组织的一次宣传酒会,我们现在才知道,"我"原来"在一家大型电器公司广告部工作,当时正负责推销为配合秋季结婚热和冬季发奖金时节而生产的系列厨房电器用品"。他带着她参观展示,一边向她解释一个现代化的"kit-chin"——似乎只有一个舶来的优雅的英文词汇才最适用——到底需要些什么设施。她对他这种广告"行话"提出质疑,他倒是能暂时摆脱自己的职业角色承认确实如此,在这一"急功近利的"世俗世界中,想卖产品就得这么干。站在急功近利的界限之内,他加了句:"会助你避免所有复杂的问题。"

但"我"是唯一知道大象失踪这件事的人,而且这一点很快就开始撞击他跟这位编辑之间的关系。正如《再袭面包店》中的"我"在告诉他妻子第一次夜袭面包店时几乎是无意中就涉足了那不可知的领域一样,这个"我"也让某些东西溜了出来。他们在酒吧里聊着各自的大学时代、音乐、运动等等的话题,然后"我就告诉了她大象的事。具体是如何发生的我已记不清了"。

也正如村上的一贯作风,那些发生在记忆边缘的事情才是真正重要的。话一出口"我"就自觉失言,但女编辑坚持想了解更多情况。就这么着他把一直没告诉我们的一些情况告诉了她:他或许是在大象及其饲养员消失前最后一个见到他们的人。

在他们失踪的前一天傍晚,"我"碰巧从悬崖上一处鲜为人知的有利地形的通风口向下观察他们。他感觉"他们之间的某种平衡"已然发生了改变。一旦谈话涉险进入另一世界的领域,"此岸"世界的情形也必然随之发生变异。他们的谈话也就变得有些不尴不尬了。几分钟后,他们道了再见,他此后就再没有见过她。他们曾就业务问题通过一次电话,他想到过是不是请她出来吃饭,一转念又改了主意。"就是觉得这种事怎么都无所谓了。"他开始觉得现实生活的一切都不过如此,"在我经历过象的失踪这件事之后"。

村上之所以一直对大象心念系之,是因为对于他这样一位最关注记忆以及无法传达的内心世界的作家而言,它们是神秘之巨大、黑暗的象征物,是他特别迷恋的对象。它们虽然如此巨大,但"人们对于自己镇上曾拥有一头大象这点似乎都已忘得一干二净",正如学生运动之后某些传奇已然死去,这个"急功近利的"世界又重新完全恢复原样。《再袭面包店》中的"我"通过再次拥抱旧日的理想主义(但方式又是如此怪异)获致了某种程度的救赎,《穷婶母的故事》也给我们留下了一丝希望:在摆脱了背上的"穷婶母"之后"我"跟女朋友或许还能重修旧好,但在《象的失踪》中,待他跟超验主义邂逅之后,一切都似乎变得无所谓了。

《家庭事件》(1985 年 11—12 月)的叙述者又是一位电器公司的公关人员。这个"我"惯开玩笑,虽没有直接跟另外的世界接触,却对超越日常生活常规的价值问题颇为关心。他害怕失去一个一直以来对他而言意味着一切的人:他妹妹。她就要嫁给一个白痴电脑工程师渡边升了。

渡边升?且慢,不就是那个大象饲养员的名字吗?在《再袭面包店》这本小说集里,这个名字从一个短篇跳到另一个短篇,而且被冠以此名的人物真是五花八门、各色俱全:《象的失踪》里的大象饲养员;《家庭事件》中的未来妹夫;《双胞胎女郎与沉没的大陆》(1985 年 12 月)中"我"的翻译公司的生意合作伙伴;《拧发条鸟与星期二的女郎们》(1986 年 1 月)中仅是提到的妻兄,以及,更加重要的,同一部小说中以妻兄之名命名的那只猫。

村上一开始写这个集子中的小说时,曾为了好玩用了他一个好朋友、著名插图画家安西水丸的原名(即渡边升)。但六年后当他决定深挖《拧发条鸟与星期二的女郎们》中的黑暗潜质,将妻兄这个人物变为民族罪行的体现者时,他觉得至少应该把人物的姓改一下——改成了"绵谷"。"渡边"这个名号在日本相当常见，村上用这个姓可能就因为它的普遍，《挪威的森林》的主人公也姓渡边，虽然名成了"彻"。

《家庭事件》读来妙趣横生，而且相较于村上通常的作品，对人物进行了现实得多的探索。这个"我"也不同于大多数的"我"，个性上更加敢作敢为。他对自己老妹准备嫁给一个毫无幽默感的电脑工程师（电器工业这个机器上的一个齿轮）后举止做派上的改变的描述真让人忍俊不禁。不过"我"的机智和讥讽并未能完全遮掩他对已临近青春尾巴的恐惧（他二十七，她二十三岁）。小说的大部分篇幅展现的都是兄妹间围绕这位未婚夫展开的生动口角，但又大都是借题发挥，比如在一家意大利餐馆里争论意大利面的品质。

如果说村上的大多数作品已然涉足侦探和科幻小说的领地，那么以年轻女性为目标读者的《家庭事件》就称得上一次对情景喜剧的有趣突袭——比我们在电视上看到的这类喜剧更"有伤风化"些，不过却充满了俏皮话以及相当可以预测的情节逆转。

不过这个故事倒确实有个界限。老妹因为烦了他在她主办的晚宴上的"信口雌黄"，谴责他不成熟、自私。之后，在跟一个酒吧里撞上的女孩机械地做过爱后，他来到街上将吃的晚饭吐了个干净。"有多少年没醉酒吐过了？这些日子我到底在干什么？本来一切都不过在周而复始，然而在周而复始中却一次比一次更加不堪。"

回家后，他发现老妹正一个人在等他，担心是不是对他太严厉了。他们于是像以往那样相互敞开心扉（如果以往确曾有过的话），达至了某种程度的停战和好。村上设法使欢笑一直保持到临近故事颇为感人的最后结局。

村上之幽默感的体现之一就是他给自己的众多作品起的怪异而又滑稽的标题。《再袭面包店》这个集子里有个短篇叫做《罗马帝国的衰亡，一八八一年印第安人起义，希特勒入侵波兰以及狂风世界》(1986年1月)。这标题长得够一部百科全书用的，其正文却只占了七页纸；一个跟词语与记忆玩的游戏，它让人记住的首先是其超长的标题——还有它描写的那个神秘的狂风世界。

《拧发条鸟与星期二的女郎们》以"我"煮意大利面始，以一对正在口角的夫妇拒绝接听响个不止的电话终——后来成为村上篇幅最长的小说《奇鸟行状录》的第一章，这部长篇要一直到六年后才成书。正如《萤》，《拧发条鸟与星期二的女郎们》既然已经延展为一部三卷本长篇小说，也就很难再作为一个独立的短篇进行欣赏了，虽然开始写的时候村上并没有想到要扩展它。就他而言，它是一个完整的故事。不过，有位学者却将其解读为以《再袭面包店》始、以《奇鸟行状录》终的一个三部曲的中间一部，部分因为"我"在这三部作品中都是一个法律事务所的雇员，更主要的原因在于它们完整表现了"我"的婚姻生活，从新婚到出现问题一直到妻子突然不告而别及其后续的结果。

以一个独立的短篇视之，《拧发条鸟与星期二的女郎们》不过是一个显得有点诡异的故事：一位失业的法律从业人员发现在某个星期二碰上的所有女人都令他不知所措，其中甚至包括他自己的老婆。一位匿名女性打电话给他请求他牺牲十分钟时间以便他们"就我们的感情……达成理解"，吓了他一大跳，继而还试图跟他搞搞"电话性爱"。他妻子从办公室打电话给他，建议他不妨试试写诗卖钱，转而又向他保证他可以干脆在家做个居家丈夫靠她的收入过活，又吓了他一跳。她还提醒他出去找找他们走失的猫咪渡边升，去后巷里一个空屋子去找，这使他颇为怀疑她怎么会这么熟悉这么个地方。待他外出冒险时，又撞上一位邻家的"洛丽塔"，向他倾诉了一番对死亡的迷恋。她用指尖在他手腕上"画"了个神秘的图形（这种怪异的姿态村上常用来唤起一种潜意识正在运作的感觉），然后，在他打了个盹儿醒来后，她已然离去。

《象的失踪》

　　自始至终"我"经常听到从未见过的、妻子称之为"拧发条鸟"的叫声（比长篇《奇鸟行状录》的第一章更为经常），之所以叫这么个怪名字是因为鸟的那种宛然上发条的叫声像是"每天早上在附近的树上为周围的东西上发条：我们、我们这个安静的小世界、一切"。这还不是小说里唯一的鸟类：他煮意大利面时听的是罗西尼的《贼喜鹊》序曲；在他希望找到猫的空房子前的花园里，有一尊鸟的石雕像，看起来渴望展翅飞去；还有鸽子在咕咕地叫。所有这一切到底有何意味？村上本人恐怕也说不清，他是在用这些鸟（如上文提到的）来象征某种意识与潜意识世界之间存在的无法言说的联系。当初他写这个短篇时只是想通过这种提出问题却根本不予作答的方式带给读者一种不安和失衡的感觉。看来是此后作者重读时激起了他本人进一步探索他在这三十来页的篇幅中抛给读者的诸多谜团的兴趣。

八

流行曲

"村上朝日堂"

《再袭面包店》中的短篇至一九八六年一月在杂志上登载完毕，小说集出版于四月份。当年村上的主要翻译作品是保罗·索鲁的一个短篇集子《世界尽头与其他》。

村上的某些侧面对于一个英语读者来说几乎是难以理解的，就仿佛海明威、戴夫·巴里以及安·兰德斯[①]竟然就是同一个人一般。几乎自他的作家生涯伊始，村上就为报刊写些轻松的随笔及相关文章，后来在一九八四年以《村上朝日堂》这样一个戏谑的标题结集出版，并配以插图画家安西水丸（原名是渡边升，我们上一章曾提及）绘制的卡通插图。

在《村上朝日堂》中，村上的目的就是取乐，他轻松愉快的一面展现得淋漓尽致，很是讨喜。我们可以《羊男的圣诞节》（1985）为例窥见一斑，尽管它不属《村上朝日堂》系列，但具有同样的精神。佐佐木真纪为其配的插图人物不但有取自《寻羊冒险记》中的羊男和羊博士，还有《一九七三年的弹子球》中的双胞胎以及其他稀奇古怪的造物，所有这些人物最后聚到一起互祝圣诞快乐（当然是日本式的圣诞节，有圣诞树，有礼物，有老一套的佳肴美酒，但绝没有什么耶稣基督）。我们不大可能有机会通过英文认识到村上的这一侧面,不过奉一位迷上了日本式圣诞节的教授之命,倒是已经出了一本德语版的《羊男的圣诞节》。

村上后来更是用"村上朝日堂"作了他的个人网站的大名。没错,他曾在三年时间里(1996年6月—1999年12月)拥有一个个人网站,由《朝日新闻》主管,上面有一张可爱的村上卡通肖像,点击一下它就会以他本人的声音说:"我是村上春树。你好!"虽然网站没有继续开下去,不过里面整个的内容(包括那位会讲话的春树)已经以书和光盘的形式出版了,用的标题比村上给自己的小说起的名字还要狂野:《村上朝日堂:梦之冲浪城》;《村上朝日堂:斯麦尔佳科夫[2]对阵织田信长[3]的家臣》以及《"对了!问问村上看!"大家都这么说,并向村上春树抛出两百八十二个重大问题,但村上究竟能否像样地全部回答呢?》

网站分为好几个不同的部分,不过一直保留下来的最重要的部分是"村上电台",村上将自己最近的计划公布给读者,还有一个读者论坛,他要回答读者的提问——有些涉及真正的个人问题,其他的讨论公共事件如东京地铁遭沙林毒气袭击等等。

不过大多数"村上朝日堂"的电子"聊天"是这样的——"淋浴时你用什么擦洗身体?"——"如果看到一位裸体女人在阳台上溜达你会有何反应?"——"你怎么翻'Fuck you'?"——"毕业旅行我该去哪里?"——"乌贼有脚或手吗?"——村上则怀抱最真诚的态度跟他的"粉丝"交流,有些粉丝直呼其名,在如此讲究礼仪的日本这可是极亲密的关系中才可以用的,他也用一种闲话家常的态度作答。

阅读这些对话很是享受,因为它们带有一种真正有趣的双向

---

[1] 分别为美国著名记者和专栏作家。
[2] 俄国作家陀思妥耶夫斯基名著《卡拉马佐夫兄弟》中的重要角色,三兄弟中的老小、老卡拉马佐夫的私生子,阴险毒辣。
[3] 十六世纪日本著名的武将,日本当时实际上的独裁者。

交流的感觉——读者因为可以直接跟自己心仪的作家交流而激动万分,村上则很为他们的真诚打动。直到因为工作量太大不得不遗憾地放弃网上交流,村上一共处理了六千多封来自各行各业的读者来信,从高中生、大学生、家庭主妇一直到三四十岁的工人、工薪阶层,无所不包。对村上而言,跟普通人的希望与恐惧面对面接触是他又一重要的学习和经验,不过与此同时也加重了他的孤独感。因特网为他提供了一个途径,使他得以行使社会期待日本作家承担的那种传道授业的"先生"角色,但这种直接的一对一的交流方式又要求他戒除一切繁文虚饰,据实以答。(以回答上述那个乌贼的问题为例,他建议读者扔给这种生物十副手套和十双袜子,看它自己怎么选。关于那个人人都会感兴趣的淋浴问题,他倾向于"徒手"搓洗,不愿用什么洗浴海绵之类。)村上也许像《朝日新闻》的新闻部所称的那样,是"有史以来第一个"通过电子邮件与其读者沟通的作家。这种媒介就像文字处理机一样完全适合他。

村上对他所有的文字都很看重(当然对其中的某些作品更加看重),但在他脑子里却压根没有何为"流行"何为"艺术"的预设壁垒。他曾以真正坦率的态度解释过二十世纪后期任何期望有众多读者的作家所面临的处境。他说,现代都市人可以享受的娱乐和兴趣越来越广,小说不得不跟运动、立体声音响、电视、录像带、烹调以及其他一大堆轻松的娱乐争抢地盘。小说家不能再期望读者投入大量时间努力去理解难读的虚构作品了:现在的作家不得不使尽浑身解数将读者吸引到小说上来。作家的责任就是要提供娱乐,用简单易懂的语言将故事讲述出来。

也确实,除了村上故意留在作品中不予解释的特定重要意象和事件,他确实是以简单的方式在写作,他确实解释得清楚明了,采用一种既明晰又生动有趣的语言。他所有的一切都在那儿,摆在文字里,读者可以偶尔在晚饭和观看尚格·云顿的热门录像带之间捡起他的书,得到点"票面价值"。

村上虽然乐于适应处在当今众多娱乐形式夹缝中的小说现状，但并不意味着他将小说仅仅视为另一种录像机。小说家必须在一大堆跟它竞争的娱乐中努力争取赢得读者的兴趣，吸引读者进入他所谓的"小说形式所独有的感受系统"。对于村上春树这样的作家而言，文字与想象之间的互动就是一切。如果说文学已死，村上春树却并未接到参加葬礼的请柬。

《挪威的森林》

一九八六年标志着村上和阳子长达九年的漫游生活的开始。他们从藤泽搬到一所靠海更近的房子，此后成了他们一处更经常居住的居所；但在十月三日阳子三十九岁生日那天，他们起程去了欧洲，在罗马停留十天后继续前往希腊斯派采岛观光，此后在十一月去了米科诺斯岛。一九八七年一月，他们移居西西里的巴勒莫，去马耳他做了一次短期旅行，又游览了波洛尼亚、重游米科诺斯岛、游览克利特岛，然后在二月重返罗马。

村上已经有很长时间只写些短篇小说了，他开始怀疑自己是否还有精力重拾长篇的写作，因为《世界尽头与冷酷仙境》实在让他筋疲力尽了。欧洲之行一直都是他的梦想，为此他还特意花一年的时间系统学习了希腊语。最后他终于决定离开日本寻觅一处完全陌生的新鲜环境以便集中精力创作一部长篇。最重要的是可以让他从繁重的日常事务中解脱出来，不必再应付无数电话、接连不断的请他支持某种产品的要求、赴大学演讲、圆桌讨论，没人再问他喜欢何种菜肴，也再没有请他对一切问题发表评论的要求：从性别歧视到环境污染，从去世的音乐家到迷你裙的回潮还有戒烟的种种方法。

他们到达罗马后，村上花了十几天的时间才从所有这些要求带来的极度疲惫中恢复过来，连续认真的工作想都不要想。终于，在米科诺斯岛旅游淡季的寒冷与狂风中，在完成布莱恩①的《伟大的德斯里弗》翻译后，村上终于感觉该投身于内心一直想写的长篇小说的创作了。

他不久就意识到这本书虽然还未命名，却将远远超过他预想的三百五十页稿纸的篇幅。（当时他还没开始用文字处理机写作，仍然用自来水笔手写在每页四百格的稿纸上。）他在巴勒莫"地狱般"的嘈杂和肮脏的环境下完成了百分之六十的写作——这一经验真是对他集中精力能力的极限考验，而当时按照跟一家杂志的约定他待在那儿本来是为他们写旅行文章的。小说最终于一九八七年四月在罗马杀青，将写在不正规的一大堆笔记本和信纸上的第一稿誊清后，篇幅超过了九百张稿纸。村上夫妇于四月返回日本，主要是为了跟出版商碰头以及读长条校样。他们九月份回到罗马时新书也正好上市，夫妻俩都丝毫没有意识到，这本书的出版将永远改变他们的生活。

这部小说当然就是村上春树的超级畅销书《挪威的森林》（*Norwegian Wood*）。日语的标题 Noruwei no mori 字面意思就是"A Forest in Norway"或"Norwegian Woods"（"挪威的森林"），这并非村上本人，而是标准日语对于"披头士"的歌名"Norwegian Wood"②的误译。于是，女主角伤感的议论在日语中就不像在英文

---

① 布莱恩（C. D. B. Bryan, 1936—2009），美国记者、作家，代表作有《友好的火》（*Friendly Fire*）等。
② Beatles 的"Norwegian Wood"恐怕不但在日语中被误译，在中文中也同样如此，如伍佰的歌也叫《挪威的森林》。为"正本清源"，不妨费点篇幅，将原歌词照录如下："I once had a girl, or should I say, she once had me. She showed me her room, isn't it good, norwegian wood? She asked me to stay and she told me to sit anywhere, So I looked around and I noticed there wasn't a chair. I sat on a rug, biding my time, drinking her wine. We talked until two and then she said, 'It's time for bed'. She told me she worked in the morning and started to laugh. I told her I didn't and crawled off to sleep in the bath. And when I awoke I was alone, this bird had flown. So I lit a fire, isn't it good, norwegian wood."由此可知，此"wood"并非"森林"，只不过是"木头"。

中显得那么突兀了:"那首歌竟使我感觉如此伤感……我不知道,我猜是因为我是想象着自己徜徉在深山老林里。我孤独一人,天又冷又黑,谁都不会过来救我。"即使这个前提弄错了,"披头士"的喻指似乎仍然远比据我们所知村上最初设想的书名《雨中的花园》(取自德彪西的一首钢琴曲)更为合适,整部小说自始至终都没提到什么"雨中的花园"。

村上曾在《且听风吟》中暗示他将再也不会在小说中写到性爱或死亡。他后来说起过,其原因在于他少年时代的文学巨星大江健三郎已经如此成功地深入表现了性爱、死亡以及暴力,因此他想干点别的。但当村上在他第五部长篇小说中以一种截然不同的方式向这类主题打开大门时,结果成就了有史以来最流行的日文小说。

> 接下来我写了一个直截了当表现"男孩遇到女孩"的故事,取"披头士"的一首歌叫做《挪威的森林》。很多读者认为对我来说《挪威的森林》是一种撤退,一种对我的作品一直以来坚持的东西的背叛。然而对我个人而言,情况恰恰相反:这是一次冒险,一次挑战。我从未写过这种直截、简单的故事,我想试试自己到底行不行。

确实,村上发现这种新小说对他而言有时真是不折不扣的"骨头粉碎机"。

> 我将《挪威的森林》的背景设置在一九六〇年代末。我从自己的大学岁月借来主人公的大学环境和日常生活。结果是很多人认为这是一部自传体小说,事实上根本没什么自传性。我自己的青春远没有这般戏剧化,乏味多了。如果我照实以录自己的生活,这部两卷本的长篇小说将不会超过十五页纸。

作者虽一个玩笑就将其中的自传性一笔抹杀,但小说感觉起来就像一部自传,它更偏重活生生的经验而非超自然的智力游戏和头脑风暴,而且它远比其他作品更加直接地告诉我们年轻的村上第一次从神户来到东京时的真实生活状态。

村上应对写一部现实主义小说这一"挑战"的最基本的回应是用确切的、描述性的细节来填充每一个场景,相对于他一贯边缘、抽象的文学风景这的确很是稀罕。对于宿舍生活和东京周边的描写都基于第一手经验,包含于其间的不但有象征价值或情节上的重要性,更有从记忆中重现他青春的一个重要阶段的用意:一九六八至一九七〇年学生运动的狂暴岁月占据了小说的大部分篇幅。

正如村上其他的主人公(以及作者本人),渡边彻来自神户,他在东京上的那所未曾提名道姓的私立大学一望而知是以村上和阳子的母校早稻田为原型的。村上也故意使他的读者将小说的主人公跟他联系起来,比如,他将自己众所周知的读书习惯赋予了他虚构的主人公:

> 我是经常看书,但并不是博览群书那种类型的嗜书家,而喜欢反复看自己中意的几本书。当时我喜欢的作家有杜鲁门·卡波蒂、约翰·厄普代克、司各特·菲茨杰拉德、雷蒙德·钱德勒。但无论班里还是寄宿舍内,我没发现一个人喜欢这类小说。他们读的大多是高桥和巳、大江健三郎和三岛由纪夫,或者法国当代作家,这也是我跟谁都没多少话说只能沉浸在自己的书中的另一原因。

不过,比这种事实性类似重要得多的是村上采用的叙述策略。渡边彻的形象是以直接写小说给读者看的方式呈现的,这强化了那种真诚的印象。《挪威的森林》以渡边彻突然陷身早年的记忆潮涌无法自拔的戏剧化场面开始，然后很快就表明正是不想让这些记忆褪色，才最终促使他将它们记录下来的：

> 实在没有办法，我的记忆到底还是一步步远离而去……这也正是我写这本书的目的所在。为了思考。为了理解。我碰巧注定只能如此。我不得不把事情白纸黑字写下来，才感觉自己完全理解了它们……如此循着记忆写这篇东西的时候，我经常会感到一阵阵痛苦的恐慌。如果我连最重要的记忆都忘了该怎么办？说不定我体内有一处黑暗的监牢，所有真正重要的记忆都被锁在里面，慢慢化成了烂泥。
>
> 即便如此，它毕竟是我现在所能掌握的全部。于是我死命抓住这些已经模糊并仍在时刻模糊下去的记忆残片，像一个快要饿死的人贪婪地吮吸骨髓般利用它们绝望地继续写这本书。

在这种写作策略下，读者简直感觉是在目睹小说的写作过程，仿佛这本书是只写给他们自己的一封私密的长信。《挪威的森林》最了不起的技巧上的成就也许正在于村上将自传体的日本私小说技巧创造性地用于一部完全虚构的长篇小说。他在创造一部看似如此真诚又充满怀旧之抒情与青春爱之苦痛的准忏悔录式小说方面做得如此之成功，结果他的名字远远超越了他早已建立起来的读者圈子，真正家喻户晓了。乔治·伯恩斯[①]（"最重要的就是要真诚。如果你能假装真诚，你也就等于创造出了真诚。"）肯定会以他为自豪。"村上春树现象"已经风起云涌。

具有讽刺意味的是，这种巨大的成功多年以来却使得惯于拿小说当自传读的日本读者对于村上和阳子给出种种不断升级的错

[①] 乔治·伯恩斯（George Burns，1896—1996），美国著名喜剧演员，曾长期与妻子格蕾西·艾伦搭档演出，成为美国最受欢迎的喜剧演员搭档，撰有多卷本回忆录。

误的期待和解释,搞得夫妇俩不胜其烦。村上本人曾爽快地承认小说中绿子的某些特征是以阳子为原型的,但他断然拒绝这会以任何方式限制他赋予这个角色其他特征及一整套纯属虚构事件的自由。从绿子身上我们可以看到阳子的聪慧和强烈的个性色彩——也许还有她的讲话方式。绿子与阳子一样,也出身于东京近郊的商人阶层(阳子的父亲是一位蒲团制造商,绿子家开一爿街角书店),她比阳子大几个月,阳子生于一九四九年十一月①而非一月。绿子是一所贵族女校中唯一出身普通人家的学生的经历也取自阳子。小说中有绿子不得不给就坐在身旁的渡边写纸条的情节,而阳子后来曾半开玩笑地抱怨村上有时太关注他的内心,自闭症般谁都看不见。当然,绿子是个混合而成的虚构人物,其性格特征取自众多渠道,并不限于一端。比如她唱起民歌来那种可怕的嗓音就并非基于阳子,而取自村上的另一位(也许是前)女友。

　　直子就更是如此了。村上一直坚持说直子并非以他在大学期间的另一女友为原型。村上如此经常又令人信服地写到青春时代朋友的死亡,也难怪读者会在他的人生中为他笔下的人物寻找对应的真人和原型,特别是《挪威的森林》这样的"现实主义"作品,但村上总是否认这样的联系。他说,《挪威的森林》中只有一个人物是直接以现实中特定之人为原型写成的,就是那位口吃的绰号"敢死队"的室友,最先出现在短篇《萤》中,上文我们已经讨论过。

　　自传性的印象又因为遍及全书的那种伤感的怀旧气质进一步得到加强。小说的献词直接向菲茨杰拉德致意("献给许许多多的忌日",直接取自菲茨杰拉德《夜色温柔》的献词:"献给杰拉尔德和萨拉:许许多多的忌日"),而且数次直接提到《了不起的盖茨比》,这部小说就像一首感伤的抒情歌曲一直萦绕在记忆中。《挪

---

① 原文如此,之前的说法是阳子生于一九四八年十月三日。

威的森林》提到的无数音乐作品也大都属多愁善感型。确实,整本小说简直就像一首甜蜜而感伤的流行歌曲。在英语的译文中,村上的文体直接惠予英文一种流行歌曲的调调,读者可以感觉到他是故意要赋予英文这种音调的用心。当然了,一首优秀的流行歌曲也是难能可贵的。为了吸引大众它不得不借助因袭的概念、意象和音调,但同时又必须设法以一种新鲜的方式讲出点真实的人类经验。如果说村上惯于"玩弄"文学体裁,如果说《寻羊冒险记》玩的是侦探小说,《世界尽头与冷酷仙境》玩的是科幻和奇幻文学,《家庭事件》玩的是情景喜剧的话,那么《挪威的森林》师法的就是流行音乐。

锚定于青春期情爱最初萌动的《挪威的森林》具有某些有史以来最甜美、最富挑逗性的青春情爱场景,本书的巨大成功很大程度上也倚赖于此。年轻读者热爱它,因为它描写的正是他们正在学着用自己的手、嘴唇和性器玩的游戏,(受得了这么多甜蜜的)成年读者也可以在其中追怀他们已逝的纯真。作为中心环节的公开示爱和许诺就发生在一家商店屋顶上电动儿童游乐车中间,一个使渡边和绿子都联想到自己童年的所在,当时他们俩刚在屋顶下的餐馆用过餐。怀旧、纯真、诚挚、真实,外加大量通常尚未达到成人间性交程度的美好、干净的肉体抚弄(与出于真爱的性相对照的是一种毫无目的的性乱交)使《挪威的森林》会自然地吸引那些乐于被告知性革命真的会达到一种有意义的结果而非只是淫乱的读者。渡边通过拒绝跟绿子"乱来",直到他能敞开心扉、头脑清醒地将自己交托给她使我们相信了他的诚实。他希望他的性爱是有意义的,最终,他也得偿所愿,虽然小说的结局很令人意外,而且相当地语焉不详。

渡边的年龄也解释了此书何以能如此吸引年轻读者的原因:虽然写这本书的是三十八岁的他,但主要的情节都发生在他年方十八之时,小说结束时他也才刚刚度过二十一岁生日没几个星期。他是个非常自持的年轻人、极会讲故事(当然也受益于他年长之后的写作技巧），而且在倾听别人的故事时表现得还要优秀，尤其是听那位满脸皱纹、年老的（三十九岁）前精神病患者玲子讲的故事时，小说临近结尾时他甚至跟她享受过稍有点乱伦感觉的性爱。性爱和他们弹奏的音乐都是为了"纪念"直子——渡边的另一位真心爱着的爱人，她在玲子刚刚出院的那家疗养院待过很长一段时间后终究还是自杀了。小说虽以三十八岁的渡边因听到《挪威的森林》蓦然被唤醒前一年的记忆开始，却以二十一岁的他站在一个狂风中的电话亭中不知自己身处何处终结：他正处在虚无的正中心。

  我们对渡边后来的生活一星半点的了解暗示了他并不幸福。开篇第一段，三十七岁的他正毫不热心地飞往汉堡，也许是出差："罢了——又是德国。"后来他又回忆起圣达菲的一次美丽（但又令他心碎）的日落，那时已是小说的主要事件发生十几年后了（一九八二年前后，他应该有三十三岁），他是去采访一位画家的。给人感觉他有点像位全球到处跑的记者（这也可以解释他为什么写得这么漂亮），但没有任何他曾与绿子共同生活的暗示，而且他给人一种阴郁而又孤独的流浪者的印象。

  汉堡再未被提起，但它出现在开篇第一章也许有两个原因。首先，这是托马斯·曼的小说《魔山》的主人公汉斯·卡斯托普的出生地，《挪威的森林》曾数次提到这本小说。渡边在去阿美寮的路上读的就是这本小说，阿美寮就是直子接受治疗的地方，玲子还责备他怎么好像故意带了这么本书。在托马斯·曼的小说中，汉斯是前往瑞士一家专治肺结核和精神问题的疗养院去探望表兄（虽然在第一次世界大战前的当时，一提到"精神分析"汉斯就忍不住笑出声来），这部小说笼罩全篇的气氛就是等死。汉斯的表兄提到尸体在冬天是如何用雪橇拉到山下以及汉斯预定暂住三个星期（实际上长得多）的房间原是几天前才死的一位美国女人住的。

  也许更重要的原因在于汉堡是"披头士"扬名立万的关键之地（他们于一九六〇年抵达汉堡演出，皮特·贝斯特打鼓，斯图·萨特克里夫任贝斯手）。他们在几家俱乐部演出并在当地第一次作为一个演唱组合录制了唱片。

《挪威的森林》虽表面看来是部"俱以实录"的爱情小说，但书中的象征意味则暗示它绝非这么简单。渡边对具有自毁倾向的直子的迷恋托出我们此前已经看到的"存在"与"虚无"、物质世界与另一个死亡和记忆的内在世界之间的类比——村上在《世界尽头与冷酷仙境》中曾如此着力和清楚地予以表现。

《挪威的森林》翻开几页之后，直子就跟村上最常用于无底无涯的内心世界之象征的"井"联系到了一起：

> 她那时究竟说什么来着？
> 对了，她说的是荒郊野外的一口废井。是否实有其井，我不得而知。……它正好位于草地与杂木林的交界处，地面上豁然闪出的直径约一米的黑洞洞的井口，给青草不动声色地遮掩住了。四周既无栏杆，也不见哪怕略微高出井口一点的石棱。就那么一个洞，大张着嘴巴。石砌的井缘，经过多年风吹雨淋，呈现出难以形容的浑浊白色，而且裂缝纵横，很多部分已然失去。绿色的小蜥蜴"吱溜溜"钻进那石缝里。弯腰朝井内望去，却是一无所见。我唯一知道的就是这井深得吓人，真正的深不可测，又不知有多暗，仿佛世间所有的黑暗都一股脑煮在了里边。

这口井不但深得吓人，而且隐藏着一种缓慢、痛苦而又孤独的死亡的威胁。如果你不幸失足坠落，直子道，你

> 未必有速死的幸运，你可能只是摔断了腿，那你真是叫天天不应叫地地不灵了。再大声呼救也不会有人听见，更不会有人发现，周围触目皆是爬来爬去的蜈蚣蜘蛛什么的，还

有就是一堆堆死在你前面的死人的白骨，阴黑而又潮湿，抬头唯一能看到的就是那一圈小而又小的亮光，像是一轮冬天的月亮。你就在那样的地方，一个人孤零零地慢慢死去。

阿美寮本身就是一个深山老林中高墙环绕的所在，跟《世界尽头与冷酷仙境》深井般的小镇有诸多相似之处。病人来到这里是为了缓解生活在外面世界的压力，寻求城垣环绕的那个小镇上的无心人的那种超脱。

渡边同时受到生气勃勃、热爱生命的绿子与具有自毁倾向的直子的吸引。绿子常常跟一些架高的处所如晾衣台、屋顶等联系在一起，而直子则令人想到深井。直子可以视作《一九七三年的弹子球》中那个具有自毁倾向的直子的转世投胎，后者同样跟井的意象紧密相连，她对过去的纠缠与执著妨碍她直面真实的世界并最终付出生命的代价。村上是这样解释他对此书的最初概念的：

> 除了以第一人称叙述的主人公之外，我创造了五个角色，其中有两个会死去。连我也不清楚这五个人里面谁会死谁会活下去。主人公爱上了两个截然不同的女性，但非到小说的最后我也搞不清他到底会选择谁。当然，一直也存在她们俩都会死只留他一个人独活的可能。

村上脑子里的那五个人物到底是哪五个也很难说。除了主人公外，《挪威的森林》中至少还有七位出场人物，其中有四位会死或已经死去（渡边中学时的死党木月）。跟渡边有过纠缠的女性数目也很难算清楚，特别是如果将他跟玩世不恭的大学同学永泽一道外出经历的"一夜情"也算在内的话。而最成问题的女性是占据了结尾几页的玲子。渡边一直在绿子和直子这两个相对的磁极之间摇摆不定，但唯有跟玲子，他才算是经历了一次两个平等伴侣间的真正属于成人的性经验。

村上为什么在最后让渡边跟玲子睡觉？那是个温暖、亲切的场景，在分享他们各自对直子的私密记忆当中两人都倍感舒畅，但他们的性爱却令人感到不安，在道德上也似乎很成问题。论理，这时候渡边应该向绿子表明心迹了（事实上，在直子自杀前就该了），但他却事出突然地跟一个"老女人"（一九六九年十月时三十八岁；到他二十一岁生日的前夜她该马上就四十了）睡了觉。更有甚者，叙述者还特意强调他们做了"四次"爱。因为日语发音里"四"字跟"死"（shi）字同音，日本人对"四"的态度就像西方人对十三一样避之唯恐不及，所以特地点明一夜间不多不少做了四次爱肯定有其特定意味。

　　只有跟玲子的这次，怀孕才第一次成为一个问题。她求他一定要小心，要不然她这个年龄再怀孕就太难堪了，但当他无法控制自己的时候她也就一笑置之了。这次偶一提及的性爱结果使他们的做爱成为书中唯一真正的成人间的性爱。

　　不过玲子到底能不能被视作一个成熟的成年人也有疑义，这又在另一个层面上构成他们做爱的伦理问题。渡边选择与其做爱的她毕竟是位第二次罹患精神问题的女性。他可以因几乎是无情地漠视这样一位女性的弱点，不道德地无视有精神问题的人士的脆弱性而受到谴责。他继续疑惑着当初跟直子睡觉到底是不是"对的"；如果答案是否定的，他无疑就要为她的自杀承担道义上的责任。

　　对渡边的这种不利看法也许是无意间造成的一种复杂化。村上更有可能是希望让玲子代表直子（玲子穿了她的衣服，看上去很像她）以使渡边与她的关系做一了结。她也向他道出渡边与直子做爱时直子这方面的感受：与恐惧相比她更多感受到的是快乐。这使渡边（以及我们）心里的石头终于落了地：当初的爱没做错。

　　现在，直子已死，通过与她的"替身"做爱也将一直以来的阴霾一扫而净，因此在渡边与绿子结合的道路上应该已经没有任何障碍了。但他决定与玲子做爱的同时也使状况暧昧起来。他终于无法回答那个终极性的关于存在的问题:"你在哪里?"而且看来三十八岁的叙述者也并不比当年二十岁的他有了更好的答案。我们在汉堡及圣达菲瞥见的上了年纪的渡边绝非一个拥有了其灵魂伴侣绿子的幸福丈夫。通过(四次)跟玲子——性功能紊乱的直子的性功能正常的替身——做爱,渡边隐然选择了死亡和消极性(直子)而非生命(绿子);他宁肯生活在对直子的记忆中,也不要绿子的生命活力。

自一九八七年《挪威的森林》出版后,村上春树就由一位作家变成了一种现象。十几、二十岁出头的女孩成了最主要的读者,并且很快就为她们创造了一个专门术语:"挪威一族",借用一家报纸的定义就是"酷爱这本书,想更严肃地谈论爱情及如何生活的年轻女孩"。挪威一族会每人怀抱一本《挪威的森林》,成群结队地出现在这本小说提到的新宿 DUG 酒吧。她们也会购买这套红绿封面的小说当作圣诞礼物送朋友(很多女孩希望自己的男朋友以亲切体贴的渡边彻为楷模,改进自己的举止行为)。不过,这本小说至一九八八年底已经售出三十五万册,那么其影响肯定不止局限于这一群女生。据日本报纸的报道,其读者从十几岁的女生至六十岁的女性,从二十出头的男孩直到四十岁左右的中年男人,无所不包。据说,年轻的读者将其作为一个爱情故事,而中年读者则因其对衬着披头士的摇滚节奏进行的学生运动的描写而被吸引。

广告业立马就抓住了这种狂热大做文章。舒服的绿色森林的插图随处可见。在这样的背景下,一种轻型地毯吸尘器的广告策略是告诉消费者,它适用于"你不想打扫房间"而是纵容自己沉溺于《挪威的森林》、博若莱新酿葡萄酒、丝质衬裙、赤足漫步而且不接电话"的那种日子。一种拥有可爱的绿茶香味、绿树外形、"纯爱之森林口味"的新牌子巧克力也应运而生,包装上就用日文和英文印着:挪威的森林。

《挪威的森林》

音乐产业也看到了巨大的商机。一家唱片公司发行了一张"《挪威的森林》甜美管弦乐转录版"的唱片,跟小说第一页里描写的一般无二,结果很快就蹿上了排行榜的榜首。公司发言人针对指责他们"投机"的说法进行了批驳。毕竟,他们是按照披头士歌曲的日文标题以"Noruwee"来拼"挪威"的,而村上则拼作"Noruwei"。作为源头的披头士的那首歌在日本一直并没有多大知名度,但《挪威的森林》小说一出,披头士包含这首歌的专辑《橡胶灵魂》的销售也节节攀升。附在专辑里的歌词特意让那首歌里的女孩对男孩轻声低语:"这间小屋不是很好吗?就像挪威的森林。"①

"村上春树再次逃离日本",一家周刊在一九八八年十二月报道这种狂热时宣布。讲谈社的一位发言人表达了对"这部作品首先因其广泛流行而作为商品被阅读"状况的担忧,但文章接着又宣称,村上的下一部小说《舞!舞!舞!》借着这股狂热的东风已售出了九十万本。然而,有些只知道《挪威的森林》的读者却发现这本新书"太难了"。村上的铁杆读者则很高兴看到他重返熟悉的领域;《挪威的森林》的"超级"畅销已经抢夺了他们崇拜的英雄,使他成了"每个人"的村上。据说,有家广告公司甚至找到隐居欧洲的村上,请他在商业广告中露露面,结果当然被回绝。遭到回绝的还有几家想将小说搬上银幕的电影公司。(《且听风吟》曾被改编为电影,但结果之差令村上发誓再也不蹚这摊浑水了。)

这部两卷本的小说又继续卖出了两百万本精装本,迄今总共已有约三百六十万本。② 日本的文学界在多年后才开始宽恕村上竟

---

① "Isn't this room good? Just like Norwegian Woods",而原版的歌词是"isn't it good, norwegian wood?"。
② 根据村上事务所提供的准确数据,截至二〇〇〇年三月三十一日,卷一售出精装本两百三十七万三千五百本,平装本 百五十四万两千本(共三百九十一万五千五百本);卷二售出精装本两百零九万三千九百本,平装本一百四十二万九千本(共计三百五十二万两千九百本);总计七百四十三万八千四百本。——原注

139

然写了这么本超级畅销书——如果当真宽恕了的话。

当时国内的这种狂热只能延长村上避居国外的时间。不过，避居国外也并不能使他隐姓埋名。一九九二年十一月的一天，村上跟华盛顿大学的研究生及其教授们在讨论过他的作品后到西雅图的 Big Time 啤酒厂品尝淡啤酒放松一下身心，此时，有两位面色苍白、阴沉的日本女孩凑到了桌子前。其中一位浑身哆嗦着强压下激动的心情，话像卡在喉咙里一样用日语问："对……对不起，先生，请……请问您……您可能……就是村上春树……本人吗？"

"没错，我就是村上春树，"他含着丝笑意道。

有那么一刻，那两位女孩就只是站在那儿，惊呆了，仿佛她们几乎希望是自己认错了人。

最勇敢的那位又道："您……您能……跟我握握手吗？"

"没问题，"他说着就伸手跟第一位女孩握了握，然后又握了握另一位女孩的手。

千恩万谢之后，她们回到自己的桌子，但几分钟后又拿了一摞纸和一支钢笔回来请村上签名。签完第一个名之后，村上问那位女孩尊姓大名，以便把她的名字也写上去。

"您会为了我这么做？"她简直气都透不过来了。

他签完名之后，这两个充满敬畏、欣喜若狂的女生简直就要趴下来吻地板上的锯末了，连连鞠躬不已。

村上的同伴们看得津津有味，而他本人却感觉着实尴尬，不过，这还只是个小例子，由此可以窥见自《挪威的森林》出版后，不论他待在世界的哪个角落他的生活会成为什么样子。

（除了简洁和节奏感之外）我希望自己的写作风格达到的第三个目标是幽默。我想逗得大家哈哈大笑。我也希望能使他们汗毛直竖、心跳加快。如果能达到这样的效果我会非常高兴的。我写完第一本小说之后，有几个朋友曾打电话向我抱怨——不是抱怨小说本身,而是因为那本书使他们想喝大量的啤酒。一位朋友说他不得不暂时放下手里的小说跑出去买啤酒,然后一边喝啤酒一边把书看完。

我听到这样的抱怨时真是欣喜若狂。我意识到,我的写作正在对大家产生影响。我只凭着爬爬格子就使好几个人想喝啤酒了。你无法想象这让我多么高兴。后来,还有人向我抱怨他们在地铁上看我的书时大笑了起来,搞得自己尴尬得要死。我想我该为使他们身陷尴尬处境感到抱歉,但这种报告只会使我中心欢畅。

因为《挪威的森林》是个爱情故事,所以对人的影响也就大为不同。我收到的很多读者来信都说这本书让他们很想做爱。有位年轻的女士说,她整夜都在读这本书,待她读完了后她想立刻就见到她男朋友。结果凌晨五点钟她就跑到他的公寓,撬开他的窗户爬进去,把他弄醒后跟他做爱。我真同情那位男友,不过这位年轻女士的信让我非常高兴。在这个世界的某个地方,我的写作正在影响着真实男女的所作所为。相较于那种需要复杂的阐释和解读的写作,我更乐于写这种能如此这般真正感动读者的作品。

不过,也正是在写《挪威的森林》的过程中,村上开始清清楚楚地看到当他挖掘他的内心世界跟他的读者分享时,他正在玩的是个多么危险的游戏。《凌晨三点五十分的小型死亡》就是他就这个主题写下的自述:

> 我想我可以说写一部长篇对于我而言是一种绝对异常的行为……只要我提笔写一部长篇,我头脑中的某个角落就一直在想到死。
>
> 我从未在正常的环境下想到死。对我而言——正如大多数三四十岁的健康人士一样——将死亡看作日常生活中一种

迫近的可能性是绝无仅有的。但我一旦开始写一部较长的小说，我就无论如何也避免不了在头脑中形成死的意象……而且这种感觉会一直如影随形，要等到我写完最后一个字才得解脱。

每次总是这样。而且情形总是一模一样。我会一边写，一边对自己说，"我不想死，我不想死，我不想死。至少要等我把这部小说写完，我绝对不想死。单单想到有小说未完而身先死的可能就会让我泪流满面。我写的这部小说也许不会成为文学史上的伟大作品，但至少它就是**我本身**。更加确切地说，如果我不能将这部小说写完，我的生命也就不再是我真正的生命了。"这多多少少就是我在写一部长篇小说的过程中无时无刻不会产生的想法，而且似乎随着我年龄渐长，随着我越来越将写作当作毕生的事业看待，这种感觉也越来越强烈。有时我会四仰八叉地躺在地板上，屏住呼吸，闭上眼睛，想象着自己渐渐死去……我就是无法忍受这一点。

村上说，有时一早醒来，他会发现自己在默默祈祷："请让我再活一小会儿。我就需要这么一小会儿。"他是在向上帝祈祷吗？他很是怀疑。或者是向命运？要么他只是将自己的祈祷发送到类似某些科学家希望他们的电波会被外星人收到的空间？在这个狂暴、远非完美的世界上，我们被死亡所包围。"一旦你停下来冷静地想想，你就会觉得我们竟然能活到现在简直是个奇迹。"

于是乎，我就继续在狂乱的绝望中祈祷："请别让我在十字路口被一个心不在焉的菲亚特司机撞上。""请别让我被那个站在一边闲聊的警察因为无聊地玩弄自动手枪走火击中。""请别让排在五楼栏杆上那些摇摇欲坠的花盆掉下来砸到我头上。""请别让哪个发了狂的疯子或瘾君子从背后捅我一刀。"

142

……如果说，我正在写的这本小说一百年后会像一条死去的虫子一样被风干，被忘却，我告诉自己，这是一点办法都没有的事。这根本就不是问题的所在。我希冀的既不是永生不死的生命，也不是永生不死的杰作。我希冀的是就在此时此地的某种东西。我但求能活着写完这本小说。别无他愿。

村上继而讲述了一九八七年三月十八日星期三他在罗马做的一个血腥的噩梦，他被噩梦惊醒时是凌晨三点五十分。他首先想到的是《最后的大亨》未及完成就因心脏病发作而猝死的司各特·菲茨杰拉德。他确信，虽然那个过程可能非常短促，菲茨杰拉德在生命的最后关头最痛心不已的应该就是那部小说虽已构思完成，却将永成未竟之章了。

他梦到，在一个洞穴样的房间里，成百上千被割下来的牛头排成一列面对着他们正在流血的尸体。血流成河，漫过悬崖，染红了海水。窗外，虫豸一样的海鸥蜂拥而至，飞扑下来狂饮鲜血并啄起浮在血河上的碎肉，但他们并不满足。他们想吃死牛以及做梦者本人的肉，不断地在屋外盘旋，等待着能满足他们饥渴的机会降临。

在清晨即将到来之际，我感觉到死亡汹涌而至。就像远处大海的咆哮，死亡的潮涌令我浑身颤抖。在我写一部长篇小说时这样的事情经常发生。在写作的过程中，我一点一点深入到生命的深处。每走一步，我在我人生那个小梯子上就下降一格。但我距离生命的中心越近，我就能愈加清晰地感觉到它：就在距它仅半步之遥的黑暗之中，死亡也正在掀起它自己的巨浪。

九

随着迥异的曲调起舞

《舞！舞！舞！》

村上春树于一九八七年十二月十七日在罗马开始写他下一部长篇小说。写完《挪威的森林》后，他就决定不再跟一叠叠稿纸和复印机做斗争了，他在最近一次返回日本时给自己买了一台日语专用文字处理机。我们这些天生有幸只使用二十六个字母的西方人，真是无法想象对一个要对付几千个汉字、两套注音符号外加罗马字母和阿拉伯数字的作家而言，这种改变是多么令人欣慰。安部公房（1924—1993）也许是第一位开始使用电脑的日本重要作家，时间是一九八四年，而村上春树自一九八七年转向之后就再也没有回头。

村上新长篇的情况与《挪威的森林》不同，它是由一个标题引发成形。标题来自一首老式节奏布鲁斯歌曲《舞！舞！舞！》，由一个叫做 The Dells 的乐队演唱。一旦这一舒缓的音乐在他内心渐渐酝酿成熟，他就蓦然决定当天就该开始写作。这本书实际上自始至终都是自发完成的。

《挪威的森林》是我以前从未写过的那种作品，所以我在写作过程中一直对大家会如何接受它没有把握。但在写

《舞！舞！舞！》时则完全没有这类想法。我只不过不断地按我想写的方式写下我想写的内容。风格完全是我自己的，有很多人物已经是《且听风吟》、《一九七三年的弹子球》和《寻羊冒险记》中的老相识了。对我而言这其中乐趣非凡，仿佛我重新回到自家的后院。怀着这么简单纯粹的乐趣写作，对我而言这也是绝无仅有的事。

《舞！舞！舞！》在某种程度上可以算是《寻羊冒险记》的续篇，因为它告诉了我们"我"在炸死那个一身黑衣的恶人、从北海道返回东京后"接着又发生了什么"。不过，已经写过《世界尽头与冷酷仙境》的作者绝不可能再重拾他曾以之写出《寻羊冒险记》的那种纯真了，正如《寻羊冒险记》的作者已经不是那个在《且听风吟》和《一九七三年的弹子球》中写出"我"和"鼠"的最初历险的爵士乐酒吧店主了。拼命想重新得到那种纯真和自发性——清空头脑、抛掉逻辑思考、让内心的故事自然涌出——是《舞！舞！舞！》的中心问题，不论是在写什么还是怎么写层面上均是如此。

《寻羊冒险记》最后成为一个惊人的大发现。它使他大吃一惊：他竟能够如此深入地进入自己的内心并创造出类似矮小的羊男这样既狂野又疯狂的东西。"我只是伸出手来把他拽到了这个世界上。"他说。而且正如背上趴着个"穷婶母"的年轻人声称的"某物一旦成形，它就会继续独立存在下去，根本不会理会我们的意志如何"，羊男对于村上而言也已成为一个独立的存在，成为一种类型的人，成了某个他感觉乐于重新会面的朋友。他真的在怀念他。要想再次见到这位老朋友当然只有一个办法，那就是要重新沉入那个羊男生于其间的"原初之地"。

你进入自己的头脑挖掘一番，结果碰上了某种完全没有料到的东西，这是一码事；而进去寻找某个你料想沉在里面的东西则是另一码事了。这就像禅宗的修行者面对的问题：如果想"顿悟",他就绝不能有意识地去寻找它。不论对于禅宗的修行还是村上春树而言,唯一的途径就是将自己调整到一种任由各种东西"自动"跳入自己脑际的状态,停止思考,静待。静待。静待。

《舞!舞!舞!》的麻烦(《奇鸟行状录》在某种程度上亦然)在于,当村上在静待某物自动现身的过程中,读者不得不跟"我"同样静观其变。并非只是"似曾相识",我们进入一种"旧地重游、重操旧业"的状态:在城市的大街上游荡、制作简单的食物、去冰箱取冰镇啤酒。唯一全新的因素是恐怖,但"我"在怀基基市中心寻到的那间怪诞的摆满骸骨的房间却具有一种不自然的人造之憾。

在《舞!舞!舞!》中,已经三十四岁的"我"重返海豚宾馆,即五年前他进行寻羊冒险在北海道的活动基地。时间是一九八三年。"我"原本希望在这家宾馆寻到些有关那位具有神奇耳朵的旧友下落的线索,现在给了她个名字:喜喜(Kiki,即listening——倾听)。破烂的旧旅店已然摇身一变为一处现代化的高科技奇迹,不过羊男那个充满寒意的世界仍"包含"于其中一个不明确的维度中,羊男对"我"强调他跟其他人之间的纽带的重要性:生命从来就没有任何"意义",他说,但你可以维系、加固你的"连结性",如果你能"音乐不息就一直舞下去"。

随着小说的发展,"我"在追寻过程中偶遇了各色人等,最重要的是一位年轻的酒店雇员,名叫"由美吉"(Yumiyoshi),他跟她——相当不令人信服地——坠入了爱河。如果她看起来像是村上春树笔下最缺少真实感的人物之一,那可能跟村上为她选定的这个不讨喜的名字不无干系。杜鲁门·卡波蒂在《蒂芙尼的早餐》中为住在女主角霍莉楼上的那位日本摄影师取了一个绝不可能的"日本"名字"Yunioshi"[①]。村上决定分两步接近(虽然并非一以贯之)某种真正日本的感觉。

---

① 日本一种清酒的牌子。

《舞！舞！舞！》

　　除了这一相当不自然的爱情插曲，"我"在追寻的过程中形成的其他人际关系均被金钱所污染。《舞！舞！舞！》可以解读为村上对他所谓的一九八〇年代中期"高度发达的资本主义"的批判，在这种制度下，任何东西任何人都被贬低为商品，包括有极大获利能力的作家如村上春树本人（以 Hiraku Makimura[①]的角色作为戏拟）。厌倦再次成为现代都市生活最基本的情绪，"我"在这本六百多页的书中花了相当大的篇幅来展开这种体验。最后，"我"从一位具有通灵能力的朋友那儿获知喜喜已经被他一位叫五反田的老同学谋杀，这位老同学已经成了位电影明星，为了其职业形象牺牲了个人生活。不过一直没有讲明白"我"干吗需要超现实的帮助才能意识到本来对他应该一直是一目了然的事。

　　如果说《寻羊冒险记》是对右翼极端主义分子及大陆冒险主义的超现实主义的一击，那么《舞！舞！舞！》就是一次更为系统化的努力，希望在一种其意义由大众媒介支配的文化中追问找一份职业和谋生到底意义何在的问题。虽然村上依然着迷于生命、死亡和记忆这类有关存在的大问题，但与以往相比，这次他将火力更加集中于现代社会的病症上。《舞！舞！舞！》在严肃性上又上了个新台阶，一种愈加强烈的关于作家一定要对他生活于其间的社会担当起特定责任的意识和关注。

　　不过，像《世界尽头与冷酷仙境》的情形一样，《舞！舞！舞！》中的"我"又拥有另一个非他莫属的世界。如羊男告诉他的，它是一种联系，联结到"你被束缚于其中的那个世界。这个所在可以通向一切。它是你通向……已经失去以及尚未失去的一切的联系"。

　　而且《舞！舞！舞！》也许是村上头一次让小说中典型的"冷酷仙境"中的"我"最终抛掉冷冷的面具，公开谈论自己的悲哀。事后看来，村上也承认《舞！舞！舞！》算不上他最强有力的作品

---

① 村上春树的名字拼作 Haruki Murakami。

之一,但"在当时却是我绝对不得不写的一本书,它是针对《挪威的森林》造成的所有混乱的一种自我疗救行为。在这个意义上,我可以肯定地说,《舞!舞!舞!》的写作过程比其他任何小说都更令我备感享受"。

《电视人》与《眠》

《挪威的森林》在一九八七年出版之前,村上一直很享受为一个稳定、忠实,也许有十万左右的读者群写作的精神和物质收益。但暴得大名对他的私人生活造成的侵越却使这位一贯镇定冷静的作者感到精神上的压抑并差一点造成他自出道以来的头一次创作停顿。一九八八年的后七个月间,由于他所谓的"《挪威的森林》骚乱的余波",他无法提笔创作,虽然仍译了不少东西。

村上甚至将一九八八年称为"空白的一年"。这一年的年头他因为全身心写作《舞!舞!舞!》,都抽不出时间写几篇他在欧洲一直写的旅行随笔。小说的写作虽说甚为顺畅,但他们在罗马住的那套取暖设备极差的公寓里彻骨的寒冷使他和阳子都苦不堪言。他们试着通过谈论日本滚烫的浴缸和去夏威夷的旅行来温暖自己。事实上,《舞!舞!舞!》的大部分场景选择在夏威夷也是一种试图将罗马冬季的严寒"想"走的努力。

村上再次感到完成一部长篇之后的枯竭感。四月返回日本也丝毫未能减轻这种感觉。一方面,他有很多琐事要处理。首先就是读《舞!舞!舞!》的长条样,还有对他下一部菲茨杰拉德的译本做最后润色。他还上了一个月的驾校,为计划中的土耳其之旅以及更方便地在欧洲旅行做准备。(东京因为拥有非常便捷的公共交通系统,他从没感到需要一辆汽车,不过意大利的毫无章法迫使他不得不下此决心——由此也在他面前展开了一个全新的世界。)一俟手头的事务处理完毕,村上夫妇就跑到夏威夷待了一个月,希望把似乎还留在骨子里的冬天的阴寒驱逐干净。村上顺便在夏威夷练习了一下车技,结果在一根泊车柱子上撞碎了租来的本田雅阁的后灯。

这些其实都算不得什么,真正干扰了他的写作以及他精神平衡的是返回东京发现成为一位畅销书作家到底意味着什么给他带来的震惊。《挪威的森林》那一红一绿的封面以及广告真是无处不在。对于出版商讲谈社在总部外面蒙上醒目的红绿横幅他甚感难堪,每次他不得不去他们总部公干时都竭力避免抬头去看。来去驾校时挤进拥挤的地铁车厢,他总也无法逃避马上就认出他来的崇拜者。他开始觉得在日本他根本没有一个地方可以放松一下,觉得他已经失去了某种至关重要的东西。

> 当书卖到五十万本的时候,我当然高兴。有哪位作者会不高兴看到自己的作品被广大的读者所接受?但平心而论,我是震惊甚于欢喜……我能想象十万个读者,但无法想象五十万个。而且情况越来越糟:一百万、一百五十万、两百万……对这样庞大的数字想得越多,我就越发困惑不解……当我的小说销售在十万这个范围内时,我觉得我得到很多读者的喜爱和支持,但已经卖了一百多万册的《挪威的森林》却使我感到彻底的孤立无援。现在我觉得每个人都在孤立和憎恶我……现在回过头来看,我认识到我并不适合**处在**这样的位置。我的个性不适合,我可能也没这种资格。
>
> 在这段时间里(从四月到十月),我一直很困惑很恼怒,而且我妻子的身体又久佳。我完全丧失了提笔写点什么的欲望。我们从夏威夷回来后,我整个夏天都在做翻译。在我连自己的东西都写不出来的时候,我却总能做点翻译。将人家写的小说翻译出来对我而言是一种治疗,这也是我从事翻译的原因之一。

村上将阳子留在日本,携摄影师朋友松村映三和一位《新潮》杂志的编辑去希腊和土耳其进行了一次虽然辛苦却收获颇多的乡间旅行,为的是写一本有关这一地区的旅行书。他于十月返回罗马,与阳子碰头。但他们那所阴沉压抑的地下室公寓又使他们于一九八九年一月再次返回日本,正值一九二六年即位、发动了灾难性的日本对亚洲侵略战争的裕仁天皇去世不几日。整个东京似乎都被这一事件催了眠,警察到处在查恐怖分子。

这种"疯狂"逼得村上夫妇跑到南部去忍受溽暑,不过当他们得知罗马已经可以租到更好的公寓后就重返意大利了。这么匆忙地奔来跑去确实显得有点疯狂。

不过,等我翻译完蒂姆·奥布莱恩的《核时代》之后,我终于恢复了——恢复到可以再次提笔写小说了。正如我此前说过的,翻译对我而言是一种治疗,而翻译这本小说对我而言则不啻是一种精神上的康复。我将全副身心都投入到翻译这本杰出、迷人的书中。翻译的过程中我无时无刻不自觉深受感动,并充溢着一种全新的勇气。尽管我有时也发现有些部分较弱,但全书的神妙完全压倒了这些部分。这部小说所蕴含的热量从心底里温暖了我,将我骨子里深藏的阴寒驱赶得干干净净。如果我当时没有翻译这本书,我可能会朝某个截然不同的方向转变。不过,不幸的是,尽管小说本身非常伟大而且我在翻译时也竭尽所能,奥布莱恩的书卖得却没有我期望得那么好。当然,我也确实知道有些读者真心热爱并支持这本书。

一完成翻译,我就发现自己极欲重新开始写小说。在我看来,能证明我存在的唯一行动就是继续生存和写作。即使那意味着我将不得不体验着永无止境的丧失感以及对这个世界的憎恶,我所能做的也唯有继续这样生存下去。这就是我;这就是我的位置。

村上并没有马上着手长篇小说的写作。事实上，要将近四年后他才会开始写下一部长篇，就连同期的短篇小说创作量也很少。不过，他确实将完成《核时代》的翻译后写的两个短篇当作他终于度过了创作停滞期的标志。在这段时间的短篇创作中——其中又有几篇堪称他短篇中的精品——村上继续探索在《舞！舞！舞！》中开始涉足的恐怖领域，而且这一领域将继续在他的小说世界中占据一重要的位置。

　　村上在靠近梵蒂冈的公寓里写出《电视人》。小说最初叫《电视人回击》，于一九八九年六月发表。小说反映出村上对电视入侵人类生活的担忧。当一帮小人将电视植入一对夫妇的公寓后，它不久就接管了他们的生活。公寓的门明明是锁着的，但那帮一声不响的人却轻易溜了进来，带来一台普通的索尼电视。"他们全当我们并不存在地忙活着。""我"说。很明显，他就跟大多数终日懒散在家的人一样，他自己的无聊和惰性使他无力抵挡这样的进攻。平常他那位非常挑剔的妻子竟然没有意识到新电视的存在以及那些电视人为了放好电视对房间的摆设进行的调整。"我"将电视打开，却只看到一片空白。他努力重新回过头去读他一直在读的书，但再也无法将注意力集中于印刷的文字。一台电视的在场，哪怕它什么都不播放，就已经足以改变他的生活了。

　　跟《象的失踪》中的"我"一样，叙述者"在一家电器公司的广告部门供职。我为烤面包机、洗衣机和微波炉构思广告"。因为脑子里总在琢磨电视人的问题，第二天他在办公室里也无法集中精力工作，不过他的同事倒是恭维他在会上的表现很是精彩。"我"妻子跟后来的《奇鸟行状录》中的妻子情况差不多，为一家小出版社编一本"天然食品与生活方式的杂志"。我们最后看到的一幕是"我"一个人在家，身边只有电视人作陪——电视里、电视外，简直无所不在。他自己或许也正在皱缩成他们的大小……

终于从围绕《挪威的森林》的疯狂中脱身后，村上写的第一个短篇是《眠》(1989年11月)，这也是他最令人印象深刻、最吸引人的短篇之一。"这已经是我第十七个没有睡眠的白天了，"女性的"我"(Watashi)劈头就这么一句。她很确定，她的无眠跟单纯的失眠迥然不同，她在大学期间曾经历过失眠的滋味。"我就是无法入睡。睡一秒钟都不行。除了这个简单的事实外，我完全正常。我不觉得困，而且我的头脑一如既往地清楚。应该是更加清楚了。"

　　随着她的故事逐渐展开，这里提到的她的意识水平的提高——有关她的头脑、她的身体、她在社会及家庭（她的牙医丈夫与幼子）中所处的位置——渐渐支配了一切，她也慢慢退缩到她自己那凌驾于一切之上的小世界中。

　　这一切都始于有天晚上她从一个特别恶心的梦中惊醒，发现一个一身黑色的老人站在床尾。在她惊恐地望着他时，他取出一只白色水罐开始往她脚上倒水，直到她肯定自己的脚马上就要烂光了。她想呼喊，但声音卡在喉咙里就是出不来。片刻之后那个人走了，床也是干的——只剩她自己大汗淋漓。她洗了个澡平静下来之后想："这一定是魇着了。"明治时代的小说大家夏目漱石曾将这种状态描述为"被睡魔囚住了"。

　　因为无法为这种状态找到任何理性的解释，"我"于是开始接受自己无法入睡的事实。她首先想到的是重新找出高中时代的某本小说，她选了《安娜·卡列尼娜》。"我最后一次真正读一本书是什么时候的事了？那时是什么样子？我一点都不记得了。一个人的生活为什么会变得如此面目全非？那个旧日的我，那个曾废寝忘食沉浸于书中的我到底去了哪里？那些旧日的时光——以及那种几乎不正常的激情——对我到底有何意味？"然后她在书页之间发现了一样东西：

> 当我细看十几年前留下的这一小块泛白的巧克力时，我感到一种汹涌澎湃的渴望。我在阅读《安娜·卡列尼娜》时想像我当初那样一边吃着巧克力。我连一分一秒都等不及了。我身体的每一个细胞似乎都在渴求着巧克力。

她于是跑出去买到了这一被她的牙医丈夫禁止的美味，贪婪地享受了一番巧克力和《安娜·卡列尼娜》。这种无眠的日子一天天过去，她白天以最高的效率履行她家庭主妇的职责，然后就读书，去当地的一家游泳馆游泳，精力越发充沛的同时也开始意识到自己的超然物外。

> 我的思维高度集中，而且在不断扩展。如果我愿意，我可以看到宇宙最深的深处。不过我决定还是不去看的好。现在就去看未免为时过早。
> 如果死亡就是这样，如果死去就意味着永远醒着并类似这般地凝视着黑暗，我该怎么办？

为了平静自己，她晚上驾车外出，将车泊在码头边。她想起一位老朋友，但"我在停止睡觉之前的所有记忆似乎正在以越来越快的速度飞逝而去。这种感觉真是奇怪，似乎原来每晚上床睡觉的我并非真实的自己，当时的那些记忆也并非真是我的记忆。人就是这样改变的。但没人意识到这种改变。也没人注意。只有我知道到底发生了什么"。她在这些夸大狂式的妄想中越陷越深，直到两个黑影从黑暗中出现并开始左右摇晃她的车。她最后是死了还是失去了意识我们不得而知。

此前村上的作品中也一直不乏大量的黑暗想象——比如东京地底下出没的夜鬼，等着吞噬误入它们领地的人身——但这些一直都安全地停留在幻想的领域。如今，村上则正在进入某种真正令人不安的领域，因为它离家越来越近。这种新的因素在村上首次尝试从一位女性视角讲述的故事中现身并非偶然，其中的主题是重新意识到自身、重获自主和独立，以经典的村上风格略微逾越了常识的界限。

《眠》是个真正的转折点，一个新层次的标志，几乎完全丧失了旧有的冷静和疏离感，是转向恐怖和暴力的清楚的标志，这种因素看来已逐渐成为村上作品中不可避免的重要内容，他越来越自觉地认识到这是身为一位日本作家必须恪尽的职责。另一种使他感兴趣的极端精神状态的侧面就是肉体与思维的剥离：

> 我照常做着应该做的事：购物，烹饪，跟儿子玩，跟丈夫做爱。一旦掌握了诀窍，一切简单至极。我所要做的不过是斩断我的思维与肉体之间的纽带。当我的肉体去例行公事时，我的思维仍飘浮在它自己内在的空间中。我打理家务的时候脑子一无所想，一边还喂儿子吃点心，跟丈夫闲谈。

达到如此极端程度的自我疏离后来还将在《奇鸟行状录》中予以更加显著的描绘。

村上曾宣称过数次他从不做梦。不过在与信奉荣格精神分析法的心理学家河合隼雄的交谈中他则承认自己确曾反复梦到自己升空而起。那是种奇妙的感觉，他说，而同样奇妙的是他在梦中竟然有充分的信心认为自己完全知道该怎么做。河合隼雄将其解释为村上作为一位作家所感到的自信的一种标志。村上则回答，有时他在写作过程中会非常强烈地感受到死亡的威力。"我觉得写小说距离去往死亡国度的感觉非常之近。"

《电视人》和《眠》都收于以大胆探索神鬼和恐怖领域为显著特色的短篇集《电视人》（1990年1月）中。相当血腥的《加纳克里他》（最先发表于《电视人》集子中）描写了一对以马耳他和克里特岛为名的姐妹的故事，她们俩在《奇鸟行状录》中将作为通灵者再次出现。故事的讲述者是加纳克里他的鬼魂，她本是个非常迷人的女性（而且是日本火力发电厂的主要设计师），却因为体内有一种"不相匹配的"水一生遭到无数男人强暴，他们无法抗拒她体内那种水的诱惑。

她和姐姐马耳他合力杀了一个企图强暴她的警察。她们非常小心地放干了他体内所有的鲜血并切开了他的咽喉，目的是防止受害者的灵魂成为鬼魂回来作祟，但终究未能如愿。他的鬼魂回到地窖作祟，那是她们存放着日本各地水样的水罐的地方。（这些水罐是马耳他用来训练她倾听人体内的水的能力的，这就是她工作的方法。）村上看来一直在实验后来他将一起整合入《奇鸟行状录》中的某些基本意象（水、火、血）和主题（强暴、生命变化和肉体变形）。

《行尸》（同样首先发表于《电视人》集子中）是一出怪诞的喜剧：一位年轻人在他未婚妻的梦中变身成为一具邪恶的行尸，这篇小说是受迈克尔·杰克逊的音乐录影带《战栗》的启发写成的。这篇小说和集子中的另一篇《飞机——或他是如何像读诗般自言自语的》（1989年6月）值得一提之处在于这是村上较早使用第三人称叙述者取代由"我"来讲述一切的尝试。

《托尼瀑谷》

一九九〇年，村上因忙于撰写旅游文章、编辑他的第一部《全集》以及发疯似的大量翻译，只发表了一篇原创小说，不过，这却是他真正伟大的短篇之一、感伤而又优美的《托尼瀑谷》。这篇小说采用了他极少采用的第三人称叙事，先是删节后在六月发表于一本杂志，然后就只全文出现于次年的《全集》中。英译本于二〇〇二年发表于《纽约客》杂志。

像他的众多小说一样，村上在还不清楚具体写什么之前就确定下了"托尼瀑谷"的篇名。他迷上了这个名字，原是印在他在夏威夷花一美元买的一件旧 T 恤衫上的。从这个名字出发，他构思出托尼的父亲，一位叫瀑谷省三郎的战前爵士乐长号手，大战期间一直待在上海追逐女色、举行音乐会，直到日本鬼子被赶出中国后他被中国军队拘捕。

村上春树在短短几页篇幅里就将日本亡命之徒在中国大陆过的颓废生活以及战争的混乱与后果活现出来，干得真是漂亮。所有这些从严格意义上讲跟小说要讲的瀑谷省三郎儿子的故事并没有必然的联系，但村上对瀑谷省三郎周围世界所做的生动描绘绝对引人入胜，他对爵士乐的了如指掌与对二战历史书籍的大量阅读实在都功不可没。

瀑谷省三郎侥幸没被中国人处死，被遣返日本，回国后他爱上了一位远房的表妹。托尼的妈妈在他出生三天后就去世了，瀑谷省三郎不知道该怎么对付这个孩子，连给他取个什么名字都束手无策。一位来自新泽西、热爱爵士乐的意大利裔美军少校慷慨献上了自己的名字：托尼。（此处对于日本被占领期的一瞥又是一篇绝妙好辞。）瀑谷省三郎接受了盛意，但——

> 对孩子来说，顶着这么个名字过活却没什么好玩的。学校里的其他孩子取笑他是个杂种，每次他一报上名来，人家要么困惑要么嫌恶。有人会以为这是在恶意取笑，剩下的则义愤填膺。对于某些人而言，跟一个叫"托尼瀑谷"的孩子面对面碰到一处不啻于把刚结了痂的伤口再次撕开。

因为受到社会的弃绝，自我中心的父亲又几乎对他视而不见，托尼最终成长为一位自力更生、极端超然、似乎毫无激情的工业图解画家（与一九六〇年代那种表面上的"理想主义"反叛恰成鲜明的对比，从另一个侧面鲜明地展现了一个时代）。然后终于有一天，托尼堕入情网，他一直住在里面的那个硬壳粉碎了。

《托尼瀑谷》

　　托尼痴情的对象是个相当普通的女孩，只除了一件小事：她狂爱衣服。当写到托尼的新婚妻子变得如此执著于扩大她的衣橱，托尼为此不得不扩建出一个房间来容纳她的衣服时，那真是纯粹的村上笔法。但命运的无情转变又一下子把他从婚姻的幸福打回原有的孤寂，他心碎了。任何描述都无法像村上在二十页的篇幅内通过精心选择的细节那般真切地表现出历史大潮的席卷之势，从日本帝国的侵略扩张到东京富人居住的郊区和精品服饰专卖店（正是村上自家居住的青山地区）那种静静的奢华。也许只有《奇鸟行状录》中对近代日本历史的杰出展示堪与之比肩，不过那可是有厚厚的三大卷。《托尼瀑谷》可以看作为创作一部长篇而作的尝试，从对历史细节的关注到第三人称叙事的采用都有这种意味。

　　村上小说上的低产一直持续至一九九一年：当年只有四个短篇外加完整版的《托尼瀑谷》发表。大部都收进了《全集》的最新几卷。第五卷于一月份出版，收有此后附加于短篇集《旋转木马鏖战记》的《沉默》（在第五章曾经论及）。第八卷七月出版，收有《托尼瀑谷》和一个名为《食人猫》的短篇。

　　《食人猫》写的是一对夫妇在各自的风流韵事被对方发现后一起躲到一个希腊小岛上的生活，最让人感兴趣的在于它最早探索了将在此后三部长篇中浮现的主题：《国境以南　太阳以西》（一个叫"泉"的女性角色，为了追寻某种说不清道不明的失去的东西而放弃了近乎完美的婚姻），《奇鸟行状录》（在惯常的生活崩溃之后跟一个女人跑到地中海），特别是《斯普特尼克恋人》（无法解释的失踪，在一个希腊小岛上伴着《希腊人佐巴》的旋律进入"另一世界"，个人的分裂）。在《食人猫》中，不但猫和"我"的女朋友神秘失踪，就连"我"自己也莫名其妙地"消失"了两次！

　　从埃及飞往希腊的途中，他告诉我们："我突然觉得自己仿佛消失了。这种感觉可谓怪异至极。那个坐在飞机上的人已经不再是我了。"后来,在岛上寻找消失的泉时:"正在这时——在没有任何先兆的情况下我突然消失了。也许是因为月光,也许是午夜的音乐。每迈一步,我就感觉更深地陷入一堆我的身份由此消失的流沙中;这种感觉跟我飞越埃及时在飞机上的感觉一模一样。"即使在小说中,也很少有这么讲话的。

一九九一年的另一篇值得一提的小说是《绿兽》(1991年4月),最先发表在一家重要的文学期刊的"村上春树特刊"上,后来收入短篇集《象的失踪》,只占了四页篇幅。

"我丈夫照常上班后,我就想不到有什么可干的了。"第一人称的女性"我"(Watashi)开篇道。跟《眠》的主人公一样,她把丈夫不在家的时间都花在了沉思默想上——也许时间花得实在太多了些。在她盯着外面的花园时,一个长着绿鳞的小兽从地下爬了出来("起先我以为它是从我内心深处的某个地方冒出来的")并求她嫁给它。她惊恐地意识到这个男性欲望的丑陋载体能读取她的想法,不过她很快就认识到她也可以利用这一点来对付它。她开始故意想那些可怕、可憎的想法,于是那头绿兽开始痛苦地翻腾起来。"明白了吧,你这头小野兽,你压根就不知道女人到底是怎么回事。我想到的可以用来对付你的办法实在是数都数不清。"没多久,它就皱缩起来死了,此时"房间里被夜的黑暗所笼罩"。

十

再次上路

　　待在国外，村上或许可以规避很多不愉快的经验，但他无论如何都无法回避的是他一九八九年一月十二日的四十岁生日。对于一位一直描写二十至三十岁这一年龄段，而且其读者群大都是年轻人的作家而言，年届四十确实是道不容易跨过去的坎儿。他眼看着死亡越来越近，开始感到自己真正能够集中精力写作的时间已经没有多少了。他最不愿看到的就是在将来的某天会遗憾自己在体力和精神上仍能够集中于工作时却虚掷了一部分光阴。他希望将来能感觉自己已经尽了全力。这很可以解释这段时间他何以能如此多产。村上提到他生命中的这个转折点时满怀激情——而且提及的次数多至令人意外。

　　对于村上和阳子来说，年届四十也意味着生个孩子的想法差不多已不可能了。当初他们把大部分时间都花在爵士乐酒吧，稍后又全身心投入到他的写作事业上，要个孩子的想法只能暂时往后推。村上早就决定他将继续致力于自己的事业，对这个决定他一直无怨无悔。除此之外，他和阳子一直以来都对家庭的义务等等这整个一套颇怀疑虑。他们早年的生活使他们很不信任家庭的束缚。对于社会愈发客观的认识也不会起到什么鼓励作用，"我不能有孩子，"他曾在一九八四年告诉一位采访者，"我就是没有我父母那代人的信心，他们认为战后这个世界会越变越好。"

总之，因为没有任何羁绊，村上夫妇继续他们四处行走的生活。一九八九年五月，他们去了希腊的罗得岛，当地迷人的古城、海滩以及一两本好书相伴使他们放松下来，暂时忘却了外部世界的喧嚷。七月，村上和阳子驱车游览了德国南部和奥地利。十月，他们在日本待了几天，然后马上因为英译本《寻羊冒险记》的出版事宜前往纽约。他们于一九九〇年一月返回日本，这次本来是想长住下去的。

不过我们也知道，对于在国外旅居了相当长时间的人来说，乍一回到自己的祖国反而会感受到一种反向的文化冲击。跟在欧洲驾车的乐趣迥异，村上在交通拥挤的东京开车，感受到的只是压力。而且日本的政治也正在发展出一股令人不安的新的暗流。二月，奥姆真理教的教主麻原彰晃成为日本议会下院的候选人。村上在自己东京寓所的附近目睹了奥姆教开展的竞选活动："装有音响系统的大型卡车上日复一日播放着奇怪的音乐，身着白色长袍的青年男女戴着巨大的麻原彰晃的面具和大象头在当地车站外面的人行道上列成一排，挥舞手臂，跳着某种怪异难解的快步舞。"这种"怪异的表演"给他留下很是反感的印象，但他怎么也料想不到五年后奥姆教将在东京的地铁制造那么大的灾难。

生活在东京的各种麻烦使旅居国外的时光显得更有吸引力了。日本那种复杂的社会义务网络的唯一后果就是剥夺了他写作的环境。正如伊恩·布鲁玛所指出的，在日本"作家就是先生，是教师或是师傅，一位歌剧女主角同样也是如此……作家仍然被视为师傅，被期待着就一切事件发表长篇大论：从核防卫到对口服避孕药的需要"。电视制片人、杂志的编辑以及出版商汇成的人流把村上家的门槛都要踏平了，不过他们通常只能跟阳子打交道——这本身就是对日本这个男性主导的社会以及同样是男性沙文主义的文坛的公然干犯。

村上坚决拒绝跟电视搭上任何干系，但在跟文学界打交道时就没这么简单了。"编辑们代表的是出版公司，但他们是以朋友的身份前来的。如果你拒绝他们，他们就失了面子，感觉受到了伤害。他们认为我傲慢自大、麻木不仁，这就使我很难在日本生活下去了。如果你愿意取悦这些编辑老爷，你就会处处受到欢迎，那种日本式的和谐会得以确保，但你的工作可就遭殃了。结果，我成了东京文学界的化外之民。"

  这种说法也许有点夸张，但事实是，村上和阳子在拒绝按照通常的方式与精英文学界和大众媒体打交道的同时，在日常生活中也将不得不应付没完没了琐碎却恼人的小麻烦，而且越来越变本加厉。村上将其视为妨碍他去做自己最爱之事——写作的大敌。

  一位日本作家"应该"对所有的出版商都一视同仁，"应该"很合群，无论谁约稿、提什么要求都一概满足。出版商方面似乎根本没意识到在这样的压力下一个作家很容易被榨干。来自小出版商的谦恭至极的约稿通常采用这样的模式："不敢奢望您能为我们这样不入流的小出版社特意写作，不过……"如果一位作家因为实在无法兼顾而拒绝了这样的约稿——特别是如此谦卑和自我贬抑的约稿，他就会被指责为傲慢自大。而且如果作家的妻子也像阳子这样参与到丈夫的写作事业中来的话，她得到的反应有时会是非常恶意的。（据村上报道，随着日本男性沙文主义的弱化，女性编辑也越来越多，再加上编辑和作家间通过电子邮件联络的方式越来越普遍，近年来这种情况已有显著好转。）

  出版商或许不喜欢村上的行为方式，却没有哪家出版商不喜欢他的书的。一九九〇年春夏时节，村上《全集》的头几卷正式出版，同时出版的还有他翻译的两卷本《雷蒙德·卡佛全集》、一本记述欧洲行旅的书（《远方的鼓》，由阳子摄影）以及村上紧接着去年的《核时代》之后译出的蒂姆·奥布莱恩的《他们背负的重担》。

  是年秋，村上在跟东京的一位美国编辑埃尔默·卢克谈话时突然忆起了六年前他访问普林斯顿的往事。他满怀向往地说："真想有一天能在那么安静的一个地方写小说，避开任何打搅。"卢克把这话记在了心里,马上就跟普林斯顿的日本史教授马丁·科尔卡特取得了联系,后者马上就出面邀请村上以访问学者的身份访问普林斯顿——实际上就是驻校作家,没有任何授课的义务。卢克告诉村上,普林斯顿希望他一月底就到学校报到,而且学校已经在校园里为他安排好了住处。

村上和阳子刚刚在欧洲旅居了三年,说实话很不情愿这么快就再次去国远游。在他们旅居国外的最后时刻,他们已经发现他们非常向往日本的温泉和荞麦面,本来很想在国内久居的。但年届四十又使这一问题复杂化了:为什么不在他们还年轻力壮、可以充分享受旅行乐趣的时候抓住这一难得的好机会呢?虽然他们跟日本的文学界和大众媒体一直相处得很不融洽,不过单这点不便尚不足以使他们痛下决心。村上经常被问到"为什么要离开日本?",他很想回一句"为什么我不该离开日本?我可以在任何地方工作。我没必要一定得在日本待着。我离开是因为我想看到新的地方、探索更广阔的世界"。也许,海明威和菲茨杰拉德有些最好的作品就是在国外写出的先例又回到了他心头。即使没别的特殊目的,单单菲茨杰拉德那田园牧歌般的母校对他就够有吸引力的了。

普林斯顿的邀请并非空穴来风。村上初问美国时只不过被视为一位翻译家。如今他的作品已经开始被翻译为英文,在美国他已颇有了些名气。随着日本经济的腾飞以及日元的坚挺,日本出版巨头讲谈社已经积极开始在海外推广日本文学。为此他们特地招募了一批纽约的编辑,埃尔默·卢克就是其中之一。

卢克在一九八八年抵达日本时发现讲谈社有一个次要工程名为讲谈社英语文库:将当代流行小说翻译为英文,书后附有文法的注解,本是为日本高中生学习英文之助。这套书的译者之一就是阿尔弗雷德·伯恩鲍姆,一位定居东京的美国年轻人。他翻译的村上《寻羊冒险记》本来就是为讲谈社的英语文库做的,但埃尔默·卢克认识到它的价值大于日本学生学习语言的读本。其实伯恩鲍姆早就英雄所见略同了。

伯恩鲍姆本来一直为讲谈社国际公司翻译艺术书籍，但他真正想翻译的其实是小说。他将他翻译的村上的短篇《纽约矿难》作为样本呈上，并提出他特别喜欢长篇《寻羊冒险记》。结果大约一个月后，出版公司认为《寻羊冒险记》"篇幅太大"，不过他们认可他的建议，给了他《且听风吟》和《一九七三年的弹子球》让他选。

伯恩鲍姆决定先翻译《一九七三年的弹子球》，不久就交出译稿。他本来以为讲谈社国际公司会在美国宣传、出版此书，但失望地发现原来母公司讲谈社决定将其放在英语文库中出版，而且另请他人加上了文法注解。

如果说最先发现村上可以拥有英语国家读者群的是阿尔弗雷德·伯恩鲍姆，那么最终玉成此事的则是埃尔默·卢克。他开始与伯恩鲍姆一起展开将《寻羊冒险记》推向国际图书市场的游说工作。他们将其中与一九七〇年代的事件联系在一起的日期和其他标识去掉，使小说呈现出更加当代化的面貌——甚至为其中一章取了个"One for the Kipper"（"kipper"是俚语，即"年轻人"）的标题，虽然跟原小说的时代不太吻合，至少跟译者嬉皮风的新风格很契合。（小说的故事背景是一九七八年，不可能指涉一九八〇年后里根时代非常流行的那句著名电影台词"Make it one for the Gipper"①。）虽然这个朗朗上口的标题是伯恩鲍姆的发明，它倒确实非常适合译文那生动的风格。

卢克在村上仍旅居罗马时就打电话告诉了他这些关于他的作

---

① 美国前总统里根当初从影时最著名的角色是一九四〇年的传记影片《罗克尼》（*Knute Rockne, All American*）中的橄榄球英雄 George Gipp，这位英雄在临死前谈到自己的球队时说："... ask them to go in there with all they got, win just one for the Gipper."里根也由此得到"The Gipper"的绰号。"Win one for the Gipper"后来更成为为里根而战的政治口号。

品的新计划。"我怀疑他当时对这整套计划都颇有疑虑,"卢克说,"不过,他明显对其中包含的可能性和重要意义很感兴趣。"卢克以及别的外国编辑都强烈敦促讲谈社支持这一计划,皇天不负有心人,他们竟然得到了五万美元的广告预算。"对于一家讲谈社这样的出版社而言这可真是非同小可。在此之前他们从没做过类似的推广活动。"卢克说。

时机正好被他们赶上了。如今日本的一切都能在美国引起兴趣,更别说由一位不买经济的账的酷酷的年轻人写的小说了;这种兴致又由美国传至欧洲。(村上在中国和韩国也拥有了狂热的读者。)一九八九年,村上成为继安部公房之后第一位超越了美国狭小的日本文学研究的圈子,引起广大普通读者兴趣的日本作家。

因此,卢克在一九九〇年秋联系普林斯顿时,村上春树在日本文坛的重要性在美国也已广为人知。一九九〇年九月十日的《纽约客》发表了伯恩鲍姆翻译的、令人有些毛骨悚然的新短篇《电视人》(上文已予讨论),十二月二十六日的那一期又登出了《拧发条鸟与星期二的女郎们》(见第七章)。

这个世界变化可真叫快——也许有点太快了。当年一月,阳子和村上在前往东京的美国大使馆办理签证的出租车上听到广播里报道的美国已经开始轰炸巴格达的消息。这似乎不是什么好兆头。他们夫妻俩谁都不情愿巴巴地跑到一个正在打仗的国家——虽然战场离美国本土有十万八千里。村上把他的顾虑告诉了卢克,卢克以为他肯定要取消行程,待在东京了。但大家都已经为此次行程付出了这么大的努力,事已至此,村上也觉得别无选择了。几天后,他和阳子抵达美国时,发现美国全国都弥漫着夸张的所谓爱国主义的丑恶气氛。

来到普林斯顿校园,村上在径直走向一次正在举行的反战示威时感到一种愉快的怀旧之情——谁知走近一看,才明白原来学生们是在进行支持战争的游行。后来,当有些学生终于起来抗议美国在中东的屠杀时,一个支持战争的团体攻击了这群示威者,砸烂了他们的标语。战争的气氛似乎无处不在。村上在四月份参加他在波士顿的第一次马拉松时注意到,在长跑的起点、马萨诸塞那个平和的小镇霍普金顿甚至还有这么个余兴节目:鼓动大家挥起一把大锤砸烂一辆上面写着"萨达姆"的汽车,一美元一锤,获得的收入归镇上的奖学基金。

几个月过后,这种沙文主义态度终于有所缓和,不过却让位于日益高涨的反日情绪,因为珍珠港事件的五十周年即将到来。村上和别的日本人都尽可能待在家里,避免外出。不过村上这时总归是要大部分时间待在家里的,因为他正在勤奋地写作他下一部长篇。他严格的创作计划跟校方提供的斯巴达式的简朴住所很是合拍,对此他跟阳子感觉很是合意。正是在这儿,村上在日本文学教授平田何西阿(Hosea Hirata)的指导下放弃了专用文字处理机,用上了电脑。

虽然政治气氛日益浓厚(包括被一位二战老兵称为"鬼子",其实完全出于无心),村上还是开始享受他在美国的简单生活。他喝的是百威干啤,没觉得有换成某种更时尚品牌的必要;他穿的是他最爱的T恤衫和轻便运动鞋,乍看起来跟普通学生没什么两样;他开的是二手本田雅阁(后来换成了大众科拉多),没觉得他身为畅销书作家应该开辆更光鲜的好车。"我喜欢美国的地方在于我在那儿真正感到自由,"他告诉《洛杉矶时代杂志》的记者,"我愿意干吗就可以干吗;在这儿我不是什么名流。没人在乎。"

这话也不尽然。至少不少大学的日本文学专家在乎他,不久,各种邀请便接踵而全。跑完波士顿马拉松的当天,村上就来到哈佛大学参与讨论他的《再袭面包店》。继而又参加了密歇根、阿姆赫斯特、塔夫茨、伯克利、奥斯丁、斯坦福、达特茅斯、蒙特克莱尔州立学院、威廉和玛丽、宾夕法尼亚、欧文、波莫纳等大学的讨论班,尤其是华盛顿大学,他对这所大学日本文学研究的高水平倍感惊讶。村上进行这些访问期间最开心的就是可以跟学生们畅谈,他也愿意容忍教授们的在场。(一九九一年一月,他短暂访问了西雅图，并渡普吉特湾至安吉勒斯港再次拜会了雷蒙德·卡佛的夫人苔丝·加拉格尔。）

村上对美国的态度也发生了改变。在日本时他曾一度非常向往常春藤联盟的服装和美国生产的商品，但现在他开始意识到他普林斯顿家里的几乎所有的东西都是别的国家生产的：天龙的立体声音响、索尼的电视、夏普的录像机、松下的微波炉——全都产于日本；丹麦产的 Bang & Olufsen 唱机；德国产的耳机、咖啡碾磨机和熨斗；甚至他那台看似美国货的 AT&T 传真机也是在日本生产的。他在自己的公寓里兜底翻过一遍后发现，他拥有的所有美国货只有他自行车的主要部件、一本笔记簿和一个钱夹。"即使像我这样的经济事务盲也忍不住会想，美国经济的问题恐怕并不是单一个经济全球化就解释得清楚的。"他说。不过他马上又意识到如今他所有的作品都是写在一台苹果笔记本电脑上的。

村上在美国感到前所未有的放松，于是他请求将他作为访问学者的一年期限再延长六个月。这一要求得到批准后，他又以同意作为客座讲师教一个现代日本作家的研讨班为代价，将居留期限再次延长了一年。这是他生平头一次领工资，也是他头一次有机会系统地研读他从未读过的他的文学前辈的作品。他决定将课程的对象集中于活跃在一九五〇年代末和一九六〇年代初的所谓"第三新人"派日本作家（当时的他着迷的是陀思妥耶夫斯基和雷蒙德·钱德勒）。

村上因为从未教任何人学过任何东西（自己也从未这么集中地做过这么多正式研究），觉得这一任务颇为棘手——而且因为有合同压在身上，这段时间他也不可能再写小说。尽管如此，他还是真正享受跟他的学生讨论文学的乐趣，并从中学到了不少东西。

天生不肯浪费任何写作机会的村上也利用这次的经验写了本书：《为年轻读者讲解短篇小说》（1997），在前言中他花了很大的篇幅来"澄清"他并非这方面的权威。村上最无法容忍的事情之一就是以任何方式认同于权威。无须说，他在书中觉得有必要指称自己的时候仍使用"我"(Boku)这一称谓,他用一种几乎有点喜剧性的客气态度对他的"年轻读者"讲话。他不像是在讲课,而是"我是在跟你们一起读这些作品,所以如果你们有任何问题请随时举手"。除了提供他对作为研究对象的作家的新颖观点外,他还鼓励他的读者对文学的热爱:"能跟你的同好探讨你真心喜欢的一本书,真是人生中最大的快乐之一。"

村上还利用他在校园里的闲暇时间充实他对日本现代史的知识。如伊安·布鲁玛所言,村上"在普林斯顿大学的图书馆研究(一九三九年的)诺门罕战役[①]。他觉得这次战役不但是一次非理性暴力,也是个人为一种疯狂的集体事业作出牺牲的最佳案例"。

村上并非搞研究的生手。为了写《寻羊冒险记》和《托尼瀑谷》他都曾做过大量调研,作品本身也显示出他对日本过去不久的这段历史的敏感理解,不过在普林斯顿,他对二战史料阅读的广度和深度都大大超过了以往。虽然一九九〇年和一九九一年村上只出版了几个短篇,实际上他一直在思考之后的创作。他脑子里已经有了一部大部头长篇的计划——也许部头太大了,于是"通过一种神秘的细胞分裂过程",它变成了他的下两部长篇:《国境以南 太阳以西》(1992)和《奇鸟行状录》。前者跟他此前的作品具有一种松散的情节上的联系,而后者则是他这段历史研究的产物,很多人认为这是他的一部杰作。

《国境以南 太阳以西》

这本薄薄的长篇起初看来像是重返《挪威的森林》的世界,主人公在青少年时期的性经验占据了大部分篇幅。但《挪威的森

[①] 一九三九年五月十一日,日军在"蒙满边界"的诺门罕(Nomonhan)与外蒙军冲突,俄军支援外蒙军,关东军第二十三师团与第七师团几乎全军覆没,九月十五日签订停战协定,史称"诺门罕战役"。

林》仅仅对年已三十八的叙述者的生活稍作暗示,而《国境以南 太阳以西》则集中展现后来"我"大约同年龄时的生活。

初(又一位自称"我"的叙述者)是一家成功的爵士乐夜总会和酒吧的店主。我们看到他时他三十六岁(马上就要三十七了),一位幸福的已婚父亲,有两个女儿,每天驾驶他的宝马送大女儿去一家私立幼儿园。下午等着接她时,他经常跟另一位富有的、驾奔驰车的孩子家长聊聊葡萄酒销售及超市泊车麻烦等闲话。女儿上课期间他就去游泳,主要是为了已届中年的身材不至于发胖。他在旅游胜地箱根还有幢乡间别墅。事实上,初的生活是如此完美,他甚至跟岳父都相处融洽!当初还是因为岳父出资,他才得以摆脱他毫无出路的公司工作,逐渐成为后来这样一位优雅、成功、世事洞明的老板,每天盛装监管着自己时髦的酒吧,简直就像《卡萨布兰卡》中的亨弗莱·鲍嘉。

但《国境以南 太阳以西》却是一部最集中展现雅皮中年危机的作品。初的生活虽看似如此完美——不但是我们,初本人也这么看——但在一个半想象中的世界"国境以南"或者更可能的是"太阳以西",却总有某种失去的、理想的、无以名状的东西在等着他。至此我们只能推测,这个世界可能隐藏于初的过去,跟他早年的性经验有关。

初可能仍然感到困扰的最初暗示,来自他自己坦白的对于利用岳父的钱赢得经济独立的负罪感。他曾是一九六〇年代末、一九七〇年代初那一代充满反抗精神的学生中的一员,他们曾对"后资本主义的逻辑"说"不",而他如今就生活在一个按照"一式一样的资本主义逻辑"所构建的世界中。有一天,当他在宝马车里面听舒伯特时,他突然觉得"我正活在别人的生活中,不是我自己的生活"。当然,不管怎样,他已经无法重返他的青年时代了。

然后就是岛本小姐的出现,岛本是他小学时代最亲密的朋友,孩提时他们曾强烈地相互吸引,后来因为上了不同的中学而被迫分离。初和岛本都是孤独的"局外人"（天生的跛足使她无法参加学校的很多活动），不过虽一度几乎密不可分，他们却从未涉足性爱。初最感甜蜜的记忆倒是经常和她一道倾听纳京高的《国境以南》。这首歌在岛本看来拥有如此神秘以及超现实的暗示，后来她承认当她发现所谓"国境以南"指的就是墨西哥时不禁大失所望。

几乎从她在一个雨夜重新进入他的生活的那一刻起，村上就"怂恿"我们怀疑岛本到底是"真的"抑或只是初的向壁虚构。在那种浮夸的好莱坞式术语的描绘下，她的美貌实在让人难以当真（甚至她跛足的旧疾也已经治愈）。她在第一次出现后"消逝于"黑夜之中，初只能通过她用过的玻璃杯以及尚在吧台上的烟灰缸才得以确认她确曾出现过。他忆起八年前另一桩恍如梦境的奇事：当时他尾随一位让他想起岛本的女子（后来证实那的确是她），在他正要上前搭讪时却被一个神秘的男子拦住。那个人看来认定他是个受雇的侦探，于是给了他一个装有十万日元的信封并警告他不许再跟踪她。自从那件事发生后，初就一直怀疑这件事是否当真发生过，但那个信封却一直在他的抽屉里放着没动，作为一件证明他的意识并没有骗他的物证。

这样接连不断地诉诸梦和幻觉，外加岛本坚持初绝不许问及她的过去，在在表明她将自始至终是个谜一般的人物。她已经长成一位美貌性感的女人，但他对她的了解几乎全都源自他的童年。她自始至终都是"岛本小姐"（Shimamoto-san，"-san"是个比较正式的敬语后缀，指男性女性皆可），不论是在追忆过去的叙述还是他直接充满激情地坦白他对她的爱的对话中。"岛本小姐"本应是她在学校时的称呼，这种表述也因此带上了一种极强烈的对于他们一起度过的时光的怀恋。

她一直称他为"初君"（Hajime-kun），在日语中"-kun"是个比"-san"更亲密些的敬语后缀，常用于童年和青少年时期，更多地用于男性。连日本的评论家都注意到这对三十大几的情侣称呼对方的方式就像还是六年级的学生一样，实在有点新奇，不过这样做的目的正是为了强调那些理想的孩提时代的光阴对于已经成年的主人公的重要意义。"-san"比"-kun"更加正式的微妙差别也正好与他们的性关系相呼应：她是更加主动的一方。

岛本小姐继续神龙见首不见尾地在初的生活中出没，他对她的过去仍然几乎一无所知。有一次，在她的请求下他带她找到了一条河，她将一年前生下来第二天就死去的孩子的骨灰撒到河里，但她又丝毫不肯泄露当时的前因后果。最后，在小说的高潮段落，她将原来他们一起听的那张纳京高的唱片《国境以南》送给了他，他们一起到他的乡间别墅去听并生平第一次做爱。事后他要求她把"一切"都告诉他，这样他们彼此之间就不再有任何秘密了。"明天。"她向他保证，但当她坚持他们第一次的性爱举动应该是他们十几岁时错失了的手淫方式时，对于岛本小姐来说就已经没有"明天"，只有过去了。初独自一人醒来，除了身旁枕头上她浅浅的压痕之外，已经没有任何岛本曾来过这所房子的实际证据了。连纳京高的那张唱片也不翼而飞。她就像《象的失踪》中的那头大象一样神秘地彻底消逝了。

村上实际上是在怂恿读者将初跟岛本小姐的这桩韵事归结为他头脑中的想象。初醒来后面对的"事实"与之前他接受的事实"有异"，他想。"她只存在于我的记忆中。"不但唱片不见了，多年来他一直锁在书桌抽屉里的那个装着钱的信封也已找寻不见。

难道他一直身处一场幻觉中？我们一直读的是一个丧失理性的男人的自白？如果真是这样，那么小说中所有的"事实"也就都不成立了。他当真拥有一家酒吧和一家爵士乐夜总会吗？他真的结婚了？他真有两个女儿？初自己也开始昏了头："一旦我承认那个信封已经消失，在自己意识中将信封的存在与不在置换位置后，理应伴随信封存在这一事实而存在的现实感也同样荡然无存……所谓事实在多大程度上属于原原本本的事实，又在多大程度上属于'我们认知为事实的事实'，实在不可能区分清楚。"

"事实"是初最想从岛本身上获得，又是她断然拒绝提供的东西。没有了它们，她对他而言就仍然是个谜。然而他对别的人又多了解多少呢——特别是他的妻子有纪子，他曾确信他需要的一切关于她的"事实"他已尽在掌握的这个女人？"你真的认为你知道我在想什么？"在他向她坦白了他（也许是幻觉中）跟岛本的韵事后她这样问他，而最后一章的大部分篇幅都用来展示此前初一直都几乎视而不见的他自己妻子的内心生活。

有纪子于是突然之间成为一个强有力的人物，拥有一个他从未猜到的内心世界。（此处有一种明显的女权倾向，就像此前岛本在性爱中充当主动的一方：是她剥光了他。）岛本自始至终一直是个谜，但她只不过是所有其他人甚至我们自己的极端形象。我们"知道"的每一个人都不过是我们对他们的想当然的记忆的集合。正如《寻羊冒险记》中"我"妻子所言："你认为你知道的关于我的一切都不过是记忆。"我们想当然地认为我们"认识"了另一个人，当我们只是知道了他们的一些皮毛的事实，当我们认为他们对我们已无任何秘密可言，特别是当我们直观地感觉跟他们如此亲近——爱上了他们——以至于他们的存在本身就成为我们自觉生命的意义和完整赖以存在的不可或缺的成分。这正是初认为他能从岛本身上得到的东西，为此他甚至不惜牺牲他的家庭和他的雅皮生活，他认为少了这样东西，他所有物质上的舒适只能堆积成为"月球那没有空气的表层"。但这种完善却只存在于"国境以南"或"太阳以西"，在另一个世界，一个深藏在我们内心我们也许永远无缘进入的世界。

不过岛本也并不比别的人更加虚幻：她"真实地"存在于小说的世界中；初并没有发疯。小说中的大象"真的"存在过吗？如果我们认为镇上的居民"真的"曾迎接过它的到来，报纸"真的"曾报道过它的到来和失踪，我们也就不得不认定其中的一切都并非是"我"的凭空臆造。但村上春树当然是凭空臆造出这一切的。岛本是——并将一直是——像大象一样的谜。她、有纪子和初都是村上想象出来的形象和概念。谜的"解决"必须在虚构的小说世界之外才能觅得。小说内部的矛盾与龃龉都是村上故意创造的。小说是独立于"生活"之外的一个完全人造的文字集合,它在"自毁"的过程中将我们推出其独立自足的密封世界,进入我们自己的世界。当面临对于初而言到底什么是"真的"这一问题时,我们实际上也就是在追问对于我们每个人而言什么是"真的"。问题的答案远没有确定。

《国境以南　太阳以西》是本勇敢的书。它敢于将最甜腻的爱情表白塞到男女主人公嘴里,将"意义"许诺给初的生活,对于初而言他的人生差这一点就彻底完美了。然后它又将这一难以企及的理想断然抽掉,将主人公抛弃于他幸福婚姻和物质财富构筑的沙漠。(华特·迪士尼的《沙漠奇观》!)初-亨弗莱·鲍嘉跟他的英格丽·褒曼被生生分开,但留给他的并非一个用余生来理想化的至高的爱:他"只"被留给一个在其中某种无以名状的意义似乎迷失了的完美婚姻。"不能就这个样子结束。"他想,但当然可以,就这么将主人公留在他危机四伏的中年危机中,充满了他在泉——一位他在中学时代背叛了的女孩——眼中看到的"虚无"。

正如"我"在邂逅象失踪于其中的那个神秘的另一世界后成为一个更好的冰箱销售员,但感觉人与人之间的关系"看来怎么都无所谓",初在跟岛本一夜风流后也发现他的生意"如钟表般继续运行,但震颤已然不见了"。他评论道,"表面看来,我的生活一如既往。"但他的内心却已改变。

在爵士乐夜总会,初要求钢琴师从此以后不要再奏艾灵顿公爵的《灾星下的恋人》给他听了。"对我来说都有点像《卡萨布兰卡》了!"钢琴师评价道,偶尔他的眼睛淘气地一闪,他就会为他的老板奏《当时光流转》。初不想再听他喜欢的艾灵顿不是因为那会使他想起岛本小姐,而是因为那首歌已不再能打动他了。小说在中年的失败感中落下帷幕。初认识到,正如华兹华斯所言,"灵光已从地球上闪过"。

十一

《贼喜鹊》序曲

　　一般来说,村上离开普林斯顿受邀前往其他大学的访问都只有一两天的短暂停留,不过在一九九二年十一月,即《国境以南　太阳以西》在日本出版一个月后,他作为尤娜人文讲座(为纪念伯克利校友尤娜·史密斯·罗斯而设立)的主讲前往伯克利待了四周。这一颇有声望的角色要求他做一次公开讲演并参加四次每周一次的研讨班。这次讲演真让他煞费苦心,因为必须使用英语,而且听众相当多,不是单单面对一教室讲日语的学生了。

　　多年的翻译已使他的英语语法非常扎实,住在普林斯顿又迫使他将自己的口语水平至少提高到日常交流不成问题的程度,但眼下他是被要求像那些似乎总是想得太多的教授一样登坛宣教。他决定接受这一挑战,讲稿先用日文写好再译为英文。结果成就了一篇雄辩又具有启发意义的演讲,名为《羊男与世界尽头》。其中,村上提供了很多已译为英文的这两部长篇的有趣的背景信息,而且也谈到作为一个日本作家在现代世界中的角色等更加综合性的问题。以下是演讲的结论部分:

> 在我看来,在美国这样一个多种族的国家中,交流是个尤其重要的问题。白人、黑人、亚裔、犹太人以及来自各种文化和宗教背景的人都生活在一起,要想清楚地传达出自己

的思想就不能只满足自己所属集团的需要，而是需要一种能够为更广大范围的人群所接受的写作风格。这就要求一种适用范围很广的修辞手法、讲故事的方式和幽默。

然而在日本，由于文化和人种相对而言要单一得多，文学的取向也就有很大不同。文学作品倾向于使用一种只能在一个志趣相投的小圈子里交流的语言。一旦一部作品被贴上了"纯文学"的标签，也就意味着它只需要跟几位批评家和小圈子的读者打交道了。如此写法固然无可厚非，但也不是说**所有的**小说都得这么写。这种态度只能导向窒息。而小说是个活的有机体。它需要新鲜空气。

这种新鲜空气，我是在外国文学中发现的。

当然，无论我在外国文学中发现了什么宝藏，我仍然想写——并继续写——日语小说。我是采用新的方法和风格在写新型日语小说——新型物语。我一直因为没有使用传统的风格和方法而遭到批评，但不管怎样，一位作家有权选择他自觉适合他的任何方法。

我在美国差不多已经待了两年，我觉得过得非常自在。甚至可以说比在日本还舒服。不过，我仍然时刻意识到我是出生、成长于日本的，我也一直是用日语写小说的。而且，我的小说发生的场景也一直在日本，并不在国外。这是因为我想使用我自创的风格为日本社会绘像。我在国外住得越久，这种欲望便越发强烈。不知怎么回事，似乎有这么个传统，即一直在国外居住的作家和艺术家回国后总怀有一种民族主义的情绪。他们对日本的评价会来个一百八十度的转变，开始赞美起日本料理和风俗。我的情况与此不同。我当然也喜欢日本料理和风俗，但我现在想做的是住在国外，从这里观察日本，将我看到的东西写入小说。

我正在写一本新长篇，在写的过程中我意识到自己在一点点地改变。有关这种改变的最强烈的意识便是这种我必须改变的新意识。我知道，不管是作为一个作家还是一个人，在面对我周围的世界时我都一定得变得更加开放。我也知道，在某些情况下我将不得不投入战斗。

比如说，在我来美国之前，我从未像今天这样面对听众进行过什么讲演。我一直认为我没必要做这样的事，因为我的工作是写，而不是说。然而，自从来到美国之后，我已经逐渐开始感觉到有一种想向人们说些什么的愿望。我越来越强烈地感觉到我想让美国人民——世界人民——理解我作为一个日本作家在想些什么。对我而言，这是个巨大的改变。

我肯定地觉得，从此以后的小说中不同文化元素的混合会远比以前更加多样化。我们已经在石黑一雄、奥斯卡·希胡罗斯、谭恩美和曼纽埃尔·普伊格的作品中看到了这种趋势，他们的作品都超越了单一文化的界限。石黑一雄是用英文写作的，但我和其他日本读者从中仍能感受到某种强烈的日本况味。我相信在这个地球村中，小说在这个意义上将变得越来越具有可互换性。同时我也想继续思考在如此强大的潮流中人们如何才能保持其独特身份的问题。作为一个小说家，我必须要做的就是通过我此后的写作秉持并继续推进这一思考过程。

《奇鸟行状录》

村上谈到的"新长篇"当然就是刚刚开始在日本的《新潮》杂志连载的《奇鸟行状录》。这一庞大的计划将占据他此后三年间的大部分时间和精力。由短篇小说《拧发条鸟与星期二的女郎们》生发而成的小说的第一、二部同时在一九九四年四月十二日星期二出版；但厚达五百页的第三部直到一九九五年八月二十五日星期五才正式出版。村上就像当初写完《世界尽头与冷酷仙境》一样感到筋疲力尽。

《国境以南　太阳以西》和《奇鸟行状录》也许是"通过一种神秘的细胞分裂过程"相互分离出来的，不过其主题都旨在探索人与人之间了解之困难，场景也都设置在富裕的一九八〇年代。《国境以南　太阳以西》也许可以看作以长篇小说的篇幅对《象的失踪》之谜的进一步探索，而《奇鸟行状录》则开拓了崭新的探索领域。这是部枝蔓丛生的作品，开始是围绕一对夫妇猫的失踪展开的家庭戏剧，然后将我们带到蒙古沙漠，最后以广泛深入地揭露政治和超自然的罪恶终结。《奇鸟行状录》的篇幅比《世界尽头与冷酷仙境》还要浩繁，很明显是村上创作的转折点，也许是他创作生涯中最伟大的作品。正如村上的夫子自道，从这部作品开始，他终于放弃了他一贯酷酷的疏离姿态，开始勇敢地担当起责任，而且大部分的情节虽仍旧发生在第一人称叙述者"我"的思维中，全书的中心却聚焦于人与人之间的关系。

对于一位其声誉一直建立于他酷酷的疏离感之上的作家而言，这确实是次勇敢的转变，不过村上已经开始强烈地感到"仅仅"讲述故事是远远不够的了。他想更深入地关切某些东西，想让他的主人公的探求获得某种成效。

《奇鸟行状录》在很多方面都可以看作《寻羊冒险记》的一种重述。感觉仿佛村上在自问："如果小说中的'我'对于他婚姻的破裂不是那么冷漠的话会是什么结果？"当初仅在十二瀑镇的奇异故事里暗示的日本侵略大陆的那段悲剧性历史以及政府对十二瀑农民的剥削（将他们转为牧民以保障在中国境内打的日俄战争的后勤供应），如今通过大篇幅地正面描写当时满蒙边界发生的战争以探索当今日本的暴力的传承。

《奇鸟行状录》用大部分篇幅描述异乎寻常的事物，包括那些根本不予解释的超自然因素以及不论在时间还是地域上都距离当代日本非常遥远的场景。然而，如果我们将这些谜和外部色彩剥离开来，结果就变成了这样一个故事：一个莫名所以有些性压抑的丈夫被他甚至更加压抑的妻子离弃，因为后者在别的男人怀抱里发现了自己真正的性欲指向。

夫妻双方都并非假正经，虽然做妻子的有点完美主义和洁癖（就像《寻羊冒险记》中的妻，如此写法不过是追求点喜剧效果）。她以及她所有的一切——甚至她的书法——都不断地被描述为干净而又精确。虽然两人从一开始就称不上有多大激情投入（"两个人初次见面时并没有什么类似被雷电击中的强烈、冲动的情感，而是某种更加安静、温和的感觉"），他们的婚姻至少给了他们六年的亲密相处，感觉上这就是真爱了（唯一的裂隙就是三年前妻子方面围绕一次意外的怀孕和流产而生的一些无法解释的谜）。不过话说回来了，他们自始至终都没享受过达到失控程度的彻底的性快感。

当妻子迷失在欲望的黑暗疆域并开始从那个未知的世界向丈夫发送含混莫解的求救信号时，做丈夫的感到困惑难当也就可以理解了。因为害怕会随着她误入黑暗，他于是等待着一个能告诉他到底该怎么做的信号。他收到她写的一封信，要求离婚，信中还详细地描述了她的婚外恋情。对大多数男人来说，这早就足够让他结束夫妻关系了，但他仍然犹疑不决，不肯贸然行动。他想到过跟另一个女人逃到欧洲，将这一切麻烦都抛在脑后，但最终他还是决定要留下来投入战斗。

做丈夫的冈田亨将一个在他妻子流产之夜演出的流行歌手痛打了一顿，以此发泄怒火。他终于意识到，失去这个孩子正是他们的婚姻走向终结的开始。但六年来相濡以沫的情谊又哪能轻易地弃置不顾？如果说这六年来的婚姻没有了意义，那么他们当下的生活以至于他们整个的人生也就毫无意义了。他绝不能接受这一点，他发誓要把妻子夺回来。

冈田亨决心追寻妻子久美子的行踪，以此来捍卫自我的尊严以及婚姻的完整。"我一定得把久美子夺回来。我一定得用我自己的双手把她拖回到这个世界。否则，我会就此完结。我这个人，这个我认同为'我'的自身就将永远地丧失。"

于是，冈田亨采取的行动不是雇一个私家侦探或亲自到街巷中搜寻，他将探求的方向指向了内心。他下到地下，进入一口深井，细检自己的过去。他由此发现的东西事实上已远远超越了他本人的内心世界。正如他年轻的朋友笠原May（几乎过于直接地）告诉我们的，冈田在选择了为了妻子而战之后将在某种意义上变成一个文化英雄，他不但是为了自己个人在战斗，而且也是"为了许多其他人在战斗"。在努力发掘自己到底是谁的过程中，冈田在自我身份中发现了某些具有宽广的文化及历史意义的因素。

心理学家河合隼雄将久美子的失踪解读为一个寓言：当现代婚姻中的一方在心理上从婚姻关系中抽身而退后，由此产生的情感荒芜就会降临到这个婚姻之上；推而广之，这也可以视为广义上的人际关系的象征，它呼唤一种经常是痛苦的、关系中的双方都要进行的"挖井"过程。

井于是就包含了一种疗伤的承诺，也正因此，冈田才一定要下到井里独自沉思，但"挖井"的过程却毫无乐趣可言。的确，它暗含一种缓慢、痛苦而且几乎完全孤零零地死亡的威胁，这一点我们早在《挪威的森林》中就曾读到，笠原May在把绳梯拽上去之后也提醒冈田：

> 我只要从这儿走开，你就彻底玩完儿了。你哪怕扯破喉咙也没有人会听见。没人会想到你竟然在井底……他们永远都找不到你的尸体。

《奇鸟行状录》中的冈田亨在井底待了那么长时间，导致很多读者很想知道村上本人是否也下过井。答案是绝对没有。在劳拉·米勒为网络杂志《沙龙》采访他时他坦白自己"太害怕了"，没胆量尝试这样的经验，又补充说他是将此深井与俄耳甫斯下到地狱去拯救妻子的故事①联系了起来。神户地震后，他在自己举行的"义读"会上告诉一位观众他最近读到一个猎人在意外落入井中数天后竟然生还的新闻，言语间有掩藏不住的兴奋之情。报道中描述的很多声、光的细节竟然跟他全凭想象写下的东西若合符节。

"亨"（Tōru）这个名字在日语中的意思为"通过"（"透彻"等等），《挪威的森林》的主人公也以此字为名（中文译为"彻"，在日语中为同一字），也许暗喻主人公正在通往成年/成熟的过程中。然而在《奇鸟行状录》中，冈田亨要"穿越"的则是分离普通世界与未知世界的那道墙壁。他的名字最初出现时用的是片假名的拼法，但后来用了一个意为"接受"的汉字，②这又暗示了其被动意味。因此他的名字既有主动又有被动的暗喻。冈田亨在大部分时间里是个典型的村上的"我"，一个第一人称的叙述者，我们感兴趣的与其说是他本人，毋宁说是他听到的故事——他通过耳朵"接受"的那些故事——故事来自他周围那些更加多姿多彩甚至不乏怪异之能事的人物。冈田亨一个接一个地倾听那些"冗长的故事"，这些故事本身也就成为这本长篇小说最吸引人的特质之一。

冈田亨妻子的名字同样具有深意。Kumiko（久美子）的前半部分"kumi"含义为将东西漂亮地捆扎到一起、整理事物，其可能的另一形态"kumu"意为从井里汲水。自从村上最早期作品就开始出现的井的意象至此以水和井的联系达至顶点。

如果说井是通往潜意识的通道，那么井底的水就象征精神的内容。当冈田亨进到一口枯井深处之后，他就充当了水的角色，

---

① 俄耳甫斯是希腊神话中的诗人和歌手，善弹竖琴，弹奏时猛兽俯首，顽石点头。其妻欧律狄刻死后他追至阴间，冥后普西芬尼为其音乐感动，答应他把妻子带回人间，条件是途中他不得回顾。将近地面时他回顾妻子是否跟随身后，致使欧律狄刻重堕阴间。
② 这个"意为'接受'的汉字"应写作"取"，拉丁字母应拼为"Toru"，而非"Tōru"，作者此处的解读实际混淆了这两个不同的日语单字。

几乎一变而为纯精神。在黑暗中,他差一点丧失其精神存在的轨迹,变成纯记忆与想象,在意识间浮进浮出,无法确定他与黑暗的界线。只有他的背倚靠的井壁似乎提供了一道分隔精神世界与他在追寻的更深层黑暗的屏障。然而,冈田亨接着就穿越了这道墙并发现他的恐惧集中于一个只知道是208房间的地方,这令人想起乔治·奥威尔的《一九八四》中那个人人极端恐惧的101房间。(跟奥威尔的这种联系绝非偶然。)

读者对208这个数字也许并不感到陌生:《一九七三年的弹子球》中的双胞胎女郎就叫做208和209。在那部早期作品中,这对可爱的双胞胎象征的是记忆之神秘。有一天她们就这么突然出现在"我"床上,没有任何解释,有一天又同样突然地重返他意识深处的那个"原初之地"。

208房间存在于冈田亨(也许甚至还包括久美子)的意识之中,只有借由一种梦幻般的状态才得以进入。对冈田而言,208房间是一个充满无法抗拒的性诱惑的所在,那位面目模糊的电话性交女郎就仿佛裸体躺在这个房间的床上,在漫溢的花香中等待他的到来;是一个他对加纳克里他未曾挑明的欲望终于绽放为狂野的性幻想,竟至于导致他在"现实中"射精的地方,也许由于加纳克里他六十年代风格的发型和服饰,唤起了他青春的记忆。(虽然生于一九五四年的冈田在一九六三年肯尼迪遇刺时才不过九岁。)最后,208房间还是一个危险的地方,锋利的匕首代表着死亡的威胁,而且莫名其妙地跟他的妻兄、邪恶的绵谷升联系到一起。

尽管冈田一直在犹疑着,不敢直面他的恐惧,但他还是决定要从自己的存在中探询出某种"意义"。村上早期作品中的大部分角色都宁肯任凭诸多事物神秘莫解,甚至于偏爱这种模糊性,但冈田却要明确的答案。他希望能理解另一个人,那个他娶以为妻的女人——最终扩展开来,理解他自己:

一个人有可能最终能达至对另一个人的彻底理解吗?……

夜里，我在熄了灯的卧室里躺在久美子身旁，望着天花板暗问自己对这个女子到底了解多少……

有可能这事实上不过是更为重大更为致命事件的开端。这仅仅是个入口而已，入口里面说不定横亘着我尚不知晓的仅仅属于久美子一个人的世界。这使我在想象中推出一个漆黑巨大的房间，我手里只攥着一个小小的打火机，借助那点微弱的火光我只能看到房间里小得可怜的一部分。

我有可能看到整个房间吗？莫非直到老死我仍然对她稀里糊涂、不明所以？果真如此，我这进行中的婚姻生活到底有何意义？同这位并不了解的配偶朝夕相处同床共寝的我的人生又有何意义？

这个问题在小说的第一章就含蓄地提了出来，在第二章清楚明了地再次提出，但直到约六百页之后的第三部，冈田才决定采取行动。他这种哈姆雷特式的犹疑终于告终。在这一点上，他的探求是以神话原型的方式展开的——不论是在日本还是在西方的意义上。他变成了一个当代的忒修斯，进入由半人半牛、名叫"牛河"的米诺陶守卫的联网电脑构成的黑暗之迷宫[1]。或者成为俄耳甫斯或日本神话中创造大地的神伊邪那岐，跟随他死去的妻子一直深入地下世界，在阴间她不许他眼看着她的肉体衰朽[2]。"如果可能的话希望你这样来想我，"久美子在联网电脑的另一端这样写道，"我正因为一种不治之症慢慢地死去——这种病导致我的面容和身体逐渐分解碎裂。"当他盲目地穿透其内心世界的迷宫，手执手电筒追随她进入208房间后，她命令他："不许照我。"

---

[1] 忒修斯是希腊神话中的英雄，曾深入迷宫杀死牛首怪物米诺陶。
[2] 男神伊邪那岐和女神伊邪那美在通过性的结合创造大地之后，继续创造将居住其间的神祇，但伊邪那美在生出火之后却耗神而死。心痛万分的伊邪那岐跟随死去的妻子来到黑暗的阴间，而她不许他看她。他偷偷望去，却见她全身生蛆。他在惊恐厌恶间逃回人间并洗去身上的死气。——原注

进入深井——进入自身——是冈田为了婚姻的承诺必须面对的严酷考验。莫扎特的《魔笛》——另一个为了爱而经受考验的故事——为第三部"捕鸟人篇"提供了主题。村上曾如此这般谈到婚姻："结婚后在相当长时间内，我一直怀抱这样一个模糊的观念，认为婚姻的目的就是为了双方能彼此弥补对方的不足。但在经过了二十五年的婚姻生活后我已经不这么看了，婚姻也许更多的是两个人相互暴露对方有何欠缺的一个动态过程……最终，只有当事人自己才能弥补自己的缺失。这一点另一方无法为你做到。而为了能弥补自己的不足，你本人必须得摸清那个空洞的具体位置及大小。"

在冈田能够把久美子从黑暗中带回真实的世界之前，他必须直面他最深的恐惧：由绵谷升所代表的邪恶。绵谷升对大众传媒的娴熟操控使他在政治上如鱼得水，他是其叔叔一辈大陆掠夺政策的继承人。他代表的邪恶正是《寻羊冒险记》中那种以右翼组织老板为化身的邪恶。村上将之与日本政府的独裁传统联系到一起，正是这种传统要为侵华战争中杀害的无数中国人民及战争中牺牲的数百万日本民众以及镇压一九六〇年代后期理想主义的学生运动负全责。这一因素大大扩展了小说的空间，使其远远超越了一个失败了的婚姻故事的范畴。冈田在追寻妻子及其自身过程中的发现远远超越他的预期。他发现了他的祖国近代历史中最丑恶的一面，其最主要的成分是暴力和恐怖，而且就浅浅地隐藏于日常生活的表面之下，喷薄欲出。当他用棒球棍几乎将一位民谣歌手打死时，他也发现了隐藏于自身的暴力倾向。

村上曾明确说过，"暴力，就是打开日本的钥匙"。对于那些本国社会中暴力事件频繁发生因此将东京这样一个超大型城市竟然如此安全视若奇迹的西方人而言，这种论断似乎大出意外。但村上一直以来是以一位历史学家的身份来写作及讲这番话的。《奇鸟行状录》(直译就是《拧发条鸟编年史》)确确实实是一部编年史，故事的背景虽精确地设定在一九八〇年代中期，却一直深挖至战争年代的暴力，亦即日本现代疾患的病根。小说的每一部都标以人物展开行动的确切日期，分别为一九八四年六月和七月、一九八四年七月至十月及一九八四年十月至一九八五年十二月——正是上世纪八十年代的正中心——那个消费文化似乎湮没了一切，只剩下对财富的追求的年代。而冈田亨却选择从这种文化提供给他的那个毫无意义毫无出路的工作中抽身出来，思考他的人生以及这样的人生将把他带往何处。

这个时代的中心意象就是冈田家后面的那条死胡同：两端都被封闭，无法通往任何地方。最头上是所空房子，久美子曾命他到那儿去找他们走失的猫。空空如也的意象充满了全书，回应着对这所空房子的描述。这所空房子的花园里立着一尊鸟的石像，"它展开翅翼，似乎想逃离这个令人不快的地方，越快越好"。这幕场景就像《寻羊冒险记》中十二瀑的中心一样死气沉沉，十二瀑的中心有一个"鸟状的喷泉，里面却没有水。那只鸟张着嘴巴，茫然地望着头上的天空"。如果说村上笔下的鸟儿象征的是意识与无意识世界的活的交通，那么这些僵化了的鸟儿则暗示了一种记忆缺失的疾患。

十二瀑曾在政府资助养羊的政策下一度繁荣，而政府之所以这么做是为了生产羊毛制成冬装以便日军在中国发动战争之用。我们后来得知，《奇鸟行状录》中那所空房子的庭院中有一口井，但已经像十二瀑的那个鸟状喷泉一样完全干涸了。这口位于一株古树之下的老井成为冈田亨进行内在探寻之地。

一九八〇年代被表现为一个空虚、停滞、令人不满的年代，而就在这一表面之下隐藏着暴力血腥的历史。它们很像《寻羊冒险记》中那个作为战前独裁主义遗迹的虚无、"乏味"的一九七〇年代。除此之外，在《寻羊冒险记》和《奇鸟行状录》之间还存在其他象征性的类似，如识别那只邪恶之羊的星形标记与冈口穿越将两个世界划分开来的井壁时在他颊上出现的那个婴儿手掌大小的污渍般的痣，这一标记将他与那位亲眼见证了满洲里战争的兽医联系到一起。他们婚姻中的一次暴力行为是久美子主动选择的堕胎。冈田曾很想要那个孩子（这个孩子的手掌印后来就印到了他颊上），但久美子相信她家族的血统中含有某种邪恶，她绝对不允许这种邪恶再次得到复制。她决定终止她自己体内那个生命的行动令人想起《寻羊冒险记》中"鼠"的自杀——为了杀死寄生在他体内那个曾在大陆大肆掠夺的邪恶灵魂。

然而，所有这些战争以及帝国主义的议论跟一个婚姻出了问题的失业律师助理又有什么相干？的确毫不相干——只除了一点：他是个日本人，而且他正在审视自己的内心。村上春树一直都在写那些潜伏在我们内心、我们只是半知半觉，然后突然跳出来攫住了我们的事。在《奇鸟行状录》这部村上最具雄心的作品中，从叙述者个人的记忆深处跳出来的是日本黑暗、残暴的不久前的过去。"它们都在那儿，在我内心深处：珍珠港、诺门罕，所有的一切。"村上曾这样说到自己。

《奇鸟行状录》继续了那个直到今天仍然在日本激起强烈反响的争论：日本官方对于日本曾对亚洲其他民族犯下的罪行的认识问题。在官方数十年以来一直对历史教科书故意向学生隐瞒日本战争罪行的行为持纵容态度之后，日本已经开始直面其过去，而《奇鸟行状录》也可以被视为这一痛苦过程的一部分。日本人现在开始认识到他们不单单是原子弹的无辜牺牲品，日军也曾犯下过南京大屠杀的罪行，而且这还只是日本对整个大陆烧杀掳掠的一个插曲。村上在他的第一个短篇小说《去中国的小船》中就曾间接暗示了这一事实。

《去中国的小船》中的"我"在一次脑震荡之后，在记忆的最深处搜索了半天，结果冒出来一句完全摸不着头脑的话："不要紧，拍掉灰还可以吃。"这句话本身诚然毫无意义，但正因为它跟任何事物都没有任何逻辑关联，更说明这句话是不知何故从他的潜意识中冒出来的。

"正因为这句话,"他写道,"我发现自己正在思考的是……死……而不知何故,死使我想起了中国人。"

在《去中国的小船》中揭示了"我"对中国人的矛盾心理的最后一个小故事的结尾,他宣称:"我本想说些什么……我真想说些什么……关于中国人,但说什么呢?……即使现在,我仍然想不出任何可以说的话。"在尾声中他又继续道:"我读了很多关于中国的书……我一直想尽可能多地认识中国。尽管如此,那个中国仍然仅仅是我一个人的中国。并非我通过阅读了解的中国。那是个只向我一个人发出呼唤的中国。那是另一个中国,并非地球仪上涂以大片黄色的中国。那是一个假设,一种猜想。在某种意义上,那是被中国一词切下来的我的一部分。"

最终,"我"也无法解释到底是什么导致他对中国和中国人怀有如此矛盾和复杂的感情,但《奇鸟行状录》就直截明了得多了。书中最后的意象之一是"一弯新月,像是一把中国的剑",至此为止,中国已成为日军在战争中犯下的恐怖的屠杀罪行的象征对象。

在写第三部的过程中,村上在一次采访中被问到:"为什么你们这一代人要为你们出生前就已结束的战争负责?"他的回答是:

> 因为我们是日本人。当我在书中读到日军在中国的暴行时,我都不敢相信这是真的。那是如此愚蠢,如此荒谬和丧心病狂。那是我的父辈和祖辈的罪行。我想知道到底是什么驱使他们干出这样的事:屠戮成千上万的平民。我试图去理解,却怎么也做不到。

在那弯中国的新月之下,冈田亨在他内心的深井中发现了他的"叔父"辈——更准确地说是那个危险的、操纵媒体的绵谷升的叔父犯下的罪行。身为精英军官的绵谷升的叔叔可以看作与《挪威的森林》中那位一说到"地图"一词就结巴的室友"敢死队"一脉相承。绵谷升的叔叔绝对相信后勤学的意义,而地图是其中必不可少的重要工具。这个人物的塑造受到一个真实的历史人物石原莞尔（1889—1949）的影响，后者坚信日本在亚洲的所谓使命，是臭名昭著的"九一八事变"——故意使日军"袭击"日军从而导致太平洋战争爆发——的领导者。通过承袭这位叔父在国会的席位，绵谷升也承袭了其帝国主义的遗传。由此，他以一位现代知识分子的形象现身电视屏幕，其实背后隐含着对中国的固有敌意，这才赋予他对日本这个肤浅社会的无上权力。在短篇小说《电视人》中，电视屏幕一片空白，使人们的生活充满麻木不仁的虚空；而在这里，富有侵略性的传媒的威胁与日本近代历史最黑暗的一面联系到了一起。

《去中国的小船》中的"我"或许不知道到底该对中国说些什么，但到了《奇鸟行状录》，村上已经绝对清楚他想说的是什么了。日本近代的历史就活在冈田亨的内心，虽然再没有比他距离政治更远的了。这在第一部第五章的一个场景中已经有所暗示，当时冈田那位十六岁的邻居笠原 May 问他姓甚名谁：

"冈田亨。"我回答。

她在口中重复了数遍我的名字。"名字不怎么样，是不？"

"不见得吧，"我说，"我一直觉得我的名字听起来像是战前的某位外务大臣：冈田亨。不是吗？"

"这对我一点意义都没有。我痛恨历史。那是我学得最差的科目。"

事实上，一九三四年七月至一九三六年五月担任首相的冈田启介（1868—1952）在一系列导向意识形态极端化的事件中是个关键性的人物，正是这种极端主义最终导致日本做出发动战争的灾难性决定。身为退休海军上将的冈田启介将他领导的政府引向对于神神道道的"国体"以及天皇的崇拜，以取代更加理性化并广为接受的关于日本国家的"机体理论"；即便如此，在一九三六年二月二十六日发动政变的那批叛变的青年军官眼中，他竟然还"右"得不够。他们想刺杀他，杀死的却是他的内弟。冈田启介在这一事变后辞职。他从未做过外务大臣，不过冈田亨对战前政治的含混影射暗指的正是这一系列极富戏剧性的事件。

三十岁的冈田亨认识到了他自身与日本战前政府的某种无法确指的特定联系，并显示出那段战争历史中的某些利害关系，而历史的阴影也必然将落到年轻的 May 身上，虽然她一直到最后都保持了童贞，既未蒙受性也未蒙受历史的伤害。不过村上春树影响之下的年轻读者在跟着他一路从伊帕内玛阳光灿烂的海滩进入冈田黑暗的房间之际，在关于日本侵略战争这个问题上也许已经丧失了他们关于历史的"童贞"。

有些评论家批评村上宁肯虚构战时的情节也不愿援用具体的事件，但这类批评没有说到点子上。《奇鸟行状录》中的"战争"并非呈现为一系列历史事实，而是作为村上这一代及其后代所背负的精神负担的重要部分加以表现的。对大多数日本人而言，对于战争就像对于罗西尼的歌剧《贼喜鹊》一样只是一知半解。这部歌剧在小说的第一页就已出现并成为第一部的标题。关于这部歌剧，冈田只听过其序曲，知道其标题：那是源自童年的某种半明半暗的记忆，某种他认为理所当然、从未想过要深究的东西。

> 《贼喜鹊》究竟是怎样一部歌剧呢？我暗自思忖。我所知道的仅仅是其序曲单纯的旋律和离奇的剧名。小时候家里有批斯卡尼尼指挥的这一序曲的唱片。较之克劳迪奥·阿巴多那充满青春活力和现代感的流畅演奏，托斯卡尼尼则令人热血沸腾跃跃欲试，就像经过异常激烈格斗之后把强敌压在身下即将开始慢慢的绞杀。但《贼喜鹊》当真说的是偷东西的喜鹊吗？等一切水落石出，我一定得去图书馆查查音乐词典才是。如果有歌剧的全套唱片卖，也不妨买来听听。谁知道呢？也许不会。届时也许就不再关心这类问题的答案了。

这部歌剧在书中作用显著并非因为其情节对小说而言举足轻重，恰恰因为它遥不可及，处于大多数人的意识外围。其序曲的某些部分经常能在电视广告里听到，有些读者也许会将其与斯坦利·库布里克的暴力影片《发条橙》联系到一起，但对于冈田亨而言，《贼喜鹊》将一直是某种他不甚了然、半知半解的东西的象征。似乎很熟悉，但其意义却始终捉摸不定。这也正是村上及其笔下的主人公有时几乎无法区分的一个实例。有趣的是，一九九二年十一月，当村上在旧金山买了一盘《贼喜鹊》的录像带时我正跟他在一起。在他写完《奇鸟行状录》的第一部许久之后，他想一劳永逸地搞清楚这玩意儿到底讲的是什么。

　　因此，村上不愿描述历史事实，而是将太平洋战争当作日本年轻一代共同分享的心理现象加以探究，尽管这一代（就像冈田一样）没有亲历的经验。历史就是个故事。通过开拓故事的魔力，村上将其读者带到了危崖峭壁的边缘，然后就把他们撂在那儿转向另一条叙述线索。

　　这在第三部中表现得尤其明显，此时战争的插曲与冈田深入自己精神世界的黑暗中与暴力和邪恶展开的搏斗交替互现。以第三十章为例①，它故意拿间宫中尉讲的"剥皮鲍里斯"（一位活剥人皮的俄军军官）的故事来挑逗读者，在真正的故事还没开始前就半途掐断。接下来的第三十一章把未完的故事完全撇开，转向冈田下到井底。这一章同样让读者干着急，讲到冈田跟随吹着口哨的侍者来到208房间，我们只知道"门开始向内打开"，而第三十一章就在这个关键时刻戛然而止。"欲知后事如何，且听下回分解。"但下一回即第三十二章却把冈田就这么撂在208房间门

---

① 英译本因为有部分删节，其章节与中译本略有参差，此处提到的第三十章，在中译本中实为第三十二章，以下章节以此类推。

《奇鸟行状录》

前,又捡起前面未完的剥皮鲍里斯的故事继续往下讲,其副标题就是"剥皮鲍里斯故事续",简直像一部旧式的连载小说。村上为每章拟订的标题趣味横生,完全屏弃了这种"报道文体"中的虚饰成分,就像个理查生或菲尔丁传统下的搜奇记趣的"流浪汉"小说家。他毫无扭捏之态地拨弄着叙事的琴弦,将他的读者在平行的叙事之间抛来掷去——这种绝技我们也早就领教过了。间宫中尉在写给冈田的一封信上讲的这个鲍里斯的故事,可以说跟冈田本人在他自己意识中的黑暗廊道中经历的探险没有任何的直接关联。

但间宫中尉的信又是怎么被冈田最终来到208门前的第三十一章打断的呢?难道冈田突然又回到他的书桌前接着往下读信了?当然不会。他还在井底下待着呢。唯一可能的答案就是:村上将这一章半路插进来是为了让我们按他认为最有效果的方式交替感受这两条叙述线索之下的故事。明显毫无关联的故事交替出现在各个章节间,必然会在读者的意识中形成这样一种关系:战争成为冈田在自己内心深处发现的一部分。

《奇鸟行状录》在很大程度上依赖着讲好故事。我们屡次为了听一个第三人称叙述者的故事而将冈田暂时抛开。因为村上一直不愿充当全知全能的叙述者,于是他成了个以第三人称讲故事的大帅。这在第三部中非常明显,尤其是英译本的第九章和第二十六章:"袭击动物园(或不得要领的杀戮)"和"拧发条鸟编年史第八篇(或第二次不得要领的杀戮)"[①]。这两个故事分别由母子俩肉豆蔻和肉桂讲述。

肉豆蔻是在一家豪华餐厅跟冈田一道进餐时讲她的故事的。后来,冈田在一台电脑上读到了故事的续篇——应该是由肉桂输入电脑的。事实上,冈田只读了一遍,后来就再也无法进入了,这就意味着我们能读到这个故事要么是在他读的时候通过他的眼

---

① 在中译本中分别为第十章和第二十八章。

睛看到的——也就意味着我们如果想看的话随时都可以再看因为它已经写在书里了,但冈田却再也看不到了——要么就是因为他有超强的记忆力,后来为了我们把故事完全重述了一遍。《挪威的森林》中的渡边告诉我们他自始至终都是在记录他的记忆,而在《奇鸟行状录》中问题从来就没这么简单。

  肉豆蔻的别名是由餐厅桌子上的盐和胡椒瓶启发而起的,她是位巫医或灵媒之类的人物,是在一种精神恍惚的半无意识状态下讲她的故事的。她代表的是讲故事在最原始状态下的功能:源自或许可以称为集体无意识的深处。当冈田打断她向她询问讲过的内容时她竟然对自己说了什么毫无印象。她儿子肉桂的别名是由她从自己的别名自由联想而选定的,他源自村上沉默的故事编造者的悠长传统,一直可以追溯到《且听风吟》中童年时期的"我"。他们口才上的欠缺跟他们书写方面的能力相比实在算不得什么。肉桂代表的就是讲故事的下一步革命:用电脑键盘替代口头的复述。当冈田在电脑中试图进入肉豆蔻故事续篇之外的其他文件时,他很困惑地发现了一篇名为"拧发条鸟编年史第八篇"的文件,他开始反思肉桂作为一个故事讲述者的角色定位问题,这在很多方面或许正反映出村上本人的深思熟虑。

  问题是肉桂为什么要写这些故事?为什么必须付之以故事体裁呢?为什么不用别的形式出之?又为什么必须赋予此故事系列以"编年史"的标题……为找出答案,恐怕必须读完所有的十六个故事。但只读罢一个第八篇,我便推测出——尽管很模糊——肉桂于写作中追求的东西。他是在认真求索他这个人之所以存在的意义。而且他希望通过追溯自己出生前就发生的事件找到答案。

  而为此势必需要填补自己鞭长莫及的过去的几个空白。于是他企图通过自己动手构筑故事来补足进化链条中失去的环节……他以完全继承自母亲的讲故事的基调来讲述自己的故事，也就是说：**事实未必真实，真实的未必是事实**。至于故事的哪一部分是事实哪一部分不是，对于肉桂来说大概无关紧要。对肉桂而言至关重要的不是（一个人）干了什么，而是（那个人）可能干什么。一旦他成功地讲完了这个故事，答案也就昭然若揭了。

这部砖头般厚重的长篇小说的所有出场人物中，唯有肉桂最接近作者的"另一自我"。他"在认真求索他这个人之所以存在的意义……希望通过追溯自己出生前就发生的事件找到答案"。感觉上像是一直采取疏离态度的酷酷的村上已经开始将写作当作探讨其之所以疏离的途径，而且不以自娱为目的，而是试图满足自己最深层次的一种好奇。他开始探索他的生活他的时代以及他本国的历史，试图搞清楚这其中到底欠缺了什么才导致了他的这种疏离感，导致他无法感受更多的东西。《挪威的森林》中通过玩弄女性的冷酷无情的永泽道出的一番话无疑就像是他对自我情感空虚的告白：

> 我和渡边有很多相似之处……在本质上我们都是只对自我感兴趣的人。当然，他不像我这么傲慢，但我们都只对自己想什么、自己如何感受、自己如何行动感兴趣。这也正是我们能将自我同别人完全分开来考虑的原因。我喜欢渡边也无非喜欢他这一点。唯一的不同在于他还没有清楚地认识到这一点，所以他才犹疑不决，备感痛苦……渡边君其实跟我没什么差别。亲切热情倒是个假，但他就是缺乏在内心深处爱上任何人的能力。他总有个地方保持完全的清醒和疏离。他总有一种挥之不去的饥渴感。相信我，我很清楚我在说什么。

肉桂是个为了解释当前的空虚而去挖掘过往历史，而且挖掘得最深的故事讲述者。如果参观过村上在东京的办公室，你就会在他的信箱上发现"肉桂"的名字，而且他办公室电子邮件地址的一部分就是这个名字的变体。村上就像肉桂一样，通过在《奇鸟行状录》中讲述由其存在之深处挖掘出来的故事以致力于自我检视的创造性活动，而这些故事则是由其祖国的历史，特别是对中国的军事侵略所激发的。

一九九四年六月，村上曾前往中国东北与蒙古边界地区实地考察了诺门罕事件的发生地，之后写了一系列文章追踪自己深入内心的探索过程。这一时机的选择颇耐人寻味：当时《奇鸟行状录》的第一部和第二部刚刚登载完毕，第三部还在进行当中。也就是说，村上在构思出本田这位诺门罕屠杀的奇迹生还者，在写出边境间的相互侦察场景从而将第一部结束于生剥山本人皮的恐怖中之前竟还从未踏上亚洲大陆的土地，也还未曾亲眼见到喀尔喀河或是诺门罕。只有第三部可以说受益于他对这个自学生时期就开始萦绕脑海的战场的实地勘察。

村上记得他小时候读过的一本历史书上有些很奇怪的样式笨拙的老式坦克和飞机的照片，这些照片就来自他称之为诺门罕的战役中（日本一般称之为诺门罕事件，在蒙古则被称为喀尔喀河战役）——发生于一九三九年春夏之交的一次惨酷的边境冲突。由驻扎在满洲里的日军对垒苏联和外蒙联军。这一事件的图景一直生动地浮现在他的记忆中，连他自己都搞不懂到底为什么，他把能找到的关于这一事件的极少几本书都看了个遍。

后来，他几乎是意外地在普林斯顿图书馆翻到了几本有关诺门罕的日文旧书，一见之下他意识到对这个题目他竟然跟孩提时代一样着迷。他搜出了阿尔文·科克斯厚厚的两卷本研究专著，令他尤其开心的是他发现科克斯也是自孩提时代就一直对这个题目相当着迷却又觉得很难解释为什么。不过在不断的深入思考之下，村上为他自己这一坚定不移的兴趣找到了一个假设性的解释：

他认为，也许"我之所以如此着迷是因为这场战役的根源太日本了，太能代表日本人了"。

他承认，第二次世界大战也可以这么说，但二战太过庞大，那简直是个高耸入云的纪念碑，根本无法整体把握。而要把握诺门罕却是可能的：这场在有限区域内进行的四个月不宣之战可能是日本秉持着其非现代性的世界观——其"战争观"——与一个知道要打赢战争该如何建立可靠的补给线而非仅仅靠所谓意志的国家的第一次接触。在诺门罕有将近两万日军丧生，而在第二次世界大战中，这个数字飙升至两百万。在这两次战争中，他们都是那个不惜一切牺牲但求保住"面子"以及盲目坚信好运而非有效的现代规划的体系的牺牲品。"他们是被谋杀的，"村上道，"被当作这么多微不足道的消费品给消耗了——在这个密不透风的我们称之为日本的封闭体系中以低到可怕的效率消耗了。"这种情况在诺门罕头一次发生，但日本从这一惨酷的经验中什么都没学到，所以它才继续打了第二次世界大战。"但我们日本人又从这次愚蠢的悲剧中学到了什么？"

这明显是在回应《寻羊冒险记》中的一个主题："现代日本愚蠢的根源在于我们在跟其他亚洲民族的接触中什么都没学到。"没错，日本人现在"热爱"和平（或者不如说他们热爱处于和平时期），但那个"封闭的体系"却完完全全地保留下来，丝毫没有因为痛苦的战争经验受到丝毫触动。

> 我们确实远离了战前的天皇体制并确立了和平宪法。结果我们也确实逐渐进入一个以现代公民社会的意识形态为基础的高效而且理性的世界，而且这一点已经为我们的社会带来了几乎压倒一切的繁荣昌盛。然而，我（也许还有很多人）却似乎仍然免不了疑心：即使到了现在，在社会的很多领域内，我们仍然在和平地、静悄悄地被当作微不足道的消费品给彻底抹去。我们已经相信我们生活于其间的日本是一个我

们的基本人权得到保障的所谓自由的"公民社会",但事实果真如此吗?如果将表层剥去,我们会发现骨子里在呼吸和跳动着的仍是那个旧有的封闭国家体系或曰意识形态。

在村上春树看来,诺门罕之后的这几十年间什么都没有改变。或许活剥密探兼狂热的民族主义者山本的皮正是一个象征:必须透过表层去揭示为什么日本甚至在和平时期都继续将其人民当作消费品看待。

当村上一九九四年六月前往诺门罕时,在一九三九年使日军卷入军事冲突的边界争端仍然存在。为了到达诺门罕村,他和松村映三不得不搭乘一次飞机、两次火车、一次越野车去看属于中国领土的喀尔喀河。然后他们又得千里迢迢返回北京,再搭乘两次飞机,最后乘坐吉普车长途跋涉穿越大草原去看属于蒙古边境的一边。直接穿越中国内蒙古自治区与独立的蒙古国的边境是绝不可能的。

不过,这番辛苦还是值得的,村上在终于抵达目的地后,发现自己正站在一个世界上保持最完好的战场之上——并非因为其历史意义由政府下令保护,而是因为大自然。这个地方如此荒僻、干旱而又蚊蝇肆虐,对任何人都没有用处,历经半个多世纪后,战争遗留下来的坦克、迫击炮以及其他残留物竟依然伫立在广漠的天空之下,虽已锈迹斑斑,却完全保持原样。面对这一处曾有那么多人白白在这里受苦受难、牺牲生命的巨大的钢铁墓地,村上春树写道:

> 我突然意识到,用历史术语来说我们也许属于后铁器时代。哪一方将更大量的钢铁更有效率地投向敌方、杀伤更多的人类肉体,哪一方就获得胜利和公理。他们也就能使这个干旱的草原的一部分听凭他们的调遣。

在附近一个镇上,还有一个展览战争钢铁遗物的大型博物馆,但因为停电,大部分展品都不得而见。在回军队招待所过夜的途中,他们那几位烟不离手的蒙古士兵向导绕道穷追一头母狼,最后把母狼杀死,期间村上和松村映三被颠簸不已的吉普车上几个多余油箱散发出来的汽油味熏得够呛。抵达招待所时已是凌晨一点,村上筋疲力尽地倒在床上却怎么也无法入睡。他感到某种"东西"的在场,并开始后悔不该将一门锈迹斑驳的迫击炮和别的战争纪念品带回来,现在这些东西就躺在他房间的桌子上。

> 当我在半夜醒来时,它正在使整个世界狂野地上下颠簸,房间宛如置身一个搅拌器中。四周漆黑一片,伸手不见五指,但我能听到周围的一切都在乒乓作响。我不知道到底发生了什么。我跳下床想开灯,但摇晃得实在太厉害了,我都无法站直。我跌倒在地,然后抓住床框才终于立起身来……我终于来到门口并摸到了电灯开关。在灯光显现的一刹那,摇晃突然终止。现在一切都静寂无声。时钟指向凌晨两点三十分。
>
> 我这才意识到:摇晃的并非这个房间或是世界——是我本人。那一刻,我一下子凉到了骨髓。我恐惧万分。我想大声呼喊却发不出声来。这是我一生中头一次经历如此彻骨、强烈的恐惧,也是我一生中头一次看到如此绝对的黑暗。

村上极端恐惧之下不敢再待在原处,于是跑到隔壁松村的房间,坐在他睡着的朋友床边的地上,等着太阳升起。凌晨四点,随着天空开始放亮,他内心的恐惧开始慢慢减去,"仿佛附身的幽灵已经离去"。他回到自己的房间躺下来继续睡觉,不再感到害怕。

> 我一直不断回想着这一事件,但始终无法找到一个满意的解释。通过文字我都无法传达出当时我所感到的极度恐惧。

就仿佛我偶然瞥见了世界的深渊。

事情发生（约一个月）后，我开始多少按以下的思路来认识这一事件：它——即摇晃、黑暗、恐惧以及那种奇怪的在场感——并非某种来自外界的事物，极有可能就是一直藏在我内心深处的东西，就是我之为我的一部分。某种东西由于意外的机会一下撕开了这一深埋在我内心的东西，不管它是什么，正如我在小学时从一本书上看来的诺门罕战役的旧照片不知何故竟一直让我心念系之，三十多年后竟驱使我深入蒙古大草原。不知该如何表达是好，不过在我看来仿佛不管我们走得多远——毋宁说我们走得越远——我们所发现的就越是我们自身。那头狼，那台迫击炮，那个停电后黑暗的战争博物馆，所有这一切都是我的一部分，它们一直就存在，我怀疑：它们一直就在等着我去发现它们。

这些我确确实实知道：我将永不会忘却那些在那儿——那些**曾**在那儿的一切。因为这也许就是我能做到的极限：绝不忘却。

在一篇原本应该是纪实的随笔中读到这样的描述，我们很容易认同伊安·布鲁玛亲耳听村上讲完这个故事后的反应："我表示怀疑。这一场景听起来太像是从他小说里照搬出来的了。就仿佛他已经开始将他笔下的那些隐喻当了真。"不过，村上坚持他所描述的事件完全属实，他甚至向精神病专家河合隼雄重述过这一事件，一开始他就保证他不相信那是个超自然的现象，应是源自他对诺门罕的"绝对的投入"（或许我们也可以说是"着迷"）。河合隼雄只能回答说他相信这样的经验有可能发生，但要谨防以"伪科学"解释之——比如，认为村上的战地纪念品中存在某种"能量"。

松村映三根本不知道村上那天夜里曾到过他的房间。他在杂志上读到村上的文章后才了解了这一奇怪的经验。他认为那是真的。他本人对诺门罕战场也有一种非常奇怪的感觉。虽然他对这场战争的历史一无所知，他当时竟也有种毛骨悚然的感觉（据他说这种情况几乎从未发生过），而且回来之后都几个星期了他仍然梦到那个地方。那天晚上，虽然村上发现他睡得很沉，他其实睡得很不踏实，尽管他筋疲力尽而且还喝了瓶啤酒以利于入睡。

村上有一次被问及他本人是否相信《奇鸟行状录》中描述的那种超自然现象，他哈哈大笑。"不，"他说，"我不相信这种事情。"他喜欢写这类事，他说，但在自己的生活中他是个彻底的现实主义者。说完后，他却又丝毫没有嘲讽意味地补充说，如果他"凝神"于某人的话，他就能看出他的很多东西——比如他有几个兄弟姐妹或是他跟父母的关系如何等等。这就是手相术的技巧，他说。所谓"解读"手掌的纹路不过是伪装而已。但这种"凝神"很是耗神，非常累人，所以他宁肯留着用于自己的写作。至于加纳克里他利用某人住宅中的水进行占卜的做法，据他所知，却不像手相术那么有来历。他不过是为了行文方便编出来的。

对于活人世界与死人世界的关系，村上也有些不同凡响的意见。在向一位英国采访者讲了俄耳甫斯下到冥府去找寻妻子的日本版神话（即伊邪那岐与伊邪那美的故事）后，他承认那是他"最喜欢的神话"，这之前还补充说到几个已故的要好朋友："我有时会感觉自己周围有死人存在。这不是什么鬼故事。只是一种感觉，或者说一种责任。我不得不为他们而活。"有位读者曾问村上信不信有来世，他答道："我常备的回答是：'等我死了之后再来考虑这个问题。'"

换句话说，村上其实坐在超自然的界限之上。一方面他会斩截地否认其存在，而另一方面他又觉得意识这种东西不是科学能完全解释得了的。正因为如此，他对诺门罕的实地考察对于廓清他要写的东西意义匪浅，其成果就是《奇鸟行状录》的第三部。也正是在这里，冈田邂逅了他内心深处的战争与暴力，仿佛它们一直潜伏在那里等着他去发现。

一九九三年七月村上从普林斯顿搬到马萨诸塞州的坎布里奇，期间他仍在全力以赴地写作《奇鸟行状录》。从他住的地方到哈佛校园（以及哈佛广场上那家巨大的二手唱片店）步行只需一刻钟，不过一开始，跟他有工作关系的是坐落于附近美德福德镇的塔夫兹大学。

塔夫兹大学的一位日本文学教授查尔斯·伊诺伊安排村上去做为期一年的驻校作家，他接受了邀请。他仍然不准备放弃因为暂居美国使他对日本产生的特殊看法。的确，他坦承，如果不是待在美国的话他是不可能写出《奇鸟行状录》的。正是在远离日本的美国他开始更加清楚地看到二战的历史与日本当今社会现实之间的关系，也正是在美国，他才开始严肃地思考他作为一个日本作家应当承担的责任。

村上在坎布里奇待了两年，《奇鸟行状录》的头两部于一九九四年出版时他仍然在那儿。他是从坎布里奇起程前往满洲里和蒙古，也是在坎布里奇完成《奇鸟行状录》的最后一部的，那是在毁坏了他的故乡神户周围大部分地区的一九九五年大地震发生几个月后。（他的大众科拉多被偷被拆也是在坎布里奇——不过那是另一个故事了。）

一九九四年十月二十二日，村上接受了一位正以他为题写博士论文的研究生马修·斯特雷克长达三个小时的采访，筋疲力尽的村上头一次明显露出疲惫的神情。斯特雷克提到了这一点，反倒激发村上滔滔不绝地谈起他为什么长时期坚持辛苦工作。他说，写《奇鸟行状录》对他而言一直是种特别紧张的体验，他把所有的时间都投入写作，生活完全脱离了常轨。他谈到年届四十时对迫近的死亡的感觉，谈到期望在仍然能集中精力的时候全力写作，同时也谈到他感受到的对于日本日渐增长的责任感。

他说，小说家对于他生活于其间的社会的文化拥有一种严肃的责任。他们必须代表某种东西，当他们进入创作后期后，他们需要厘清他们的作品在整体上代表何种倾向。他非常景仰大江健三郎，认为他充分实现了他作为日本主流的"纯文学"信徒（亦是领军人物）的责任。他对大江近来被授予诺贝尔文学奖也表示高兴。大江尽职地完成了他作为一位作家所肩负的职责，完全配得上这种认可。对于大江拒绝接受日本天皇紧随诺贝尔奖之后授予他的文化勋章，捍卫自己一贯的反主流文化的立场，村上同样表示敬意。不过村上也说到，作为"纯文学"的信徒，大江健三郎也已经是"最后的莫希干人"了。

不过也正因此，大江为村上及其同代人留出了些可以喘息的空间：通过固守主流，大江与他们前一辈其他伟大小说家如中上健次等力挽狂澜，使文学界免于陷入一片混乱，与此同时，村上这代新小说家才能继续摸索属于他们自己的声音。大江与中上健次曾是他们的缓冲器。村上原本曾假定他还有十年的好时光可以继续上下求索，但前一年中上健次的突然逝世使他不胜震惊：如今他觉得他相对自由、无甚牵挂的时光也就只剩下不超过五年了。不久，作为日本作家的"领跑者"，他将不得不明确表明其政治立场并要决定自己的作品到底想要表达什么。他的摸索阶段将不得不有个结果了。这并不是说他打算变成个政客或社会工作者：他是希望通过自己的创作对于广义的社会观念和态度的革命性转变贡献力量。

《奇鸟行状录》可以看作村上这种全新、严肃、自觉的态度的第一个产物。它并非全无趣味（比如对秃头的概观），其历史视野也并非空穴来风，如我们在他的早期作品中所见，但村上比以往更加关注他生活于其间的那个社会的问题。

> 我怀着全部的诚意要说明的是，自从我来到美国，我就开始以绝对严肃的态度思考我的祖国日本以及日语这门语言。我青年时期开始写作时 门心思想的是如何逃离那种"日本状态"，逃得越远越好。我曾想尽可能远地离开日语这个

199

诅咒……

但随着我年龄渐长,并已经开始对我经过跟这门语言长期搏斗后形成的自己的风格感觉轻松惬意后,当我远离日本旅居海外的时间越来越长,我却越来越**享受**用日语写小说这一过程了。实际上我现在很**喜欢**日语了:我需要它。这绝非所谓的"回归日本":有很多原本崇拜西方的人在出去逛了一圈返回日本后却开始大肆吹捧日本的一切,我说的不是这个意思。也有很多人宣称日语作为一门语言天赋异禀,比任何一门外语都优美得多,我同样认为这种说法大谬不然……我坚定不渝地认为所有的语言在本质上都有同等的价值,如果没有这种认识,也就不可能有真正的文化间的交流。

此时,村上旅居海外的时间也就只剩下半年了,而他已经能以这样的方式谈论他对日语的"适应"以及他出生的那个国家。距离的遥远只促使他更加尖锐地审视日本,同时加强了他对别种文化的尊重。他不再觉得有必要在小说中填塞大量的外国食品与品牌名称了。对于这些引用,有的读者喜欢,有的则感到困惑。他们要么惋惜他的作品中没有樱花和艺伎的踪影,要么觉得他的作品是摆脱强迫性的日本情调的舒心的解脱。这曾是村上刻意避免"日本状态"的一种途径。用特殊的片假名拼写的外国事物的专名在日语中特别显眼,会带上一种酷酷的外国情调。不过,随着村上这种"酷酷"味道的减轻,对美国流行文化的指涉在数量上也大为减少。无论是风格还是态度的转变,《奇鸟行状录》都颇值得关注。

值得注意的是,在日本文学的语境中村上的文化相对主义是多么大逆不道。对于日本普遍存在的认为日语天生具有精神上的优越性或独一无二之魔力的准宗教性溢美态度(这种态度还被当作严肃的智识性评论看待,而且并非只存在于二战期间)不太熟悉的读者,也许意识不到村上的这种世界主义简直具有革命意义。

他在网站上的评论就是个很好的例子,说明在这个问题上村上的见解是多么与众不同。

问题来自一位三十岁的"研究生院的研究生(即尚未找到工作)",他跟一位在日本大学研究亚洲文学的美国女士结了婚。他们的一位朋友,一个研究美国文学的日本人经常对她说:"但凡是个日本人,哪怕根本不是文学专业的,也肯定比任何外国人都能更深地读透日本文学。"这话每次都令他的美国太太大为光火,他想知道"春树先生"对此有何看法。

村上这样回答:

> 我不想用单细胞的法西斯主义者这类名号来称呼你这位朋友,不过我确实认为他把事情过于简单化了。我曾多次跟美国学生讨论过日本文学,确实有些人满脑子莫名其妙,但同样也有很多学生提出了非常尖锐和新鲜的观点,可以说直击他们正在阅读的作品的核心。而有很多日本人或许能够理解日语的所谓"微妙的差异和独一无二的表达方式",却对文学到底是什么没有丝毫概念。
>
> 文学的世界中或许有百分之八十九的情感、欲望和事物能够超越种族、语言或性别的差异,这些基本上都是可以相互交流的。我想当有人说什么"一个美国人无论如何也无法理解日本文学"时,他在揭示的正是一种病态心理。我认为日本文学必须得比现在更加宽广地开放自己,以应对整个世界的审视。

《奇鸟行状录》在很大程度上改变了日本文学界对村上春树的看法。因为一直以来刻意与操控着日本大部分严肃文学创作的各个小圈子保持距离,村上倾向于被作为一个"流行"小说家而遭到忽视。他从未得过芥川奖(为纪念作家芥川龙之介[1892—1927]而创立),获得这个奖就等于得到了文学界的承认,传统上讲也就意味着成功的开始。不过村上早就超越了这一步，于是从未获得芥川奖反而成了一件值得骄傲的事。不过《奇鸟行状录》却改变了一切。

尽管村上跟东京的精英文学界素来形同陌路，他仍然在一九九五年被授予声望极高的第四十七届读卖（新闻）文学奖，自一九四九年创立以来日本的众多杰出作家都曾获此奖项，如三岛由纪夫、安部公房及大江健三郎。几乎与这一奖项同样不同寻常的是其颁奖礼。评奖委员会的主席不是别人，正是村上最为重视、最能引起他共鸣的批评家、诺贝尔文学奖获奖作家大江健三郎。

村上还住在坎布里奇时，大江在获诺贝尔奖后进行的一次图书推广活动中曾于一九九五年五月赴哈佛做过一次讲演，但他们双方都无缘相见。一九九六年二月二十三日的晚上，村上则跟这位长期以来一直关注他的批评家共处一室，亲耳聆听他称赞《奇鸟行状录》"优美"而又"重要"，那感觉真是奇妙。大江进而高声朗读了第二部第四章《失却的恩宠》中那引人注目的一段，即对间宫中尉在蒙古的一口井底等死时并未在阳光泻入井底的那一刻参透生死的描述。大江言道，村上一方面完全忠实于探索纯粹属于他自我内心最深处的诸主题，另一方面又能够使之与众多读者的期望产生共鸣。

授奖仪式结束后，来宾们纷纷举杯祝酒，开始将注意力转向丰盛的佳肴。但大江周围却被一大群仰慕者团团包围，都想有亲炙大师的机缘，搞得大江几乎无缘享用美酒佳肴。然而大江一旦得以脱身，就主动走向村上，他周围那群仰慕者只得分列两旁，让这位诺贝尔奖得主通过。

大江满面红光，显然因为有将自己介绍给村上的机会而真心高兴，而村上只回以紧张的微笑。当谈话转向两位作家都深深热爱的爵士乐时，紧张状态才基本上烟消云散。大江身着一套蓝色细条纹西装，戴着他那招牌似的圆眼镜，而前来受奖的村上则足登一双白色网球鞋，穿一件松松垮垮的运动外套和一条斜纹棉布裤。大群摄影师麇集周围捕捉这重要的一刻。在众目睽睽下，村上和大江几乎无法进行任何较为私密或深入的对话，两人热诚地交谈了十分钟左右即友好地分手，此后这两位作家再未谋面。

虽然他们的生活方式和创造的小说世界迥然相异，大江和村上所具有的共同点或许比双方乐于承认的都大得多。尽管大江在被授予诺贝尔奖前后即宣称他将不再创作小说，将集中于非小说的写作，他后来还是改变了这一决定，创作出他篇幅最人的小说《空翻》，小说的主题就是危险的邪教。而村上则转向非小说写作，在奥姆真理教以沙林毒气袭击东京地铁后完成了厚厚一卷对受害者的访谈，继而又完成一卷对前奥姆真理教徒的访谈。这两位作家都在深入探讨记忆与历史、传奇与故事讲述的问题，并都继续深入到情感的黑暗森林，追问作为个人、作为世界的公民、作为日本人他们到底是谁。

十二

大地的律动

《地下》

《奇鸟行状录》的探索和写作不但促使村上以一种全新的态度看待自己的国家及其历史,也标志着经过九年多基本上旅居海外的时间后对日本的回归。村上和阳子一九八六年十月就离开日本前往欧洲,从一九九〇年一月至一九九一年一月在日本很不安定地待了一年,然后就飞赴美国躲避声名之累。他们原计划在新泽西的普林斯顿待一年,结果延长至两年半,接着又在马萨诸塞的坎布里奇生活了两年。

在躲避了日本这么多年后,村上发现自己很想更多地了解自己的祖国。这种想更深入了解日本的冲动使他在"流放"的最后两年间寝食难安。他"能感觉到内心发生的这一转变",对自身的"重估"召唤他回到祖国,担当起他在日本社会中应该担当的责任。他同样感受到在这种新的责任之下,他想写一些小说之外的重要作品。通过这样的写作他也许能为自己找到一个新的角色——在他所处社会中的一个新位置。问题是要决定该写什么。

"居留海外的最后一年我过得有些浑浑噩噩,而正在此时有两个重大的灾难袭击了日本:阪神大地震和东京的毒气袭击事件……这是日本战后历史上两个最惨烈的悲剧。可以毫不夸张地说，这两个事件在日本人的意识中清楚地划出了一道事件'之前'与事件'之后'的界线。这两大灾难将深深地刻入我们的精神，成为我们人生中的两块里程碑。"

阪神地区正是村上的故乡。他从美国打电话回来得知父母的房子已经被毁，好在两位老人平安无事。他安排父母住进了京都附近的一幢公寓楼，那儿几乎没遭到什么破坏。在塔夫兹大学三月的春季假期中，村上返回日本待了两个星期。三月二十日晨，他正在海边的小屋中听唱片、整理书籍时有个朋友打来电话，告诉他东京地铁系统发生了可怕的毒气袭击事件。嫌疑犯明显就是奥姆真理教的信徒，他们的竞选活动早在一九九〇年就曾使他不胜其扰。"眼下最好别来东京。"那位朋友奉劝道。

消息一经传出，奥姆真理教到底造成了多大祸害也就昭然若揭了。当天早晨在东京地铁内的五千余人吸入了这种致命的叫做沙林的毒气。有些人因此终身残疾，有些人甚至中毒身亡。奥姆真理教的教徒在五条地铁线中将外面裹着报纸、盛放液态沙林的塑料袋扔到地上，然后在离开前用伞尖戳破包装。毒气就这样在东京交通的最高峰时间弥散开来。上班族纷纷跌倒在地，伴以头晕、痉挛、呕吐甚至失明。当地的各家医院因求助的中毒者人满为患，而紧急救援系统却反应迟缓，明显准备不足。

村上因已离开日本这么久而且全副身心投入创作他的鸿篇巨制，根本不知道此前奥姆教就曾在松元市搞过一次沙林毒气事件，因此警方马上将奥姆教列为头号怀疑对象。这也使村上意识到他是何等的闭目塞听。

村上按原计划返回坎布里奇度过本学期的最后几周，不过除了收拾行装准备回家之外也没什么好做的了。他和阳子于六月份离开美国。村上于九月份在地震区举行了两次公开朗读会，为遭遇严重毁坏的几家图书馆募捐——其中一家就是芦屋公共图书馆，为了准备入学考试他在初高中时期都曾在里面消磨了不少时光"打瞌睡"。

205

从一九九六年一月一直到年底，村上一直在做他小说中的主人公经常做的事：听别人讲故事。他确信，如果他能使遭沙林毒气袭击的受害者将他们的经历告诉他，那将是他更多地了解日本的捷径，甚至可能践行他日益增长的对于日本社会的责任感。这些努力的最初成果就是《地下》(1997)——一本厚达七百页的村上对沙林毒气受害者的采访实录，实录之外他还添加了自己的评论以及对于受访者的生动素描。村上再接再厉，接着又推出了续集《地下2：应许之地》(1998)——一部对奥姆真理教教徒以及前教徒的访谈录。在这两卷书中（英译本删节合并为一册），村上试图表现出奥姆真理教的病态世界与普通日本人的日常世界之间的屏障是何等薄弱。

日本社会摧残个性的压力可以导致受过高等教育、野心勃勃、理想主义的年轻人抛弃应许给他们的位置，转而在已入歧途的宗教领袖的领导下去追寻具有未知能量的世界。与此情况类似的是，战前那些年轻的精英分子抛弃由社会提供给他们的优越位置，积极参加政府已入歧途的在满洲里的冒险，理想化的口号遮掩之下的正是血腥的现实。受害者与作恶者之间最大的差别在于后者的绝望更甚，他们想做点什么来填补双方共同感到的空虚。

村上在《地下》的后记中讨论了导致他写出第一部重要的纪实性作品的他对历史、社会和文学的兴趣所在。尤其是他对文学的坚持令我们想起贯穿了他作品始终、一直在发展的那些意象，特别是《世界尽头与冷酷仙境》与《奇鸟行状录》："地下的世界：井、地下通道、洞穴、地泉和地下河、下水道、地铁——总是令我着迷，不论是作为一个普通人还是一位作家。这类形象，哪怕只是想到一条隐藏的小径，都会立刻在我头脑中唤起无数故事……"

村上写道，地震和毒气袭击这两桩十恶不赦的事件竟如影随形般相继发生，实在令人震惊。它们的到来可谓正当其时：正值泡沫经济轰然破裂，正值坚信日本的发展没有尽头的时代走向终结，正值冷战框架分崩解体，正值价值观在全球范围内离析失效，正值日本这个国家的基础正在被详细地审视探察。

这两个不同灾难之间有一个共同点，即它们"压倒一切的暴力"。更确切地说，一个是自然的、不可避免的，另一个却是人为的、可以避免的，但从受害者的角度来看其造成的结果却没这么大差别了。"两者都噩梦般从我们脚下——从地下喷涌而出，将我们社会所有潜在的矛盾龃龉与弱点软肋令人震惊地暴露在光天化日之下。"而面对这种突发、狂暴的暴力，日本社会则表现得毫无魄力，毫无自卫能力。

不错，大地震和毒气袭击事件确实也产生了很多令人崇敬的普通民众的志愿劳动甚至是英雄主义的例子——特别是那些牺牲了生命的地铁工作人员——但作为一个整体的社会系统则陷入一片混乱。地铁当局的高级官员、消防部门和警方并没有跟冒着生命危险尽职尽责的工人们并肩奋战，无论在快速反应还是善后处理方面都严重失职。相反地，他们倒是屈服于那种可悲的本能（这并非日本所独有）：竭力掩盖判断的失误、遮掩窘境、故意模糊职责所在。虽然并未公开钳制言论，但上级却让他们的雇员明白他们最好对那些"已经过去了的"事三缄其口。村上对于所谓的紧急服务部门处理毒气袭击的方式方法了解得越多，他就越发感到当他面对诺门罕事件时所感到的同样的愤懑。

> 在为我最近一部长篇《奇鸟行状录》做准备的过程中，我深入研究了所谓的"一九三九年诺门罕事件"，日军入侵蒙古的一次军事行动。我越是深入钻研历史记录，就愈发震惊于帝国陆军指挥系统的鲁莽与极端的愚蠢。这种毫无意义的悲剧怎么竟会一直为历史书籍所忽略？而在研究东京毒气袭击的过程中我再次为日本社会那种封闭的、逃避责任的事实所震惊：如今的行事方式竟然跟当时大日本帝国陆军的行事方式如出一辙。

简单说来，就是遭罪的是扛着步枪上前线的士兵，而后方的军官和总参谋部则无论如何不需承担任何责任。他们关心的只是如何才能保住面皮，才能否认败绩，才能打着"军事秘密"的幌子利用官方宣传系统掩饰他们犯下的错误。当然，这种做法跟全世界的其他组织，无论是军事还是别的组织也没什么本质不同，但日本的体系也许在掩护高层不受责难方面做得更加有效。

日军的上层从未全面或者说有效地分析过导致诺门罕败绩的各种原因。诺门罕也从未成为面向未来的一次生死攸关的教训。日军除了撤换了几个关东军总参谋部的官员外什么都没做，而且他们还封锁了有关这次局部战争的所有消息。两年后，日本一头扎进第二次世界大战，诺门罕的悲剧性错误于是在更大的范围内重演。

《地下》显示出村上是通过不同的角度来接近地铁毒气事件的。对受害者的访问大体上以斯塔兹·特凯尔采访普通美国人写成的《工作》为蓝本，计划和方法都很简单，村上是想通过这一工作在他长期缺席之后更深入地认识日本。他想了解普通日本人的生活，了解他们如何在社会之内行使职责，因为这个原因，许多访谈都大大超越了一九九五年三月二十日毒气事件的范畴。它们提供了组成东京劳动职员的普通日本男女的多侧面肖像。比如，一位被沙林毒气毒死的男子的母亲就告诉村上当初生这个孩子时异常顺利。这或许无助于我们更多地了解毒气事件，但却为受害者的总体形象增添了一种意料之外的人性维度。正因为它们看起来是如此微不足道，村上似乎才下定决心记下他们生命的这些事实。

采访者本人的形象也同样开始成形。在众多小说中，村上一直跟他笔下的第一人称叙述者同悲同喜，这也正是使这些形象如此吸引人的特点之一——而村上在采访中亦是如此。"当然了，如果你不断地告诉自己从世间万物中你都能学到点什么，渐渐变老的事实也就不那么难以接受了。一般而言。自从我年满二十，我就一直努力坚持这一人生哲学。"《且听风吟》中的"我"如是说。

《地下》第二部分的完成对于村上来说也是个学习的过程，不过他有意识地决定在跟奥姆真理教的教徒讨论时采取更加主动的论辩式的介入态度，而不是坐在那儿被动地听他们说。村上在这儿插进来提出了几个贯穿于他自己小说创作的主题。奥姆真理教的教徒之所以令他产生浓厚的兴趣，正是因为他们一直在努力做那些他笔下的人物通常放弃了做的希望的那些事。通过宗教，通过信仰他们已经找到了那位于"国境以南"或"太阳以西"的地方，他们希望在那儿找到迷失的那些东西，这种对于"解放"或说"启迪"的绝对确信使他们的生活具有了意义。这些教徒不同于毒气袭击中那些被动的受害者，他们敢于深入他们自我内核中的黑匣子。在这一过程中，他们中的有些人已经暂时丧失了辨清现实与梦幻的能力，这又是村上所熟知的另一主题。村上有时似乎也意识到了危险，也许是认识到了他自我的内心探索在某些情况下也许会误入歧途："……如此近距离地与他们交谈使我认识到他们的宗教探求与小说写作的过程虽然不同，却似乎殊途同归。这使我在采访他们的同时也激起了我自身的强烈兴趣，也正因此我也时时感到某种类似愤怒的情感。"

最使他苦恼的是他们宁愿把自我拱手相让于一位可以代他们思考以及做出决定的权威，奥姆真理教的教主麻原彰晃就是这么个角色。有人能替你思考无疑是种令人安慰的幻想，但作为一个个人主义者以及一位从叙事的角度看待世界的作家，村上坚决反对这一点。

> 如果你丧失了你的自我，你也就丧失了你为自己命名的那条叙事线索。而人类如果没有了这种故事在延续的感觉，很快也就活不下去了。这样的故事超越了你将自己包围于其间的理性体系（或曰体系化的理性）的限制；它们是与他人

分享你的时间体验的至关重要的锁钥。

而一个叙事就是一个故事,不是逻辑,也不是伦理或哲学。它是一个你不断做的梦,不管你有没有意识到。就像你在不断地呼吸一样,你也不断地在继续梦到你的故事。而且在这些故事中你拥有两副面孔。你同时既是客体又是主体。你是全部又是部分。你是真实又是个幻影。既是"讲故事的",同时又是故事中的"人物"。正是借由我们故事中的这种多层次的角色,我们才治愈了在这个世界上作为一个孤独无依的个体所感到的寂寞。

然而,如果缺少了一个真确的自我,则谁都无法创造一个个人化的叙事,正如缺少了引擎你就无法开动一辆汽车,没有一个物质的实体你就无法投射出影子一样。而一旦你将你的自我拱手相让于他人,你还能指望去往何处?

在这种情况下,你就只能从你将自我信托给的那个人那儿接受一个新的叙事。你已经交出了真确的实体,所以你只能得到一个幻影。而一旦你的自我已经融入另一个自我,你的叙事将必然为另外那个自我创造出来的叙事所取代……

麻原彰晃很有本事,他能将他那种改头换面了的叙事强加给他人……麻原彰晃是个讲故事的大师,事实证明他很好地利用了这个时代的精神状态……

二〇一一年十月,《纽约时报》的一位记者在东京找到了村上,他注意到村上对于奥姆真理教的分析同样适用于一个月前恐怖主义分子对纽约和华盛顿的袭击。村上拿奥姆真理教的封闭世界与伊斯兰原教旨主义者群体的世界进行了比照。他说,这两个案例有共通之处:"如果你有疑问,总会有人提供答案。在某种意义上,一切都清楚明了,只要你还相信它,你就可以一直很幸福。"然而,在开放式的世界中:

一切都是不完全的……有很多困惑和缺陷。在大多数情况下我们都谈不上幸福，更多的反而是困惑和压力。但至少情况是开放式的。你有选择权，你可以决定你生活的方式……我写的故事中的主人公都是些在这个混乱的世界中找寻正确的生存方式的人……这就是我的主题。与此同时我认为还有存在于地下状态的另一个世界。你可以在你的意识中进入这个内在的世界。我作品中的大多数主人公都生活于这两个世界——这个现实生活中的世界与这个地下状态中的世界。

如果你受过训练，你就能找到路径，在这两个世界之间往来游走。要找到进入这个封闭循环的入口很容易，但要找到一个出口却很难。很多宗教领袖都会免费为你提供一个进口。但他们不会提供出口，因为他们希望追随者上套。在他们命令自己的追随者成为士兵时他们就可以为自己冲锋陷阵。我想，那些开着飞机撞大楼的人就是这种情况。

然而，村上并未采取一种"我们怎样他们又怎样"的态度。他在《地下》中挑战了读者——以及他本人的这种自鸣得意的态度：

我们大多数人都会嘲笑麻原彰晃提供的这种荒谬而又疯狂的解决办法……那么，扪心自问，你又做得如何呢？（我用的虽是第二人称，当然也包括我在内。）

你就没有将自我的一部分拱手相让给了某个人（或某种东西），然后被动接受了一种叙事吗？我们就从来没有将我们个体的一部分信托给了某种更宏大的体系或是秩序吗？如果答案是肯定的，那么那个体系难道就没有在某个阶段要求我们表现出某种程度的"疯狂"？你现在所拥有的那个叙事**真真确确**是你自己的吗？它们难道没有可能就是别的某个人的翻版,并迟早会演化为噩梦?

村上激励他的读者好好反省一下,不要简单地、毫不怀疑地接受社会或是宗教或是国家提供给自己的那个叙事,不论它表面看来是多么"主流"和无可非议。在这一方面,他跟战后作家坂口安吾(1906—1955)正是同道,坂口安吾曾激励国民摆脱被神话了的天皇与武士道的符咒,正是这两者导致他们为了一场愚蠢的战争而卖命,应该代之以自我内在的天皇和自我的武士道。坂口安吾认为,日本人之所以拥护、热爱那场战争,正是因为它为他们提供了无须为自己进行思考的便利和舒适——对于这一点我们都没有免疫力。一九九〇年,当村上第一次邂逅奥姆真理教的活动时,他就厌恶地把头扭向一边,但再三思考之下,他认为当初使他反感的正是他感受到的一种跟他们的同契感——那种几乎概莫能外的对于让所有的问题都得到解答的向往。

当然,村上采访的奥姆真理教信徒并非在东京地铁犯下暴行的那些人。他们中有很多人都怀疑是否应该遵照命令去杀人,虽然有些人将此归因于自己精神上的缺憾而非他们人格的力量。在某种意义上,他们同样也是受害者。他们大部分都是不适应社会、逃避现实的失败者。他们被奥姆真理教的精英领导层操纵,对麻原彰晃反人类的谋杀企图一无所知。面向奥姆教的上层人士,村上是这样说的:

> 很多人认为这些原本就是社会宠儿的人这么轻易就拒绝了在社会中轻易就能得到的上好位置,反而争先恐后地去加入一个新的宗教群体,实在是一种严重的信号,这表明日本的教育体系中存在严重的缺陷。
> 然而,我在采访这些奥姆教教徒以及前教徒的过程中却非常强烈地感觉到,他们并非是**放弃**了精英身份转向了邪教,他们之所以转向邪教正是因为他们本来就是精英的一分子。

村上逐渐认识到，他应该成为一个与社会疾患做斗争的作家，在分析了所有的问题之后，他号召大家应该实际行动起来：

> 我认为政府应该尽快集合起各领域的专家组成一个公正而又开放的委员会，以深入调查地铁毒气袭击事件，厘清隐藏的事实，对相关的系统做出全面的修正。错误到底出在哪里？到底是什么妨碍了系统未能像它应该的那样及时做出反应？一丝不苟、小心翼翼地探询这些问题的答案将是我们能够对那些不幸在此次事件中丧生的公民所能做出的最大补偿。的确，只有如此方能不负他们的冤魂。在调查过程中收集到的信息绝对不允许再被封存在各个管理部门内部，必须向全体公众最大限度地公开。只有做到了这一点，方能防止这类同样的系统错误再次出现的危险。

那个梦想着遇到伊帕内玛少女的村上已经渐行渐远。无论是他还是别的任何人恐怕都没有预料到作为一位作家和一个人他所经历的这种成长。这并不是说村上摇身一变成了个社会运动的领导人，这种公然的政治姿态也不应该视为对他早期作品的否定（应该补充一点：他将《地下》的部分版税捐给了一个受害者的基金会）。他仍然是个真正的小说家，他在处理一九九五年另外那个大灾难：关西地震这个问题时将清楚地表明这一点。

《列克星敦的幽灵》

村上因致力于非小说的写作，所以自《奇鸟行状录》的最后一部在一九九五年八月出版后，他有四年的时间没有写长篇。不过，他的短篇却辑为一集在这段时间出版。《列克星敦的幽灵》

（1996年11月）中收的短篇早至一九九〇年（《绿兽》、《沉默》和《托尼瀑谷》上文已经讨论过），不过也有一篇是小说集出版前一个月才新鲜出炉的。

标题短篇《列克星敦的幽灵》（1996年10月，最初发表的是个删节的版本）在村上的作品中算是个异数，因为它采用了一个国外的背景：马萨诸塞州的列克星敦镇，位于村上一九九三年七月至一九九五年七月居住的坎布里奇以西，只有几英里距离。"这是几年前发生的一件事，""我"一开始就这么说，"我只更动了涉及的人名，其余的一切均为实录。"

"我"是个在马萨诸塞的坎布里奇暂居了两年的日本小说家，在此期间曾为一位建筑师朋友看过几次家。有一天深夜，他能肯定有群幽灵正在那幢老宅子的客厅里关起门来大搞聚会，但他从未见过他们，而这些事件虽然就发生在眼前，感觉起来却像是发生在"遥远的过去"。"受挫感"和"不得要领"是我们在描述这个故事时自然冒上心头的两个词；或许这是村上为写作幽灵以及在那些历史悠久的地方感觉有幽灵出没题材的作品的一次牛刀小试？村上确实在这个地区看到过这么一所老宅，不过所谓的"事实"却纯属虚构。

这一时期另一个新创作的短篇《第七位男士》（1996年2月）采取的叙事"外壳"又堪称历史悠久（令人想起乔叟，也许还有薄伽丘）：在一个月黑风高之夜，一群人团团围坐各讲一个故事。

"一道巨浪差点把我卷走，"第七位男士几乎耳语般地喃喃道，"那件事发生在我十岁那年九月间的一个下午……（那道巨浪）没能把我卷走，只差那么一点，却吞掉了对我来说最为珍贵的一切，把它带往另一个世界。待我重新找回它、终于从这一经历中恢复过来之时，已经历了漫长的岁月——无可挽回的、漫长而宝贵的岁月。"

失去与虚空是村上的世界中两个再熟悉不过的主题，不过接下来的却是个在劫难逃的老式故事：一个男孩如何失去了他最珍爱的朋友以及他生存之理由的故事。

《斯普特尼克恋人》

村上春树在自己的网页上告诉他的读者，为了写《世界尽头与冷酷仙境》与《奇鸟行状录》他真是殚精竭虑，几乎把"骨头都碾碎了"，而他之所以写他下一部长篇《斯普特尼克恋人》（1999年4月），就是"为了让（前期耗尽了的）骨头再恢复起来"。

> 我将《斯普特尼克恋人》当作一种风格上的实验——一种"归结"，或者也许是一种"告别"或"新的开始"。我是想看看以这本书中采用的风格我到底能走多远。在这个意义上，我想我能完成一次漂亮的突破。这就像是测验自己在跑步时能否超越某个特定的终点，或者能否一口水都不喝从这里跑到那里——诸如此类。作为一次风格上的实验，对我而言这就像是另一本《挪威的森林》。

在某种意义上，《斯普特尼克恋人》是个新的开端。它的中心人物是一个怀有同性恋激情的女性角色。堇是个可爱、活泼、一心想当作家（却并不成功）的女孩，她的存在自然"涂染"了小说的大部分章节。特别是在引用她的作品时，其可爱系数更是登峰造极。

堇的故事是由一位害相思病的第一人称叙述者讲述的，我们只知道他叫"K"，他的作用就好比通向她的一扇窗。村上利用K一次就可以进行很长一段第三人称的描述。他想竭力克服《奇鸟行状录》采用的第一人称叙事所带来的种种限制，所以才有了这一引入更宽广的叙述视角的实验。

在开篇以绝妙的夸张笔法讲述二十二岁的堇如何被初恋的龙卷风裹挟着，一路越过大海将吴哥窟都毁于一旦的是二十四岁的K；向我们汇报堇与她三十九岁的爱人、美丽的朝鲜裔日籍女性敏的爱情故事的还是K。他还将他发现的各种不同的文件放在读者面前，其中最重要的就是那些在堇的电脑中发现的文稿。身为中学教师的K由于堇的他顾，只能转向一位学生的母亲寻求性的满足。而与此同时，堇则跟她的雇主敏一道前往欧洲观光旅行。但在一个希腊小岛度假期间，当性冷淡的敏拒绝了堇的示爱后，堇突然间失踪，没有一点线索可循。

K飞往这个小岛与敏一道寻找堇——但一无所获。有天夜里，K受到从某个山顶传来的神秘音乐的吸引（正如《食人猫》的情形），他感觉自己正在被拽进另一个世界，身处其中的他确信（实在太容易了）堇已经消失了。尽管如此，他还是努力重返他在东京的单调生活。在他情人的儿子因在商店行窃被抓后，K试图通过向这个男孩坦承他自己的孤独（相当感伤的一段，还涉及一条被车碾死的小狗）以治愈孩子的精神问题。之后他就结束了跟孩子母亲的关系。K就这样继续着他孤寂得宛如斯普特尼克卫星般的生存，但在故事的结尾，堇却打来一个模棱两可的电话，她要么返回了东京，要么就是从"另一侧"打来，要么就纯属K的臆想。

我们通过K从堇的电脑上读到的敏的故事跟《一九六三/一九八二年的伊帕内玛少女》一脉相承——当《一九六三/一九八二年的伊帕内玛少女》的叙述者如是讲时：

> 我努力想象那个绳结——在我的意识深处默默地穿过一道阒无人迹的黑暗走廊伸展开来……在某个地方，一定有个连接我和我自身的绳结。我迟早肯定要在遥远世界中的某个

奇妙场所同我自身不期而遇……在那里，我是我自身，我自身是我。主体是客体客体是主体。毫无障碍和阻隔。完美的融合。在世界的某处必能找到这样的场所。

而当敏发现她自己竟莫名其妙地分裂为两个自我，一个"在这一侧"而另一个则"在另一侧"时，她就明白她再也无法将她们合二为一了。但她转念又想："我猜永远这个词太过了。也许到了某天，在某个地方，我们将再次相遇，再次融合为一体。"在敏困在摩天轮上无法脱身的关键一场，当她透过对面她住的旅馆的窗户向自己的房间望去时，村上那些有心的读者就已经明白她接下来将在房间里看到的就是她的"另一个"自我了。

在一个短篇所营造的柔性、绚烂而又微醺的气氛中，村上很容易使读者认同那种不完美的感觉，那种成为他那么多小说之基础的深有自知之明的不完满的感觉。跟伊帕内玛少女的相会是以泰然自若的心态托出的一则赏心悦目的幻想，因为距离它如此之近，我们不会对其进行太深入的思考。而在《斯普特尼克恋人》中，我们从同一张《带我去阿鲁安达》唱片中听到艾斯特·吉芭托的演唱，异国情调的地名就代表着"国境以南"、"太阳以西"以及"另一侧"的一切。村上对于那另一个世界冗长而又过于实打实的召唤——这能最好地解释堇的失踪——不禁使我们向往起伊帕内玛故事中那种简洁所蕴含的巧妙。

在书中最不令人满意的段落之一，K 事实上是这么自忖的："堇进入了那另一侧。这将解释很多东西。"没错，这的确能解释很多东西，就像小精灵的存在能解释我的眼镜何以从书桌跑到了餐桌上一样。村上将山顶上的音乐开到极响是为了给 K 与"另一侧"的接触带上某种紧急与确信的感觉，而且他还安排了一段浓墨重彩、充满感情的散文以"解释" K 与敏之间深切（虽然是暂时）的情意，但原来那个酷酷的村上的仰慕者会觉得《斯普特尼克恋人》的最后五十页行进得实在有些重拙。

日常生活中充满了村上在诸如《再袭面包店》和《象的失踪》等短篇中如此完美地揭示出来的那种类型的神秘。我们无时无刻不在切身经历着，而村上在他的短篇中则通过再推进一步，通过借助纯粹的想象和幽默之力跨越了那条界线，使他笔下的人物去经历那些匪夷所思，甚至略有些肆无忌惮的事情。

这种平衡感的把握极是微妙，而村上在《舞！舞！舞！》中开始采用的怀基基海滩旁那一屋子骷髅，甚至《奇鸟行状录》中对超自然之境的深入，却都嫌过于草率和坐实了。在后期的小说创作中，他不能肯定自己到底想拿这类成分派什么用场，所以只能随意抛弃了一部分。正是为此，那对具有通灵能力的加纳姐妹——她们能通过从客户家里取来的水样对其命运进行占卜，尽管一贯都有些含混其辞——就这么彻底消失了，主人公能通过精神治愈那些富有但神经过敏的家庭主妇的能力也一直未曾解释清楚，而且并没有进一步加以生发。

甚至拧发条鸟这个形象自身，在通过其叫声预示个人生活的关键性转折时也有些耍花招的感觉。不过，它在满洲里诸章节中的出现倒是因第三人称那种全知全能的叙述姿态而得救，他坚决地宣告在劫难逃的各个人物的未来命运，提醒我们正在跟我们打交道的并非某位通灵者，而正在作家本人——那个为他一手创造的人物之过去、现在和未来全权负责的讲故事的人。这是一次跟《斯普特尼克恋人》的平庸手法形成强烈对比的绝妙表演：后者中的人物一碰到要求对他们经历的神秘事件进行理性解释时就会一劳永逸地失去意识。说到底，《奇鸟行状录》就是一系列自足的短篇小说之汇编，其巨大的能量更多地源自这种累积的效果以及多样性，而非条理清楚的整体结构。

《斯普特尼克恋人》中另一我们再熟悉不过的要素就是对于品牌名称以及（并非那么流行的）流行文化的指涉。K 喝的啤酒一定是 Amstel 牌子的。敏背的是 Mila Schön 的背包。K 有一次取笑富有的敏一定拥有"马克·博兰（摇滚巨星）钟爱的蛇皮拖鞋，摆在玻璃橱里……最没价值的传奇之一，但少了它摇滚乐的历史将无从谈起。"对于堇和敏欧洲之行的记述更是充满了对于昂贵的食物、红酒与古典音乐的指涉。

因为其中心人物是位颇有抱负的作家，《斯普特尼克恋人》继续了村上在《且听风吟》的开篇开始的对于作家职责的探索。堇被告知，重要的是不要急着去写，她需要更多的"时间和经验"。后来当她重新开始写作时，她说："为了让自己有思考的对象，我必须得先写出来……就这样一天天地锱铢积累，我通过写作成为今天的我。"堇扩展了《穷婶母的故事》中对于作者的洞视，她说："我现在认识到我在写作中最基本的经验法则，一直就是在描写事物时全当我并不知道它们——这将包括我确实知道的以及我以为自己知道的事物。"

还有一个早就出现而在这部小说中更加全面地予以表现的主题，就是女同性恋情，有趣的是，女同性恋在村上作品中出现的概率要远高于男同性恋。在《挪威的森林》中，玲子的健全神志就是被一个恶意报复的同性恋女学生给摧毁的，而在疗养院中，她和直子还忍不住自嘲她们尴尬的同性恋实验。也许这一主题与村上迷恋的精神—肉体的分裂有关，在这种情况下，发生在精神层面的现实总是比发生在肉体层面的更加令人信服。

恰好在村上的网页于一九九九年十一月被关闭前，很多读者在这个网页上的一个专门的"论坛"讨论过《斯普特尼克恋人》。一位读者确信小说最后堇打来的那个电话是种幻觉，但别的读者又同样肯定那是个大团圆的结局，堇肯定会回来。"我并不要求你告诉我孰是孰非。"那位读者说，而村上则一如既往地不予置评。对他而言，断定结局是不是所谓的大团圆是个"困难的问题"，他说："因为在我头脑中成型的就像这个世界上的某个人。在我内心里，这两种价值总是针锋相对，相互争斗，最后终于以合适的比例混合为一体。我只能解释到这个程度。所以如果你觉得你不能相信这部小说的结局是大团圆，那它就是个结局凄惨的故事。"

《地震之后》

一九九九年八月，村上开始将五个间接跟关西地震有关的短篇辑为一集。集子的标题为《地震之后》，不过在又增加了一个短篇正式出版时则用了其中一个短篇的名字：《神的孩子全跳舞》（2000）。后来村上决定英译本最好还是用《地震之后》更合适[①]（而且他坚持全用小写字母：after the quake）。集子中各短篇的故事背景都设定为一九九五年二月：介于一月的大地震和三月的东京毒气袭击事件之间的那个平静月份。

《地震之后》收的短篇在几个方面均显得不同寻常。首先，都是以第三人称叙事的，这可是村上甚少采用的视角，此前采用第三人称叙事的只有《奇鸟行状录》、《斯普特尼克恋人》以及早期的几个短篇，特别值得一提的是《托尼瀑谷》。《奇鸟行状录》采用的多种叙事声音显示出村上努力想克服第一人称叙事在处理重大历史问题上视角过于狭窄的弊病，而《地震之后》则代表了一种朝向更大程度的客观性转向的决定性姿态。通过放弃第一人称的有限视角，村上暗示出他正在诊治的疾患已然超越了那少数几个生于国家大事的边缘、只远远地旁观的"幸运儿"的范畴：在《地震之后》中他检讨了日常生活的每一条纹理。结果就是一九九〇年代中期日本人的一幅阴郁的全景图，而大地震成为将他们唤醒的号角，使他们认识到生活于一个大部分人（泡沫经济破裂之前）钱包里虽有了更多的钱却不知道该怎么花的社会中，他们的人生是何等的空虚。

这种空虚也许就是村上在采访毒气事件的受害者时在普通人

[①] 中译本仍采用《神的孩子全跳舞》的书名。

的内心深处发现的：那是一种模糊的感觉（就像《国境以南　太阳以西》中初的感受）：自己的人生中失去了某种无以名之的东西。的确，《地下》采访过的那位三十八岁的虾进口商井筒充辉也许正是集子中几个短篇小说的灵感来源：

> 毒气袭击事件的第二天，我向妻子提出了离婚请求……遭到毒气袭击后我从办公室打电话告诉妻子发生了什么事，我的症状如何以及所有的琐碎情况，但几乎没得到她的任何回应。也许是她无法真正理解当时的境况，不明白到底发生了什么。即便如此，我明白我们已经来到了一个转折点面前。也许是我当时的状态使我的头脑完全活跃了起来，也许就是这么回事。也许就是因为这个我才单刀直入，告诉她我想跟她离婚。如果这次沙林毒气的事件没有发生，也许我就不会这么快提出离婚了。我可能什么都不会说。对于整个系统来说那是一次打击，同时也起到了某种类似触发器的作用。

《地震之后》中的中心人物住得都远离那次大灾难的发生地，地震的情况他们都只是从电视或报纸上看到的，但对于每个人而言，这次由大地本身释放出来的巨大的破坏变成了他们人生的转折点。他们被迫直面那与生俱来、在内心深处蛰伏了多年的空虚。

在第一个短篇《UFO飞落钏路》中，一位名叫小村的音响器材营销员的妻子在接连五天黏在电视机前观看关西大地震的破坏场景（虽然她在那个城市中一个亲戚都没有）后，突然离他而去。（在二〇〇一年九月十一日发生针对世贸中心和五角大楼的协同袭击后，这个短篇简直可以当预言来看。）小村一直以来都很满意自己的工作和妻子，但她在留给他的信上却说她觉得跟他的婚姻生活就像"跟一大团空气生活在一起"。

应一位同事的请求，小村飞往北海道度假时为他捎去一个似乎是空的小盒子。因为脑子里总是有地震的图像，他放弃了跟一位颇有魅力的年轻女性的性爱企图——本来也有一搭没一搭，躺在床上跟她谈论空虚的感觉。"我的内在也许真的空空如也，"他说，"但里面应该有什么呢？"女郎同意道："是呀，说真的，仔细想想，应该有些什么呢？"当她开玩笑地说，他带来的那个盒子里也许就装着他的内心原本拥有的"什么"时，小村突然怒火中烧，觉得自己仿佛"马上就要实施势不可挡的暴力行动"。还好，小村不像那些害人的奥姆教徒，保持住了镇定和理智。

这种情绪为《地震之后》后面的其他作品奠定了基调。这也许算得上村上最为"传统的"一个小说集：它探索的是处于现实环境中的现实之人的生活，那些外在的生活虽无可挑剔但内心总有一种不满足感的人以及就要有某种毁灭性发现的人。

在《有熨斗的风景》中，一位年轻的便利店女店员准备跟一个独来独往的中年人一起死去，这人早就抛弃了住在关西的妻儿，地震之后都不肯打听一下他们的死活。他经常光顾便利店是因为他不喜欢冰箱——在他看来，冰箱意味着在封死的箱子里的一种缓慢、痛苦的死亡威胁，很像《奇鸟行状录》中冈田所害怕的那种死亡。他画些象征主义的画，喜欢将漂流木收集起来点燃篝火，这使得女主人公不禁想起杰克·伦敦的短篇《生火》，小说中的主人公"根本就是在求死。这点她心里明白，何以明白解释不好，只是一开始她就了然于心。他真正想要的就是死亡。他知道那就是适合自己的结局。尽管如此，他仍然必须全力拼搏，必须为了逃生而与强大无比的对手进行殊死搏斗"。然而她自己感受到的空虚却正引导她放弃斗争。

在《神的孩子全跳舞》中，善，一位年轻的出版公司雇员，生怕自己会陷入跟风韵犹存的单身母亲的性乱伦关系，母亲是某个教派的虔诚教徒，一直试图让儿子相信他是神的儿子，他当然不信。在母亲前往关西为地震的受害者提供援助期间，善在东京地铁上注意到一个男人，他相信那个男人就是他的生父。经过很长一段追踪后，那人在一个废弃的棒球场消失不见了。时值深夜，

《地震之后》

善独自一人开始重新估量自己的处境：

> 我到底想从中得到什么呢？他一边大步朝前一边这样询问自己。是想确认使自己此刻存在于此成为可能的那种种关联吗？是希望自己被编入某个新的情节、被赋予更新更重要的作用吗？不，他想，不是那样的。我所追逐的多半是存在于自己内心深处的黑暗的尾巴。我偶然发现了它、跟踪它、扑向它，最终将它驱入更深的黑暗。我肯定再也不可能目睹它了。

在平心静气地接受了自己的身世及内在自我之谜后，善怀着某种类似宗教的狂喜跳起舞来，想起原来的一位女友曾经因为他在舞厅里的笨拙姿态给他起过"青蛙君"的绰号。然而他热爱跳舞。他觉得自己仿佛正在和着整个宇宙的节奏起舞：

> 善也说不清到底跳了多久。反正是够久的，一直跳到腋下沁出汗来。继而，他蓦然想到自己的双脚这么坚实地踩踏之下的大地的深处：那里有最深沉之黑暗发出的不祥的低吼，有承载着欲望的神秘暗流，有黏糊糊滑溜溜的巨虫的蠕动，有准备将都市变为堆堆瓦砾的地震之源。而这些也同样在促进大地的律动。他停下舞步，屏住呼吸，俯视脚下的地面，一如窥看无底的黑洞。

在《泰国之旅》中，一位已届更年期的女医生早月挣扎于对一个毁了她作母亲希望的关西男子暴力死亡的幻想中。而那位为早月安排好舒适的私人游泳池的泰国司机尼米特则想搞清楚，他对爵士乐的爱好是否出自本性，还有，他为一个热爱爵士乐的挪威人做了三十二年的私人司机，是否已经丧失了独立的自我——这当然是村上所关注的将自我交给一位领袖的主题之反映。（同样也有暗示：他跟自己的老板也许一直就是同性恋关系。也许他已经"半死"的原因在于他已经丧失了对他生命的热爱。）小说结尾处出现了一点超现实的意味：尼米特驾车带早月去一个落后的小村庄拜访一位通灵者，后者教给她如何通过与梦中的巨蛇搏斗祛除她内心仇恨的"石头"。

《青蛙君救东京》是《地震之后》这个集子里唯一一篇不以现实生活场景出之的短篇，而且充满喜剧性。在一个令人想起卡夫卡的场景中，片桐，一位不受赏识、不得升迁、工作过劳的银行贷款科助理一回到家就发现一只巨大的青蛙正在等他。这只非但个头巨大而且智商极高的两栖类动物在讲话中引用到尼采、康拉德、陀思妥耶夫斯基、海明威和托尔斯泰，并不止一次（为了增加喜剧效果）纠正片桐正式的称呼方式（"青蛙先生"）。青蛙君（他乐意被这么叫）很快就讲明白了他需要片桐的帮助，以将东京从一场比关西地震还要猛烈得多的地震中拯救出来：他们需要一起进入地下跟蚯蚓君进行搏斗，那是条巨大的蠕虫，即将在东京地下释放它的无名业火。（日本的民间传说中有一巨型鲶鱼，搅动尾巴就能引发地震，这是对这一传说的变相引用。）

《神的孩子全跳舞》中的"青蛙君"以及其中描绘的那"黏糊糊滑溜溜的巨虫的蠕动"、那"将使整个都市变为堆堆瓦砾的地震之源"在《青蛙君救东京》中都详细生发开来（各篇小说的写作与排列顺序完全一致），在各篇小说中相互呼应的手法使我们联想到小说集《再袭面包店》中对"渡边升"这个名字的袭用，尽管角色各不相干。《地震之后》中的村上仍然可以一如既往地做到戏谑，甚至在一本正经的《斯普特尼克恋人》之后，而且能够采用对他而言极端恐怖与意味深长的地震来描述片桐这样的银行小职员"脚底下"的不祥之空虚。虽然在《地下》中村上以绝对严肃与充满敬意的态度来对待普通人，他竟然能以同等程度的戏谑技巧来勾画片桐的"普通（平庸）性"：

"坦率地说，片桐先生，你是有些其貌不扬，又根本谈不上能说会道，所以你才被周围的人小看。但**我**清楚得很，你是一位堂堂正正、富有勇气的男子汉。虽然东京城大人多，但作为并肩作战的战友，唯独你最值得信赖。"

"你知道，青蛙先生……我绝对是个平庸之辈。不，连平庸都谈不上……过着一塌糊涂的人生！不过吃喝拉撒睡罢了，连为什么活着都稀里糊涂。我这样的人为什么非去救东京不可呢？"

"因为，片桐先生，只有你这样的人才能救得了东京。我所以要救东京，也是**为了**你这样的人。"

在片桐精神上的支持下，青蛙君终于成功地使东京免受地震之害。在他辞世之前（其逼真的腐烂场面使人想起《跳舞的小人》），他描绘出那种精神上的真空状态，片桐们在其中尽职地工作，而更多绝望的人则匍匐于一个宗教领袖的脚下：

陀思妥耶夫斯基以无限的仁慈刻画出那些被上帝抛弃的人。在创造上帝的人被上帝抛弃这种绝对凄惨的自相矛盾之中，他发现了人本身的尊贵。

在最后一个短篇《蜂蜜派》中，淳平是位短篇小说作家，自己的隐秘爱人很早以前就嫁给了他最好的朋友。他们离婚后，他发现自己跟她越走越近。他帮她安抚她的小女儿沙罗，小姑娘在电视上看到关西大地震的画面后总是做噩梦。她怕极了那个住在电视里面的地震人（有点像控制了人们生活的"电视人"），地震人有个小盒子，威胁着要把能抓到的所有人都塞进盒子里（跟《带熨斗的风景》中那位生怕在一个密闭的空间内慢慢死去的画家一样）。

自打他们离婚后，淳平就一直犹犹豫豫地下不了求婚的决心，不过地震中无数人死去的图像看来提供了合适的催化剂。他不但将采取拖延日久的行动，充当起沙罗和她妈妈的保护者，而且他自此以后要"写不同于此前所写的那种小说"，写"关于那些梦想并等待着长夜走到尽头，渴望着光明所以跟他们爱的人携起手来的人"的小说。这正是村上本人在这本动人而且描写出色的小说集中所做的，这本书植根于自打他一九九五年结束自我选择的"流放"后几乎要重新学习的普通日本人的生活经验。

这简直就仿佛他在《地震之后》已经开始身体力行他在《且听风吟》的开篇章节中所做的预言。当初他曾告诉BBC的出品人马特·汤普森："我对人不感兴趣。"虽然他又自相矛盾地对他们的故事感兴趣。村上笔下的第一个"我"曾如是说："我发现自己还在这样想：如若进展顺利，或许在一段时间，在几年或几十年之后，我会发现自己终于得救了。到那时，大象将会重返平原，而我将用更为美妙的语言描述这个世界。"从美国回到日本后，村上就开始以一种于他是全新的方式跟普通人接触——直至他可以公开地宣称"爱"他们的程度（又是在BBC的广播节目中）。

《蜂蜜派》中的淳平是位"天生的短篇小说家"，他的作品缺乏"长篇的气势"。村上说他是故意将淳平塑造为"跟我截然不同的那类作家"的。他认为自己是位"天生的长篇小说作家，我的全部价值将由我的长篇小说来估定。我觉得写短篇也很重要，我也很喜欢写，但我确信，如果你把我的长篇完全抹去，也就没有我了"。

确实，村上的长篇作品能成功地长久地吸引读者进入一种独一无二并经常是神魂颠倒的旅程。它们具有长篇小说的那种看似悖论的魔力：它驱赶着读者翻过无数书页通向一个他们害怕的结局，因为在翻过最后几页后他们将从那个催眠般的世界中被驱逐出来。然而，除了《世界尽头与冷酷仙境》之外，村上的长篇小说更经常的是较短叙事段落的组合，而非大型的有机结构的整体。一路上它们令你晕眩令你震惊令你倍感愉悦，但它们很少在最后将看似迥异的线索归拢合一。在这一点上，它们也许可以说具有日本小说的那种倾向于短篇化和片段性的传统特点。

十三

你令我热狂

一九九九年一月十五日，村上五十周岁，不过似乎并没有像当初年满四十时那么令他惊惶不安。他继续以不变的步调跑他的马拉松，写他的长篇和短篇，继续他的翻译和纪实作品的创作，所以任何一本以贴近事实的态度写他的书都不过是一份进度报告。

继《奇鸟行状录》荣获读卖新闻奖后，村上又于一九九九年七月获得桑原武夫奖，这个奖以伟大的文学学者桑原武夫的名字命名，奖励杰出的非小说类作品。这次村上是因其反映沙林毒气袭击作品的第二卷《地下2：应许之地》而获奖。

正如我们在上一章看到的，村上在二〇〇〇年又出版了他以短篇小说形式来反映关西大地震的小说集《地震之后》。当时他正忙于写他的第十部长篇小说，这部小说就是厚达两卷的《海边的卡夫卡》，出版于二〇〇二年秋。当年十一月，讲谈社开始推出村上全集的七卷续作，使他的作品更具有了经典意义。

身为翻译家的村上在二〇〇三年四月也实现了他的一个长久以来的夙愿：由他翻译的J.D.塞林格的《麦田里的守望者》正式出版。结果这本译作几乎不得不跟《海边的卡夫卡》争抢书店的展位，而且很快就又加入了一位竞争者：《少年卡夫卡》，这是村上与读者电子邮件往返的第四本摘要集，这本新的电子邮件集因大胆采用"卡通书"的样式以及集中讨论一部长篇而不同于此前的几本选集。

英国的哈维尔出版社（Harvill Press）推出一本由村上春树编选并撰写导言的《生日故事集》，包括十一个美国、英国和爱尔兰的短篇小说，外加村上本人的一个新短篇。这象征着村上已作为一位世界级的文学人物被广泛接受。这本以生日为主题的短篇集选在二〇〇四年一月十二日正式发行正是为了恭贺村上的五十五岁大寿。

眼下的村上跟以往一样不愿成为媒体的宠儿，不过感谢互联网，他已经成为一位影响范围更广的公众人物。他早期作品中那位温和的大哥哥已经成长为一位睿智而又富有同情心（不过仍然很有趣）的大叔，你可以拿五花八门的问题去征求他的建议。他的一部分日本公众会从中得到一种温暖和晕乎乎的感觉。比如，二〇〇一年六月出版的一本可爱的小书上印的广告语向我们保证："砰的一声，这本期待已久的随笔集将温柔地深入你心灵的最深处。"好在村上本人一如既往地保持着他幽默而又脚踏实地的态度。通过互联网，村上也让他的崇拜者窥见了他极少涉及的私生活的一面。可以以这本前几年出版的拥有超长书名的电子邮件集为例：《"对了！问问村上看！"大家都这么说，并向村上春树抛出二百八十二个重大问题，但村上究竟能否像样地全部回答呢？》：

重大问题第十八

村上夫人曾想到过有一天你会成为名人吗？
（一九九七年二月二日，上午 11:58）

以下是我太太问村上夫人的三个问题。
"当初您丈夫在爵士乐酒吧里切洋葱时，您想到过有一天他会成为名人吗？"
"您丈夫在成为畅销书作家之前，你们两位在欧洲各地搬来搬去的时候,我猜你们肯定遇到过很多令人愉快的事情,但恐怕不愉快的事情也发生过吧?"

"在拍摄出现在您丈夫很多书中的美丽照片时您很享受吧?(我觉得《旋涡猫》中的照片尤其漂亮。您有什么秘诀吗?)"

都是些很无礼的问题,敬请谅解。(我今年三十二岁,我和我太太都是处女座,O型血。)

你好。不,你的问题根本称不上无礼。我问了我太太,以下是她的回答:

我从没想到过他会成名,时至今日我都觉得怪怪的。他觉得自己很是不同寻常,脸上总挂着种酷酷的表情,像是在说:"肯定会是这样的嘛。"

实话告诉你,我们在欧洲的全部时间里我都几乎毫无乐趣可言。生活在国外会碰到更多的痛苦和不便。我宁愿待在日本,泡在热气腾腾的浴缸里,逗逗猫,一切从容不迫。又是意大利语啦,又是英语啦,我真恨死学习语言这档子事了。

我并不狂爱摄影。是我丈夫命令我拍些照片,因为他的作品中需要,所以我也就尽力去拍好,就这么回事。我自己倒宁肯画点什么。

提供给你的回答竟这么**愤世嫉俗**,很是抱歉。我不知道,怎么听起来我这个做丈夫的简直像个感觉麻木的畜生,不过我真的一点都不喜欢这样。她有些夸大其辞:别太拿她的回答当真了。

村上并没一定让我们相信这些真是阳子的回答。在"广为流行的"作品中,他为她赋予了一种可爱的敌对者形象,而且很有喜剧效果。以下是另一个例子:

重大问题第十五

村上夫人到底是个什么样的人?
(一九九七年一月二十五日,下午 1:35)

你经常写到你妻子,但据我所知,好像从未出现过她的照片。我想这是因为她反对将自己的照片公之于众。但能不能就破一次例?我**真的**很想看看她到底长什么样。
(三十二岁)

嗨,你好。我妻子不喜欢在大众媒体上露面的主意(比如在杂志或别的什么媒体,只不过碰巧你是谁的老婆或老公),我也一样,所以你的要求恕难从命。虽然在我这方面因为工作的关系有时不得不为之。

不过,不骗你,即便你真看到了她,对你也不会有任何助益,相信我。

好了,不如我们这么着,我来告诉你一些她的情况。我们刚结婚时,她一头又直又长的头发一直垂到腰际,但这些年来她的头发越来越短,如今,主要是因为她经常游泳,她的头发变得超短。她绝对不同寻常:除了非常特殊的场合,她从不烫发或化妆。据她说以下是她的所爱:大卫·林奇、莫扎特的 K491、蛤蜊、三文鱼皮、卡森·麦卡勒斯的小说、村上纪香的《红色飞马》(男孩子的冒险卡通片)还有保时捷 Targa 911 系列(哇,对我们来说太昂贵了)。

她小时候对她影响最大的电视节目是"Sucharak shain"的《轻率而头脑简单的公司职员》和《贝弗利山人》。她小时候的理想是长大后成为一个忍者。

你想要张照片?门都没有。

十三 你令我热狂

并非所有读者的"重大问题"都这么愚蠢和好玩,对于严肃的寻求建议的问题村上也会给予深思熟虑的回答。一九九七年十一月九日,一位两天前刚失去叔父的三十岁女士向他提了一个同样困扰着很多日本人的问题(正如黑泽明的伟大影片《流芳颂》所表现的):是否该告诉晚期癌症患者他们病情的真相?这位女士的婶娘是一年前去世的,这对老夫妻对她而言简直就是她的第二父母。在这双重打击下的极度沮丧中,她开始后悔在两位老人病情的最后阶段向他们撒了谎,虽然她同样怀疑,即便有再来一次的机会她可能仍然会做出完全一样的选择。村上在承认老夫妻的去世对她而言肯定是"巨大的打击"后,继续道:

> 雷蒙德·卡佛的最后一本诗集,我已经译成日语,名为《通往瀑布的一条新的小径》。这本诗集是卡佛被告知他将死于癌症后拼尽全身的精力写成的。虽然对是否该告诉癌症病人真相一直有不同意见,但每次我拿起这本诗集,它都再次坚定了我的信念:人有权利知道真相。人不该被剥夺战胜自己的恐惧与绝望以期在身后留下点切实东西的这一崇高机会。我知道也有很多宁肯一无所知的人,但就我本人而言我绝对希望被告知真相。

村上的事业到了这个阶段,已经有几位助理专门在东京工作以维持他一个人的文学产业的运行,他也就觉得备受束缚,不再有抬脚就可以周游世界的自由了。不过,受约去写旅行的文章则又另当别论了。在两卷描写毒气袭击事件的作品之后他写了一本以二〇〇〇年悉尼奥运会为主题的《悉尼!》。在这本令人愉快的游记中不但有对运动场上各项活动的生动描写以及对比赛中的运动员的深入描绘,而且涉及诸多有趣的方面,如关于考拉生活习性的幽默介绍,对悉尼水族馆以及布里斯班足球场的厕所的细节观察,外带众多当地历史的介绍——几乎肯定是要做一番研究而非像《挪威的森林》中绿子的地图附注那样编造一通就能过关的。

当村上希望不受打扰地写作几个月时,他就跟阳子去国外,远离他的成功给他带来的各种纷扰,不过每天都跟他的助手通过电子媒介保持联络。就像当初在他们的爵士乐酒吧一样,阳子是他工作上的真正(虽然算不上对等)伙伴。是她维持着事务方面的正常运营,同时还继续充当他的第一位读者,是他知道可以完全信赖、对他绝对忠诚的有见识的批评者。也许最为重要的是,通过她的真诚,阳子帮助村上坚实地站稳他视之为自己的立足点的平民立场。

由于阳子卓有价值的工作,我们这些喜欢村上小说的读者都该对她心怀感激。当然,当我们紧随村上进入另外的奇幻世界进行探险时,仍能保持他令人信服的平常心的说到底还是他自己的能力。

《海边的卡夫卡》

村上在一九八七年三月十八日曾经历过"凌晨三点五十分的一次小型死亡",时至今日他仍然相信"小说写作这一行为的最深层部分是与去往另一个世界(以及从中返回)分不开的,而那是个不可避免地跟死亡的意象重叠的地方。每当我写长篇小说时总会体验到那种情感。时至今日丝毫没有改变"。而《海边的卡夫卡》正是一部这一旅程的痕迹尤其显豁的作品。

村上长久以来曾一直想写一部《世界尽头与冷酷仙境》的续篇,《海边的卡夫卡》就是最接近于这一夙愿的作品。他说,太多的时间已然流逝,它无法成为一部真正意义上的续篇,所以它更多的是在"精神上"的延续,而非故事的进一步发展,不过两部作品之间的呼应还是相当清楚的。跟《世界尽头与冷酷仙境》一样,《海边的卡夫卡》也自始至终存在两条平行的叙事线索,而且当情节的进展似乎将两条叙事线索中的不同人物在时间和距离上越拉越近,朝向预期中高潮的交汇跨进时,读者一直处于悬而未决的焦虑期待中。跟《世界尽头与冷酷仙境》不同的是,《海边的卡夫卡》中的两条叙事线索并非在不同层次的现实中展开。确实,在这两部作品中均有一种程度不同的"真实"世界与一个绝对属于形而上的或者隐喻性的"另一世界"在几种情形下的相互交叉,所以实际上读者面对的是四个不同的层次的"存在"。

各奇数章节的中心人物是一个困惑的男孩,他在一九九七年(或者应该是二〇〇三年[①])五月十九日那个星期五——他十五岁生日的前一天从东京的家中出走。我们只知道他姓田村,但一直不清楚他叫什么,不过他总是告诉大家他叫卡夫卡。田村卡夫卡的背景在六月三日(第二十一章)得到了部分澄清,那天他在报上读到他父亲——著名雕塑家田村浩二被血腥谋杀的报道。他发现警方因为这次谋杀正在寻找他,但他仍然没有采取任何显露自己身份的行动,一直到最后他仍然是"卡夫卡",这个名字是他自己选的,以取代他父母对他的命名。

父亲的死并未使年轻的卡夫卡难过。确实,那倒更像是种解脱。因为正是父亲不断重复着对卡夫卡的诅咒——他将像俄狄浦斯一样弑父娶母。这位邪恶的父亲(据说他能污染和毁灭所有跟他有关系的人)还预言卡夫卡将跟他唯一的胞姐同床,即卡夫卡的母亲当初抛下四岁的他从丈夫身边逃走时带走的女孩。

卡夫卡就这样一个人去闯荡世界,怀着既向往又害怕遇到他生母与胞姐的复杂情感。他怀疑他遇到的每一个适龄的女性是否就是他的亲人,而且因为与父亲的关系恶劣到极点,对于遇到的每一个年长的男性他都忍不住幻想他们如果是自己的父亲会是怎样的情形。由是,他就不仅仅是个只能使十五岁左右的读者感兴趣的十五岁主人公,而成为所有那些在这个世界上具有无根感觉之人的代理人。他也许太急于将他偶然遇到的女性当作他的母亲

[①] 如果书中的人物中田一九四四年时九岁,现在已经"六十大多了",那"现在"应该远不止一九九五年了;一九九七年的五月十九日是个星期一,直到二〇〇三年这一天才是星期五。——原注

和姐姐了：樱花，他在梦中与之交媾、使他满怀强奸犯的罪恶感的"姐姐"，以及佐伯，为了"疗伤"他不但在肉体上而且在喻指意义上与之同床的"母亲"。他如此充满渴望和需要，因此他无论去往何地都可能遇到"对的"人。吸引他来到那个住着一位自己的过去中也有个"卡夫卡"的女人的地方，到底是本能还是偶然？

因为他跑到四国岛上近海的一个小镇，有些重要的场景就发生在海边，又因为他幸存的一张童年时的照片拍的就是海边的他，所以不难想象这个男孩就是标题中的"海边的卡夫卡"，但他又并非书中唯一的"海边的卡夫卡"：还有一首歌和一幅画也都叫这个名字。另外的两个卡夫卡也并非那位作家弗朗茨·卡夫卡，村上及其主人公不约而同选择这一名字的意义一直不甚了了。据少年卡夫卡猜度，佐伯——他爱的那位中年女性并且可能就是他向往已久的母亲——之所以将那幅描绘海边一位少年（她失去的爱人）的画像作此命名，是因为画中那种特别的寂寥感使她联想到了弗朗兹·卡夫卡的小说。这也暗示出他之所以将自己命名为"卡夫卡"也该是同一种寂寥使然。

在一次受访中，村上表达了他对弗朗兹·卡夫卡的极大景仰，这在他小说中引到的诸多作家、音乐家和画家中可谓独此一家。为了回应对《海边的卡夫卡》的评论，村上的采访者提到了弗朗兹·卡夫卡的《在流放地》，这个短篇通过对用于行刑的怪异刑具的不动声色的"客观"描绘达到了其怪诞而又令人不安的突出效果。村上答道："我想，卡夫卡在他的创作中给予我们的就是他对梦魇的描述。在他生活于其间的这个世界中，真实的生活与梦魇在某种程度上是紧紧捆绑在一起的。"他说，卡夫卡成功地传达出梦魇所蕴含的真实的恐怖，靠的不是集中描写主人公的反应，而是对梦魇本身细致入微的刻画。采访者回应说，这也许是村上跟卡夫卡共同拥有的一种品质。确实，这一点使人想起村上自己对《世界尽头与冷酷仙境》的评论（前文曾予引述），他说自己在细致入微地描述一样根本不存在之物的过程中感觉无限享受。

少年卡夫卡有个"第二自我"："叫乌鸦的男孩"，在小说中某些特定的关键时刻会跟他交谈，称他为"你"。我们得知在捷克语中"卡夫卡"的意思就是"乌鸦"，弗朗兹·卡夫卡的父亲使用的信笺抬头上就印了个乌鸦的图形，这一图形被村上借用至第一卷的标题以及无数"叫乌鸦的男孩"跟主人公交谈的部分。实际上，小说就是以如下的对话开篇的：

> "那么，钱的问题总算解决了？"叫乌鸦的男孩说道。语调仍像平日那样多少有些迟缓，仿佛刚从酣睡中醒来，嘴唇肌肉笨笨的，还无法活动自如。不过这对他而言是一种**风格**，他彻头彻尾地醒着。一如既往。
>
> 我点头。
>
> "有多少？"
>
> 我再次在脑袋里核对数字："现金四十万左右，另外还有点能用卡提出来的银行存款。当然不能说足够，但眼下总可以应付过去，你觉得呢？"
>
> "不坏，"叫乌鸦的男孩道，"眼下够了。"
>
> 我点头。
>
> "肯定不是去年圣诞节圣诞老人给的吧？"他道。
>
> "那是当然。"
>
> 叫乌鸦的男孩不无揶揄意味地微微扭起嘴角环视了一下房间："让我猜猜，出处可是这一带某个人的抽屉？"

卡夫卡正准备离家出走，他已经从书房的抽屉里取了些父亲的钱。他是又一位第一人称叙述者（"Boku"），他主要用现在时讲述他的故事，很像《世界尽头与冷酷仙境》的英译本中那些梦幻章节（"世界尽头"）中的"我"（"Boku"）。有人怀疑正是伯恩鲍姆在翻译《世界尽头与冷酷仙境》时采用的绝妙处理方式倒过来启发了村上春树。少年卡夫卡的世界并不像此前《世界尽头与冷酷仙境》中的"Boku"那般梦境化，不过接近结尾时这个少年确实进入了一个无始无终的另一现实，其中的众多特质都令人想起《世界尽头》中那个城垣环绕的小镇。更重要的是，他自始至终都身陷过去遭母亲遗弃的模糊记忆与由他父亲所预言的太过清晰的未来图景之间无法自拔：他被悬置于过去与未来之间，他只能在现在中发现自己。他走向成熟的关键事件是他决定不再停留于另一世界中的悬置状态，而是返回现实世界主动去找警方，担负起他在社会中应负的责任。他在经历了三周零三天的出走之后于六月十二日星期四返回东京，整部小说至此告终。

这次快刀斩乱麻地放弃安逸乡的诱惑与《世界尽头与冷酷仙境》的结论恰成最鲜明的对比。后者中"我"的决定是种妥协：他决定永远在那森林中徜徉，而让他的影子返回真实的世界。正如村上所言："现在对此我已了无遗憾。这是当时我能做出的最诚恳的决定……如果我能在现在重写那个故事，结局将会截然不同……也许因为我的世界观变了也许是因为小说的功能变了。简单说就是一种责任感。"

登上返回东京的新干线后，卡夫卡大哭了一场，问自己："我做了正确的选择吗？"小说是这样结束的：

"你做了正确的选择，"叫乌鸦的男孩说，"那是可能的范围内最正确的选择。谁都不可能有你做得那么好。你毕竟是个地道的家伙：这个世界上最顽强的十五岁少年。"

"但我仍然没弄明白活着的意义。"我说。

"看画，"他说（以佐伯的那幅《海边的卡夫卡》的画为代表），"听风的声音。"

我点头。

"我知道你能做到。"

我再次点头。

"最好先睡一觉,"叫乌鸦的男孩道,"一觉醒来,你将成为新世界的一部分。"

你终于睡着了。一觉醒来时,你将成为新世界的一部分。

小说(在第四十九章)以充满希望的调子结束——并仿佛巧合般使人想起村上第一部长篇那不经意的"甜美"标题①。读者确信卡夫卡不会因他父亲被谋杀而遭到起诉,虽然事实上不论是他还是我们都不能全然肯定他是清白的。因为,就在他父亲遇害的同一天夜里,五月二十八日,卡夫卡抵达四国的八天后,他在莫名其妙地失去意识四小时后在一家神社的地上醒来,发现T恤衫上浸满血迹,肩膀也酸痛不已。他意识到他自己并未受伤——血迹必然来自他人——但他又没有任何遭遇暴力的记忆。他也不可能在记忆空白的四小时内回到东京、杀死父亲后再返回四国的这个神社。

"神道教"是日本的所谓"国教",是一种较之通过中国从印度输入、以超然与涅槃的抽象教义为主导的佛教远为本土化的信仰。村上将神社与黑暗、纷扰——最终是不可解——的力量联系起来相对而言是符合习俗的。神道教赞美食物、丰产以及土地的神圣,其不可胜数的神祇中有相当多位代表的是令人敬畏的自然力。神道教的主要仪式是"净化",尤其在遭到与死亡或鲜血有关的"污染"之后。

读完与田村卡夫卡的故事平行展开的偶数章节的叙事后,读者会对到底是谁杀了卡夫卡的父亲有个相当确定的认识,但谋杀的具体过程还是如堕五里雾中。因为早在十一世纪的日本名著《源氏物语》中就有"活灵"的描述,读者只能假设是卡夫卡对他父亲的憎恨使他暂时脱离自己的肉身飞往东京,附身于生活在附

---

① 《且听风吟》。

近的一位精神残障的老人，导致他做出这件事来。

这位老人，中田，就是以第三人称与过去时态叙述的偶数章节中的主人公。不过，他并非以现在的年龄步入故事情节，直到第六章，当我们发现他在东京的一处住宅区跟当地的猫讲话时，时光才回到眼前。他是个温和的老人，因为具有找到走失的猫的奇特能力受到这个区域居民的爱戴，没人意识到他之所以有这个本事是因为他能听懂猫的语言。第二、四、八和十二章提供了些背景资料，暗示（但从未真正解释清楚）他在童年时是如何获得这一天分的。

这些章节一直回溯至一九四六和一九七二年，提供了关于二战结束前一年的一九四四年发生在山梨县乡下的神秘事件的书面证词。一位名叫冈持节子的二十六岁女教师向盟军占领当局作证，说她正带领一帮小学生在山上远足时发生了一件导致所有孩子昏迷的神秘事件（可能跟美国军用飞机有关）。之后，除了一个叫中田的九岁男孩之外孩子们均毫发未损地苏醒过来，中田却一直昏迷了三个星期，虽然最终醒了过来却彻底丧失了读写的能力，而且他的记忆和学习的能力也几乎完全丧失。这位女教师于一九七二年给曾在这一案件中充任专家证人的一位东京的心理学家写过一封信，承认前几章出现的那些精心编辑的文件是建立于她提供的伪证基础上的。事实是，远足的前天夜里她做了个充满狂野色情的梦，导致她跟孩子们外出时月经提前到来，而且血量特别大，她只能用一条毛巾止血。当孩子们到森林里采蘑菇时，中田将那条沾满血迹的毛巾捡了回来，她羞愤交集之下痛打中田，一直将他打得失去了意识。别的孩子因为这一场面受到极大惊吓，竟然全部晕倒，而且把发生的一切统统忘却。

中田精神上的变异源自鲜血以及带有色情意味的暴力。虽然他极为单纯善良，他杀死卡夫卡父亲（如果当真如此）的场景却充满骇人的暴力和血腥。事实上，经过几章对二战的回顾以及卡夫卡读的一本关于阿道夫·艾希曼站在官僚体制立场上讲极为超群的对犹太人进行灭绝的书（当然属于另一层次上的叙事）的描述之后，这一章（第十六章）是一次令人刻骨铭心的证明：暴力绝不可能终结暴力。在一个或许只有村上才可能采取的叙事步骤中，通过让读者去听猫讲话，将未曾直言却一直强烈感受到了的这一信息推至高潮。

让猫开口讲话，再加上上一段的那个疑点，即是否真如我们认为的那样，是中田杀死了卡夫卡的父亲，需要做点解释。当中田第一次以现在六十多岁的年纪在情节中出现时，他就真的只是在跟一只猫讲话。这是他跟猫进行的数次谈话中的第一次，以他特有的拘谨方式进行。第六章是这样开始的：

"你好！"已进入老年的男子招呼道。

猫略略抬起脸，很不情愿地低声回应寒暄。他是一只老猫，个头很大的黑色公猫。

"天气真是不错呀，您不觉得吗？"

"我想是吧。"猫应道。

"万里无云。"

"至少现在吧。"

"好天气持续不下去？"

猫不但开口讲话，而且讲得比中田还要自然些。中田这种特殊的讲话风格堪称小说中最受赞誉的特质之一。他从不用人称代词指代自己：他称呼自己时总是用"中田"。他是个略带些喜剧色彩的人物（跟严肃到家的卡夫卡形成对比，这孩子脸上很少有笑容），而且众多跟猫谈话的场景都很是甜美和有趣。然而，因为采用的是第三人称叙事而且叙述者从不插进来发表议论，所以没有任何东西会唤起猫的谈话是否现实的疑问。我们并非通过中田的眼睛看世界，于是这种表面上的客观性迫使我们要么将其当作现实接受，要么当作荒诞无稽彻底放弃。村上在将一系列高度个性化的猫推上舞台时毫不畏首畏尾，比如那只可爱的暹罗猫咪咪（名字取自歌剧《波希米亚人》的女主角，她住在一幢门口停了辆奶油色宝马的房子里）以及那只好心但语言功能欠缺、只能胡言乱语的川村君（"坏是不坏，高脑袋"）。

中田是受附近一位太太的请托寻找一只走失了的叫做"胡麻"的猫的，但咪咪告诉他别的猫都认为是当地的一个捕猫人把她抓走了。最近还有好几只猫也被那个"坏人"给逮了去了。天真的中田简直无法想象这人抓了猫去到底要干吗，咪咪则提出了用作科研、乐器以及美食的几种可能，也可能纯是为了虐待和折磨他们。她向中田描述了那位捕猫人的样子：高个儿，戴一顶怪怪的高帽子，穿一双长筒皮靴。她还警告中田那是个极端危险的家伙，又加了一句："我们的这个世界是个非常非常暴力的所在。任何人都无法回避暴力。这点请您千万别忘记。"

中田无法完全理解她的含义，不过很快他就与暴力迎面撞上了。他混乱、天真的头脑跟那些意识不到暴力随时都会袭来的生活于平和的民主社会的平静之人没多大差别，他们都意识不到暴力会以奥姆真理教式的恐怖主义或大自然的力量或自以为正当的右翼政府的侵略行径等等形式出现。中田觉得自己没必要怕那个捕猫人，因为他自己"是个人，不是猫"。这正使我们想起了被归于德国神学家弗里德里希·尼默勒（1892—1984）的那段名言："在德国，他们先是气势汹汹地对付共产党，我没站起来说话，因为我不是共产党。然后他们开始对付犹太人，我没站起来说话，因为我不是犹太人。再然后他们开始对付工联主义者，我没站起来说话，因为我不是工联主义者。再后来他们开始对付天主教徒，我没站起来说话，因为我不信天主教。再后来他们开始对付我，而到了这个时候已经没有人可以站起来说话了。"

来"对付"中田的是一只獠牙上沾着血迹和肉渣的大黑狗。他将中田引至一幢老式的住宅前，在这个不熟悉的地段中田开始感觉不安。大黑狗将他带进一间昏暗的接待室或是书房，应该就是卡夫卡从抽屉里拿了父亲四十万日元的那个房间。但坐在房间黑影中的那个高个男人却不可能是卡夫卡的父亲、著名雕塑家田村浩二。其服饰完全来自十九世纪的欧洲：他头戴黑色丝质高筒帽，身着大红色长襟紧身服，里面穿一件黑色马甲，下面是雪白的长裤，足蹬黑色长筒靴，左手提一根饰有金头的黑手杖。

"我肯定你应该知道我的名字。"他对中田说。当中田表示不知道时他颇显失望。然后他摆出一副在大街上意气风发大步向前的架势，但中田还是不知道他是何许人。"你怕是不喝威士忌吧？"他说，中田点头称是。

那人只好放弃，自报家门说他就是威士忌商标上的那个琼尼·沃克。但对于文盲兼滴酒不沾的中田来说这还是毫无意义，不过此时恐怕大多数读者都惊愕地张大嘴巴了吧：琼尼·沃克？！他跑到这本书里干吗来了？仿佛到此为止还不够让人震惊似的，琼尼·沃克又将中田领到厨房里让他看满冰箱冷冻的猫头。回到书房后他恭贺中田来得正是时候，因为他马上就要再切一大批猫头下来，中田受托寻找的那只年轻的母猫胡麻也在其列。不过，如果中田肯好心帮琼尼·沃克个忙将他杀了的话，胡麻也就毫发无损地得以生还了。"你必须得怕我，然后再恨我，最好把我一刀杀了。"他说。

"为什么非得是中田？"中田问，"中田从没杀过任何人，而且中田不适合干这样的事。"琼尼·沃克这样回答：

"你非常清楚为什么非得是你。你从没杀过人也从没想过要杀任何人。你不适合干这样的事。但在世上也有这样的逻辑没法应用的时间和地点。不管你什么合适不合适的一定要你去做的情况也是存在的。你必须理解这一点。比如说战争就是一个例子。战争你知道吧？"

"知道，战争中田是知道的。中田出生的时候，大家就在打一场大战。中田听说过。"

"一有战争，就要征兵。征去当兵，就要扛枪上战场杀死另一方的士兵，而且杀得越多越好。没人问你是不是喜欢杀人。你必须得这么做。否则你自己就要被杀。"

琼尼·沃克用指尖对着中田的前胸。"砰！"他说，"这就是人类历史的脊柱。"

琼尼·沃克要求中田痛下决心把他杀掉。"诀窍就是毫不犹豫。怀着巨大的偏见当机立断。"然后他就开始从一个皮口袋里一只只地把猫掏出来，将它们的肚子剖开，取出仍在跳动的心脏一口吞下。胡麻将是最后一只，他说。正如阿道夫·艾希曼，琼尼·沃克干得有条不紊，而且还加上个小噱头：他像迪士尼动画片中的七个小矮人一样吹出"哈伊嗬"的口哨。中田不认识第一只猫，但当他的猫朋友们出现时，他开始惊骇万分。杀戮突然间开始以高度个人化的方式呈现。这已经不再是用一架卡夫卡式的杀人机器杀戮姓名不详的受害者，而是在屠杀可以辨识的个体了。现在我们明白村上为什么让我们如此熟悉那么多不同个性的猫了。那些可爱的、看似闲笔的章节正是为了让我们分享中田的恐惧而做的准备。首先是那只可爱的语无伦次的川村君。中田已经感觉自己的内心有某种东西发生了改变，但他仍然无法在琼尼·沃克杀死川村君、吞食他的心脏前迫使自己把他杀掉。中田会为了制止杀戮而进行杀戮吗？如果他这样做了，他会得到什么？"这就是战争！"琼尼·沃克提醒他。然后他把咪咪拖了出来。

"求您了，琼尼·沃克先生！"中田叫道，"求您住手吧！再继续下去中田就要疯了。中田觉得好像已经不是中田了。"

"你说得没错，"琼尼·沃克平静地回答，"你**确实**不再是你了……这一点非常重要，中田君——人有时确实能够不再是人。"

已经到了即使中田这样的老好人也不得不采取行动的时候了。他抓起一把巨大的匕首，戳进琼尼·沃克的心脏。琼尼·沃克哈哈大笑，刚吃下去的猫心也咳了出来，倒在中田的脚下。所有的一切都沾满了鲜血。中田将咪咪和胡麻抱过来，坐在沙发上，沉入黑暗之中。他已经通过杀戮制止了杀戮，他已经把他的朋友从死神的手中夺了回来，但在这一过程中，他可能已经不再是我们认识的那个可爱的中田老头了，相反，他也成为了"人类历史的脊柱"的一部分，将永无止境的杀戮之循环继续下去。我们下次见到他时他会是什么模样？他将恢复过去的记忆，因为这次杀戮变成一个"正常的"人吗？他会变得像一般文明化了的杀手一样能读会写吗？他还能跟猫交谈吗？村上本来可以就战争的主题向他的读者直接宣教，但他却创造出这样一个充满魅力的超现实的活剧——用猫和威士忌商标！——使我们切身感受到那些想获得和平同时也不忘人类正义的人所面临的进退维谷的困境。

这血腥的第十六章遂成为村上笔下最激烈、最深刻的篇章，其中提出的是浸满鲜血的二十世纪的记忆中挥之不去的主题，而且将继续困扰着二十一世纪的人类，其开端章是如此令人心碎，如此暴力。这部小说的价值或者说成功之所在必将建立于村上如何处理他如此急迫地予以表现的这些普遍性的论题上。

中田杀死琼尼·沃克与卡夫卡的父亲被杀都发生在五月二十八日的同一时刻（或许也发生在同一幢房子里），此时，在数百英里之外的四国，卡夫卡丧失意识达四小时之久，刚刚在一家神社醒来，手和衣服上沾满鲜血。虽然我们将读到报纸上关于雕塑家田村浩二被杀的"真实"报道，但这种幻觉式的叙述才是我们亲眼目睹中田或卡夫卡卷入谋杀的全部"事实"。

琼尼·沃克必将成为村上对于文学价值而言至关重要的高度严肃性的最大胆的挑战之一。读者在后面的章节中还将面对一个同样勇敢的挑战：肯德基的山德士上校化身为具有超自然能力的皮条客突然出现。这第二位匪夷所思的人物只对卡车司机星野现身，看起来跟山德士上校一般无二：白色西装、眼镜外带领结，但他在解释他超自然的能力时指出："我既非（神道教的）神，也不是佛或是人。我是种很特别的东西：我是个观念。"村上锁定这些人们耳熟能详——甚至非常喜爱的——跨国大公司的象征并赋予它们不可思议的邪恶、暴力与堕落的力量。在日本，琼尼·沃克黑牌威士忌长久以来一直是人们在国外免税店里首选的礼品酒，至于山德士上校，因为日本的肯德基餐厅门外都会竖立一个略有些邪恶模样的塑料模型，可能比在他本国都更为人所熟知。崇尚健康食品的村上也许同样意识到山德士上校的炸鸡和其他快餐——大部分都已输出到日本——也许正是导致美国人——如今是日本人过度肥胖的重要原因。一位采访者说，日本读者对这些高深莫测的创造感到震惊而又困惑，但村上却将它们与其早期的作品做了些有趣的对照：

> 我创造的第一个类似的角色是《寻羊冒险记》中的羊男。我当时可没计划把这样一个角色拖到前台的：他就在我写作时突然蹦了出来。这是源自黑暗的世界的创造，一个生活在另一世界的生物。琼尼·沃克和山德士上校也是同一回事——都是从黑暗中现身的"演员"。《奇鸟行状录》中其实也有几个这样的角色出现，比如说剥皮鲍里斯，虽然他表面看来是个现实的角色，像是并非来自另一世界，但我想他应该也是一回事。因为有了他在，故事就能朝一个新的方向发展了。
>
> 我在写作的过程中并没有明确的意识：我不知道他们是善还是恶。直到现在我仍然不知道羊男是善还是恶，琼尼·沃克也是一样。他的行事当然是恶的，但我不知道其中有多少是真的。还有，山德士上校呢？我对他简直没什么概念。这两个人都促进了故事的进展，将故事向前推进。问题

并不在于他们是善还是恶，对我而言真正重要的是：他们会推动故事朝哪个方向发展？也有可能琼尼·沃克和山德士上校是一码事，不过以不同的面目出现，端赖你怎么看了。我不知道，不过……我想，如果这两个形象没有出现的话，故事可能也就不会进展得如此成功了。当然我也认识到会有很多读者不能接受这样的处理。

村上的采访者同意，大部分对这部小说持否定态度的评论都抱怨这些形象令人摸不着头脑。我们无须责备村上的批评者未能体会这类策略的用意，事实是：他自己的解释也无非坦白他编造他们的目的就是为了解决情节方面的难题。如果你的小说中需要人物甲和人物乙在某时某地相遇而你已经将他们描写为住在不同城市的陌生人，你可以安排某些发生在现实世界中的情节发展将他们聚到一处（工作安排啦，在飞机上偶遇啦，出租车爆胎啦等等），你也可以采用奇异的超自然手法，比如出现在人物甲的梦中告诉他一醒来就拨打人物乙的电话。从书中出现的频率来看，村上显然选定的是后一种途径。比如，当山德士上校在某一时刻一定要跟中田取得联系时，他通过中田的朋友星野已经关机的手机打电话给他，公然置物理法则于不顾。（也正因此他将自己称为一种"观念"。）

但是，《海边的卡夫卡》在利用这类策略时显得相当武断和随意，而且其人物经常更多地以作者的便利为前提行动，而非遵从现实或者幻想前后一贯的逻辑。村上似乎在一边行进一边制定行动法则，就好比在一部吸血鬼的小说中，我们在最后一章才突然得知，原来能制住吸血鬼的不仅有大蒜和十字架，竟然还有厨房——所以主人公就通过喂那个邪恶的吸血鬼吃汉堡击败了他。诸如此类。不过更令人失望的是小说未能回答第十六章那杰出的杀猫情节的结尾提出的重大问题：对于一个爱好和平的人而言，通过杀死另一个人参与到人类历史最丑陋的核心，即使他的杀人是为了制止别人继续杀戮，到底意味着什么？杀戮与战争是如何改变了一个人，使他不再是原来的他？小说的前十五章百川归海般导向那场恐怖的血腥较量，但随后的三十三章却始终再未能达到那一探询的高度，而且精心编织的中田童年时代有关战时的章节也再未在以后的叙事中起到任何意义。

中田并未成为一个真正意义上的新人（在这一点上村上已经为我们提供了众多先例，比如《奇鸟行状录》中的加纳克里他），他仍然是那个弱智的老好人。他的确丧失了跟猫交谈的能力，却又获得了跟石头谈话的能力（谢天谢地，村上没让石头开口答话），而且在第二十四章，他突然之间又具有了诊断并治愈背痛的本事。他被一种无法解释的愿望驱使着要一路向西，还要过一座桥，而且他还能令鱼或水蛭这样的生物从天而降。他确实"改变"了，但只不过改变了行事怪异的方式，却并未能加上对于社会中存在的暴力的批评深度。看来村上并未看出他在小说的前十六章中已然创造出了一个多么意味深长的文本，而且错失了使这部小说成为对人类处境的伟大评判的良机。美国——村上文学视野的最初源头——这个已经以和平和正义的名义成为世界上头号杀手的国家，本来最可以从这样的一个教训中得益的。完全缺乏想象力的美国领导人只知道在一个善恶如黑白般分明的世界上要么杀人要么被杀的伦理。

在小说的剩余部分中，中田向西行进的需要一直推动着他。他不知道他到底要去哪里，但"某种东西"（从未解释清楚）一路把他带到了高松，正是少年卡夫卡避居的同一个城市，而且受到本能的驱使，中田跟他新结识的旅伴卡车司机星野一起来到了卡夫卡生活和工作的图书馆。他和卡夫卡虽来自东京的同一个居民区，但从未谋面。当中田和星野于六月十日抵达图书馆时，卡夫卡正身处四国的深林，准备在二战士兵的亡灵陪伴下踏上通往另一世界的旅程，所以预期中中田与卡夫卡的相遇从未发生。

在图书馆，中田感到一种会见佐伯的需要，她既是卡夫卡的中年情人、图书馆的馆长,又是二十五年前的热门歌曲《海边的卡夫卡》的作者——那是一首梦境般的民谣,充满谜一般的诗意意象,而这些意象又恰巧跟中田从天而降的雨与标志他自己进入"另一世界"之入口的神秘石头有关。(这首歌还包含两个非同寻常的和弦,亦成为它当初大受欢迎的重要原因。)他们两位在高潮段的第四十二章第一次也是唯一一次聚首,但佐伯却宣称她一直都在等他,而他也为花了这么长时间才找到她致歉,就仿佛他一直就知道她就是他最终要找的人。她身陷于自己过去的记忆无法自拔(她把时间都花在用她的万宝龙笔书写自己多卷本的回忆录上),而他却几乎完全丧失了记忆,只生活在现时中。

"我感觉已经认识您很长时间了,"她说,"您就在那幅画中,不是吗?是海岸背景中的一个人。"那幅画就是反映了她年轻时的一次真爱的《海边的卡夫卡》。他们两位还都分享着"入口石"的知识。在她的歌曲中,这只是种比喻的说法,但对中田而言却是确有实物,是他的同伴星野在山德士上校的引导下于一个神道教的神社地上找到的(或许就是卡夫卡在失去知觉四小时后醒来的同一个神社)。中田曾在一场戏剧性的暴风雨中举行了个"打开"这块石头的仪式,大概意味着就此打开了通往另一世界的入口。他向她坦白曾在东京杀过一个人。"中田并不想杀人,但在琼尼·沃克的引导下,中田替一个应该在那里的十五岁少年杀了一个人。中田别无选择,只能承担那一任务。"

佐伯接着大声道出她的疑问:"所有这一切之所以会发生是否就因为我多年前打开了那块入口的石头?"中田并不知道她问题的答案,但他的确知道"中田的任务就是此时此刻就在这里将现在的事务恢复其本来面目"。他说,正是为了这个目的,他才离开东京,越过一座大桥来到四国。

这两个人是怎么知道以上所有这一切的概不清楚。村上此处玩的就是"声东击西"的花样,不过他倒是对此心安理得:

当我在一个故事的情境中进行构思时，一切皆有可能，而且发生得非常自然。在我构思时，即使像这种千里之外杀死父亲的情节也算得这个世界上现实到自然主义的事实，所以，像中田杀人卡夫卡手上却沾满血迹这样的事也就根本没什么奇怪的了。为什么如此，我很难解释清楚，但感觉这就是自然而然会发生的事。

但有很多读者却说他们理解不了。**为什么杀人的是中田，血迹却出现在卡夫卡手上？**因为这种事情是可能发生的，这就是为什么。这种事**怎么**才能发生？因为一个故事可以在超越了解释的层面上表达某些东西，可以表达在一般的情境中无法解释的东西。因为一个故事表达事物的方式是不同于其他表达类型的。

所以，读者对于《海边的卡夫卡》的接受在很大程度上决定于他在多大程度上愿意"随波逐流"地跟随故事的进程。对于一位不太愿意轻信的读者，村上就显得未免太过于依赖叙事策略和巧合，而且又太轻易地忽视了现实层面上的诸多前后不一致。比如说，关于卡夫卡父亲的被杀公众知情的范围。小说中一边写报纸电视连篇累牍地报道，一边却又不知什么原因，卡夫卡在四国的相识除了年轻的助理图书馆员大岛外竟然都对此事一无所知。就说大岛吧，他一直密切追踪着各项报道，有很多都提到警方很想讯问被杀的田村浩二的儿子，既然如此，卡夫卡的名字肯定被媒体反复提起，但大岛却仍然说他不知道田村卡夫卡的真名。此外，中田记忆丧失的程度也前后不一。在数次读到他的记忆已经被全盘抹去后，我们却有一次听他谈起"占领期"和"炸弹"，他至少应该经历过一次记忆闪回，才能做出此等细节的描述。当情势需要中田蠢时他就很蠢，当需要他清楚地表达些什么时他就变得简直可以说雄辩滔滔。

但这并不是说村上完全忽视了所有现实主义层面的问题。盟军占领期间军事当局关于"木碗山事件"的各个文件就是费尽心思完成的,几可以乱真。而且小说在叙事中经常会将日常生活的细枝末节交代得一清二楚,以便为各个人物为什么以及如何行事提供合理的解释——比如日本的出生证明是什么样的或如何从因特网上下载信息,如何在酒店里砍价或在青年会宾馆预留房间,比如预付费和后付费手机在追溯性上有何不同或是在健身房进行负重训练的详情(卡夫卡一直在非常努力地强壮自己的肉体)。我们了解到远远超过需要的有关中田的财政以及他的肠胃蠕动状况——有时甚至达到粗俗喜剧的效果。

村上在小说的很大篇幅内似乎已接受了现实主义小说的惯常做法,但这只使得他背离一贯性(或者说物理性)规则时更加令人震惊和迷惑。在那些越来越直截地描写与超自然相遇的场景中,迎头掷向读者的那些绚丽矫饰的文字数量甚至超过了《斯普特尼克恋人》中临近另一世界入口时演奏的高调音乐。当中田乞灵于通往另一世界的"入口石"的神奇魔力时,一时间电闪雷鸣,其暴烈的程度堪比布尔沃–李顿的"风狂雨骤的黑暗之夜"[1]。

本书另一既受到赞许又遭致诟病的特点就是极端大规模地对文学和音乐作品的指涉——即使对于村上而言都显得规模巨大,而且其中极高的比例倾向于精英文化,远远超过了爵士或流行音乐的范畴(虽然艾灵顿公爵、约翰·柯川、莫考伊·泰纳、沙滩男孩、"王子"乐队和"奶油"乐队都简要地提到过)。这其中,大岛这个人物起到了主要作用。这位将卡夫卡置于自己羽翼之下,安排他在图书馆住下的图书管理员从不放过任何机会就他们之间提到的任何主题展现他滔滔雄辩的风采,无论涉及的是精英文化抑或人生之意义。他深入论及的话题有弗朗兹·卡夫卡以及他的《在流放地》(事实上,就这个短篇提出一种令人难以置信的老到

---

[1] 布尔沃–李顿(E. Bulwer-Lytton,1803—1873),英国政治家和作家,以擅写满足公众趣味的历史小说著称。

评论的是少年卡夫卡本人），有日本作家夏目漱石，对汽车来讲最好的颜色，人与自然的关系，希腊悲剧，柏拉图，性别问题，性与爱，弗朗兹·舒伯特，对身份的找寻，T.S.艾略特，雕塑艺术，隐喻及象征主义之精妙，鬼的心理学与存在论，《源氏物语》，其对"活灵"的描述以及极深的怨恨能否离开身体对憎恨的客体造成伤害（这实际上是在鼓励我们做出卡夫卡可能是如何杀死他父亲的结论），江户时代的寓言家上田秋成（1734—1809），歌剧，西班牙内战，卢梭，澳大利亚的土著居民，人类自由的本质，《奇幻森林历险记》以及内脏即人类内部迷宫之原型，等等。其中有些主题还经过了大岛那始终开启和活跃的嘴巴的反复讨论。(叶芝、莫扎特、小说家谷崎润一郎、阿道夫·艾希曼以及理查德·伯顿的英译本《一千零一夜》在别处论到。贝多芬是用于扩展治疗的，不过主要发生于中田的叙事部分，卡车司机星野面向这一可以使人精神富足的提升心灵的源泉打开了心灵。)

　　起先，我们已经注意到村上有点隐含的说教倾向，但到了这儿简直就是直接开坛授课了。当村上被问及是否有意在小说中安置了如此多的引用时，他答道：

> 这是自然……在这部小说中引用和学识对我来说极端重要。毕竟，主人公只是个十五岁的男孩，所以经过诸多艰难困苦的考验对他而言非常重要。我本人在成长过程中就从众多领域吸收了很多知识；在人生的那个阶段真是狼吞虎咽，知识就像甘霖浇上焦渴的大地……如果在小说中对一个成熟的成年人也采取类似做法就会显得很做作，但对于一个年轻人来说这真的很重要……大岛在开车时展现了他对舒伯特钢琴奏鸣曲的博学，有人也许会觉得他只是在炫耀自己的学识而因此产生抵触情绪，但事实上他是在利用这些向少年卡夫卡传递某种东西。

在跟心理学家河合隼雄的一次交谈中村上曾说：

> 自打年过五十之后，我开始越来越深入地体会到我们这代人的问题。听起来或许有点沉重，但过了某个点后，类似"一代人的责任感"这样的东西就会自然而然地开始进入你的视域。我本人没有孩子，但如果有的话也该二十岁出头了，该是由我向他们传递些什么的时候了。
>
> 河合：你的很多读者就正是你的孩子的年龄，不是吗？
>
> 村上：没错。"传递点什么"虽然听起来有些正经八百，像是自上而下的俯视态度，但我不是这个意思。更像是自然而然地作为一个个人问题意识到这一点："我想传递点什么？"更多的是种感觉而非一种僵硬的姿态。

喜欢先前那个酷酷的、持疏离态度的村上的读者或许会瞧不上《海边的卡夫卡》中这种日渐增强的高度目的性以及精英文化在其中所占据的优势地位，不过大部分读者对此有积极的反应而且很喜欢那个主要的教诲源头：大岛。网上的一次关于村上《海边的卡夫卡》的调查显示，如果这本书搬上舞台的话读者最愿意扮演的角色就是大岛。

这确实让人稍感意外，因为大岛是个相当古怪的双性人。当两个盛气凌人的女权主义者参观图书馆并对一切吹毛求疵时——从所谓的男性至上的目录检索方式到未能提供单独的女性读者阅览室——大岛给她们上了一堂充满讽刺意味的有关 gender（语法意义上的性）与 sex（肉体意义上的性）之差异的课，并揭示了一个足以令每个人——那对女权主义者、卡夫卡以及读者——震惊不已的事实：他说，他不可能是个典型的无意识的男性沙文主义者，因为他压根就不是个男人。接着，他提供了相当多谁都不是真正想知道的事实："从身体结构上说我当然是女性，但我的意识则百分之百是男性……精神上我是作为一个男性活着的……我虽然穿成这个样子但并非女同性恋者。从性取向上说我喜欢男人。换句话说,我同时既是个女人又是个男同性恋者。性交时我从未使用过阴道,只用肛门。我的阴蒂很敏感但乳头几乎无动于衷。我也没有月经。所以,有谁能好意告诉我,我该为何种性歧视感到负疚呢?"

村上到底为什么这么写殊难断言。大岛的性特征似乎只与这一章(第十九章)直接相关,像是只为了给那些漫画式的狭隘女权主义者一个出其不意的下马威。但这一意在针对教条主义的女权主义者的批评却算不得成功(而且总体说来带有偏见),因为它采取的似乎仍然是男性沙文主义的立场,暗示所有的女权主义者都是毫无幽默感的道学先生。一位在其他方面非常热情的女性读者在村上的网页上曾就此诘问过他,挣得了村上的道歉以及进一步的解释:他是在总体意义上嘲讽那种狭隘、自以为是、总是妄下断语的人,他并不认为所有的女权主义者都是书中描写的这副德性。

关于大岛的性征,村上告诉一位采访者他除了把他写成性畸形外几乎没有别的选择:

> 我需要大岛呈现出某种程度的"变形"。一张鱼和猫混成的脸当然是种变形,但在小说里不能这么写。大岛是个整洁优雅的年轻人的角色,这意味着他的变形必须得是内在的——即性、性器官上的。至少在我看来应该是这样。大岛应该是天生纯洁的,缺乏任何种类的不纯。不知该如何表达才好,不过雌雄同体给我一种强烈的纯净感……我想,只有类似这样的人才能充当卡夫卡的导师。

对于追捧更轻松、更明亮的村上的读者而言,少年卡夫卡章节中那种几乎无法释然的严肃性可能又是一个失望,但偶数的中田章节则充满喧闹,特别是在阿甘式的中田跟年轻的卡车司机星野结队之后，读者喜欢星野的马尾辫和他中日龙队的棒球帽。不过，同时出现在这个叙事中的可爱的——虽然年届中年——的佐伯，卡夫卡通过跟这个"母亲形象"睡觉以完成他父亲的诅咒的佐伯却超越了严肃性，成为纯粹的情节剧式人物。她的灵魂备受折磨，耗费所有时光写成的回忆录只落得交给中田命他付之一炬，之后她就戏剧性地在最佳时机溘然长逝。她每次上场我们几乎都可以听到背景中奏响威尔第的旋律。她如此执著地向往她失去的"海边的卡夫卡"，以至于她十五岁的灵魂与她仍然活着的肉体分离开来。在无论哪种隐喻的水平上卡夫卡都能跟她扯上关系，是她援手治愈了他无尽的（而且一直哀怨个不停的）对母亲的向往，并使他以一种全新水准的成熟心态重返社会。

《少年卡夫卡》

《海边的卡夫卡》的流行不但体现在销售数量上，还表现在读者的关注度上：新潮社建了个网页，读者可以发电子邮件提出各种问题，而且极有可能得到"村上君"本人的答复。从二〇〇二年九月十二日至十二月二十日，主页共收到八千八百七十封邮件，村上回答了其中的一千两百二十个问题。这次双向的信件交流后来也付印了，于是在二〇〇三年六月在书店里又形成了另一堆村上的书山，而且色彩异常亮丽。《少年卡夫卡》在设计上非常大胆：它仿照男孩卡通杂志的样式，采用同样厚厚的装订方式，封面也装饰着这类杂志惯常采用的同样狂野刺激的标题。当一位网页的工作人员表达了她对封面的惊艳感时，本书的编辑铃木利贵回答："这是村上君的主意。"不难想象在本书的编辑成书过程中村上、插图画家安西水丸以及新潮社的工作人员获得了多大乐趣。封面的一角印着¥950的低价，然后继续向其潜在读者大声宣传：

主编：村上春树
少年卡夫卡

终于——第一本（也是最后一本）《海边的卡夫卡》杂志问世了！使你获得十倍于阅读《海边的卡夫卡》的乐趣！！！

赤手空拳与读者的 EMAIL 过招！
村上君答复一千两百二十个问题！！
村上春树的粉丝们翘首以盼的四百九十六页的大书！
对村上春树的特别采访
跟安西水丸一道进行书厂之旅
《海边的卡夫卡》主页上的完全记录
《海边的卡夫卡》粉丝们的必读！

《海边的卡夫卡》得到了众多积极的反应，不过也有些负面的意见，《少年卡夫卡》都不偏不倚地反应了出来。安西水丸为很多来信设计了可爱的小图形标志，包括用一个正在喷发的火山图形作为那些读者表示不满信息的标志。比如，一位读者批评村上"对（'姐姐'的形象）樱花的性格塑造很弱"，还有"'强奸的行动'在我看来不令人信服：好像凭空而来……我搞不懂为什么这个世界上一定得有那么多毫无意义的性与暴力"。村上的回答并未直接回应对性格塑造薄弱的批评，不过针对无意义的暴力的异议他说："在我看来我们须得最先认识到的要务之一就是无意义的暴力是个事实；它就在我们周围发生着。"

读者发来的电子邮件的绝大部分都是在表达他们多么为小说中的事件和人物所打动，他们已经把这本书读了多少遍（三遍、五遍甚至十遍！），他们多么深爱着村上的所有作品，这本书给了他们多大的勇气和力量去面对他们自己生活中的情感以及人与人之间存在的问题，等等。有些读者抱怨书中有太多早期作品的影子，还有些情节上的问题悬而未决，对十五岁的男主角与其"母亲形象"发生性关系感觉不舒服，大岛的说教，小说存在的前后事实的不统一等,但这些负面意见经常都伴以道歉的话,外带声明自己一直都是村上作品的粉丝而且喜欢村上早期的大部分或全部作品。

村上对这些批评意见的回复经常将其归因于天生文学趣味的不同。有些读者抱怨网页本身就是已经过热的销售攻势的一部分,对此村上辩护说网页跟销售毫无关系,这是他本人创立的,为的就是提供一个他本人跟他的读者可以毫无限制地交换意见的场所,不论是正面的还是负面的:"直接民主"。村上对于在网上跟他的读者交流几乎跟写小说同样全力以赴。在人生的这一阶段,他或许已经开始充当起某种精神顾问的角色,但他仍然不是什么权威人物:交流始终都是双向互动的。

《麦田里的守望者》

《海边的卡夫卡》与《少年卡夫卡》之间的联系自不待说,而对《麦田里的守望者》的翻译也与村上的这部新长篇有千丝万缕的关联,荦荦大者首推村上对塞林格的叙述口吻的拿捏。这中间最特别的又是村上决定用日语中的准代词"kimi"[①]("叫乌鸦的男孩"称呼"卡夫卡"时用的就是这个称呼)来译叙述者兼男主角霍尔顿·考尔菲尔德使用的英语代词"you"。我们从原版小说的开篇第一句话就看得很清楚了:"如果你真想听的话,你最先想知道的可能就是我生在何处以及我讨厌的童年是怎么过的……"村上对这种叙述风格的把握已经引起柴田元幸的注意,他论及十五岁的辍学少年卡夫卡与十六岁的辍学少年霍尔顿之间的相似性。柴田元幸说,他也曾像其他评论者一样假定村上受到了塞林格的直接影响,但后来村上亲口告诉他,他是在已经完成《海边的卡

---

① kimi,在日语中属于非正式第二人称代词,用以称呼同辈及同辈之下的人。

夫卡》的初稿后才接到翻译《麦田里的守望者》的邀约的。

当然，村上多年以来一直就酷爱——并希望亲自翻译——《麦田里的守望者》，所以影响的问题就不是那么容易框定了。村上本人曾提到，跟别的更为喜爱的作家如布劳提根和冯内古特相比，塞林格于他的影响也许更为微妙，更加潜移默化。不过，如柴田元幸的评论所提到的，正是因为村上版的《麦田里的守望者》与《海边的卡夫卡》拥有的共同特质使这两本书恰好在村上创作生涯的这一时段出现，并非仅仅是巧合。批评家三浦雅士近来发表了一篇出色的专著规模的论文，他在其中证明了村上和柴田元幸作为翻译者对于当代日本文学之形成所具有的巨大影响，并巨细靡遗地检讨了村上个案中翻译与原创小说之间存在的微妙的交互影响。

当村上的译本《麦田里的守望者》于二〇〇三年四月问世时，《海边的卡夫卡》的热度仍然相当高涨，他的翻译与创作之间的密切关系可以在书店里真切地感受到：很多书店里两本书都堆成书垛摆放。村上的新译本也经常跟仍然有售的旧译本以及塞林格的原版书并排摆放，鼓励读者可以进行些比较阅读。

不过，如果真正对日本与美国之间"文学影响"感兴趣的话，就须得细读大卫·米切尔、理查德·帕沃斯、斯蒂文·米尔豪塞以及其他对村上的作品表达过仰慕与借鉴的作家。柴田元幸甚至认为当代美国作家正在开始"赶超"村上。虽然在一次访谈中村上对这一论点略感局促不安，他却提到了最近一次切身经历使他认识到他的作品在国外受欢迎到何种程度：

不久前我去了趟库页岛。那儿有百货公司但没有超市，买东西都得去露天的集市。他们甚至没有书店和音像店。什么都没有。要想买书和CD也得去露天集市。年老的妇女跑到西伯利亚去买书，装到大包里一直背到渡船上。在集市上将货品摆出来卖。一切都取决于市场需求——以及货品的重量。根本不可能将卖不动的书摆出来。所有的小书贩都只买进能卖得好的书。**所有的**书摊上竟然都有我的书。看到这种情形我差点绝倒……但《寻羊冒险记》却遍寻不见。有人告诉我那是因为这本书马上就会卖光的缘故。

《生日故事集》

如果说《海边的卡夫卡》对于身为小说家的村上而言是一大收获，那么为了与村上本人的五十五岁生日契合由哈维尔出版社于二〇〇四年一月十二日出版的英文版《生日故事集：村上春树选篇并作序》则在另一个全新的角度标志着一位日本小说家已经被广泛承认为一位世界级的文学人物。大江健三郎和三岛由纪夫都曾为西方读者编选过日本文学的英文本，但此前从未有一位日本作家被赋予为英语国家的读者选择并评论西方作家的作品的权威。本书共选了十二个短篇，包括村上本人的一篇，其余的分别为威廉·特雷弗、拉塞尔·班克斯、保罗·索鲁、雷蒙德·卡佛、丹尼斯·约翰逊、伊桑·坎宁、大卫·福斯特·华莱士、安德里亚·李、丹尼尔·里昂、林达·塞克逊以及克莱尔·基根的作品。本书的日文版基本上是本译文集，只有村上那篇轻松又略有些令人不安的《生日女郎》是日文原作，而英文版则只有村上这同一个短篇是翻译作品，其余的小说都是用村上的作品曾受益匪浅的那门语言（英语）写成的。村上的导言对于选集中各位作家的评论充满了个人化的洞见与细致入微的分析，轻松而又充满自信地对非日语的读者娓娓道来，而这些读者已然将他作为一种重要的文学声音来接受，其国籍几乎已经无关紧要了。

确实，英文版中独独缺少戏剧这一事实说明，村上如此完全地被国外的读者所接受并非因为所谓的异国情调。而芥川龙之介是凭借其身着平安时代服装的戏剧，川端康成是以其艺伎和茶道，三岛由纪夫则是以其现代武士道的自戕才受到西方读者关注的。

这本书源自村上的纽约文学代理人阿曼达·厄本与其英国出版商克里斯托弗·迈克尔霍斯之间的一次谈话。迈克尔霍斯想在等待《海边的卡夫卡》英译本完成的空当先出版一本跟村上有关的书，阿曼达·厄本当时不太可能已经知道只是为日本读者编选的日文版《生日故事集》的存在，但因为选集中有几位美国作家的版权也由她代理，所以她知道村上已经做了这么本书。于是她建议迈克尔霍斯可以出这本书的英文版，迈克尔霍斯则深以为然。

厄本女士谈到这件事时用的是"没什么大惊小怪"的语气："村上在英国够受欢迎的了，现在做一本由他编选的书正是时候，所以并没费多大的周折。"换句话说，对于她以及英国的出版商来说，这绝对是个自然而然的主意。然而，如果放在现代日本文学史上看，这事实上是革命性的一步。

身为村上几部作品的英译者，我经常感到人们对于村上春树的了解是何其有限——不单是一般的国外读者，就连积极在国外推广其作品的出版界的专业人士也不例外。我写这本书的主要目的就是为普通读者及文学界的专业人士提供些普通日本读者都不陌生的实际资料：关于村上的生活、他作品的发展以及他翻译的范围广泛的美国小说的实际状况。

英语国家的读者最先是通过《寻羊冒险记》认识村上的，他们曾认为这是他的第一部长篇小说。这之后，村上早期和晚近的短篇陆续在英美的杂志上露面，但并没按照写作先后的顺序，而且每部新发表的作品都被认为是村上的最新创作。英美出版界见多识广的精英们，像《纽约客》、*Granta* 杂志以及哈维尔和肯诺普（Alfred A. Knopf）出版社的编辑都差不多完全缺乏对村上的最基本的了解，这着实让我有些惊讶。要知道，正是他们敦促自己的杂志和出版社出版村上的作品的。话说回来了，虽然这些编辑缺乏评价村上作品的所有事实性背景，他们却拥有无可挑剔的文学品位。阿曼达・厄本与克里斯托弗・迈克尔霍斯也许没有认识到他们已经在日本文学史上迈出了空前的一步，但这个事实本身正印证了村上作品的魅力已远远超越了那个狭小的岛国。

"破圈"成为大众偶像

如果说二〇〇四年初出版的《生日故事集》可以看作英语世界对村上春树已经具有了广泛兴趣的一个表征，那么接下来几年间的一系列事件，则非常明确地证明了这位作家在国内与国际上日渐增长的大名。

在日本，二〇〇四年有几份出版物注意到村上春树正式发表作品以来已有二十五年之久，它们力图厘清他如此持久的创作能力的原因所在。日本最重要的报纸之一《朝日新闻》刊登了一整版由几个深入的访谈所构成的特写。心理学家香山理佳（Kayama Rika，1960— ）感觉，村上春树看穿了她这一代人在八十年代初期对于感官满足的盲目追求的空虚内核，而且赤裸裸地揭示出她自己的私密想法。无论是日本还是国外的仰慕者，他们当中最常见的反应貌似就是对于他那极具抚慰性的轻声细语的认同感。正如电影制作人森达也（Tatsuya Mori，1956— ）指出的，村上春树具有一种能够完全解除你的戒备心的真诚："不懂的东西他从不装懂。"读者和作家会一起去经验那人生与生活的神秘。

二〇〇五年三月，新潮社出版了村上春树第一部英文短篇小说集《象的失踪》的日本特别纪念版，作为本国对于这位作家已经取得的国际声誉的一种反应。这本书的封面宣称："由纽约选定的十七篇村上春树短篇小说：以与英文版同样的形式送给你。"不过，此书的内容在几个方面与英文"原版"并不尽相同。比如说，这一版《背带短裤》就是村上春树将阿尔弗雷德・伯恩鲍姆的英文译本倒回来翻译成了日语，因为他发现那个英文译本"本身就是一篇相当好的作品。我希望我的读者能将其当作某种好玩的游戏来接受，不要对其过于苛刻"。更重要的是，本书还收入一九九三年编选此书英文版的肯诺普出版社的编辑加里·菲斯科特乔恩写的一篇导言，以及由村上春树本人写的一篇深思熟虑的导言，名为《回首当时：〈象的失踪〉在美国出版的时候》。

从性质上讲，这样的一本书必然是具有回顾性的，但菲斯科特乔恩也特别指出："就像任何一位杰出的作家一样，村上春树总是更加关注未来的挑战，而非过去的成就……作为一个整体来看，这十七个短篇起到的作用完全符合我们的期望：他们显示出村上春树那堪称全能型的天才已经真正被国际范围内的读者所接受，我们已经出版的他的十种作品一直都在加印，销量逐年都在递增，也进一步清楚地说明了这一点（第十一种《海边的卡夫卡》将于下月正式出版）。"

在他为日语版《象的失踪》所写的导言中，村上春树回顾了他在一九九〇年听说阿尔弗雷德·伯恩鲍姆翻译的《电视人》已经被《纽约客》正式接受时，他那无限欣喜和惊诧的心情。"对我来说，《纽约客》一直都是一块圣地，是一种有点接近于传说或者神话的存在。"他特别指出，他在一九九三年与这份杂志签订了一份合同，授予他们可以选载他所有短篇小说英译本的优先取舍权。（在他写这篇导言时，《纽约客》已经刊载了村上春树的十二个短篇小说，时至今日，这个数量至少已经上升到了十六篇。）大约也是在此时，村上春树还跟美国最有声望的出版社肯诺普签约出版他作品的英译本，这等于是驶入了一个作家所能期望的最有利的快车道，可以最快、最广泛地将他的职业成就传播至海外。

作为《纽约客》固定班底的一员，村上春树在一九九四年与诸如约翰·厄普代克、尼克尔森·贝克和艾丽斯·门罗这样文学界的杰出人物一起，由著名摄影师理查德·艾夫登专门为他们拍摄人像照。拍摄工作结束后，大家一起出去喝一杯的时候，厄普代克特意称许了他的作品。村上春树感叹道："他当然不过是客气而已，是一位经验丰富的老作家对一位文学新手的鼓励，但听他这么说我还是非常开心。我仍旧清楚地记得我十五岁读他的小说《马人》时，我的胸口几乎就要炸裂开来的强烈感受。而现在我就面对面地跟小说的作者在一起，还能像是他的文学同行一样跟他闲话家常。那种感觉就仿佛我突然间重又回到了十五岁，有点像是《海边的卡夫卡》的那个主人公。我同样强烈地感受到，不管我在这些年的创作中经历了什么样的困难，我都很高兴我坚持了下来，一直走到了今天。"

二〇〇五年五月，村上春树和夫人阳子重返马萨诸塞州的坎布里奇，在那儿延期居留：那些二手唱片店对他的诱惑是无法抵挡的。这次，村上春树是以哈佛大学赖世和日本研究学院的驻校艺术家的身份受邀前来的，并在新建的学院大楼里分得了一间宽敞的办公室。不过，要是他还想能像一九九三至一九九五年那样享受不为人知、独来独往的生活状态的话，那他可就大错特错了。他人在哈佛的消息放出来的那一刻，要他去各种不同的会场出席各种活动的邀请便雪片般飞来。村上春树在接受《纽约时报》采访的时候自己透露了他在哈佛的最新安排，他隐姓埋名的希望惨遭破灭也就怪不得别人了，而且他很快也就发现，分配给他的那个办公室原本就不单单是供他在其中写作之用的，同样也是为他在那里接受媒体和专业学者的采访准备的。一位新西兰的年轻学者专程赶来此地，还有来自德国和英国的记者，美国人则会在街上认出他来，叫住他跟他闲谈。这一次和一九九三至一九九五年那次低调的居留之间的对比是极为戏剧性的。他已经不仅仅是大学里日本文学课上的宠儿：广泛而又全新的大众群体也都想来分一杯羹了。

情况在十月六日的那个礼拜四达到了一个紧急关头，那天村上春树预定要在"麻省理工作家系列"活动中举行一场朗读会。这是一次特别荣耀的邀约，主办方并非大学里的日本研究科系，而是麻省理工写作与人文研究计划,受邀者中不乏迈克尔·翁达杰、苏珊·桑塔格、萨尔曼·拉什迪、本·奥克瑞、索尔·贝娄、乔纳森·莱瑟姆、拉塞尔·班克斯、裘帕·拉希莉、巴里·尤尔格劳、保罗·奥斯特和辛西娅·奥兹克这样的文学明星。但当组织方发现就连他们最大的活动场所——一个即便最知名的作家的仰慕者都绝对能装得下的大礼堂也完全不够用的时候,他们真是大吃了一惊。不仅五百个座位早在活动开始前就已座无虚席,就连走道上和环绕讲台的整个舞台区域也都挤满了热切的听众。外面的人群则是挤满了通往大礼堂入口的又长又宽的走廊,据大学的警察估计,人数达到了一千三百左右。而雪上加霜的是,大礼堂的空调系统又坏了,那些已经挤进去的"幸运者"只能用手里的书和杂志当作扇子给自己扇风,徒劳地想把额头上不断沁出的汗水给扇掉。

不过在活动正式开始前,大学里的消防队长过来看了看,宣布只有在将过道和空余空间全部清空、"只"保留那五百个坐席的情况下,朗读活动才能获准举行。人群中发出一阵呻吟,有些大失所望的粉丝在极不情愿地挤出门外,加入走廊上那些来晚了的人当中时,竟至难过到流出悲伤的泪水的程度。这次被驱逐出来的一位女性读者是在互联网上得知这一活动后,专程从俄亥俄州的辛辛那提乘飞机飞过来的。一位幸而能够留在礼堂内并参加了后来的问答环节的读者,说她有一整车朋友是专程从弗吉尼亚开车过来参加此次活动的。参加活动的绝大多数是大学的学生,尤其是亚洲学生,不过也有很多其他年龄和民族的观众。

在走道被清理干净后,村上春树才被允许进入会堂。在没有通风设备下的五百个听众,光是体温已经让人感觉热不可当了,他马上就把运动外套脱掉,很快,他那件深绿色的"泡菜"T恤就被汗水打湿了,而这时他还在听小说家朱诺特·迪亚兹在以这样的词句来介绍他:"村上春树向我们揭示的世界并非我们此前从未见过的世界,而是我们每天都视而不见的世界。"掌声停歇后,村上春树讲了几则他身为著名作家在东京也并不总能过上不为人知的生活的幽默轶事，然后朗读了短篇小说《青蛙君救东京》的片段。面向非日语的听众举行朗读活动时，他的标准做法是先用日语朗读几页，让听众对原文的节奏韵律有个大体概念，然后再朗读同样内容的英语译文，再然后就把小说剩余的部分交给主办者之一去朗读了，这次接手朗读的是麻省理工的驻校作家、诗人威廉·科比特。对于有幸能被允许留在大礼堂的那些人而言，那是个愉快的（也是个闷热的）夜晚。

二〇〇五年的秋天，即便是村上春树出席的比较小型的活动，也都沾染上了这种狂热。十月十四日，他应邀前往缅因州不伦瑞克的鲍登学院出席一次演讲会的时候，村上春树要求这个活动要尽量办得更加私密一点，但即便是在这个距离波士顿有两小时车程的小型学院里面，要想达到这个目的也只能硬性规定参加者仅限于三十五位日本语、日本研究和日本文学的学生。在汤姆·康伦和维贾扬提·塞林格教授介绍过村上春树后，这个精选的小团体要就他的创作提问讨论一个半小时的时间。村上春树很享受这样的小型活动，而当他在不伦瑞克的唱片店里找到了一张罕见的爵士乐唱片时，他等于又得到了一种意想不到的奖赏。

十一月二日，村上春树对他十一年前曾在那里教过书的塔夫茨大学进行了一次感伤的重访。他这次前来刻意地没有广而告之，但为了满足读者的要求，塔夫茨大学仍不得不把朗读会的场所换到了一个有相当规模的大礼堂里。他普林斯顿大学的老朋友平田何西阿教授跟他进行了对谈，并负责在村上春树完全用日语朗读自己的作品时，在一块屏幕上投放出相应的《夜半蜘蛛猴》和其他短篇的英译片段。

在他参加下一次公开活动前，村上春树参加了十一月六日的纽约马拉松。他的正式成绩是四小时十分十七秒，有一万一千二百五十一人在他之前完赛，但在达到或超过他五十六岁年纪的参赛者中只有三百四十人更早完赛。随着他年纪越来越大,他的马拉松完赛时间也越来越长,不过他的身材仍旧保持得很好,二〇〇六年四月十七日又参加了波士顿马拉松(正式成绩是四小时零四十五秒)。

在纽约马拉松的次日,村上春树在纽约汉普斯特德的霍夫斯特拉大学又做了一场朗读会,这是纽约"大作家,大诵读"系列活动的一部分,是另一场将他列入不计民族国籍的全球杰出文学人物名单的活动。举办活动的会堂再次人满为患,人们带来满捧满抱的书让他签名。

作为赖世和研究学院驻校艺术家的义务,村上春树定于二〇〇五年十一月十八日举行一次公开讲演。十年前,作为赖世和的一次交流课程,村上春树曾经面对一个教室大约四十个人用日语讲过一次课,参加者大部分是日本学生和波士顿日本人社区的成员。不过,作为此次活动的主办方,赖世和研究学院和哈佛书店因为目睹过最近麻省理工那次活动的混乱情形,于是预订了能够找到的最大的活动场所——学校附近的一所教堂,而且为了避免参与人数的失控,特意采用了凭票入场的办法。教堂的大厅能容纳约六百个听众,闭路电视的采用又可以将相邻的两个房间也利用起来,这样总共能接纳近八百人。这仍然意味着有超过一千多位赶往哈佛书店领取入场券或向赖世和研究学院提出申请的人士被拒之门外,不过至少不会有来自消防队长的严正警告了——那位来自辛辛那提的女士终于得到了一张宝贵的入场券,并成功得到了她喜欢的作家的亲笔签名。

村上春树并没有让对他满怀期待的读者和听众们失望。他在这次英语演讲中付出了很大的努力,发表的演说既发自内心又具有广泛的哲理性。与此前早已发表的一篇题为《青蛙、地震与短篇小说的乐趣》文章一起,这次演讲成为对于人生和艺术中的叙事之力量的一种总体意义上的肯定。听众中有志于献身创作的作家们在离开时大受鼓舞,对他们自我创作的作品满怀信心,读者粉丝们也从中得到了全新的保证,确信他们喜欢的那些与村上春树分享的梦境和形象的确来自他内心最深处的某个地方。

他说，他选择在那天来讨论短篇小说，是因为他最近刚完成了一部收有五个短篇的集子《东京奇谭集》(2005年9月)，也因为他即将出版的下一部英文作品就是收有二十四个短篇的《盲柳，及睡女》(2006年9月，肯诺普)，其中包括了诸如《穷婶母的故事》《意大利面条年》《纽约矿难》和《托尼瀑谷》等经典名篇，外加《东京奇谭集》中的全部五个短篇。村上春树为《盲柳，及睡女》所写的导言基本上呼应了他那天在坎布里奇所做的演讲："我发现写长篇是种挑战，写短篇则是种乐趣。"在演讲和导言中村上春树均指出，写短篇对他而言有多么解脱和放松：它并不要求写一部长篇所必需的时间与体力上的巨大投入，而且使他能够利用自发地涌现出来的那些材料来进行自由发挥："你可以从最不足道的细枝末节中生发出一个故事——一个脑子里突然跳出来的念头，一个词，一个形象，什么都可以。在大部分情况下它都像是爵士乐中的即兴演奏，我就任由那个故事把我带向它想去的地方。"在演讲中，村上春树竟然深入到如此的程度，不惜勾画出这样的构思过程：在其中他几乎是随机地列出一组短语，为每个故事各选择三条，于是围绕着这十五条短语构建出《东京奇谭集》中的那五个故事。这是一种游戏，他说，但又坚持说这不仅仅是一种游戏，因为这些短语都是源自他的内心。因此，他就可以在导言中做出这样的总结："短篇小说就像我内心的路标，身为一个作家，能够跟我的读者分享这些私密的情感，这让我非常高兴。"

如果说演讲中有一个什么主旨的话，那就是信赖：作家应该信赖他们心头涌现的灵感的浪花，并尽力要在其处在顶点的时候抓住它；而且不论是读者还是作家，都应该信赖叙事那古老的魔力。我们也许永远都无法证明讲故事会有任何固有的价值：它也许拥有的任何一点疗愈的效果，可能也要经过好多年以后才会变得彰明较著——用《穷婶母的故事》的说法就是也许要在"一万年以后"。在这里，村上春树也是在呼应他早期在《且听风吟》中表明的对于叙事的坚定信念:"但我发现自己还在这样想:如若进展胜利,或许在一段时间,在几年或几十年之后,我会发现自己终于得救了。到那时,大象将会重返平原,而我将用更为美妙的语言描述这个世界。"

当村上春树面向坎布里奇的听众谈论自己的短篇小说,涉及他最新的短篇创作并特别提到《地震之后》中的《青蛙君救东京》之际,芝加哥的荒原狼剧院则正在上演弗兰克·加拉蒂改编自《地震之后》中的两个短篇的舞台剧。评价非常不错,这部舞台剧从二〇〇五年十月二十日一直上演至二〇〇六年二月十九日,然后又移师康涅狄格州纽黑文的长码头剧院,自二〇〇六年的二月二十二日上演至三月十九日。

加拉蒂版的《地震之后》将一个堪称最为脚踏实地的短篇和一个最为奇情异想的短篇糅合在了一起:《蜂蜜派》写的是一位短篇小说作家对一个已经归属于他最好的朋友的女人所怀有的渴望,而《青蛙君救东京》写的则是一只身高六英尺、谈吐极为文雅的青蛙前来拜访一个银行职员,寻求他的帮助与一只威胁要用大地震毁灭东京的巨型地下蠕虫进行搏斗的故事。加拉蒂的在现实主义的故事里嵌套一个富有想象力的,甚至奇幻故事的戏剧结构,切实可感地——并经常是欢闹谐谑地——呈现出村上春树那些表面庸庸碌碌的人物所承受的内在压力。正如村上春树是当作日常生活实际状况的一部分来呈现他的另一世界一样,戏剧中那奇幻的一面也丝毫不以任何特效加以呈现,或以任何风格化的方式将其与现实的一面刻意区分开来:这两方面无缝地融合为一体。这部舞台剧成功地捕捉到了村上春树那种处理人生重大问题的不可思议的能力——人生在世到底所为何来?爱与承诺这些人之为人的价值是如何跟宇宙万物的格局嵌套在一起的?你又怎么做才能防止一只呱呱大叫的巨型青蛙吵醒你的邻居?——在不至于变得沉闷呆板或者丧失其幽默感的前提下。

不论是村上春树还是任何一位忠实的粉丝都不会发现这部舞

台剧有任何破坏原作的初衷之处。事实上，如果说这部戏确有什么问题的话，反倒是它改编原作的态度几乎显得有些过于毕恭毕敬了。在某种程度上可以说，我此前只是在日本中世纪的能剧当中见到过类似的处理：这部舞台剧保留了大量的叙事元素，基本上等同于大家集体朗读文本，演员们顺滑地从第一人称的对话转变到第三人称的叙述，就好像这是件再自然不过的事情似的。有直接取自书里的整页整页的原文，只经过了极少的剪裁和拼接，而其实完全可以有更多的展示、更少的讲述。在荒原狼剧院，《地震之后》也是在楼上的实验剧场，而非它的主剧场上演的，除非这个剧在将来能够更为充分地戏剧化（也许可以从其他短篇小说中选取一些场景对其加以拓展），否则它可能会一直局限于小型的实验剧场，而无法赢得它本来应该可以得到的更为广大的观众。

村上春树所引起的广泛关注也反映在各大杂志集中大量地刊载他的短篇小说英译上。《纽约客》刊载了三篇《东京奇谭集》中的短篇：五月份登了《在所有可能找见的场所》，九月份登了《天天移动的肾形石》，在二〇〇六年一月份登《品川猴》之前，还在十一月份登了一篇旧作《意大利面条年》。《哈珀氏》二〇〇五年七月份刊载了《偶然的旅人》。新年伊始，《纽约时报》又通过将《海边的卡夫卡》提名为二〇〇五年五大最佳小说再次为村上春树脸上贴金，而且真真切切地把《海边的卡夫卡》列在了榜单的第一位。不久后，一个名叫波士顿公共图书馆协会的社团注意到村上春树就在波士顿的地界上，于是邀请他在二〇〇六年四月三十日出席一个正装典礼，授予其"文学之光"称号，他由此成为十一位获此荣誉称号的人士之一。这一活动专为表彰"杰出的新英格兰作家"，同时为波士顿公共图书馆的存续募集资金。曾经获此殊荣的作家包括诗人罗伯特·平斯基、谢默斯·希尼和罗莎娜·沃伦，批评家哈罗德·布鲁姆，历史学家约翰·道尔、小说家尼克尔森·贝克、索尔·贝娄、蒂姆·奥布莱恩和约翰·厄普代克。

村上春树崇高声望的另一值得一提的表现是，他应邀为二〇〇六年出版的新"企鹅经典"版芥川龙之介的《罗生门与其他十七个短篇小说》作序，英译者是杰伊·鲁宾。邀请村上春树撰写导言的建议是由企鹅的一位编辑提出的，并非源自译者，而村上春树居然非常爽快地接受了邀约，这让这位编辑兴奋不已。很明显，出版方认为如果封面上出现了村上春树的名字，那么芥川就更有机会能吸引到更广大读者的关注。如果仅仅将其视作一种销售策略，村上春树原本大可以就以玩世不恭的态度来对待这项工作的，但他对广义的文学过于热诚，对芥川个人过于尊敬，而且对他身为一位日本作家在一个更广大世界中充当的角色过于自觉，所以他对待此项工作未敢有丝毫轻忽。出版社原本请他写三千字左右，但他写成的导言都快到七千字了，而编辑们发现文稿写得极有价值，根本无由删削。

村上春树一直以来都倾向于淡化处理自己对于日本文学经典的熟悉，在这篇芥川作品的导言中看到他欣然拥抱这些经典不禁令人一新耳目。在这些能够代表国家形象的日本作家当中，他说，他最喜欢的是夏目漱石和谷崎润一郎，而芥川龙之介一直差不多是一种遥远的第三者的存在。他向国外的读者讲述了自己阅读芥川的过程：首先是作为典型的日本学童接触到芥川比较流行的作品，后来才是作为具有独立思考能力的读者，开始努力去理解和接受芥川晚期那些更为暗黑、更有挑战性的作品。他讨论到芥川风格文体上的杰出优胜之处，拿他与 F. 司各特·菲茨杰拉德来进行对比，并问道："芥川是否为日本当代的作家（也包括我）做出了榜样，提供了经验？当然，答案是肯定的，他不但是一位伟大的先驱者，而且在某种程度上，也是一个负面的典型。"从芥川身上，日本作家能够学到："我们是有可能借用现成的容器来写我们最初的短篇小说的，但迟早我们必须得将这借用的容器转化成我们自己的。"而这一问题的中心点就在于日本作家与西方文化的遭遇：

他留给我们的另一个经验教训是关于我们该如何平衡西方和日本的这两种文化。在付出巨大的苦恼和痛苦的情况下，具有自我意识的"现代的"芥川努力探索着在两种文化的冲突当中身为一位作家和一个个体的身份认同，而就在他已经开始渐渐摸索出可以将二者熔铸为一体的途径的节骨眼上，他却出乎人意料地结束了自己的生命。对身处当今时代的我们而言，这一点可绝非跟我们不相干的别人的问题。在芥川的时代已经过去这么久之后，我们仍旧（稍有些不同地）身处于西方和日本事物的冲突当中，只不过我们现在可能将其称作"全球"的和"本国"的罢了。

如此看来，村上春树的导言告诉了我们大量有关芥川龙之介和他本人的情况。而他后来为二〇〇九年企鹅版夏目漱石的《三四郎》撰写的导言，则以特别的温情拥抱了这部一九〇八年的小说，指出这部作品与他自己的《挪威的森林》的类似之处，并回忆起他在《我的呈芝士蛋糕形状的贫穷》中曾描绘过的早年的婚姻生活。

国际范围内对于村上春树的广泛关注在日本国内也得到了非同寻常的认可，是以由日本国际交流基金会主办的一次规模盛大的国际专题研讨会的形式来加以体现的。题为"寻村上冒险记：这个世界是如何阅读和翻译村上春树的"的这次盛大活动，包括了一系列学术报告会、专题研讨会、静休会等形式，于二〇〇六年三月二十五日至二十九日在东京、山梨、神户和札幌隆重举行，与会者有来自法国、巴西、加拿大、德国、匈牙利、丹麦、印度尼西亚、捷克斯洛伐克、挪威、韩国、俄罗斯、波兰、美国以及中国大陆和台湾、香港地区的译者和学者。想要参加公开举行的各种活动的一般公众，需要通过发送电邮或传真提出申请，经由一个抽签摇号系统随机抽取最后的结果。有关此次活动的网络公告中特意提醒："村上春树本人并不会参加学术报告会和专题研讨会。"或许还是这样表述才更加诚实："在所有你们这帮人聚集在一起专心研究村上春树的时候，他本人则置身于马萨诸塞州的坎布里奇，正为参加波士顿马拉松沿着查尔斯河在奋力奔跑训练呢。"

《东京奇谭集》

继《海边的卡夫卡》大获成功以后，村上春树又朝新的方向进发了，既有短篇又有长篇创作，分别为二〇〇四年九月的《天黑以后》和二〇〇五年九月的《东京奇谭集》。出于将在下文解释的原因，我倒个个儿在此对这两部作品分别加以讨论。

村上春树在二〇〇六年英文版短篇小说集《盲柳，及睡女》的导言中这样描述了《东京奇谭集》的创作缘由：

> 二〇〇五年……在很长一段时间之内我第一次产生了要写一系列短篇小说的强烈冲动。也可以说，是一种强有力的欲望攥住了我。于是我就在书桌前坐下来，大约一个礼拜写一个短篇，用了一个月多一点点的时间写完了五个短篇。那期间我真是除了这些故事以外什么都不想，而且几乎是毫无停顿地把它们写了出来。这五个短篇（合成一部叫作《东京奇谭集》的集子）全都收在了本书的最后。如题所示，从主题上讲这些短篇全都是些"奇谭"，而且是以单行本的形式出版的。虽然在主题上有此类同，每个短篇均可独立阅读，它们并不像《地震之后》那个集子里的短篇那样，构成一个明确的、单一的组合。不过细想一下，我写的任何一部作品，都或多或少像是一种"奇谭"。

如果《东京奇谭集》能让人回想起村上春树之前创作的什么作品的话，那就是《旋转木马鏖战记》。就像那部早期的小说集一样，它也是由作者跳出来自说自话开始的。第一个短篇《偶然的旅人》是这样开篇的：

> 这里的这个"我"，你应该知道，就是我本人，村上春树，这个短篇的作者。这个短篇的绝大部分是以第三人称讲述的，但讲述者一开始确实要露个面。就像是旧时候演戏，讲述者先要站在幕前致个开场白，然后鞠躬退下。感谢您的耐心，我保证不会耽误您太长时间。
>
> 我之所以要在此现身，是因为我想最好还是把发生在自己身上的几桩所谓的奇事直接讲出来为好。事实上，此类事件的出现还是颇为经常的。有一些还意味深长，并以某种方式影响到了我的人生。

接下来，他就讲述了几桩在马萨诸塞州的坎布里奇居留期间发生在他身上的奇怪的巧合事件，坚称尽管"我不是那种喜欢神秘现象的人……对超自然的能力也并不痴迷……不过，为数不少的奇怪而又出乎意外的事件还是为我否则便乏味无聊的人生增添了一些色彩"。

既经确认他愿意（不加分析地）接受生活中当真会有奇怪的事情发生以后，他又讲述了一系列应该是"我的一个朋友"告诉他的巧合事件，与《旋转木马鏖战记》的叙述者如出一辙。不过明显平衡已经转移了：那部早期的作品是决定要在现实中建立其可信的凭据，而这部作品则邀请我们去琢磨生活中是否真有可能存在超自然的力量。在此处，这些力量充当了角色们情感需要的一种隐喻，并为这些故事到底想要讲述什么提供了一个进入口：那就是心理治愈。

五个短篇中，《偶然的旅人》算是最为坚实地锚定于日常生活的一篇了，讲述了这样一个故事：一系列匪夷所思却又真实可信的巧合是如何使得一个同性恋男子在长达十年的失和以后，跟他姐姐重归于好的。这算得上村上春树最有感染力和疗愈性的故事之一了，在故事的结尾，它甚至接近了宗教的边缘，因为叙述者（"我"＝村上春树）为那位罹患癌症的女性人物（而正是由于她和姐姐出于巧合的相像，才导致了姐弟俩的尽弃前嫌）念诵出了像是祝祷的这样一段话："我不在乎那到底是爵士乐之神，是同性恋之神，还是别的其他什么神，但我希望，在上面某个地方的某个什么神正不动声色地悄悄照管着那个女人。我从内心深处衷心这样希望。一个非常简单的希望。"

《哈纳莱伊湾》是另一个具有巨大疗愈力量的短篇，在这个故事里，一位母亲那喜欢冲浪的儿子因遭遇鲨鱼袭击而英年早逝。一度，在这位母亲连续十年每年都去儿子丧命的那个沙滩祭奠以后，儿子的鬼魂像是现了一次身——尽管她本人并不能看到他。在开始讲述母亲早年作为一位爵士乐钢琴师的职业生涯时，小说变得有些散漫芜杂起来，有个令人紧张的场景居然还要让人反思一下美日关系了，但叙述一直严格地限定在第三人称，我们完全无由发现，比如说，"我"（＝村上春树）对于鬼魂会怎么看。愤怒于鬼魂居然不肯向她现身，女主人公情绪失控地大哭了一场，经过这番宣泄以后，她终于能够面对她因为儿子居然这么年轻就弃她而去所感到的怨愤了，不过同时也接受了待她如此不公的那命运之手。然后，"幸作为一个健康的中年女性睁眼醒来"。

与开篇这两个极具情感冲击力的故事迥异其趣，《在所有可能找见的场所》是个古怪之极的侦探故事，由"Watashi"而非"Boku"讲述，此人是个四十五岁古里古怪的单身汉，业余爱好是侦破各种貌似无法解释的失踪案。他"受雇"（不收费！）为一位股票经纪人的妻子寻找她神秘失踪的丈夫，而这位丈夫是在他们那幢高层公寓楼的第二十四层和二十六层之间走楼梯往返的过程中莫名失踪的。楼梯宽敞而又干净，转角平台上甚至配备了沙发等家具，为的是吸引公寓大楼的小部分喜欢走楼梯的住户。这位"侦探"在"侦破"过程中得知了这幢巨大的高楼之内的一种未知的秘密生活，但根本没有找到那位失踪的丈夫。这种寻找是现代都市生活的一个隐喻，在其中，每个人都在毫无结果地找寻"一把伞、一道门，甚或是一个甜甜圈"——难以说明的某种东西，而"一旦见到了它，我肯定我会认出它来，就像是：'嘿！就是它！'"。这是一个典型的没有结果的村上春树式的侦探故事（就像是《寻羊冒险记》)，只不过这个倒确实有个"现实的"结局：那丈夫最后被警方找到了。这位侦探的寻找在那个丈夫失踪前很久就已开始，在他被找到以后也将继续延续很久。

《天天移动的肾形石》是《地震之后》中《蜂蜜派》的续篇，或者不如说是前传，讲的是短篇小说作家淳平在把大学的爱人输给了最好的朋友之后，但又是在前者描写的与其重修旧好、确认她为自己的真爱这个中心事件之前的故事。在这里，他仍旧努力依据他父亲在他年轻时摆在他面前的、就像个诅咒一样的公式来跟女性交往："男人一生遇上的女人当中，对他真正有意义的只有三个。不会更多，也不会更少……将来你可能会跟很多女人相识和交往……但如果弄错了对象，你也只是在浪费时间。我希望你能把这一点牢记在心。"

一直都在疑虑她是否就是"对他真正有意义"的女人的过程中，淳平跟一个拒绝向他透露自己职业的神秘女人开始了交往。只有在她已经离开他以后，他才了解到她是个走钢丝的——一个很酷的，具有超然个性的人，在无论什么事情当中都相信平衡的重要性。她或许是个非同寻常的恋爱对象，但这则"奇谭"当中真正"诡奇"的因素则出现在淳平与这位走钢丝的女人恋爱期间他正在写的一个短篇小说当中。那个故事中的故事的主角是位让人想起《泰国之旅》中的早月的女医生。这两位女医生都在跟以黑色石头的形态出现的黑暗的情绪做着殊死斗争，如果她们想获得情感的健康就必须要把那石头除掉。小说中的这块石头似乎拥有自己的意志，每天都能慢慢移动。淳平感觉到他现在的这段恋情正莫名其妙地驱动着他正在写的这篇小说的进展："他从来就没有有意要写这么一篇如此脱离现实的小说。"而他和他小说中的那位女医生大约在同时完成了自我的疗愈。内部世界与外部世界的贯通在这篇小说中达到了完美的平衡——就像那位走钢丝的女人一样。

《品川猴》同样为对付一位真实世界里的人物的心理失衡感，而转向了幻想的世界。小说中的主人公、年轻的已婚女人瑞纪令人想起《眠》中的"我"。她坚称自己的婚姻没有任何问题，但在没有防备的情况下突然被问到时总像是记不起她婚后改姓的夫姓来。忘掉自己的名姓就像是忘掉了自己是谁：她的婚姻已经使她失去了她的身份。不同于《眠》那个投入到托尔斯泰作品中的"我"，她向一位心理医生寻求帮助，而这位医生采取的疗法并非传统的精神分析，而是派她丈夫去捉一只住在品川的下水道里的会说话的猴子。那只猴子爱上了她寄宿学校的室友，这位室友在自杀前将自己的名牌留给了瑞纪。几年后，那只猴子在把室友的名牌从瑞纪那儿偷走的时候也同时把瑞纪的名牌捎带上了，而她的记忆问题就是由此造成的。村上春树在这里已经将可信性拉抻到了突破某些读者接受度极限的程度，尤其是当他赋予那只会说话的猴子以将瑞纪的问题诊断为源自爱的缺失的能力之时。瑞纪的疗法是非常令人痛苦的，但至少她最终还是重新获得了她的名姓以及对自己身份的明确感觉。

《天黑以后》

这部惊人的小长篇实际上比《东京奇谭集》还早了一年，出版于二〇〇四年九月，但由于肯诺普决定于二〇〇六年出版村上春树的第二个短篇集，所以其英文版直到二〇〇七年才正式出版，继续延续这家出版公司每年一种的出书节奏。也因为这个原因，我们在这里才加以讨论，从创作顺序上是有些先后颠倒了。

《天黑以后》不像村上春树之前创作的任何作品。或者，也许应该说它不像他曾出版过的任何作品才更稳妥些。他在大学里曾写过电影剧本，而《天黑以后》在很多方面都像是一部电影剧本。首先，它对时间的流逝超级敏感，自始至终都保持在现在时态。每一个用数字标出的章节都以一个钟面的形象出现，我们清清楚楚地知道每一章（或者说每一"场"）的进程花费了多长时间，只需看看那个钟面即可。第一章开始于深夜的十一点五十六分，钟面总共出现过十八次，而最后一章的时间是早上六点五十二分。（村上春树此前就在他的某些作品中应用过图形图像的元素——《且听风吟》中T恤和"开"、"关"按钮的速写，《寻羊冒险记》中羊男的速写，《世界尽头与冷酷仙境》中城墙环绕的城镇的地图——所以，钟面图形的使用也就算不得什么很大的意外了。）采用的语气也是那种剧情说明式的口吻，详细介绍的不光是每一场的场景，还有用来观看这一场剧情的"镜头"的位置——而且事实上，经常公然地将视角直接称作一个镜头。特别令人吃惊的是，在日语中用"我们"这个第一人称复数来指代那只观察的眼睛，这在英语中更加常见得多——尽管更多地是用于学术话语而非虚构的小说。小说的开篇就是电影式的，首先是城市的全景鸟瞰，然后"镜头"降低，再逐渐聚焦于具体的对象和人物：

1

眼睛看到的是这座城市的轮廓。

通过在空中高飞的一只夜鸟的眼睛，我们从半空中摄取这一场景。在我们广阔的视野中，这个城市看上去活像是个巨大无比的生物——或者说更像是由众多相互纠结缠绕的有机体形成的一个集合体……我们的视线特别选定了一个光亮集中的区域，聚焦在那里，无声地向那儿降落——一处霓虹灯彩的海洋……

我们来到一家叫作"丹尼氏"的店内……

在迅速地将店内扫视了一遍以后,我们的目光落在了一个在前窗旁边坐着的女孩身上。为什么是她?为什么不是别的什么人?很难讲。不过,出于某种原因,是她吸引了我们的注意——非常自然地。

这之后,镜头的类比就变得更为直接了:"我们允许自己变成一个单一的视点……我们的视点以悬浮在半空的镜头的形式,可以在房间里随意移动……我们的视角每隔一定间隙就转换一下,如同眨一下眼睛……镜头慢慢后退,传递出整个房间的全景。然后它开始观察细部,找寻线索……我们的视点作为一个想象中的镜头,就这样逐一检视并把玩房间里的每一样物品。我们就是看不见的、匿名的闯入者。我们看。我们听。我们留意气味。但我们的实体并没有出现在这个地方,我们也不会留下丝毫痕迹。也就是说,我们遵循与正统的时空穿越者同样的规则。我们止于观察,我们不会介入。"

"我们"继续观察这部小说中所有的情节,我们的存在几乎在每一页都是明目昭彰的。谁是"我们"?"我们"就是我们在阅读文学作品时所产生的那种作者与读者的心意融为一体的神秘结合——就是被夏目漱石称为"还原性感化"的神奇状态:读者和作者之间的阻隔在一种超越时空的经验状态中消融无痕——这种状态通常都并不加以明言,但在这里却由一位对他所从事的这门行当的工具一直都有高度自觉的作家(在他第一部作品的开篇他就说:"没有完美无缺的创作这种东西。")明确地揭示了出来。在《海边的卡夫卡》那歌剧般的倾泻之后,原来的那个村上春树又回来了:酷酷的、疏离的、富于实验性的。你忍不住会感到好奇,读者们在经过《海边的卡夫卡》巨大能量的横扫以后,对这次质朴无华、黑白影片般的技巧探索将会做出怎样的反应。

这个问题同样也跟这部小说的内容有关。《海边的卡夫卡》让天空下起了鱼雨,让琼尼·沃克残杀猫咪,让山德士上校给一个扎马尾辫的卡车司机拉皮条,让年轻的主人公通过四国的森林进入一个充满二战士兵鬼魂的梦幻般的另一种现实,而《天黑以后》的大部分则由那些典型的极简主义的村上时刻构成:主人公或从容不迫地做个三明治或清洗耳朵或熨烫衬衫。小说的绝大部分完全聚焦于天黑以后都市生活的那些琐事,那些在夜间最黑暗的时刻在城市中发生的各种各样的小事:或在二十四小时营业的丹尼氏餐馆喝咖啡,或在公园里逗逗猫,或在指尖捻弄一支铅笔,或是倾倒垃圾,或只是相互间说说话(交谈构成了这部小说的很大部分——另一"电影剧本"特征的表现)。在这种绝对低调的语境中,最令人惊奇的"动作"场景之一也不过是个叫白川的上班族在自家厨房里吃酸奶:

> 这是白川家的厨房。解开衬衣领扣,松开领带,白川独自坐在早餐桌前,用一把汤匙吃原味酸奶。他直接从塑料容器里把酸奶舀到嘴里去。
>
> 他在看装在厨房里的那个小电视。遥控器就紧挨在酸奶盒旁边。屏幕上正在放映海底的图像。千奇百怪形形色色的深海生物。有丑的,有美的。有捕食的,有被猎捕的。装配有全套高科技设备的科研用小型潜艇。高强度照明灯,精密的机械手。这个节目叫作《深海生物》。声音被关掉了。白川的脸上毫无表情,一边一勺一勺地往嘴里送酸奶,一边用目光追随着屏幕上图像的运动。

使得这段描述无比出色的部分原因正是对于日常生活完全真确的观察,正是它的完全缺乏戏剧性:这位上班族还穿着他的工作服,只是把领带松开了,他疲累到懒得再把酸奶倒到一个盘子里,而是一边在看典型的深夜电视节目,一边直接用汤匙往嘴里送，他的思维是一片空白。而事实上下面的几行字告诉我们，他的思维并非一片空白：他在想别的事情——类似这样的抽象的哲学思考："到底行动只是思想随机附带的产物呢，抑或，思想才是行动顺理成章的结果？"作为一路跟随小说的情节已经来到临近结尾处的读者，我们知道这里可是有比光凭眼睛看到的多得多的隐含内容。在他这日常的一天当中，白川实际上已经干下了一桩很可怕的事情。他已经参与到了这个城市性与暴力的暗流中。而且，他正在看的电视节目貌似标准的深夜戏码，其实也绝非是由村上春树所随意选定的。这里的"生物"是与小说开篇"这个城市看上去活像是个巨大无比的生物"相呼应的，它提醒我们，一个像白川这样的最普通的办公室小白领——以及不论其他的任何人——都同时既是一个要为其自己的行动负责的独一无二的个体，又是受控于一个远比他本人都更加巨大和强大的异己的存在的无名无姓的客体。看到车厢挤得满满的通勤人员，叙述者评论道："被运送中的每一个通勤者都既是拥有不同面孔和思想的个体的人，同时每一个人又是那个集合体的一个无名的部分。每一个人既同时是个独立自主的整体，又只是一个零部件。对这种双重性他们都娴于应对且巧于利用，他们都无比纯熟而又精准地履行着他们早晨的仪式：刷牙，刮脸，系领带，抹口红。"

这一"生物"的主题，不禁让我们想起《奇鸟行状录》中田亨和久美子第一次约会前往水族馆时曾引起他巨大情感波动的水母：神秘、无脑，几乎是种形体不明的生物，受控于巨大而又不可名状的外力的驱使，在海洋中漂泊沉浮——这个宇宙对所有珍视自己个体性之人的威胁的象征化。在这里，这个城市从高处俯瞰就像是个巨大无比的生物，或许就像只章鱼，对生存在其当中的个体没有任何的意识：

> 在我们广阔的视野中，这个城市看上去活像是个巨大无比的生物——或者说更像是由众多相互纠结缠绕的有机体形

成的一个集合体。无数血管一直伸到那无从捕捉的身体的末端,血因此得以循环,细胞因此得以不断更新……应和着它脉搏的节奏,身体的所有部分都在相应地闪烁、发热和蠕动。

《天黑以后》对于"这一生物"的威胁感受最为真切的是法科学生高桥。在他作为课程作业前去旁听的几次庭审当中,他渐渐地意识到了这一点:

> 在我看来,这个我一直在观察的体系,这一"审判"制度本身就开始呈现出某种特别的、怪异的生物样态……就像是,比如说,一只章鱼。一只生活在深深的海底的巨型章鱼。它有惊人的生命力,有众多的起伏波动的长腿,穿过黑暗的海洋,朝着某个地方前进。我坐在那里旁听这些审判的时候,我在自己的头脑看到的就是这种**生物**。它会呈现出各种不同的外形——有时候它是"国家",有时候它是"法律",而有时候则呈现为更繁琐也更危险的形体。你可以试着切掉它的几条腿,但它们马上就会长回来。任何人都无法把它杀死。它太强大了,而且它生活在太深太远的海底。没有人知道它的心脏在哪里。我当时所感觉到的,就是这种深深的恐怖。并且伴随着绝望感——哪怕逃去天涯海角也逃不出这个东西的手心。这个生物,这个**东西**根本就不在乎我所以为我、你所以为你这一点。在它面前,所有人都失去了名字、丧失了面孔。我们全都变成了符号,化为了无谓的番号。

书中的所有人物无不感受到生活在这一"巨型生物"掌控下的压力,不过有些人比其他人对这一压力的处理要更好一些。高桥决心放弃他身为一个学生的被动和冷漠,开始认真研究法律:他打算正面与这个生物做斗争。学汉语的十九岁学生浅井玛丽,因为跟她的家庭日感疏远(尤其是跟她的姐姐爱丽),逃离这种压力的办法是在通宵营业的丹尼氏餐馆里阅读大部头的巨著。她就是小说开篇被镜头捕捉到的那个"在前窗旁边坐着的女孩"。她学习汉语以及计划以"某种交换学生"的身份去北京,都是她应对自身苦恼不幸的办法。当她与高桥共同度过很长一段漫漫黑夜的时候,我们开始希望在这两个迷人的年轻人之间能够成就一段爱情:他们俩都在遭受缺乏关爱的痛苦,而且又都能以某种诚实而又注重情感的方式来对待他人。在这部类似合唱曲的小说当中(这部小说令人想起《银色·性·男女》或是《木兰花》这样的电影),如果说有一个中心角色的话,那就是玛丽:她跟高桥、跟黄头发的前职业女摔跤手/情爱旅馆的经理薰,以及情爱旅馆"阿尔法城"(取自戈达尔的影片名,是对现代城市里人类交流那非个人化的一面的一种象征)薰的助理都有过长时间、真情流露的交谈。

城市压力的两个最具戏剧性的受害者是玛丽的姐姐浅井爱丽和那位办公室的小白领("工薪族")白川。爱丽是个美丽的女孩,她的价值体现在从十几岁就开始为一位摄影师做模特儿,与其说是个独立的个体,还不如说更像个商品。白川对于其公司的价值就在于他能在深夜工作,夜复一夜,牺牲了他的家庭生活。爱丽通过睡眠来逃避。我们已经看到睡眠——小型死亡——是如何经常成为某些早期的人物貌似唯一的出路的(最显著的当属《一九七三年的弹子球》中的鼠),但爱丽的睡眠因其超现实的程度,则让人想起《眠》中那彻底的不眠:她已经熟睡了有近两个月了。小说中大段大段地描写她那种接近于一片空白、完全湮灭的状态。白川则是通过拿别人出气、在其他人身上发泄来释放自己的压力,他对自己的妻子不忠,光顾一家情爱旅馆,而且因为他的华人妓女告诉他自己突然来了月经而把她毒打了一顿。(他作为"巨大生物"牺牲者的身份并不会使他痛打那个中国女人的行为减少丝毫应受谴责的程度:事实上,这一行径的极端邪恶只会彰显和强调隐藏于日常生活表面之下的那种暴力。)

爱丽和白川都发现自己置身于抽象的场域中：他在一家叫作"VERITECH"的公司那毫无特色的办公室里，在荧光灯的照射下度过了人生中的那么多时间，她则起先在家里自己那毫无个性的卧室，然后又进入了她卧室里那电视屏幕"另一侧"的虚拟的空间：

> 我们注意到那个房间跟白川深夜工作的那个办公室非常相似。很有可能就是同一个房间。只不过，现在它是个彻头彻尾的空房间，所有的家具、办公设备和装饰荡然无存。剩下来的就只有天花板上的荧光灯……她终于睁开了眼睛，从身旁的地板上捡起一样掉落的东西。一支铅笔。带有橡皮擦。上面印有"VERITECH"这个名字，是跟白川使用的同样的银色铅笔。铅笔尖已经秃了。

爱丽并不认识这个房间、这支铅笔和"VERITECH"这个名字，但"我们"知道，这就是白川在深夜里工作一直把笔尖都写秃了的那支铅笔。不知何故，他"真实的"空间和她"虚拟的"空间就是同一个空间。将白川和爱丽这两个从未相遇、从未以任何方式发生过关联的人统一为一体的，是他们都已经被那个"巨型生物"过度使用到了超过极限的程度。

这个"生物"的触手可以伸到任何地方，在很大程度上是通过电视来达到的。当白川在厨房里一边看《深海生物》一边想别的事情的时候，玛丽和她的新朋友蟋蟀也正在情爱旅馆里半看不看地放这档节目（蟋蟀在这家情爱旅馆里当清洁工），尽管很快就把电视关掉了，并开始谈论"蟋蟀"这个古怪的名字。正如高桥此前说过的，"这个生物，这个东西根本就不在乎我所以为我、你所以为你这一点。在它面前，所有人都失去了名字、丧失了面孔。我们全都变成了符号，化为了无谓的番号"，蟋蟀就是已经失去了名字的那些人当中的一个。三年前，大约在神户大地震期间,她遭遇过非常可怕的事情(也就是说,小说的背景大约是在一九九八到一九九九年),从那以后她就一直在逃离,从一个地方逃到另外一个地方,在匿名的一家家情爱旅馆里工作,在这种地方雇主不会问你多余的问题,你也只需要使用一个化名。蟋蟀把她从神户地震中学得的人生经验这样告诉她:"我们站立的地面看上去很结实,但稍有风吹草动,就会'忽'一下沉下去。而一旦沉下去就完蛋了:情况就完全两样,再也回不到从前了。你所能做的就只有独自一人在下面黑暗的世界里继续活下去。"

  地震也不过是那剥夺了人们的名字,亦即个体性的那个巨大的、非个人化的力量的另一种表现而已。这些力量都是你不可能逃脱的,是反复在本书中浮现的另一个相关的主题。爱丽想通过睡眠逃避真实的世界。她在那个虚拟的世界中醒来,在电视信号扭曲了她的血肉之躯时,徒劳地想从那个锁闭的房间里逃出去。白川可能以为他已经逃离了他自己那暴力行径的后果,但至少我们通过从那位妓女的手机里传出来的中国皮条客的声音——这本来只是讲给白川听的,不过也适用于所有听到的那些人:包括高桥、便利店里的营业员以及"我们"——知道:"你休想逃掉。哪怕你跑到天涯海角,我们也要把你抓到。"

  如果说电视是那个"生物"的一种工具,那么手机看来就是另一种了。正是通过一只手机(玛丽不喜欢的一种东西,就像她对鸡肉的健康与否持怀疑态度一样),那个"你休想逃掉"的信息匿名地传递给了每一个人听到它的人。村上春树对这一情节的安排巧妙而又有趣。白川留下了他从那个妓女那儿偷来的手机,但在回家的路上去便利店买牛奶的时候决定把它处理掉。他把它留在了冷藏货柜摆放奶酪的货架上,而当高桥正在这同一家店里买牛奶的时候,这只手机的铃声响了起来。从手机当中听到的那非个人化的警告(但这正呼应了他本人早先用过的那个"生物"的词儿)让高桥摸不着头脑,就把手机又放了回去,下一个拿起手机听到那劫数难逃的声音的是店里的店员。在这一事件以及其他使得小说中人物的生活以意想不到的方式产生交叠的"偶然"事件中，有一种低调的幽默，同时也为由这个"生物"所掌控的生活赋予了一种相互关联的感觉（也是另一种对于《银色·性·男女》和《木兰花》的呼应）。比如说，那中国男人并没有意识到他把摩托车停在其旁边的出租车里坐的就正是白川，他正在警告"你休想逃掉"的那个人。而且尽管玛丽实际上见过那个来接被白川痛打过的妓女的中国男人，她也并没有意识到，当她跟高桥沿着黑暗的城市街道往前走的时候，那个人的摩托车就停在他们附近。

那个中国男人在他的警告中所使用的"我们"是颇值得注意的。"'我们，'"高桥想道，"这个'我们'有可能是谁呢？"在这里，村上春树有可能是故意地将一直在冷眼旁观所有的情节进展，甚至一直在窥探所有人物的内心的"我们"，与经营卖淫业的那个中国黑帮的"我们"混为一谈吗？因为到了这时候的我们，也已经丧失了纯洁无辜的那种轻松感。我们已经无法简单地认同于那个"巨大生物"的牺牲者，而实际上成为了它的一部分：我们就像一个个无所不知的安全镜头，观察着每一件事和每一个人。正如白川不仅仅是个牺牲者，也是个行凶者，我们全都在一定程度上承担着那个"生物"作恶的责任。

高桥以最有说服力的方式表达了这一观点，采用的也是我们熟悉的不同的世界与墙垣的表述法：

> 可是，几次跑法院旁听案件的时间里，我开始对那里审判的案件和与案件相关之人的表现产生了不同一般的兴趣。或者不如说，我越来越少地只把这些东西看作别人的问题。那是一种不可思议的心情。我的意思是说，那些在那里受审的人在任何方面都跟我没有丝毫相像：他们是完全不同的另一种人。他们生活在一个和我不同的世界里，怀有不同的想法，采取的做法也完全跟我不同。那些人生活的世界和我生

活的世界之间隔着结结实实的高墙。至少，我一开始是这么认为的。我的意思是，我绝不可能犯下那样恶性的罪行。我是个和平主义者，我是个脾气温厚的人，从小我就没跟任何人动过一次手。这就是为什么我能够以一个毫不相干的旁观者的身份居高临下地来观看一次审判……但是，在去法院听有关人员的证词、听检察官的总结发言和律师的辩护、听当事人陈述的过程中，我变得没有自信起来。就是说，我变得越来越不确信起来。换句话说，我开始这样来看待这个问题了：所谓将他们的世界与我的世界隔开的墙壁，实际上或许并不存在。或者纵使存在，也可能是纸糊的薄薄的墙，往上一靠可能就会把它洞穿，跌到墙的那一边去。或者，另外那一侧也可能早就设法悄悄进入了我们内心，而我们只是还没有觉察到而已。这便是我开始感觉到的。

在这部严酷而又简劲的小长篇中，很多我们熟悉的村上春树的主题得到了相较于之前我们看到的更为直截了当的表达。那将不同的个体——并将他们与其内在世界——分隔开来的高墙既高又厚到令人泄气的程度，而与此同时它又只是假想中的。有时候又能在其中觅得些许不该享有的慰藉，尤其是在别人展现出将我们与他们紧密地联系在一起的那些我们原本不希望在自己身上得到体认的特质的时候。而对于玛丽而言，这样的高墙就只是痛苦的根源。她之所以整晚都待在外面，就是因为她深感存在于她和她美丽的姐姐爱丽之间的那深刻的隔阂，她无比向往地回想着当初她们之间不存在这种间隙的那个时候。有一次，她说，她还在幼儿园的时候，她们一起被关在了电梯里，而"在那段时间里爱丽在一团漆黑中紧紧抱着我。那可不是一般的抱法，她把我抱得那么紧，我们的两个身体感觉就像要融为一体一样……我们俩变成了一个人：我们之间没有任何间隙。我们甚至分享着同一颗心的跳动。然后灯就突然亮了，电梯摇晃了一下，开始动了起来……但那是最后一次了……打那以后，我们之间的距离就似乎越来越远了。我们分开了，没过多久我们就生活在不同的世界里了"。

村上春树的小说所描绘的那"另一个世界"有时会像是一个真实的地方——是人们能够真的前往的一个不同的维度、空间中的另一个点（就像《斯普特尼克恋人》中的堇和《海边的卡夫卡》中年轻的卡夫卡似乎做到的那样），而在这里，它更清楚地起到的是一种将个体与个体之间以及我们内在的不同自我之间分割开来的作用。在这个意义上，它又重新回到了《一九六三／一九八二年的伊帕内玛少女》的母题："总有一天，我肯定会在遥远世界中的某个奇妙场所同我自身不期而遇……在那里，我是我自身，我自身是我。主体是客体，客体是主体。毫无障碍和阻隔。完美的融合。"

不过，《天黑以后》也并没有完全弃绝超自然的色彩。首先，那无所不包的夜晚和黑暗的形象是如此生动逼真，总是暗示着某种神秘莫测和具有威胁性的存在。正如年轻的高桥所言："从历史上说，人类在天黑后也满不在乎地来到外面也不过是近来的事。一旦日落西山，往昔的人们就必须钻进洞穴，保护自己的身体。"不过有时候，也会出现更为神秘的事情，偶尔会跟镜子有关。有一次，玛丽在一家餐馆的洗手间照过镜子，走出去以后，"作为我们视点的镜头又在这里停留了一会儿，观察着这个卫生间。玛丽已经不在这儿了……但细看之下，洗手台镜子里仍有玛丽的影像。镜子里的玛丽正从那一侧看向这一侧"。

在本书很大的部分当中，电视在这个世界与另外一个世界之间提供了一个难以解释的入口。在自己家爱丽已经昏睡了两个月的那个卧室里，她有一台电视机。虽然根本就没有接通电源（就像《海边的卡夫卡》里那只已经关机的手机一样），它自己就打开了，在经过长时间痛苦的挣扎想要生成一张清楚的图片以后，它向我们展示出一个坐在椅子里的男人的形象。这个男人戴了一个非常薄、非常紧的半透明的面具,这让他的五官以及他可能在转什么念头的面部表情变得非常模糊,但这并不妨碍我们看出,他正努力想透过电视的屏幕看进玛丽的房间。这个"无面人"正"从显像管里透过玻璃看着这一侧。也就是说,他就在那一侧,径直地看进这个我们所在的房间"。或许要由他来代表的是那一帮愿意付钱来看像爱丽这样漂亮的封面或电视广告女郎的照片的匿名观众,而且给她的感受是面对这些窥探的眼睛,她是完全没有任何防御之力的。也许,身为一个中年男人(衣冠楚楚但浑身都沾了些白灰),他代表的就是她在家里或是在工作中所经受的性虐待,或至少是一种父母为了经济获益剥削她的美貌而对她施加的虐待。

不久以后(准确地说是两个钟头二十六分钟以后,在凌晨的三点零三分),这两个世界开始相互贯通:爱丽已经从她的床上消失(床铺整理得非常整齐,就像她从来没有在上面睡过一样),现在睡在了电视机里的那个房间的一张一模一样的床上。那个"无面人"仍然还在,但现在已经不是透过玻璃荧屏紧盯着这一侧的她,而是在他占据的那个空间之内直接盯视着她——那是个由荧光灯照亮的光秃秃、空荡荡的房间(暗示并在后文证明了这就是白川在里面工作的那个房间)。二十二分钟后,我们重新回到这一场景的时候,那个男人和他坐的那把椅子已经从荧屏上消失不见了(以后也再未出现),爱丽开始现出醒来的迹象。"我们"已经不耐烦再从"这一侧"继续来观看她,于是"我们决定我们自己也转移到荧屏的另一侧。而一旦我们做出了决定,事情也就并不难办到了。我们所要做的无非是与肉身分离,把实体抛弃,允许我们自己变成一个不具有质量的观念性视点即可。只要完成了这一点,我们就能穿越所有的墙壁……我们让自己变成一个纯粹的视点,穿过了将两个世界分隔开的那道电视荧屏……"从一个世界进入另一个世界所需的只是一次意志的行为——或者,如研究村上春树的年轻的意大利学者丽贝卡·苏特尔表述的那样:"想象的力量"。

我们进入那个荧光灯照亮的空荡荡的房间后,爱丽继续进行着她慢慢醒来的过程,当她真正恢复意识以后,她发现自己被封闭在了一个完全陌生的空间中。她抚摸自己,像是要确认自己存在的事实。"她隔着睡衣把双手放在自己的乳房上面,确认那是一如往常的自己:美丽的脸庞,形状好看的乳房。我便是这样一个肉块,一份商业资产,她杂乱无章的思绪告诉她。"没有一道门、没有一扇窗会为她打开,她在绝望中想道:"没有一个人知道我在这里。"就这一点而言她几乎是对的,只除了一点:

> **我们**知道。但我们没有参与进来的资格。我们从上方俯视着她躺在床上的身姿。继而,作为视点的我们逐渐向后退去。我们穿过天花板,稳定地往上移动,离她越来越远。他们攀升得越高,我们看到的浅井爱丽的形象就越小,直到她变成了一个小小的点,然后消失不见。我们加快速度,后退着穿越平流层。地球慢慢缩小,一直到最后也消失不见。我们的视点无限地后退,穿越虚无的真空。后退的进程已经超出了我们的控制。
>
> 我们知道的下一件事,是我们又回到了浅井爱丽的房间。

"我们"一直要到又一个钟头过去以后,四点二十五分的时候才会再次看到爱丽,我们又一次置身于她的房间,看到的是她在电视机里的形象,她仍旧被禁锢在由荧光灯照亮的那个虚拟空间里。就像之前的那个"无面人",她似乎能够透过显像管的玻璃荧屏看到这边的这个房间,但她没办法穿过荧屏进到这个房间里来。但是然后,"电视机突然失去了它的稳定。信号颤动起来。浅井爱丽的轮廓开始变得模糊并微微颤抖起来。她看着……自己抖动的双手。她眼看着它们渐渐失去了边缘的明晰度"。她在那个虚拟空间的整个物理实体就是由电子的电视图像构成的,当这一图

287

像失去其稳定性时，她就能看到她自己的"肉身"也正在分崩离析。她真的不过是个具有商业价值的电视图像，当那个图像开始变弱的时候，她就无比恐慌了。她开始逃离，但那个画面彻底消失了。

五点零九分，在夜晚最深的黑暗已经过去后，爱丽重又睡在了她的房间里，电视机一片死寂，一切又重归正常——一个年轻女人一睡就是两个月这个意义上的正常。六点四十分，她妹妹玛丽走进了这个房间，受到那个当初在电梯里她曾感觉真正地跟她姐姐融为一体的记忆的驱使。玛丽脱掉衣服，爬到姐姐的床上，泪流不止，像是在为这么多年来从爱丽身边躲开，为自己促成了姐妹间的鸿沟而忏悔："她感觉她做出了某种绝对无法原谅的事情，某种她永远都无法撤销的错事。"她内心也同样涌起一股强烈情感，希望她们姐妹俩之间的隔阂能够得以克服，玛丽亲吻了她睡眠中的姐姐的嘴唇。"玛丽感觉她几乎就像是在亲吻自己……然后，仿佛已经释然，她蜷起身子挨着自己的姐姐躺下来——如果有可能就跟她结合在一起，分享她们两个身体的体温。"

爱丽仍旧没有意识，玛丽要跟她重归于好的希望很有可能会破灭，但至少现在，在她自己的内心，她已经跟自己达成了妥协，并准备跟她姐姐结合在一起。到目前为止，浅井姐妹并没有去完成必要的深挖工作，以求得在更深的层次上联系在一起，但既然玛丽已经一心准备要采取主动了，或许这样的结果也就能够开始发生了。"黑夜终于开始破晓了。在下一次黑暗抵达之前，我们还有时间。"本书的结尾给了我们村上春树的任何一部小说此前都未曾有过的希望和疗愈——而这个基调也将在下一年的《东京奇谭集》中得到延续。

*

冒着要以一个类似脚注的方式结束我们对《天黑以后》的分析的风险，我还是想加添几句身为本书英译者的体会。村上春树对于镜头视角的应用，提出了一个由日语动词 naru（变成）的两个非常相近的用法导致的微妙差别所带来的一个有趣的翻译问题。"X ni naru"和"X to naru"的意思都是"变成 X",至关重要的区别在于"ni naru"表示的是在真实世界中实际存在、可以感知的变化,而"to naru"则只表示一种心理上的变化。比如,我们可以看一下"Yuki ga tokete mizu ni naru"(雪融后变成了水)与"Yuki ga tokete kawa to naru"(雪融后变成了河)。前者,雪是直接地、物理性地真正变成了水;而后者,"河"更多的是种观念而非服从物理定律的一种现象:雪"变成了"一条河,仅仅是因为我们能够在精神层面设想这一复杂的演变过程。英语中并没有这样的区别,而且我怀疑绝大部分——也许所有的——其他西方语言也都是一样的情况。①

最后,我们感觉有必要问一句:既然日语有此优势,用这么一点语言技巧就可以如此轻而易举地进入想象的语境,那为什么并非所有的日本作家都像我们在村上春树的作品中看到的这样,如此轻松和简单地就能唤起那个想象的世界呢?也许答案就全在于所谓的"想象的力量",这句考语评定的更多的是作为个人的村上春树的心灵,而非作为整体的日本作家的精神世界。这位《世界尽头与冷酷仙境》的创造者过于清楚地意识到人类的大脑就是这个世界上所有魔法的物质载体。不管村上春树那些在想象的世界里的跃升是多么生动多彩,它们总是坚实地锚定于大脑的灰质当中——在物质性的神经元的突触当中。当他说"我不是那种喜欢神秘现象的人……对超自然的能力也并不痴迷"时,他无疑说的是事实。不过,他又的确非常着迷于大脑之所以产生这种神秘现象的具体过程:越是在实际上难以确证的,就越好。村上春树那传达他对于神秘之物理事实的感受的能力,无疑就是他受到全

---

① 以下略去了大约两页篇幅对原文具体字句的分析,以及在英译本中是如何相机处理的说明。

世界读者喜爱的最重要的因素。他致力于探索和传递一种每时每刻的生命/生活之"意义"的感受，而这实际上是所有人类能够分享和共通的一种东西，不管其民族种族，也不管其在多大程度上相信超自然现象。不管他作品的具体情节当中包含了多少自杀或无意义的失望，这些作品的终极驱动力始终是积极乐观的，因为它们传递出了这种生命的意义。

十四

如果你相信我

村上春树没有任何减速的迹象。在二〇〇五年出版收录五个短篇的《东京奇谭集》后,在短短的几年间,他完成了多部长久以来最为喜欢的作品的日译,如《了不起的盖茨比》(2006)、雷蒙德·钱德勒的《漫长的告别》(2007)和杜鲁门·卡波蒂的《蒂芙尼的早餐》(2008),而在接下来的四年间,又出版了至少六卷翻译作品。他还写了一本讲述身体健康与创造力之关系的非常个人化的随笔集,叫作《当我谈跑步时我谈些什么》(2007),在这本书里我们看到他会跟自己的肌肉讲话——而且会听到它们又跟他讲了些什么。他在二〇〇六年的十二月初放出话来,说他正在创作一部非常长的长篇小说,二〇〇八年他又对一位采访者说起,将来他可能会写作系列的短篇小说(就像《地震之后》和《东京奇谭集》),而非之前的那种单篇的作品:"我过去都是在刊物上登载我的短篇,先是在这儿发一篇,不久以后又在另一个刊物上发一篇,但我不再这么做了。我不喜欢这种做法。如果我是在一个单一流程中来写它们,我就能感受到每一个短篇是如何跟其他短篇相互关联的——除此以外的其他方式在我看来都会显得是无的放矢。如果可能的话,我喜欢连贯地写出五个或六个短篇来。"

对村上春树作品的国际性认可继续以更多的文学奖项和荣誉学位的形式体现出来。二〇〇六年,他先是于九月二十四日在爱尔兰的科克因《盲柳，与睡女》获颁弗兰克·奥康纳国际短篇小说奖，然后又于十月三十日因其作品中普遍存在的卡夫卡式元素在布拉格获颁弗朗茨·卡夫卡奖，并特别提及了《海边的卡夫卡》。这两个奖都是由国际化的评委会从国际范围内的候选人中最终将他选定的，而弗朗兹·卡夫卡奖此前的获奖者中更是有菲利普·罗斯和哈罗德·品特这样的大作家。时至二〇〇八年四月，村上春树来自国外的收入已经实际上超过了国内的收入。"得知这一情况让我大为惊讶，"据说他曾这样说过，"我的工作室现在所做的工作有三分之二是在与国外的出版商打交道。"

二〇〇八年十月，村上春树成为加利福尼亚大学伯克利日本奖的首位受奖人，这是"由日本研究中心颁授给为在全球范围内对日本的深入理解做出卓越贡献的个人的终身成就奖"。早在一九九二年，村上春树在伯克利的尤娜人文讲座所做的演讲已经是特意安排在一个比较大的场地了，而这次，他的诵读活动则放在了大学最为巨大的策勒巴赫讲堂举行，诵读后还有由日本流行文化权威罗兰·凯尔茨对他进行的一次现场采访对话，结果仍然是挤破了头。

二〇〇七年，列日大学授予村上春树荣誉博士学位，之后在二〇〇八年六月和二〇一二年五月，普林斯顿和夏威夷大学也分别授予了他荣誉博士学位。二〇〇九年十二月，西班牙政府宣布授予村上春树艺术和文学勋章以及"先生阁下"荣衔。在列日，他与保罗·奥斯特及其他四位具有国际声望的作家同获荣誉博士殊荣。在普林斯顿，村上春树与同获殊荣的音乐传奇昆西·琼斯相谈甚欢。夏威夷大学的荣誉学位颁赠典礼后还在校园里安排了一场公开诵读和演讲活动，题目为"当我谈写作的时候我谈些什么"（四月十日）。有六百个座位的中央舞厅座无虚席，还有两百个人站着聆听。

不过，也并非所有的荣誉都没有争议。二〇〇八年十一月，村上春树在受邀接受次年一月的耶路撒冷文学奖时，就面临着一次良心的审判。这个两年一度的文学奖的受奖人中包括了众多的杰出人物，如伯特兰·罗素、伊尼亚齐奥·西洛内、豪尔赫·路易斯·博尔赫斯、欧仁·尤奈斯库、西蒙娜·德·波伏瓦、奥克塔维奥·帕斯、格雷厄姆·格林、V.S. 奈保尔、米兰·昆德拉、唐·德里罗、苏珊·桑塔格和阿瑟·米勒等。村上春树原本也可以为自己接受此奖进行合理化解释，因为它并不来自以色列政府，而是由耶路撒冷国际书展颁发的，而且旨在授予"以其作品最好地表达并促进了'社会中的个人自由'的作家"，但他完全清楚接受这样一个奖那潜在的象征性的意义，所以他的第一个念头是拒领此奖，尤其是在二〇〇八年十二月二十七日以色列开始炮轰加沙的巴勒斯坦人以后。

最终他决定不采取拒绝领奖的"消极"立场，而是利用这个机会"积极"地直接向以色列读者们表明态度。当这些读者之一、以色列总统西蒙·佩雷斯在二〇〇九年一月十五日的演讲前向他进行自我介绍，并宣称他喜欢村上春树的作品，尤其是《挪威的森林》，而且在十四年前就已读过的时候，他真是备感惊讶。村上春树想起十多年前佩雷斯确曾因为在一次演讲中引用过《挪威的森林》而让他感到过吃惊，所以这位总统宣称读过他的作品就绝非只是客气一下了。而这就使得村上春树在发表他准备好的演说《高墙与鸡蛋》时感觉更为尴尬了，因为这篇演讲的中心议题就恰恰是自从十一月起他所面临的那场良心的审判。

村上春树在演讲的一开始把自己介绍为"职业谎言编织人"，而且像他这样的从业者，谎言编织得越巧妙，他的工作就越发受到赞扬。在有以色列的领导层在场聆听的情况下，他进而指出，政治家、外交官和军人也都有编谎的习惯。然而在这个特别的日子里，村上春树说，他决定只讲真话，首先是由于注意到日本有好多人都建议他不要前来耶路撒冷领受此奖，另外还有些人警告他，如果他前来领奖，他们就会发起针对他的作品的抵制运动。"那理由，当然就是正在加沙进行中的激战。据联合国的报道，在被封锁的加沙城内已经有超过一千人丧生,其中很多是手无寸铁的平民——儿童和老人。"他不希望他接受这个奖项会造成他"赞同一个国家选择行使其占绝对优势的军事力量这一方针"的印象。他不赞同战争,他说,也不支持一个国家去压倒另外一个国家。他当然也不希望看到自己的作品遭到抵制。

经过反复思量以后,他继续道,他还是决定要来耶路撒冷,相较于什么都不说,他选择讲出自己的心声。部分是因为作为一个小说家,如果有人告诉他该做什么,那他反而会倾向于去做相反的事情;部分也是因为他想亲眼来看看真实的情况,而任何一位小说家都会想要这样做的。然后,采用典型的村上春树式的意象比喻,他阐明了自己的行事原则:"在坚固的高墙和被这面墙撞碎的鸡蛋之间,我选择跟鸡蛋站在一起。"因为担心他的比喻不够明确,他又进一步解释说:"轰炸机和坦克和火箭弹和白磷炮弹就是那坚固的高墙,而鸡蛋就是被它们所碾压、燃烧和射杀的手无寸铁的平民。"

针对以色列屠杀手无寸铁的巴勒斯坦平民的激烈批评一直都尤其聚焦在这些白磷炮弹上,因为它们会在平民当中造成可怕的烧伤。特意提到它们,村上春树也就等于使他的批评做到了尽可能的清楚明了。他继续将现在的局势与他最坚持一贯的主题之一联系了起来:"我们每一个人或多或少都是一个鸡蛋。我们每一个人都是包裹在一个脆弱的蛋壳里的独一无二、不可取代的灵魂。我是这样,你们每个人也都是这样。而我们当中的每一个人,在或多或少的程度上都正面对着一道坚固的高墙。这道墙有个名字,它就叫'体制'。体制本应是保护我们的,但有时候拥有了自己的生命,然后它就开始杀害我们并导致我们去杀害他人——冷酷地、高效地、系统性地去这么做。"

为了保护脆弱的个体免受其碾压,他说,小说家的工作就是"用一束训练有素的灯光来照亮这个体制"。然后,他出人意料地转入个人的叙事,由此而照亮了这个体制与由它送去打仗的个人

十四　如果你相信我

之间的关系：

我父亲去年去世了，终年九十岁。他是个退休的教师和兼职的佛教僧侣。他在就读研究生的时候被征召入伍，送去中国参战。作为一个战后出生的孩子，我每天早上都看到他在饭前面向家里的佛坛献上发自内心的长长的祷告。有一次我问他为什么要这么做，他跟我说他是在为那些死在战场上的人祷告。他说，他是为死去的**所有的**人祷告，不论是盟友还是敌人。望着他跪在佛坛前的背影，我似乎能感觉到他身上正笼罩着死亡的阴影。

我父亲去世了，他随身带走了他的记忆，我永远都不得而知的记忆。但潜伏在他身边的死亡的气息却一直保留在了我自己的记忆中。那是我从他那儿继承到的为数极少的遗产之一，也是最重要的遗产之一。

今天我希望向你们传达的内容只有一点。我们都是人，都是超越了民族、种族和信仰的个体的人，都是面对一道叫作体制的高墙的脆弱的鸡蛋。表面看来，我们没有丝毫获胜的希望。这道墙太高、太坚固——也太冰冷了。如果我们真有任何获胜的希望，那就只能是来自于我们相信我们自己和其他人的灵魂的独一无二和不可取代性，以及由将我们的灵魂联合起来而获得的温暖。

请花一点时间想一下这件事。我们每个人都拥有一个实实在在的、活的灵魂。体制却没有这样的东西。我们绝不能允许体制来压榨我们。我们绝不能允许体制拥有了它自己的生命。不是体制创造了我们；是我们创造了体制。

这就是我必须要向你们所说的话。

获得耶路撒冷文学奖我备感荣幸。世界上有很多地方的人都在读我的书，令我备感荣幸。我想向以色列的读者表达我的感激之情。你们是我为什么来到这里的最大的原因。我希望我们共同拥有着某种东西——某种非常有意义的东西。我很高兴有这个机会今天在这里向你们讲了这些话。

村上春树后来说，他也意识到苏珊·桑塔格和阿瑟·米勒在接受这个奖的时候也对以色列政府提出了批评，不过由于他们自身就是犹太人，他们的情形跟他还是有所不同的；至少他感觉，身为一个日本人，他已经尽其所能把他想说的话都讲了出来。演讲赢得了热烈的掌声，他告诉一位采访者，不过也遭遇了不少冷脸，西蒙·佩雷斯就是其中之一。演讲也平息了他在日本遭受的绝大部分批评。不过，他很怀疑，到底有多少日本人，也包括他本人在内，在实际情况中会完完全全地跟鸡蛋站在一起。这么做可不单单是件"自我感觉良好"的事：你不得不自始至终地承担起责任。这是他在关注沙林毒气案的审判过程中所深切感受到的一点。奥姆真理教的这帮信徒的所作所为无疑是邪恶的，但你也不得不站在他们的立场上来考虑问题，这种认识他在《地下》就已经写到过，同时也注入了他的最新长篇小说《1Q84》中。

在村上春树被授予下一个重要的奖项之前，日本经受了有史以来最为严重的自然灾难，并由此导致了一起具有同样历史意义的人为灾难。二〇一一年三月十一日，日本东北海岸爆发了九点零级的大地震，地震不仅自身造成了巨大的损害，同时还引发了局部达到一百米高的大海啸，一直深入到内陆地区六英里远，造成一万五千多人死亡，受伤的几乎达到两倍之多，而且还将三千余人卷入海中，无一生还，连尸体都找寻不见。全世界都满怀恐惧地眼看着那翻滚的黑色巨浪席卷了不设防的农田和城市街道，将沿途的船舶、汽车和大巴裹挟而去，同时摧毁房舍，将树木连根拔起。福岛沿海的核电站对于这次巨大的天灾来袭也完全没有准备，结果导致核反应堆堆芯熔毁和爆炸，最终使核电站周边六到十二英里的辐射半径区域成为无人区，致使成千上万的居民被从那个堪与切尔诺贝利相比的死亡区域内疏散。

十四 如果你相信我

当时村上春树本人身在国外，也一样被电视上的灾害画面给吓坏了。三月十九日的《纽约客》马上就重印了他写神户地震的短篇《UFO飞落钏路》，配上了最近的海啸造成的令人难以想象的毁坏的照片，但面对众多的采访要求，村上春树的回答都是：这整个事件"过于严重"，概难发表评论。

一直等到二〇一一年六月七日，村上春树才在巴塞罗那国际加泰罗尼亚奖的授奖典礼上，讲起日本遭受的这次可怕的打击。他先由灾害和生命损失之巨大开始，继而解释了日本人民在无数个世纪应对世界的不断变化（佛教哲学称之为"无常"）、经受日本诸岛不断发生的台风和地震过程中所养成的忍从精神。他说，他并不怀疑日本在重建和恢复遭到无理破坏的正常生活的外观方面的能力。"我想在这里特意谈到的并不是建筑或者道路，而更多的是……诸如道德或者伦理标准这类的事……是那类并非只要有大型机械，只要有物质保障，只要招到足够的个人就能组合装配起来的那类东西。"他说，他想讲的是福岛的核反应堆，它还在继续向环境中喷吐辐射，继续摧毁着成千上万或许再也无法返回家园的居民的生命。

虽然早已受到警告，但仍未能将安全标准提升至应对此种层级的灾难的电力公司，以及未能迫使电力公司采取必需的安全标准的政府，显然是最该受到谴责的。他们将利益置于首要考虑位置的做法该当引起人民的愤慨。像日本民族这样很不情愿去表达正常愤怒的人民，这次"也变得真的非常生气"。但问题并不止于此，因为"正是我们这些日本人允许这样扭曲的体制一直运转到现在的。也许我们因为默许这样的行为发生而必须进行严厉的自责"。

继广岛和长崎的原子弹爆炸后，这是"我们第二次巨大的核灾难。但这次并没有任何人朝我们扔核弹。是我们亲自搭好舞台，亲于犯下了这个罪行，我们是在毁灭我们自己的国土，我们是在毁灭我们自己的生命"，而这一切都是以效益的名义做出的。"按

297

照电力公司的说法,核反应是用来发电的一种极为高效的方法。也就是说,是一种极为高效的提升利润的方法。"核工业在日本已经变得如此根深蒂固,以至于"任何人只要敢于表达一点对于核电核能的保留意见,他马上就会被贴上'不切实际的梦想家'的标签"。而这表明了一种"我们的道德、我们的伦理标准的失败……我们既是受害者,同时也是作恶者。我们必须正视这个事实。如果我们不能做到这一点,那我们就不可避免地会重犯同样的错误,在别的什么地方"。

我们日本人本该继续向原子能说"不"的。这是我个人的观点。我们本应联合我们所有的技术专长、集聚我们所有的智慧和技能,并投入我们所有的社会资本去发展能够取代核能的高效能源,在整个国家的层级上不懈地努力。即便遭到国际社会的嘲笑……我们也应该毫不妥协地坚持由于核战的经验深植于我们内心的对于核能的憎恶。发展非核能应该成为日本在战后时期的主要方向。

这样的一种反应本应成为我们为在广岛和长崎丧生的众多牺牲者所承担的集体责任。我们需要一个类似这样的牢固坚实的道德基础,类似这样的伦理标准,准确地说,是类似这样的社会信息。这本该成为我们作为日本人,对整个世界作出真正贡献的良机。但当我们沿着经济发展的道路狂奔而去的时候,我们已经被"效益"这个简单的标准所完全掌控了。我们已经对于摆在我们面前的另一条重要的道理完全视而不见了……

我们不该害怕去做梦,去梦想。我们不该让被称为"效率"和"便利"的不幸的畜生反过来掌控我们。我们必须成为向前迈出坚实的大步的"不切实际的梦想家"。一个人终有一天会死的,会从这个地球上消失无踪。但人类却会留下来。人类将会继续永存下去。我们必须首先相信的就是人类的力量。

在结束前，我宣布将这一奖项的奖金全部捐出，以帮助地震和核电事故的受害者。我非常感谢加泰罗尼亚人民和加泰罗尼亚自治政府给我这样一个机会。最后，我还想表达对于最近洛尔卡地震的受害者深切的哀悼与慰问之情。

村上春树对于日本人民奔涌的怒火的说法可能是符合实情的，而他这一在国际舞台上发表的强有力的演讲对此应该也不无贡献。二〇一二年五月五日，日本最后的五十台运转中的核反应堆被关机进行例行维修，与其他的因素一起，公众对于核能不信任的表现有可能使得这些核反应堆不会再被重启了。

《1Q84》

村上春树决定接受耶路撒冷文学奖所引发的争议，以及他在以色列的国土上发表的对以色列政府的大胆批评这一奇观，在他通常的读者范围之外重新唤起了大众对于这位小说家的兴趣，其热烈程度是在《挪威的森林》引发热捧之后所仅见的。这一点，再加上新潮社决定对即将出版的村上春树七年以来的首部长篇小说采取严格保密的策略（部分也是为了回应读者对《海边的卡夫卡》开售前出版方就做了过多的披露的批评），都大为提升了读者对这部预定于二〇〇九年五月三十日正式发售其前两卷的最新长篇小说的期待值，这部小说有个奇怪而又迷人的名字：《1Q84》。出版前的预售异常火爆，使得新潮社将首刷的印量从三十八万增加到四十八万，由于终于买到书的读者急于了解在第二卷的结尾故意留了个悬念的女主角的命运，待到二〇一〇年四月十六日小说的第三卷午夜时分正式发售的时候，抢购的读者排起了长队。迄至二〇一二年四月底，新潮社精装三卷本的印量已经远超一百万套（共三百八十六万五千册），作为更廉价的版本，平装本的第一册（小说第一卷的前半部分）也已经印刷了八十万册。《纽约客》二〇一一年九月五日那一期刊登了一个英译片段《猫城》，不过读者得一直等到十月二十五日，肯诺普才会把小说的三卷一次性出齐（哈维尔·塞克的英国版出版第一卷和第二卷早了一个星期，第三卷也是在十月二十五日出版），午夜的销量和令人眼花缭乱的各种庆祝活动同样也是非比寻常。

剧透警告：《1Q84》是村上春树篇幅最大的长篇小说，其核心吸引力就全在于本章所讨论的这些信息在小说中逐步加以揭示的过程中。

没有多少像《1Q84》这样被广泛阅读的英译作品在书名的读法上会产生这么多的不确定性。有些人把"1"误看成了"I"，把它读作"IQ84"，就仿佛这本书的主角就像《阿甘正传》里的阿甘那样智商（IQ）偏低呢。做投资的可能会以为书名的意思是"一九八四年的第一个季度"。另外有些人已经知道这本书与奥威尔的相关性，而且可能意识到日语的数字9与英语的字母Q发音相同，于是把它读作"One-Q-Eighty-Four"或"Nineteen Eighty-Four"，就像读奥威尔的书名一样。我甚至听到有人读作"Q-Teen-Eight-Four"。

作者本人为日语的书名给出了一个用罗马字拼写的释义："ichi-kew-hachi-yon"（one-Q-eight-four），这既能让人联想到奥威尔，又有极大的不同。日语读者马上就能从"Q"理解到"9"的意思，但因为并无任何暗示表明这指的是日历上的一个年份，所以更多感到的是迷惑而非顿悟。奥威尔那本书的日语书名读作"Sen-kyū-hyaku-hachi-jū-yo-nen"，就是一九八四这一年的标准写法，确切的意思便是"第一千九百八十四年"。村上春树的书名中并无"年"（-nen）这个后缀，这就会令日语读者产生疑惑，不甚明了这四个字码的奇怪组合跟一九八四这一年到底有什么关系。

作为一个读者还没打开书之前就遇到的英文书名,《1Q84》如同"ichi-kew-hachi-yon",也是有些令人费解的,应该读作"One-Q-Eighty-Four"。

实话实说,没有了这个 Q/9 的双关背景,英语读者比日语读者感到困惑的程度还会略深一些,不过这困惑也就只会持续一百页稍多一点点。到了那里,女主人公青豆弄清楚了一点,那就是她已经不再生活在一九八四年的那个正常的世界里了,她周围的这个世界已经发生了改变,或在某种程度上进入了与一九八四平行的轨道,而她需要一个名字来对这种新型的生存方式做出区分:"1Q84——我就这么来称呼这个新世界吧,青豆决定……Q 表示的'question mark'(问号)的意思。一个背负着疑问的世界……不管喜欢还是不喜欢,我现在就在这里,在这个 1Q84 年。我熟悉的那个一九八四已经不再存在了。"在日语的文本中,村上春树就从这里开始在这个令人费解的四个字符的书名后面添加了"-nen"(年)这个后缀,写作"1Q84-nen",在日语中应该读作"ichi-kew-hachi-yo-nen"。这个年份名字的语境一旦得以确立,那在英语中读作"One-Q-Eighty-Four"就是不可避免的了。尽管如此,很多读者还是更喜欢把它读作"One-Q-Eight-Four",作为一个书名,严格讲起来这种读法可能还稍许更"对"一点。

Q/9 的双关对于英语读者并不存在的事实,提出了如何最好地翻译这一书名的问题。"Q 表示的'question mark'的意思"这个观念会让我们想到,是否可以用一个真正的问号来表示:1?84,但这将使得这个书名更难念出,而且有可能会让人错误地以为作者是在暗示其他的世纪(1884,1784 等)。最后,"1Q84"几个数字中那个大写 Q 极为显眼的存在,至少也跟它的发音一样重要,而肯定比 Q/9 的双关本身更为重要。这一双关其实并无过多深意存焉,它只是让青豆对字母 Q 的选择在日语比在英语的语境中更少了一点随心所欲的感觉,但在一本貌似有一百万个随心所欲的决定、故事不断扭曲反转的书里,青豆对这个 Q 的选择并不显得有什么突出。

很明显，村上春树取这个书名的目的就是为了让它显得莫测高深，就是为了让它具有视觉冲击力，而且还应该有一种奥威尔式的回响。虽然这个书名的确让人想起奥威尔的《一九八四》，而且两部小说的情节都始于一九八四年四月初寒冷的一天，《1Q84》这部小说却不能被称为对奥威尔的致敬、改编或者评注。作为对苏联和广义的极权主义的批判，《一九八四》想象的是一个可能的未来，而相反，《1Q84》却是一种"回顾，以及对于过去有可能是个什么样子的想象"，村上春树如是说，并进而指出他感兴趣的是从一个不同的角度来检视他曾生活过的那个时代的精神状态。青豆和她深爱的天吾比当时的村上要年轻五岁，对村上春树而言无比重要的学潮运动在天吾上大学的时候已经成为一件往事了。

整部小说中共有六次对于《一九八四》的直接指涉。把这两本书更为广义地联系起来的，是那个思想控制的主题。不论是奥威尔还是村上春树的书中，对于历史的重写和扭曲都被特别提出来进行审视检讨，不过，奥威尔书中那具有未来风格的极权主义的反面乌托邦，是通过由国家支持的对其居民的生活的各个方面的精神控制来体现的，而村上春树所回顾的是一个我们比较熟悉的一九八四，在其中，最为公开的利用技术手段来控制其信徒思想的就是邪教。在论及某一特别恶劣的邪教时，那位被称作"戎野教授"的人物的以下这段话基本上类同于村上春树在《地下》中对于邪教组织何以对其成员具有如此强大之吸引力的论述：

> 高岛塾的所作所为，要我来说，就是制造什么都不思考的机器人。他们把动脑筋自我思考的电路从人们的大脑中拆除了。他们的世界就跟乔治·奥威尔在他的小说中描绘的一模一样。我相信你也意识到了，刻意追求这种脑死亡状态的家伙，在这世上并不少见。这会让生活变得轻松得多。你不用再思考任何烦难的事情，只要闭起嘴巴听从上司的指示照

做就是了。

青豆本人是作为一个叫作"见证会"的严厉而又禁欲的基督教派别无条件服从的信徒被抚养起来的,这个宗派就像耶和华见证会一样,禁止输血并宣扬末世论,但她在十一岁的时候主动放弃了这一信仰。现在,二十九岁的她受命去刺杀另一个邪教组织的领导者,此人在小说中与奥威尔的"老大哥"如出一辙,因为他形体上也非常高大魁伟,而且他的信徒将他的每一句话都奉为绝对真理。被称作"领袖"(Riidā 这个词在日语的语境中就像一个名字一样被使用)的他领导着一个具有些微佛教色彩的公社,这个公社叫作"先驱"。在一九七九年获得政府的官方承认,成为一种宗教以后,这个虚构的"先驱"可以被视作现实中的奥姆真理教的"先驱",奥姆真理教这个臭名昭著的佛教邪教创立于一九八四年,在一九九五年对东京的地铁系统发动了沙林毒气袭击。

据说领袖曾在一个叫作"高岛塾"的公社里待过两年,这个邪教团体被戎野教授描述为"无脑机器人"的制造者,他就是在那儿习得了管理他自己那个公社的专业技能。与此相似的是,麻原彰晃在于一九八四年创立奥姆真理教之前,也曾于一九八〇到一九八三年师从一个佛教宗派阿含宗学得了组织管理的原则。也正是在那个时候,据报道麻原彰晃曾对一个朋友说过这样的话:"你知道天字第一号的赚钱生意是什么吗?是宗教!"村上春树曾把《奇鸟行状录》的情节也发生在一九八四年称作"纯属巧合",但非常明显的是,他对于这段时期经济富足与精神空疏之间的对比,以及奥姆真理教号称拥有弥合这种空疏的终极良药的做法,都一直持有浓厚的兴趣。

"先驱"就像奥姆真理教一样神神秘秘、与外界隔绝、控制欲极强。它的领袖就跟奥姆真理教的教主麻原彰晃以及众多其他自封的宗教领袖一样,可以随意与教内的年轻女性发生性关系,而且尽管这位宗教领袖并没有像麻原彰晃号称能够做到的那样表演升空术，他却的的确确向青豆展示了他能让一只沉重的座钟凭空抬升起来的力量。在《一九八四》中，飘浮术也同样作为一种超能力被提及：只要党希望展现自己的能力，这种技术不在话下，党只要愿意，就可以让自然法则失去效力。

领袖不仅能像《一九八四》中那位神通广大的党员奥勃良那样公然藐视自然的法则，他还能读透人的心思，有比凡人广博得多的知识储备。他知道青豆已经把她似乎进入的这个平行的世界命名为"1Q84"了，尽管她只是在心里这样想过，而且从未向任何人提及。他还知道她对于一个叫天吾的刚刚崭露头角的小说家怀有强烈的情感认同，而且这种情感是自打她十岁在小学的教室里拉过他的手以后就开始萌生的。他还知道他们俩不仅仅相互渴望，他们在自慰的时候还都会在头脑中想象对方的样子。更为复杂的是，领袖不仅知道青豆是被人派来刺杀他的，他还欢迎她提供给他的这种毫无痛苦的死亡的前景，并答应拯救天吾的生命来作为回报（尽管他的宗教信徒们肯定会追杀于她）。唯有一位神祇——或者一部虚构作品的作者——才有可能如此全知全能。

小说家天吾在形体上也很高大魁伟，暗示他也像个老大哥一样掌控着他创造出的那个虚构的小说世界，而且村上春树还特意在天吾和领袖之间点出了几点相似之处。有一次，在一个决定性的黑暗而又风狂雨骤的九月的夜晚，天吾甚至体验到了那种领袖不得不经常忍受的麻痹性发作，而且，当他平躺在那里无法动弹的时候，他跟领袖的一个月经来潮前的女儿、十七岁的深绘里发生了"模棱两可的"性关系，作为这次性事的结果，天吾将他的精液通过只打开"一瞬"的某种"特殊种类的通道"传递了出去，而数英里以外，青豆则怀上了他的孩子。（村上春树也为青豆在杀死领袖前在为他做按摩过程中，两人发生过超出这一范畴的事情留出了可能的空间："三十分钟过后，两人都大汗淋漓，就像一对刚发生过奇迹般剧烈性行为的恋人那样喘息不止。"）

1Q84 年不但呈现为一个"真实的"平行宇宙，就仿佛村上春树是个多元宇宙论的信徒一样，而且呈现为一个完全人造的世界，在这个世界里任何事情都有可能发生，因为作者说它发生了：他就是这么写的，所以它也就是真的。当然了，村上春树从来都没有公然这么说。相反的，他还让青豆和领袖以高深莫测的措辞对 1Q84 这个世界的本质进行了一番讨论。当领袖说出他知道她给这个她生活在其中的世界贴上了一个完全人造的标签"1Q84"时，这一出人意料的情节揭示真是惊心动魄，足以作为这一章节的一个悬念就此戛然而止。然后在下一个青豆的章节（第二卷第十三章），再重新回到这一讨论：

　　"1Q84，"青豆说，"我现在生活的，是在一个被称为 1Q84 的年份，而不是**真正的**一九八四年。是这样吗？"

　　"什么才是真正的世界：这是个极难回答的问题，"那个被称作领袖的男人依旧脸朝下趴着，说，"这归根结底是个形而上的命题。不过**这**就是真正的世界。在这个世界里体味的疼痛，就是真正的疼痛。这个世界带来的死亡，是真正的死亡。流淌在这个世界里的血是真正的血。这不是个假冒的世界，不是个想象的世界，不是个形而上的世界。这个我可以向你保证。但这里不是你熟悉的一九八四年。"

　　"是像平行世界那样的东西吗？"

　　男人笑得肩膀都抖动了起来。"你好像科幻小说读得太多了。不，这不是个什么平行的世界。不是说那边有个一九八四年，这边有个分支 1Q84 年，它们并肩平行向前。一九八四年**已经不复存在**了。不论是对你还是对我，仍旧继续存在的时间就只有这个 1Q84 年了。"……

　　"而且在这个 1Q84 年，天上是挂着两个月亮的，是不是？"

　　"完全正确：两个月亮。那就是轨道已经转换的**标志**。据此你才能够把两个世界区分开来。也并非这里所有的人都能看见两个月亮。事实上,绝大多数人都没有意识到这一点。换句话说,知道现在是 1Q84 年的,人数极为有限。"

当然了,当一个小说中的人物说"这不是个想象的世界",说"流淌在这个世界里的血是真正的血"时,他说的恰恰正是如同伊帕内玛的少女那"形而上的脚底板"一样"形而上"的"命题"。村上春树想要说的并不是:在这个世界里(真正的一九八四或真正的二〇一二年)有些人当真与神灵有接触,因此理应成为掌控其全体信徒思想的精神领袖;他要说的是:只有在一个像是 1Q84 这样天上有两个月亮的世界里,一位宗教领袖才当真能表演宗教领袖们多少个世纪以来用于愚弄其信众的那些"一模一样的老伎俩"。在这个 1Q84 年的世界里,领袖施展了其意志力,不用任何牵线和滑轮,仅凭意念就将沉重的座钟抬了起来。而他在那个平淡无奇的老一套的一九八四年里是做不到这一点的。也许,唯一一个或多或少能出现这种伎俩的"真实的"地方就是二十一世纪初的美国了,在那里,总统候选人还在煞有介事地争论"宗教"与"邪教"之间的不同,并声称撒旦正在为他们的政敌卖力工作。

领袖那巨大的身形也许能(至少是在字面意义上)让人联想起老大哥,但即便是他,也身处比他自己更为强大的力量的掌控中。的确,小说中有强烈的暗示,他其实是崇拜他的那些人的俘虏。作为一个曾经"发自内心地厌恶宗教"的具有超凡魅力的前人类学教授,他现在被他曾经的学生和其他的追随者禁止与先驱公社围墙之外的任何人交往。"在我们这个现实的世界里,已经不再有老大哥的位置了,"那位睿智的戎野教授这么说,"的确,这些所谓的小小人已经登场了。非常有趣的字面意义上的对比,你不觉得吗?"

也许不过是受到《一九八四》的老大哥"字面意义上的对比"的触发,村上春树创造了"小小人"这种卡通味十足的人种,它们是通过不同的通道（一只死山羊的口鼻，一个睡眠中的姑娘和一个死去的侦探那张着的嘴巴）非常神秘地进入这个世界，"从空气中扯出白色的、半透明的丝线"，把它们编织成一个个五英尺长、叫作"空气蛹"的子宫样的茧，从中可以降生出各种东西：从另一个自我到渴望已久的爱人再到缠绕在一起的三条愤怒的蛇，不一而足。不过在多半情况下，小小人都隐形地待在它们那个位于森林里的异质世界的家里，九月那个至关重要的夜晚，当它们被激怒的时候，引发了狂风暴雨。不同于奥威尔设定的那个老大哥，是小小人在实际掌控着我们全都深陷于其中的那个体制，也正是村上春树在耶路撒冷文学奖受奖演说中无比雄辩地讲到的那个同样的压迫机器。小小人可以被看作运营管理着政府机关、各大公司和宗教组织的那些千人一面的官僚主义者的象征。在一个更具普遍性的层级上，它们也许可以代表那些"把我们像赛马一样驱赶到地面上的"人类基因。"迄今为止，人们用各种各样的名字来称呼它们，而在大多数情况下，它们根本就没有任何名号。它们就这么存在着。'小小人'只是个方便的称呼罢了，"那位无所不知的领袖这么说，"我女儿很小的时候就是这么称呼它们的，而且正是她把它们领了来的。"这或许也可以解释，小小人何以就像是从一个童话故事（或者说一个迪士尼版的童话故事）里走出来的。

《1Q84》中给人印象最深的人物形象就是那位NHK的订户收费员，他不断地出现在人们的房门外面，纠缠着他们放他进门。NHK这个半官方的广播电视公司在《奇鸟行状录》中就有极强的存在感，在这儿，它也继续行使它对其广播电视用户思想上的隐含影响。天吾的父亲就是位NHK视听费的收费员，小说中最为动人的因素之一即他在工作中是如何剥削利用自己的小儿子的：为了攻破那些不愿交费的居民的防线，他像是牵着只能表演猴戏的猴子一样，拉着天吾逐门逐户地去催缴视听费。当天吾的父亲罹患阿尔兹海默症并最终死去的时候，有种像是离开身体的魂魄那样的东西仍继续砰砰敲打着正处在威胁中的青豆和其他人物的家门。也许唯有村上春树才能把如此凡俗甚至带有喜剧色彩的东西演化成某种如此令人心惊胆寒和毛骨悚然的存在。(在第三卷中他有意削弱了这其中的神秘色彩,说是他已经昏迷不醒的父亲会间歇性地敲打他木床的床框。)

就像天吾一样,青豆小时候也被剥削利用,被她妈妈拽着逐门逐户地去传播他们见证会的福音,教导她在学校吃午饭的时候要大声地祷告,使她在同班同学当中成为大家嘲笑的对象。天吾在三四年级两人同学的那两年间,满怀困惑和同情地观察着她。这两个孩子星期天的时候也经常在街上看到对方被父母拽着在工作,而非跟朋友们一起玩。这种共同的经历也是把他们彼此拉近的部分原因之一,尽管他们俩从来都没有交谈过。天吾一进入五年级就拒绝再陪他父亲去上门收费,青豆也在同一年跟母亲闹翻,到另一个城市跟一个亲戚一起住了。

成年后的天吾和青豆已经有二十年没有见面了。他们都是极度孤独的人,不顾一切地想要相信他们对彼此的爱,将其作为这个完全空洞的世界中唯一真实的东西。相信的力量在小说的题词——引自那首《那只是个纸月亮》的歌词中得到了清楚的暗示:"这是个巴纳姆与贝利的马戏世界,/一切都假得透顶,/但如果你相信我,/假将成真。"为了强调他们爱的本真,这两个人物也都被描写与其他性伴侣有过激烈——但纯属肉体的——性行为:青豆跟一系列让人联想起肖恩·康纳利的开始变秃的中年男人发生过关系,但这只能满足她强烈的肉体渴望,而天吾则有一个胸部无比丰满的女朋友,比青豆那小小的而且左右不对称的胸部要强得多,不过他并不需要面对要把两人的关系稳定下来的威胁,因为她是个已婚女性,而且希望维持现状。青豆在性爱上的越轨行为尤其丑陋,就仿佛是为了强调所有这些肉体的关系全都不重要:重要的全在于两个伴侣之间有多深的相互信赖。

如果说1Q84是个宗教领袖能以意念使事物平白腾空的世界,

那同时也是个信仰能够真正起作用的地方。当青豆等待着与她挚爱的天吾重新团聚，而且确信天吾就是她怀的孩子的父亲的时候，她意识到她毕竟还是真心相信上帝的，意识到为了保护"小家伙……相信上帝变得必要了起来。或者说承认她相信上帝这个事实变得必要了起来"。不过，这已经不是主导了她童年时期的那个严厉的上帝，而更像是一位开着一辆银色的梅赛德斯轿跑的"举止优雅的中年女性"，先是在梦里送了一件"漂亮的春季风衣给赤身裸体的青豆"，后来又在"现实"中派一辆空驶的出租车去高速公路的应急车道那儿接青豆和天吾。"真是很难相信哪，你不觉得吗？"出租车司机说。"我信。"青豆回答。

也许最了不起的信仰行动还是由天吾表现出来的，在青豆告诉他"我怀了个孩子，我相信那是你的"的时候，然后又补充说那孩子就是在她杀死领袖的那个暴风骤雨的九月的夜晚怀上的，而他当时正被领袖的女儿深绘里将最后一滴精液都榨取了出来。当他听说这一无玷成胎（或至少是远距离的受孕）说时，天吾表现得比约瑟强多了，他并不需要上帝特派一位天使托梦给他，马上就能向青豆宣布他"从心底里"相信他就是她孩子的父亲。

当他们俩爬上那道避难阶梯，希望由此从1Q84逃回到1984的时候，青豆心里想："我们必须逃离这个世界。为此，我必须发自内心地相信，这道阶梯肯定通往高速公路。我相信。"而且他还想起那首歌的歌词："但如果你相信我，假将成真。"借助流行音乐的一点慷慨开明的仙尘之助，青豆的信仰再次起了作用。在《1Q84》中看到的这种信仰有点让人想起村上春树早在一九八七年就翻译的克里斯·范·奥尔斯伯格的童书《极地特快》中那过分乐观的对圣诞老人的坚信不疑。村上春树非常乐于去创造一个虚构的小说世界，在其中，上帝从她那银色梅赛德斯的车轮后面能够让美好的事情发生，而小说也可以有个幸福的结局，但他本人仍旧几乎是肯定地站在他表述为"人类体制"的这一边，正如他在一九八五年告诉一位采访者的："我不相信上帝的存在，当然了。"

正如在村上春树的作品中经常发生的那样，音乐也为这部小说的运转方式提供了一把钥匙。在小说开篇的第一段中就已出现："出租车的收音机里播放着调频台的古典音乐。曲目是雅纳切克的《小交响曲》——可能并不是坐在陷入交通拥堵的出租车里听的理想音乐。"青豆马上就听出了这是哪部乐曲，甚至进而想起了一九二六年它被谱写时波希米亚的社会环境。并非古典音乐发烧友的她，自己也在纳闷她是何以对一部她都不记得此前曾经听过的音乐作品知道得这么多，而且感受这么深、对自己的影响有这么大的。"听到这支乐曲起首的第一节，她对这支乐曲的各种相关的知识便条件反射般在刹那间浮上脑际，就像一群鸟儿从打开的窗口飞进了房间。这音乐还给青豆带来一种奇怪的、类似扭绞的感觉……一种全身所有的组成部分都在被物理性地拧干的感受。"

这股音乐知识的洪流的根源从来就没有得以揭示。事实上，在我们得知跟雅纳切克的《小交响曲》具有密切关联的其实是天吾而并非青豆的时候，这谜团只有变得更为神秘了。他在高中二年级曾担当过这一乐曲定音鼓的演奏部分，但那是发生在青豆自五年级就从他的生活消失很久以后的事了，所以这件事她也是不可能知道的。然而，自从她在出租车里听到音乐的那一刻起，青豆就感觉："它让我有一种相互关联的感觉。就仿佛那音乐在将我导向某种东西，尽管具体导向什么我也说不清楚。"

很明显，她的这种关联感就是指向天吾的，那音乐也正慢慢地领着她越来越近地走向他——非常缓慢，因为她这些想法是在第三卷的第二章方才出现的，距离开篇出租车上的那个场景已经翻过了六百一十三页，经过了半年的时间，到了这时，尽管她仍旧没有跟天吾见过一面，她却已经怀上了他的孩子。如果在1Q84的世界里，两个紧密相连的灵魂之间发生无玷受孕这样的事情是可能的话，那么在出租车上的那一刻，青豆对雅纳切克的《小交响曲》的知识是直接来自天吾的记忆,也就完全不成问题了。事实上,正是从那一"扭绞"的时刻,"我听到雅纳切克的《小交响曲》以及通过那道避难阶梯从交通堵塞的首都高速上逃离的那一刻",她的世界从一九八四的轨道转移到了1Q84:"一个什么事情都可能发生的奇怪的世界"——甚至是美国和苏联共建月球基地。在1Q84,一个男人能够在将精液射入一个还没来月经的女孩体内的同时,"实际上"让一个数英里距离外的女人怀孕;他早年的音乐记忆能够突然涌入一个他一直爱着但已有二十年未见的女人的脑海;长久分离的爱人能够几乎全凭偶然最终相遇,而在"真实的"世界里这种事情几乎绝无发生之可能。

村上春树曾在他最早也最令人难忘的短篇小说之一《四月一个晴朗的早晨,遇到百分之百的女孩》(1981)中戏剧化过这种几乎绝无发生之可能的意外重逢。在英译小说集《象的失踪》中只占了五页篇幅的这个短篇,讲的是一对堪称绝配的男孩女孩,男的十八女的十六,如何在年轻时分离又坚信只要他们当真有意在一起,就一定能够重新找到对方的这样一个藐视命运的故事。而天吾和青豆,《1Q84》中的男孩和女孩则更加年轻,只有十岁,在因故而分开之前相互几乎都没说过话,但两人却都坚信——在四年级的教室里那次两手相握的触电般的时刻之后——他们就是对方的真爱,而且在三十岁上,两个人都意识到,他们在那之后的生活之所以如此孤独而又空虚,完全是由于他们失去了对方。但起先,他们并不想去做任何当真寻找对方的实际的事情。"我希望的是,某一天在某个地方我们俩意外地相逢,就比如说在大街上迎面碰上,或者坐在了同一辆大巴上。"青豆这样告诉一位朋友。

在那个短篇中,那年轻的一对所秉持的相似的浪漫观念被一次几乎致命的流感疫情所摧折,那场疫情几乎将他们对彼此的记忆统统抹去了;当机缘巧合,他们在一个四月的早晨(《1Q84》那个四月的开篇的又一源头)于东京都街头相遇时,他们脑海中只闪过一丝在永远分开前最微弱的认识对方的亮光。《1Q84》用以取代那简单的流感疫情的则是一系列无比紊乱而又苦心经营的事件，这些事件将女孩变成了一个性冒险的义务正义杀手，而男孩则成为一个被动的情人和一个卷入了一桩文学欺诈的壮志未酬的小说家，但他们那源自小学时期的记忆却惊人地清晰，而且他们下定了决心要找到对方。

小说的情感核心可以在第二卷第四章找到，孩提时期的记忆如潮水般开始涌向正在一个超市里的天吾。正在挑选一小枝日本青豆的他，突然想起了青豆，并意识到她对他的意义是何其重大。我们之前就曾在村上春树的小说当中见识过这样的爱情，一种植根于童年时期的依恋，并不仅仅在《四月一个晴朗的早晨，遇到百分之百的女孩》中。在《国境以南 太阳以西》中，初与岛本就是在十二岁的时候相互接近，并有过一个手拉手的值得纪念的时刻。他们成年后的情事就是对这些纯真时刻的回归。在《挪威的森林》中，彻和绿子就是在一个屋顶游乐场的儿童游乐设施中间许下他们爱的承诺的。当青豆和天吾终于劫后重逢的时候，那是发生在一个游乐场的滑梯顶上的。那间四年级的教室对他们而言就是个情感上的熔炉，这在青豆刚刚进入1Q84的世界时就有暗示，小说特意描写她穿过一个"和一间小学教室差不多大"的堆料场。青豆和天吾那没有爱的童年故事是小说中最动人的部分，天吾的记忆挖掘得更早更深，一直追溯到婴儿时期。

村上春树本人曾说过，那篇极短的《四月一个晴朗的早晨，遇到百分之百的女孩》就是这部三卷本长篇小说的种子，不过，在1Q84种下这颗种子以后，他让这对爱人有了劫后重逢的可能，而并没有将他们永远地分开。领袖告诉青豆，在一九八四那个平常的世界里，她连想都不会想到要去找寻天吾。只有一位老大哥掌控着1Q84那个本质上属于浪漫主义的世界，他的名字就叫村上春树。他甚至不惜从幕布后面走了出来，比如说，他直接让那位青少年作家深绘里拥有足够的洞察力，告诉天吾青豆就正"像只受伤的猫一样"躲在附近的某个地方,不过并没有说出确切的地址,因为一说出来小说也就等于马上要收场了。(讲求实惠的村上春树同样也是如在目前,在满足了这对情人一定要看到月亮的愿望以后,叙述者还不忘指出,旅馆的前台服务员"还给了他们一个特别的折扣"。)

我们在天吾这个人物身上看到了一位行动中的作家,他进入那个任何事都能发生的1Q84世界的通道不像青豆的避难阶梯那样是种物理实体,而是文学创作力这种精神物质。在"现实中"看到两个月亮的他就像他创造的人物一样无比震惊,他只能得出这样的结论:"我已经被拖入了我自己创造的那个虚构的世界。"当他看到一个"真实的"空气蛹时,他感到的震惊也就更为强烈了,那是个差不多五英尺长的发着微光的蛛丝结成的茧,"中间有个凹下去的腰线,两端是可爱的(乳头一样)的凸起":"这就是我在素描里画的、在小说中写的那个空气蛹,天吾想道……出于某种原因,他在小说中写到的所有细节全都变成了实体……他已经无法再分清眼前这个世界中有多少是现实,有多少是虚构了。"

青豆在区分现实与虚构上也有她自己的困难。有一两次,她怀疑自己是否有可能是天吾正在写的那部小说中的人物。这个问题从未得到明确的回答,但有一件事是肯定的:青豆和天吾都绝对是村上春树已经写出来的这部小说中的人物。当他把青豆和天吾越拉越近的时候,他借用那位同性恋保镖 Tamaru 之口,用两个文学术语 kyarakutā(英语的"人物")和 jinbutsu("人物"的日语对应词)来指代青豆,这位保镖对她说:"你是个非常罕有的人物,一种我绝少见过的类型",而且说她与天吾即将到来的在月光下的劫后重逢"非常浪漫"。在天吾的惊叹之中,我们几乎能听到《四月一个晴朗的早晨,遇到百分之百的女孩》这个故事的叙述者的声音:"天吾简直不敢相信——在这个狂乱的、迷宫一样的世界上,两个人的心灵——一个男孩和一个女孩的——竟然能够始终不渝地紧紧相连,即便是他们已经有二十年没有见过对方了。"他想,"构成这个故事的线索无比错综复杂……但他有一种隐约的感觉:这一团混沌正虽然缓慢但渐趋明朗地走向一个终局。"村上春树是以写作关于写作的话题开始其创作生涯的("不存在十全十美的写作,"《且听风吟》的叙述者一开始就这么说),到了《1Q84》他仍旧在这么做。他像是乐于模糊现实与虚构的界限,而在奥威尔的小说中,温斯顿·史密斯只有在经受了党的代理人足够的折磨以后,方才达到了这样的精神状态。史密斯意识到了将飘浮术视为一种幻觉的"大谬不然":"它假定在自身之外的客观上存在着一个'真实的'世界,那里发生着'真实的'事情。"

"领袖"这个人物体现的不单单是与奥威尔共有的精神控制的主题,还有小说的另一个重要主题,那就是男性针对女性的暴力。青豆被派去暗杀领袖,为的就是阻止他强暴他几个尚未来月经的女儿。促使她这么做的主要动机,即她最亲密的朋友在受到一个具有暴力倾向的丈夫长达两年的持续虐待后选择了自杀,她还跟一位富有的老夫人结成联盟,老夫人的女儿在怀有身孕的时候也因类似的家庭暴力饮恨自杀。这个女人,"这位富孀",捐出大部分财富用于收容和重建那些受到迫害的女孩和女人的正常生活,不过对于几个死不悔改的施暴者,在政府又未能起到保护女性的职责的情况下,她也鼓励青豆直接将他们干掉。我们知道,青豆在实施谋杀领袖的这一高潮情节前,已经干掉了三个男人,不过这种除暴安良式正义的道德合法性却也从来就没有得到严肃的考量和质疑。青豆被表现为一位无论是体能还是精神层面都极为强大的女性,是位训练有素的运动员,在一个女性健康会所教授会员如何最好地对付男性攻击者。作为一个异常强势、咄咄逼人的女性,读者只知道她的姓氏(她的名直到第三卷才得以披露,几乎是完全不相干的),与此相对照的则是消极被动、优柔寡断的男性主人公天吾,他则基本上都是以他的名来为我们所认知的。这种与传统角色的倒置非常明显是有意为之的,而且可能也是对于

《一九八四》中强势的裘莉亚和羞怯的温斯顿的一种呼应(《国境以南 太阳以西》中的岛本也是更为强势，初更为被动)。

从我们初见他的那一刻起，天吾就被认定为一个有问题的男人：

> 天吾最早的记忆是一岁半时的。母亲脱去衬衫，解开白色长衬裙的肩带，让一个不是他父亲的男人吮吸乳头。旁边婴儿床上的婴儿可能就是天吾本人。他是以第三者的视角观察这一场景的……那婴儿在睡觉，眼睛闭着，细细的呼吸深沉而且规律……这段长度约为十秒的鲜明影像……像无声的海啸，排山倒海地汹涌而至。等回过神来，它已经矗立在眼前，手脚已经麻痹。时间长河忽然断流。周围的空气变得稀薄，呼吸无法正常进行。周围的人和物悉数化作和自己无关的东西。海啸那道液体的高墙将他整个吞噬。尽管感觉世界被锁进黑暗，意识却并不因此丧失。只是感觉被转移到了一个新的轨道。部分的心智甚至会由此而变得更为敏锐。他并不感到恐惧，却没办法把眼睛睁开。眼睑被牢牢地闭锁。声响变得远去，那熟悉的影像被一次又一次地投射在意识的屏幕上。周身汗水喷涌，腋下的衬衣在渐渐地变湿。他全身微微颤抖，心跳加快、变重。

这种短暂的"发作"在书中有好几次使天吾丧失了行动能力，不过在他逐渐跟自己的出身取得和解并开始创作自己的小说以后就不再出现了。天吾一方面认识到他这一早得几乎不可能的"记忆"有可能成为解释他之所以憎恨父亲的方便借口，另一方面他也的确具有一种极端的乳房迷恋，也许是来自他母亲从未母乳喂养过他(或者只是来自他是村上春树创造的人物，村上本人是几乎从不错过一个评论其女性人物的乳房天资的机会的)。

青豆首次惩罚一个施虐男性的那一段堪称整部小说最出人意

表和最村上春树式的场景之一,而且跟村上所有最出色的创作一样,它坚实地锚定于只是稍稍超过文学可信性一丁点的那些凡俗的(甚至是历史性的)众多细节之上。它出现在第一卷第十三章,那时青豆刚刚读大一,她最好的朋友环在一次约会中被强暴了。

  青豆决定自己来惩罚那个男人。她从环的口中问出了那人的住址,把一根垒球棒塞进装设计图纸的大型塑料圆筒中,来到了他的住处。那一天,环到金泽出席亲戚家的法事去了,这是个完美的不在场证据。青豆事先也确认了那家伙肯定不在家。她用把螺丝刀和铁锤破坏了门锁,进入室内,然后用毛巾在垒球棒上缠了好几层,小心翼翼地注意不要发出声响,然后把公寓里所有能够砸烂的东西全都砸了个稀巴烂——电视、灯盏、钟表、唱片、多士炉、花瓶:她没留下一个完整的物件。她用剪刀把电话线剪断,把所有书籍的书脊全都砸裂,把书页撕碎,把牙膏和剃须膏全都挤出来抹在地毯上,把伍斯特沙司都洒在床上,把笔记本从抽屉里拿出来全都撕成碎片,把所有的钢笔和铅笔全都一折为二,把每个电灯泡挨个敲碎。用一把厨刀把窗帘和靠垫劈烂,用剪刀把衣橱里的衬衣全都剪破,放内衣和袜子的抽屉里浇上了一整瓶番茄酱,把冰箱的保险丝拽出来扔到窗外,把马桶水箱里的活塞拆下来弄坏,把浴缸里的淋浴头砸碎。破坏进行得绝对细心而彻底,遍及每个角落。房间里变得就像不久前在报纸上看到的遭到轰炸的贝鲁特市区的光景。

  除了村上春树,谁还能想得出这一出?除了村上春树,还有谁能把现实的细节摆布到既让读者感到惊骇,同时又忍俊不禁的那个临界点?另一段唯有村上春树写得出的文字,是有关青豆在健康会所对会员进行自我防范训练的。

像青豆这样熟知如何踢中睾丸的人，怕是屈指可数。她刻意钻研踢蹬的招数，每天都坚持实地训练。想踢中睾丸，最重要的是排除犹豫的情绪。对准对方最薄弱的环节，无情而猛烈地进行闪电式攻击。就像希特勒突破马其诺防线的弱点，轻易攻陷法国一样。绝不能犹豫。瞬间的犹豫就会致命……

睾丸被猛踢后，究竟会有怎样的痛感？作为女性，青豆当然并无实际的概念，不过从被踢一方的反应和面部表情来判断，她至少可以想象个大概。哪怕是最为健壮强悍的男人，似乎也忍受不了那种痛苦，而且好像还伴随着自尊心的大幅丧失。

"那是一种让你觉得世界**马上就要**毁灭的疼痛。没有更恰当的比喻了。和一般的疼痛完全不一样。"一位男子应青豆的要求，经过一番深思熟虑后，这样回答……

青豆后来偶然在电视的深夜节目中看了电影《在海滨》。这是拍摄于一九六〇年前后的美国片。美国与苏联爆发了全面战争，大量的核导弹像成群的飞鱼一般，在大陆间飞来飞去。地球顷刻间便遭毁灭，在世界上大多数地方，人类死绝。但由于风向的关系，也许是其他原因，只有位于南半球的澳大利亚，放射性尘埃还未抵达，不过这死亡之灰的到来也只是时间问题了……

在会所里，青豆主要负责肌肉训练班和武术班的课程。这是一家入会费和会费都很昂贵的著名高级会所，会员中有很多名流。青豆开设了几个女性防身术训练班，这是她最拿手的领域。她做了个巨大的帆布假人来充当彪形大汉，在腹股沟位置缝上只黑色工作手套充当睾丸，让女会员充分地练习踢蹬那里。为了让效果逼真，还在工作手套里塞了两只壁球。对准这个迅猛地、无情地反复练习踢蹬。许多女会员很喜欢这个训练，技艺也显著提高。但也有其他会员（当然大都是男性）看到这光景就频频皱眉，并向会所的管理层投诉她做得实在有些过火了。结果是青豆被叫了去，接到指示要她停办这种踢睾丸训练……

总之，青豆精通至少十种踢踹男人睾丸的技巧……如果需要，她会毫不犹豫地将这熟练的技巧付诸实战。要是有哪个蠢货胆敢打我的主意，我就让他们好好地体验体验世界末日即将到来的感觉。我要让他亲眼看到天国的降临。我要把他直接送去南半球，让他跟着袋鼠和小袋鼠们，劈头盖脸地浑身撒满死亡之灰。

在这里，村上春树成功地将历史的和影院式的所指交织在一起，达到了异想天开的效果。他那诡异的才华仍宝刀不老，而且尽管本书中充满了我们熟悉的村上春树式的语汇（像是《寻羊冒险记》里的那个奇怪的、具有哲理气质的出租车司机，那个具有心灵感应能力的漂亮的少女，像是《奇鸟行状录》里那个同名的叫牛河的丑陋的信使/探子，那两个世界之间的通道，那对健康的"简单饭食"的准备和享用，那对爵士乐和古典音乐作品的详尽赏析，那似乎终将得以交集的平行的叙述轨道的并置，还有，当然了，猫咪），《1Q84》当中还包含了读者或许有权期待一位已经六十多岁的作家能够提供的更多的惊喜。的确，除了村上春树已经在纪实作品《地下》详尽检视过的邪教主题以外，对于女性遭受的虐待的关注也可以算作这样的一个惊喜。青豆将这两者——还要加上对健康饮食的坚持——合并在一句惊人的评论当中："虽然简单，确是理想的预防便秘的饮食。便秘是青豆在这个世界上最厌恶的事之一，与讨厌实施家庭暴力的卑劣男人以及精神褊狭的宗教原教旨主义者处于同一水平。"

如果说天吾/青豆的爱情故事是情节发展的最强大的总体推动力，而青豆那系列刺杀活动则为思想控制和奴役女性的这两个主题全都提供了原料的话，那么一开始天吾参与一桩文学欺诈的故事却并未很好地融入到整体的小说当中。很多篇幅用来质疑他私下里帮助一位初出茅庐的作者——十七岁的女学生深绘里润色她的中篇小说《空气蛹》，以便她能赢得一本杂志的小说奖这一做法的道德合法性，如果真相败露、酿成丑闻，相关的人等都会面临身败名裂的处境，尤其是如果这部作品还能赢得更有威望的芥川奖的话，但在其他更有趣的事件接连发生之后，这些问题就慢慢地变得无关紧要了。年轻的深绘里，以其直来直去的讲话方式（问问题都不带问号），再加上她不生阴毛、月经一直不来，以及形状完美的巨大乳房，成为村上春树众多洛丽塔形象当中更为有趣的一位，她在青豆和天吾之间起到的那种神奇的管道功能，也比她在欺骗读者大众的戏码中可能扮演的任何角色就远为重要得多。

如果《1Q84》只是聚焦于思想控制和家庭虐待的主题的话，那它无疑将是一部远为简短的小说。相反的，村上春树式有意选择在他创作生涯的这个节点来写一部自从二〇〇二年完成《海边的卡夫卡》以后就一直在谈论的那种小说。在二〇〇三年四月发表的一篇长篇访谈中，他说起一种他称之为"综合性小说"的作品，一个他用来界定他最钦慕的一种小说作品的术语，比如蒂姆·奥布莱恩的《核时代》，还有托马斯·品钦的《V》，他称其为一部"完美的"综合性小说。采访者请村上解释一下这个术语的含义。

> 迄今为止我所做的一直是看看我能在多大程度上将一个故事所具有的"驱动力"压榨出来，是将我自己放入其中，将故事一路向前推动并看看故事中的角色会如何跟着它运动：这就是我一直以来的做法。这种做法始自《寻羊冒险记》，此后我又采用大量不同的技巧继续下去——比如在《世界尽头与冷酷

仙境》中我用一种概念将故事推动下去；而在《挪威的森林》中我又换成了纯粹的理想主义——我一直在尝试着穷尽所有的方式。而从现在开始，我想我唯一还能做的就是将故事本身变得更为复杂，不想再在一个故事里继续推动一切向前发展，我想我无法再使一切都合适地嵌入其中了。我想，我唯一还能做的就是以一种多层次的方式将一个故事叠加在另一个故事之上，以此创作出新的作品——换句话说，就是写一部"综合性的小说"——像十九世纪陀思妥耶夫斯基式的小说。我在阅读陀思妥耶夫斯基的《群魔》时深深感受到了这一点。那是个非常奇怪的故事。你都不知道主角到底是谁。有人称其为"总体性小说"或类似的名目，但其实也不是这么回事。一开始，你都不知道该认同哪一个角色。这样的小说对我有极大的吸引力。在开始的二三十页里你读到的一直是一个荒谬可笑的教文学的家庭教师的故事，你会想他应该就是主人公了，但后来的所有部分竟然跟他一点关系都没有了。

我现在脑子里想的就是这类复杂的故事——虽然我还不知道自己能否做到甚至是否会真的一试。（世界的）一种缩影。我绝对想写点这样的作品。并不是说我已经穷尽了推动一个单一故事向前发展的所有可能性，但我确实感到我希望再往上攀升一步。虽然这可能要花很长时间才能做到。

他再也没有像在这里这样更为精确地界定过"综合性小说"这个术语，不过也许可以将其看作对于从一开始就呈现在他作品中的"其他的世界"这一主题的一个新的努力方向。"其他的世界"这一主题的呈现方式有时候是以类似超自然的弦外之音，有时候是以一种科幻小说的暗示，有时候是用以探索人类大脑的不同部分，有时候是反映那将人类相互隔开的无法穿越的墙壁，有时候是跟踪描绘那些将一个人的生活朝一个全新的经验世界推进的偶然的机遇，有时候则呈现为受伤的心灵可以退守的一个地方。这一主题在一部早期的短篇《袋鼠通讯》(1981)中呈现出了丰富的幽默感：叙述者彰显了在貌似毫不相关的个体之间的关系，追踪了导致叙述者从去公园看袋鼠到"给您寄这封信"之间那"三十六道微妙的工序"，而且需要"按部就班——追寻"方能达至这最后的结果。事实上，在貌似毫不相干的不同世界之间建立起关系可能正是《1Q84》的总体目标。村上春树本人在二〇〇九年的一次采访中就这样说道：

> 至少在我心里，（"综合性小说"这个术语）意味着一部真的很长很厚的小说（笑声）。它包含有各种各样的人物，有些是正常人，有些则非常特别，而且它以一种绝对有机的方式将各不相同的视角结合为一体……在我看来，一部综合性的小说会将许多故事编织在一起，联合起来创造出一种无政府主义式的幽默与严肃的混合；不过，尽管它处理的情节情景具有一种内在的混杂性，自有一种清晰而又贯通一致的世界观形成了整部作品的骨架。它的操作方式就像是一种熔炉，所有这些相互之间会起作用的因素都能够融为一体。

村上春树接受这次采访的时候还在写《1Q84》，他在采访中也说到，他正在写的这本书可能事实上并不是一部综合性的小说，不过"它看起来是正朝着那个方向"的。很明显，村上春树是认识到了这样一部小说当中那些混乱因素的可能性的，但足够吊诡的是，可能正是这一特质，为《1Q84》那广泛的吸引力做出了贡献。由《挪威的森林》引发的热潮对村上春树而言一直都是个压力的来源，他总觉得那部小说因为相对而言是个老套的爱情故事，所以并不属于他正常的创作模式，但他很享受由这部超现实的、纯正村上春树式的《1Q84》所引发的喧嚣骚动和众说纷纭。自从进入二十一世纪以来，这个世界对他的小说做出的反应也经历了一个巨大的变化，他说。而一部像《1Q84》这样并不好读的小说居然在一上市的几个星期以内就卖掉了一百万册,这里面的确是有些非常奇怪、极不寻常的因素的。

他在创作这部小说期间时间更早的一次采访中,就曾详述过这个观念:

> 在最近几次访美期间,我都有这样一种感觉,即某一种形式的现实正在迅速地从我们这个世界中消失无踪。你就想想吧:几个恐怖分子劫持了两架大型飞机而且把世贸中心给整个抹去了……你很难完全相信像"九一一"这样的事情,很难接受真的发生了这样的事实……如果"九一一"压根没有发生的话,我们都会生活在一个不同的世界里。一个更理智,可能也更好的世界里……我们换一种方式来说,那就是如今这个真实的世界比臆造的、虚构的世界反而具有更少的真实性。可以说,我们正生活在一个错误的世界里。而这注定会对我们精神的自我产生巨大的影响。
>
> 现在有很多美国读者正热心地阅读我的小说,尤其是年轻人……这当然让我很高兴,但当我停下来,扪心自问到底是什么发生了改变的时候,我所能想到的唯一的答案就是——说起来也很奇怪——人们已经越来越习惯了这种现实性的缺失,想要通过直面这种缺失来创造出属于他们自己的现实……无论你看向哪里,各种相互抵触的力量都在争执不下,这造成了某种程度的混乱,这一点转而也使得我写的这种类型的小说会更容易为人所欣赏。

在这个时候,他的采访者小说家古川日出男评论道:"我想这种丧失感,这种现实感日渐模糊的现象,最早就是在日本出现的。"村上春树对此回应道:"我完全同意。从这个角度来说,日本也许可以说是最发达的社会了。"古川笑着说:"是呀,精神分裂之路是由我们来引领的!而将我们推到最前列的就是奥姆真理教的沙林毒气袭击和神户大地震。"村上春树在为二〇一〇年十一月的《纽约客》写的一篇文章中，说的基本上也是同一件事。

混乱，在一部长篇小说中通常会被情节的呈现所减弱——在这里，如上文所言，那就是对《四月一个晴朗的早晨，遇到百分之百的女孩》这个故事的细化。由于涉及面是如此宽广，《1Q84》呈现出来的面貌就并非一部紧密而又统一的长篇小说，而是一部令人惊叹的故事套故事的纲要，其中有些故事仅以最松散的方式与叙事的骨干联系在一起。在其中我们能够看到：有对于日本文学产业的反思及有系统的文学欺诈；有对基于冰锥针刺而进行的新奇谋杀形式的详细描写；有关于南满洲铁道株式会社的历史资讯以及其在战前的日本帝国充当的角色；有战前日本侵略者在满洲里艰苦的殖民经过；有那些韩裔日本人在第二次世界大战结束时遭受的苦痛经历；有年轻雕塑家的肖像；有半自动手枪的正确使用和保养说明；有把人的脑子轰出来的最佳技巧；有抽大麻的方法；有家用怀孕测试的使用和功能；有对于东京东西向通勤主干线上的建筑的反思；有对契诃夫那本少有人知的《萨哈林旅行记》中有关萨哈林岛和当地的土著吉利亚克人的大段大段的直接引用；有对于描写武士斗争的古典名著、创作于十二世纪的《平家物语》长达五十八行的引用；有对于普鲁斯特"像是在读来自一颗距我们好多光年的小行星的详细报告"这样的评论；有引自伊萨克·迪内森《走出非洲》的一长段文字；有将三个护士与《麦克白》中那三个女巫的对比；有对荣格与上帝与死亡的简短的专业探讨；有对于两伊战争和萨达姆·侯赛因使用神经毒气的报道；有对刺杀安瓦尔·萨达特的报道；有对查尔斯与戴安娜世纪婚礼的报道（"查尔斯看起来与其说像是位王子，还不如说更像一个有胃病的高中物理老师"）；有对煤矿开采过程中各种危险的描述；有对数学运算带来的快感的描述；有对一九六九到一九七〇年学生运动的描述；有对有机食物运动的兴起之描述；有对校园霸凌的反思；有对阅读障碍症的解释；有对美国流行音乐歌词与巴赫（用德语原文）的引用；有对弗雷泽《金枝》以及它将国王视作人与神圣世界之间的中间人之讨论；有作曲家雅纳切克的传记资料；有对于人脑的大小与能量之损耗，以及它对时间的认知的反思；还有对于叫作《猫城》的奇幻故事的长篇梗概——村上春树号称这是两次大战之间的一部德国作品，实际上就是由他本人杜撰的。

村上春树表现出来的雄心壮志的广阔范围几乎注定他将断然从第一人称转到第三人称的叙事。在小说的绝大部分，他一直都依附在他的两个主人公身上，在第一卷和第二卷中"青豆"和"天吾"每人占一章，如此间错开来，采用的是自从《世界尽头与冷酷仙境》开始我们就已经看到的非常熟悉的交错模式。通过引入牛河的视角，他使第三卷更为复杂化了，叙事的角度由此轮流通过三个观察者来体现，全都以第三人称来描述，不过他们的思想全都以大段大段的内心独白的形式来呈现，赋予了这部小说大家熟悉的那种村上春树式的内在化的感觉。

两个主人公的爱情故事构成了前两卷情节的最大推动力，但第三卷却有很大一部分是由内在的静态因素构成的，用来回溯之前已经开拓的领地，描写的人物也是绝少行动，只是静待什么事情发生。通过把牛河引向台前，让他担当起一个类似侦探的角色，努力去探明青豆和天吾的关系，村上春树极有可能是写出了世界上的第一部另类侦探小说：侦探费尽心机终于发现的大部分事实都早已为读者所知了。除了青豆发现她怀孕了，还有那个幽灵般的 NHK 收费员一直去敲人家上锁的房门，几乎在长达两百页的篇幅当中没有任何新的事情发生。其中部分的原因肯定是跟村上春树原本打算在前两卷出版几乎一年后才出版第三卷不无关系的，经过这么长的间隔以后不时提示一下之前的情节，给人的感觉也许就不那么累赘多余了。以这样的方式来结撰一部长篇小说似乎是种不可思议的短视行为，因为只有第一版的读者才会经历第二卷和第三卷之间的漫长等待。不过，在肯诺普坚持以一巨册的形式出版这三卷书的英译本以后,村上春树也同意删除了不少读者只会感觉重复冗赘的段落。于是在美国精装版第四页的页脚位置就有了这么一行小字的说明:"本单卷版在作者的参与下略有修改。"这些删削都不像对《奇鸟行状录》的删削那么伤筋动骨,事实上,即便是经过这次审慎的调整以后,很多的读者评论仍讲到了小说的情节进展缓慢和重复冗赘。

我们也看到过村上春树此前的人物无所事事地消磨时间,直到他们生活中意义重大的某件事情发生(首先想到的就是《舞!舞!舞!》的主人公),但在这里,我们看到的却是好几个主要人物几乎同时全都无事可做——青豆杀死领袖以后在躲避报复的过程中在努力地通读普鲁斯特,天吾在疗养院里守在垂死的父亲床边,深绘里藏在天吾的公寓里躲避先驱邪教的信徒,编辑小松被先驱囚禁期间不得与外界沟通,而牛河则在履行他那监视盯梢的无聊例程。一直等到第十七章,在作者开始违背他的叙事视角规则、允许在此之前几个孤立的人物轨迹可以交叉以后,小说的叙事才终于开始加快了步伐。比如说,在已经确立了牛河的视角以后,一个并无实体的叙述声音告诉我们(也只有作者能够这么做),如上 章我们已经看到的,"如果牛河那天晚上跟踪天吾,就会发现他是要去四谷的酒吧和小松会面"。最后,临近第三卷结束,牛河被 Tamaru 干掉,继而马上也接管了他叙述视角的职责,尽管在此之前 Tamaru 本人也只是通过青豆的视角从外部进行审视的。在贴着"牛河"标签的最后一章,两个保镖在讨论怎么处理牛河的尸体,那尸体就静静地躺在一边,等那两个人离开那个房间以后,六个小小人从他嘴里跳出来,开始编织一个空气蛹。然而,即便到了这时,村上春树还是不准备放弃牛河的视角。叙述者告诉我们,尸体躺的那个"角度使得牛河看不到月亮。所以他也不知道那月亮到底是一个,还是两个"。

小说中存在的那强大的离心力也许部分地可以从小说创作的具体情境中得到解释。村上春树告诉一位采访者,说由于有奥威尔的语境，他本打算写一本叫《一九八五》的书，但当他向迈克尔·雷德福——一九八四年电影版《一九八四》的导演——提及此事的时候，雷德福跟他说安东尼·伯吉斯已经写过一本叫《一九八五》的小说了。在仔细考虑过其他与"一九八四"既有联系又不尽相同的选择以后，村上春树想到了《1Q84》这个包含 9/Q 双关的书名，到了这时候他才开始考虑与此相匹配的应该是部什么样的小说。他首先想到的是"青豆"作为女主角、"天吾"作为男主角的名字，就在这时，他确信这将是部好小说。这时他还想到要采用巴赫的《十二平均律》作为范本创作一部两卷本的小说，每卷各有二十四章，青豆和天吾每人一章，交替出现。"我喜欢在预先确定的框架内写作。"他说，但就在第一卷和第二卷正式出版的不久前，他意识到这部小说还得有个第三卷。

然而，一直到他实际开始写作前，他告诉他那位深表怀疑的采访者，他都不清楚这将是部什么样的小说，也完全没概念那两个主角会是个什么样子。（考虑到他是完全杜撰出"青豆"这个名字的，后来他很惊讶地由一封读者发给出版商的电子邮件中得知，居然还真有这么一户姓氏为青豆的人家。）还有一个需要解决的问题，就是要想出一个开篇的场景。他模糊地记得曾听到一个新闻报道，有个人在一次交通大堵塞中经由一道紧急阶梯从涩谷方向的高架高速路上爬了下来，而打那以后他每次经过那条线路的时候总是特别留心，想找到这样一道阶梯。于是他就决定，位于三轩茶屋区域的一道逃生阶梯应该成为进入我们称之为 1Q84 的另一世界的通道。甚至在他已经开始写第一章以后，他都还不知道青豆干吗要这么匆忙，或者她的任务到底是什么。

直到他动笔写第二章的时候，他才开始为他的男主角构思其性格特征。天吾应该具有某种个人问题，在某种情况下，他的故事应该与青豆的故事产生交集。也许他们应该已经分开了很多年，而且对彼此充满了渴望，就像《四月一个晴朗的早晨，遇到百分之百的女孩》中描写的那样。村上春树早就被由全世界各个电影学校的学生要他允许他们把那个短篇拍成电影的请求给淹没了，而且他们告诉他这篇小说被很多大学列入了阅读课程。他很想知道，到底是什么促使大家这么做的？他也很想搞清楚，时不时地就会有这样的念头：如果对这个短篇大加拓展的话，他能写出一部什么样的长篇小说来？这些所有的因素凑集到一起，这部长篇也就同时开始进展了起来。

采访者感到很难相信，小说都进展到这一步了，而村上春树居然还没有想到类似先驱邪教或是领袖之类的主题。村上春树承认他在参加奥姆真理教的审判过程中做了大量的记录，但眼睁睁地看着一个大活人在被审判，对他而言那感觉都"过于沉重"，没法把它变成小说的一部分。这一时期的很多灰暗的情感已经极大地晕染了《天黑以后》，他怀疑它们其实也在某种程度上影响到了《1Q84》的结构。

尽管《1Q84》以两位爱人的幸福团聚作结，但仍还有很多问题并没有解决。先驱还会继续追踪青豆和（或者）天吾，而且对他们的孩子提出所有权的要求吗？Tamuru 和那位富孀还会继续保护青豆吗？那桩文学欺诈会带来什么影响和后果吗？天吾那位已婚的女朋友会有什么样的遭遇吗，因为她看来已经成为另一桩家庭暴力的受害者了？戎野教授和深绘里会有什么样的遭遇？青豆会生出一个什么样的孩子来？她已经确信会是个女儿，但这孩子会是个正常的人类吗？有多少支配着 1Q84 那个世界的规则会适用于他们逃入的这个只有一个月亮的世界？这个世界到底是领袖宣称青豆永远都别想返回的那个原本的一九八四呢，还是如埃索广告牌上的那个加油的老虎所暗示的那样，只不过是另一个平行的轨道呢？村上春树本人说过，他"感觉"那并不是那个同样的老一九八四，而且还暗示这部作品或许还会再有一个续集或是前传，但如果情节继续发展到超过了十二月份，那"1Q84"这个书名又怎么还能继续适用呢？

有鉴于这部小说有种不断蔓生下去的倾向,而且还留下了众多尚未解答的问题,村上春树不等评论家们提出质疑就先发制人,事先就对《空气蛹》这部小说中的小说做出了自己的说明,这同样也可以适用于《1Q84》本身(如果并不能适用于所有他的作品的话):

> 尽管写作风格看似简单,细读后却会发现事实上它经过极为精心的计算和安排……比喻性的表达被压缩在最低限度,不过描写的文字依旧生动和富有色彩。首先的一点是,其风格具有一种绝妙的音乐特质。即便不大声朗读出来,读者仍旧能体认出其深层的音响……它可能会唤起某种潜意识的东西,而这应该就是读者被牢牢吸引、欲罢不能地不断读下去的原因所在……她的读者一路跟随,自然而然地就会采用(主人公的)视角,在他们意识到之前,他们已经置身于另一个世界当中——一个**并非这个世界**的世界,一个里面有小小人在制作空气蛹的世界……对理智健全的人来说,这些东西看起来将不过就像出现在小说中的那些无中生有的玩意儿,并不比《爱丽丝漫游奇境》里的红心皇后或揣着块怀表的白兔更加真实。

> 但关于空气蛹和小小人究竟意味着什么,不少书评人都大感不解,或是难下判断。一位书评人以这样的评论做结:"作为一个故事,这部作品写得趣味盎然、引人入胜,但如果问到空气蛹是什么,小小人又是什么,我们仍旧被留在一大串问号里面。也许这正是作者的意图,但很多读者仍旧倾向于将这种含糊其辞视作'作者的怠惰'。对于一部处女作来说这可能已经算是不错了,但如果作者打算今后作为一位作家认真发展的话,恐怕在不久的将来,她就很需要来解释一下她这种神神秘秘的姿态了。"

读了这篇文章,天吾不禁困惑地抬起头来。既然一位作者已经成功地"将故事写得趣味盎然、引人入胜",那这样作家怎么又可能是"怠惰"的呢?……作为一个故事,《空气蛹》深深吸引了很多的人。它吸引了天吾,吸引了小松,也吸引了戎野教授,而且吸引了数量多得惊人的读者。此外它还有什么奢求呢?

村上春树在这里差不多等于是说,他就打算让他的读者对小小人和他们编织的空气蛹的含义困惑去了。作为那部畅销中篇小说,《空气蛹》这个词汇在小说中出现了无数次,而且也从各个不同的视角将空气蛹这么个东西呈现给读者看过不止一次——在对那个中篇小说多次不同的内容梗概中描述过,天吾亲眼见证过,叙述者也独立于小说中的任何人物"客观地"描述过。(小小人和那两个月亮有时也被"客观的"叙述者加以描述。)对"蛹"这个字的使用令人感到双重的费解。天吾在讨论这个中篇小说粗略的初稿和它年轻的作者时就已经指出,"她连标题都起得不对:她把'蛹'和'茧'搞混了",对这种搞混了的情况至少又提到了两次。既然是用丝样的纤维编织而成,那这个东西明显应该是个巨大的茧,而非蛹,蛹是蝴蝶形成的一种坚硬的卵形的壳,但天吾却仍旧在把小说完全重写的情况下选择保留了原小说名,而村上春树也似乎通过描写那位富孀的产业当中一间满布了稀有蝴蝶的温室,在强调这一选择的刻意性。蝴蝶作为那个宛如子宫的毫无时代特征的石墙环绕的巨大宅院的一部分,被描述为富孀寻求安宁之所,蝴蝶后来又在青豆的梦里与那株对她而言象征着无比脆弱的宝贵生命的橡皮树合为一体;除了通常意义上会与子宫和繁殖力产生联想(那个空气蛹本身就是这个意义上的登峰造极之物),同时或许还遮遮掩掩地提供了一种对于洛丽塔原型的创造者、鳞翅目昆虫专家纳博科夫的指涉以外,的确很难明确蝴蝶指代的到底是什么,也搞不懂为什么"空气蛹"就是"深绘里(以及天吾本人)可能用来称呼"这些巨大的蚕茧的"唯一可能的名字"。

空气蛹看来具有几种不同的功能,最值得注意的是作为一个子宫，生出一个女人的"dohta"（来自英语的"女儿"[daughter]），相对而言那个女人也就成为了"maza"（"母亲"[mother]）。那个 dohta 被定义为"maza 心灵与思想的影子"，这让人想起了《世界尽头与冷酷仙境》中"世界尽头"那些章节中的主人公那被割掉的影子。那个 dohta 被与 maza 分离开来以后，还可以充当"感知者"（Perceiver）的功能，她将其感知到的东西传递给"接收者"（Receiver），由此就为身处他们的世界与 1Q84 的"真实"世界之间的小小人扮演了一种通道的角色。也正像"世界尽头"的情况一样，一个 dohta 如果失去 maza 的照顾，就没法长期存活下去，虽说小小人拒绝解释如果一位 maza 失去她的 dohta 以后到底会出现什么情况。（冷漠无感的深绘里或许就是这样的一个例子。）当天空中出现两个月亮的时候，那就是有一个 dohta 已经从她的孕育中醒来了。

所有这些似乎都具有绝佳的复杂性，并能令人生出无限遐想，不过对于各个人物的生活或者整个故事的展开和完成却也似乎并无任何实质性的影响。当青豆和天吾看到天空中那两个月亮的时候，他们的第一反应都是怀疑自己的脑子是否出了问题，感觉不宜于跟任何人提及这一事实，这都更为强调的是他们的孤独无依以及非同寻常的格格不入感，而并非任何超现实或形而上的东西。《1Q84》核心当中的"孤独"就如同更早也更简单的《四月一个晴朗的早晨，遇到百分之百的女孩》一样挥之不去，但这部小说为了让它那一对完美匹配的爱人走到一起却经历了这么多困难周折，而这种复杂性本身反而更为强化了村上春树的世界核心那无法改变的孤独无依。

我六十四岁的时候

《1Q84》出版于二〇一〇年四月，之后在那一年及下一年的有些翻译作品已经在本章开始提到过了。在二〇一一年十二月，村上春树则出版了他最不同寻常、最非同凡响的作品之一：一本三百七十五页篇幅的与指挥家小泽征尔讨论古典音乐的书，叫作《村上春树与小泽征尔谈古典音乐》，或者更准确的译法应该是《我与小泽征尔谈古典音乐》①。本书的内容如下：由村上春树写的一篇导言，六篇针对不同音乐主题展开的长篇对谈，村上春树称为"间奏曲"的四篇间错点缀于其间的简短对话，由村上春树写的一篇讲每年一度于瑞士小镇罗勒举办的"小泽征尔音乐塾"的文章，最后是一篇小泽征尔写的后记。

村上春树指出，他是通过指挥家的女儿、作家小泽青罗的介绍得以跟小泽征尔结识的，但从未跟他讨论过古典音乐，直到最近的二〇〇九年十二月，小泽征尔在接受食道癌手术之后。当时小泽征尔跟他讲了格伦·古尔德与伦纳德·伯恩斯坦在一九六二年演绎勃拉姆斯的《第一钢琴协奏曲》时的一则引人入胜的故事，村上春树评论道：如果不把这样的插曲记录下来，那简直就是一种耻辱，于是他自告奋勇承担起了这个责任。于是不可避免地，在村上春树与时间赛跑，一心想为子孙后代将小泽征尔的丰富体验保存下来的这本书中，这位指挥大师可能很快就会与世长辞就成为这本书的基础低音，萦回不去。

村上春树构想出这一项目，做录音、做记录，最终结撰成书，他对于小泽征尔那伟大的音乐造诣的深深景仰弥漫于全书。村上春树是以一位对于小泽征尔虽身体备受癌症摧残却仍对音乐全情投入深表敬意的艺术家同行的身份来写这本书的，同时也是以一位乐迷的身份来做这件事的：他有幸能够身处一个可以近距离观察小泽征尔如何工作的位置，能够当面问这位大师很多问题，而这都是阅读本书的其他乐迷如果有机会都可能会问的一些问题。

大部分的交谈都是两人在倾听了某些著名演奏的特别版灌录

---

① 简体中文版的书名为《与小泽征尔共度的午后音乐时光》。

唱片之后进行的，小泽征尔会回忆起很多他职业生涯中重要的插曲和片段。尽管村上春树是以爵士乐发烧友著称的，并坚持自己古典音乐"业余爱好者"的身份，他对于古典音乐家、交响乐团和作曲家那广博的知识和深入的了解还是很快就彰显无遗了：这两个人是以平等的身份进行交谈的。他们之间的讨论从来都没有变成纯技术性的，而是引导者读者去深入理解那些音乐作品，时不时地停下来点评一下那些值得注意的桥段。这是满怀爱意与热忱呈现给读者的一堂堂具体而微的音乐欣赏的大师课。

在这一项目的最后，小泽征尔的评价令村上春树激动万分："我还从没有这样讨论过音乐——以如此心无旁骛而又深思熟虑的方式。"村上春树也很高兴地发现，他跟小泽征尔在身为艺术家方面竟有那么多共通之处：他们专注于自身工作的能力，他们对于艺术那永远年轻的"饥饿感"，以及他们对自己观点的正确性的顽固坚信。到这本书的英译本终于出版的时候，资深的村上读者会很高兴地看到这位作家全新的一面，而小泽征尔的粉丝也会饶有兴趣地获悉，在村上春树正在写作的那同样一大早的几个钟头里，小泽征尔也正以类似的热情和专注在阅读乐谱。

尽管村上春树的创作仍一如既往地精力充沛，但事实上他就要于二〇一三年一月十二日庆祝他六十四岁的生日了，所以也就难怪他会时不时地回顾往事了。具有回顾性质的对他的采访和形式各异的访谈和文章已经出版发表了不少。二〇〇八年十二月十六日，他还在写《1Q84》期间，村上春树在接受小说家古川日出男采访时就对自己的整个职业生涯做了一番坦诚的评述，这篇访谈已有英文译本，我们之前也引用过了。在《1Q84》的第三卷由新潮社出版一个月后，村上春树接受了由新潮社出版的知识分子杂志《思想家》的主编松家正志长达三天的"长篇采访"（二〇一〇年五月十一日至十三日），回顾了他迄至当时的职业生涯，以八十页的篇幅登载在这一杂志的夏季号上。

村上春树在与松家正志的对谈中，首先就提出了这些年来他从第一人称向第三人称叙事的转变。尤其是在写完《奇鸟行状录》后，他强烈地感受到他再也无法满足于使用第一人称叙事了。在观看陈英雄执导的电影版《挪威的森林》（几个月后即将在日本公映）的镜头语言时，他说，他非常震惊地意识到，尽管小说是由男性叙述者以第一人称讲述的，它表现的其实主要是那两位女性角色。实际上，影片已经将小说翻译为第三人称叙事了。村上春树同时还顺带指出，《挪威的森林》是唯一一部他写完后就再也不想再去写一部类似作品的小说：对小说中的这些人物，他完全不想再有更多一点点的了解和认识了。

在回答松家正志问到的他如何看待人们在他的小说中像是解谜一样寻找隐含的意义这一问题时，村上春树再次坚称，对于他在书中提出的那些问题并无明确的答案。在《1Q84》中，他花了整整三年时间全力对付的就是一个其处理的题材是没办法在一两页的篇幅中就能回答的复杂故事。"真正的智者是不会去写小说的。他们可受不了这么低效的玩意儿。"

这篇访谈也为村上春树早年的生活提供了一些全新的视角。我们由此而得知，村上春树的父亲在他读小学期间曾带他去看过几百部电影——西部片（约翰·福特）、战争片（《独孤里桥之役》），几乎涵盖了好莱坞出品的所有类型的影片。在他小说中新近出现的对于父亲形象的着力强调（《海边的卡夫卡》《1Q84》）是否意味着他的创作已经进入了一个新的阶段？松家正志问他。村上春树回答说，他相信他只要涉及体制问题，处理的就一直都是父亲形象的问题，正如他在耶路撒冷讲到的那样。他一直都不喜欢权威的形象——像是老师之类的——而这一形象跟他真实的父亲之间并无任何关系，他坚称。他说，不同于像青豆和天吾这样的人物，他童年时期并没有什么精神创伤。他是作为一个普普通通的郊区孩子被抚养长大的，他的成长时期并无任何戏剧性的、值得写入小说的经历（如同《1Q84》第二章写到的那些），但一旦他开始写作，他意识到他的童年和青年时期也并非是毫无创伤地度过的。人类就像是其他动物一样，会把他们的生存技巧传递给他们的子女后代，但在这么做的同时——尤其是就人类与其复杂的社会生活这方面——父母会不得不阻断他们孩子身上的某些发展路径。正是从由此产生的痛苦以及与成长相伴而生的疏离感当中，属于你自己的内心的故事才得以诞生。《1Q84》中那些备受创伤的人物都是大大夸张了的对于自我的返身观照。"

村上春树对于自由和个性的渴望在其早年就表现得非常明显了。高中时他发起了一次问卷调查，问同学们是否支持停止继续穿校服，他满以为大家都会像他那样巴不得脱掉那身制服，但让他大为震惊的是，他发现他绝大多数的同学都宁肯继续穿着校服。他二十来岁的时候，看到一家报纸发起的民意调查，请大家依照重要程度排列以下价值观念——和平、自由、友谊、等等。他再次大为震惊地发现，他永远都会排在第一位的自由，成千上万的答卷人却把它排在并不高于第七或第八的位置。"所以，日本人就是这个样子，"他回忆当时的感觉道，"日本人民不想要自由，我当时意识到。而我想要写的，就是在这样的一个国家里想要自由、想要成为一个与众不同的个体有多么困难。这就是我三十多岁那个时候的主题之一——逃离那个由日本社会强加的体制，逃离那个由日本文学强加的体系，而这两方面正是同一枚硬币的两面。"

当松家正志问他"你认为为什么你在日本国内和国外都拥有那么多的读者"时，村上春树也做出了类似的论断，他回答道："在国外，他们认为我富有原创性，创造了一个除我以外没有人能够创造的世界，这让我非常高兴，但就我所知，在我们国内却没有一个人是这么说的，不管他们是赞美还是批评我……但事实上，这是我最感到骄傲的事情……我已经开始认为，或许原创性在日本本来就不会得到很高的评价。"松家正志回答说："也许这是那种不欢迎与众不同——不喜欢冒头的钉子的文化产生的影响。"

反思到他是在远离现代文化的东京中心的关西地区出生长大

的，村上春树说，如果他一直待在关西、固守这里的方言的话，他可能就不会成为一个作家了。他高中的女朋友上了一所关西的大学，他原本也打算就待在家乡逍遥度日的，但"不幸的是"，他呵呵一笑道，结果并不是那样。他通过了早稻田大学的入学考试，但一开始并无意去那儿读书。然后突然间，并无明确的理由，在需要交学费的前一天晚上他突然改变了主意，登上了第二天开往东京的新干线列车。（村上春树曾为其写过企鹅版导言的夏目漱石的《三四郎》，讲的就是他在那次火车行程中遇到的一位姑娘的故事。）在那儿，他体验到一下子浸入东京标准语所引起的震惊，他很快就变成了一个"双语"人士。这种精神上的分歧，这种同时生活在两个不同世界中的经验，他感觉，正是他会向一个作家发展的必要因素。使用东京的标准语言写作，就好比纳博科夫或康拉德用一门外语写作，这种从关西方言到东京方言，再到英语的进阶，使他塑造形成了属于自己的风格。他一度甚至半真半假地考虑过要把塞林格的《弗兰妮与祖伊》译成关西方言，但短篇小说《有熨斗的风景》可能是他实际上使用关西方言创作的唯一一部作品。

　　对村上春树工作习惯的讨论，结果奏出的都是同一个熟悉的调子：规律和纪律。他讲入一部长篇小说的创作越深，他同时起得也就越早。他从来不需要闹钟，他已经准备马上就开始写作了。他每天写满十张日本稿纸（约略为一千五到两千个英语单词），既不多，也不少。即便是在第八张稿纸的时候小说情节出现了一个自然的停顿，他也不会停下来；即使是他还想再增加点什么，他在写满十张稿纸以后也不会再写下去了。他喜欢在长条样上工作，到了这个阶段仍旧会做多种多样的重写和修改工作。结束了当天的写作以后，他会跑上一个钟头，跑满十公里。"十张纸，十公里，像个白痴。"吃过午饭后他做翻译。由于翻译只是个业余爱好，而且难易程度大为不同，对此他倒并无每天固定要完成的稿纸张数。一旦完成了当天的写作、跑步和翻译工作以后，那时候大约是下午两点钟,"我就做点我想做的事情——阅读、听音乐、闲逛、买二手唱片、做饭……我不是个禁欲主义者……我只是在我喜欢做的东西当中投入了一点努力,仅此而已。"

讲到未来,村上春树不由得想到自己的年龄。陀思妥耶夫斯基死在六十岁上,菲茨杰拉德死的时候还不到四十五,卡佛死的时候整五十。他曾跟古川日出男说起卡佛的死:

> 我听到这个消息的时候是四十岁。说老实话,我的第一反应是,这对他是件好事,五十岁还算过得去,而且他一直到最后都还在坚持写作,但等我活到那个岁数的时候,我的感觉就大不一样了。事实上,我为竟然允许自己那么想而感到羞愧,哪怕只是在那一刻。现在我知道了,他当时肯定是渴望活下去并写出全新和不同种类的作品来的。在还剩下那么多工作等着去做的时候眼看着死亡的来临,他肯定是无比痛苦的。当我看到他的生命以及其他像他那样的人的生命的时候,我就更加下定了绝不能浪费时间的决心。

在得享长寿方面他并无任何行为的榜样,不过他同样也并不知道还有哪位作家像他那样跑了二十五年的全程马拉松。他好奇地想看看像他这种健康的生活方式和严格的工作日程,他还能继续延续多长的时间。生命是一个你只能尝试一次的实验,所以,相对于什么也不干,他更想继续收集数据,即使这实验永远都不会产生一个结果。翻译家柴田元幸曾告诉他,维多利亚时代的小说家安东尼·特罗洛普过的是一种非常规律的生活,每天一大早起床后,先写够固定的页数以后再去邮局上班。他在十九世纪广受欢迎,一直到大家知道了他多产的秘密,然后就不大再有人去读他的作品了。他的生活方式完全不符合他们心目中小说家的那种浪漫主义的形象。村上春树说,那些等着艺术灵感上身的人是从来不会写小说的,他援引萨默塞特·毛姆和雷蒙德·钱德勒作为知道如何在书桌前坐下来、如何完成写作任务的正面例子。钱德勒说过，哪怕你感觉写不出东西来，你也必须每天至少在书桌前坐上一个钟头的时间，哪怕只是坐在那儿思考，而不是阅读或者做填字游戏。

村上春树经常开玩笑，说要公开他这种"乏味无趣的"生活方式，但他的读者们貌似从来都不会因为这一点儿而稍减他们对于他那富有想象力的精神翱翔的赞赏仰慕之情。在界定他的作品一直以来对于全世界范围内广大读者的那种特殊的吸引力方面，极少有评论家像村上春树本人说得那么令人信服。在瞻望未来时，他曾说过：

> 如果说我的风格中确有什么吸引人的东西的话，我想那就是：尽管我的写作一直都是毫不留情地朝下滑向一种孤独的孤立状态，它同时也继续在这一事实本身中去发现属于其自身的一种特别的幽默感。这种姿态，至少是我将努力保持的，不管我活到多大的年纪。

无论村上春树将来的作品会采取什么样的形式，我们可以肯定的是，它都将继续忠实于迄今为止他的小说及非小说作品中充溢的那种探索精神。很快就将步入六十四岁的村上已经比《一九七三年的弹子球》中那位睿智的酒吧老板杰年长了很多，杰曾在小说中如是说：

> 我活了四十五年时间只明白了一件事，那就是：人只要努力，肯定会有所得。从再普通再平凡的事物中你都能有所得。我在哪儿读到过，即使是剃刀上都有不同的哲学。事实上，倘非如此，谁都不可能幸存下去。

附录一

翻译村上

一、翻译与全球化

在二〇〇〇年,村上春树作为一位世界级文学人物受到不少非同寻常的关注,顺带提出了翻译、转译、商业主义以及全球化对文学产生的影响等重要问题。我们也借此窥见了一位具有广泛读者的严肃作家所面临的各种问题,特别是当他的作品超越了语言的界限时。

二〇〇〇年,村上的两部长篇《国境以南　太阳以西》和《奇鸟行状录》在德国引起轩然大波,事情起源于六月三十日德国一档讨论流行书籍的节目(同时在德国、奥地利和瑞士播出)将《国境以南　太阳以西》作为谈论的话题。已届耄耋之年的著名批评家马塞尔·赖希-拉尼茨基盛赞这本书,而一位来自奥地利的女批评家西格丽·勒夫勒则贬之为文学快餐,认为根本不值得关注。她认为其中的性描写是色情的、大男子主义的,并谴责赖希-拉尼茨基是个下流的老头。他则指责她假正经,不懂文学中的性爱主题。这场论争越来越白热化并转向个人攻击,大多数人都认为这与其说是在讨论村上的小说,毋宁说是双方长期就存在的敌意的表现。

德国出版界利用了这次轰动一时的争吵,村上春树的名字骤然间变得家喻户晓了。村上已经有六本书被译成德语，但这次电视辩论使他人气骤升，大家都跑去抢购《国境以南　太阳以西》——任何作品只要被骂为色情，大家必然会趋之若鹜。

不久，来自汉堡的一位日本语言和文化教授赫伯特·沃尔姆博士又加入了论争，宣称德译本存在很多问题，主要该归咎于这是从英译本转译的事实。他还指出，村上的德国出版商杜蒙已经出版了两部通过英译本转译的村上小说：除了《国境以南　太阳以西》之外还有《奇鸟行状录》。

沃尔姆博士写信问我作为《奇鸟行状录》的英译者的意见。他注意到《奇鸟行状录》的英译本印有"在作者的参与下由杰伊·鲁宾译自日文并作改写"的字样，而德语本却没有这样的标识。他想知道所谓"改写"是否就是"删节"的委婉语，而且他暗示"对德译本日渐增长的不满"已经成为一个更加重大的问题的一部分。

> 人们已经逐渐认识到最近在德国出版的两本村上春树的小说——将您以及加布利尔教授的美国版当作"可信的原版"——标志着纯文学的翻译已经面临被彻底毁掉的危险；我们实际上已经倒退至前浪漫主义文学的时代，当时的塞万提斯就是从糟糕的"优雅"法文本翻译的。

此前从未有人跟我接洽过将英译本《奇鸟行状录》转译为他国文字的事宜，所以这一切对我来说都是新闻。我同意他关于转译极不可靠的意见，而且我搞不懂明明有不少够格的译者可以直接将日本文学译为德语干吗还要这么做。关于译本改编的问题，我写信告诉他，如果不是美国的出版商肯诺普跟村上定的合同上明文规定这本书不能超过一定篇幅，我是无论如何也不会自作主张去删削的。考虑到如果由编辑来操作可能更糟，我基于对这部小说的认识自告奋勇承担起删削的任务，删削后的文字比要求的字数要多。肯诺普二话没说将我的删削版照单全收了（这意味着我本来应该少删一些的）。

最后，我交给美国的出版商两个版本，一个完全未经删削的全译本以及我的加工本。肯诺普为什么一定要坚持删削呢？村上的美国编辑加利·费斯凯琼在肯诺普的网站上说得很简单："我当时的反应是如果篇幅如此巨大不可能卖得好，肯定会对村上在美国的利益造成损害。"

删削的部分主要集中在第二部的结尾和第三部的开头部分。第一部和第二部当初在日本都是单独出版的，很多日本读者都认为这就是完整的小说。第二部的结束部分大部分篇幅都在写冈田无法决定是否跟加纳克里他一起去克里特岛，但到了第三部又完全撇开了这个问题，所以把这一部分删去我觉得没多大损失。我现在仍然认为英译本比原版更紧凑更干净利落，但这种紧凑也可以视为对原版的歪曲，是对一件日本艺术品的美国化。我当时有充足的时间做这项工作，但实际过程仍然比我设想得要复杂得多。

我在第三部的开始作了不少调整工作，因为我发现作者无意中造成了几个时序上的不统一。我无疑破坏了第三部原版中那种混乱和破碎的印象，但我也不认为作者原本就想造成如此混乱的印象。你可以责备我将小说的这一部分诠释得更加传统化了，但我不认为这算得上重大的艺术损失。（如果这话听起来显得傲慢，你还不知道我刚刚完成译本时的自得呢。我当时感觉自己了解书中的每一个字——了解得比作者本人还清楚！这种妄自尊大是一种暂时性精神错乱的表现。）

使文本的情况变得更加复杂的是村上本人又作了很多细小的删节，日文的平装本即照此处理（主要在第一部）。村上审读并同意了我最后的修改本，虽然他对删节的内容竟有这么多觉得很不舒服。

在德国笔战犹酣的论战中有一篇伊梅拉·伊吉亚-基尔施奈里特教授的文章，她在质问"原版到底在何处"后继续说：

德国的读者和评论家原来根本就不知道基于经过修改的美国版而非日文原版的德译本跟日文原版是有很大不同的。那么，读者现在应该把哪种版本视为原版？因为如今存在着两个版本：日文本和英文本，而且都经过了作者的认可。

事实上，文本的状况还要复杂得多。你越深入地调查文本以及修订版的问题，你就越发意识到任何村上春树的作品都不存在单一的权威版：他保留随时修改作品的权利，哪怕这部作品早就已经付印。我曾听说威廉·德·库宁有时甚至会跑到画廊里在墙上修改自己的画。村上在文学领域可以说跟他旗鼓相当。《奇鸟行状录》有很多版本：连载版的第一部，精装版的第一部、第二部、第三部，我根据这一版翻译的未曾出版的全译本（可能会有些不一致的地方，因为我在修订据连载本译的章节时可能会有所遗漏），美国版，哈维尔的英国版以及最后的日文平装版，这一版吸收了一些（并非全部）村上建议美国译本删除的地方，或许还有他后来决定的其他删并。

伊吉亚-基尔施奈里特教授在她的文章中还引了杜蒙与村上在杜蒙的网站上发的一个"联合声明"，声明宣称，对他作品的"理想的"翻译当然应该直接从日文译成德文，但出于便捷的考虑村上愿意接受从英文转译的其他语种译本。这里的重点是将英语当作其作品环游世界的起点，村上特别关照英译本正是出于这个原因。杜蒙坚持：

> 他参与了英译《奇鸟行状录》的定稿，在与出版社和译者的合作下消除了第二部与第三部之间在时序上的跳跃，结果等于创造了一部全新的作品。

伊吉亚-基尔施奈里特教授质问道："难道一部译本出版的时

机对于村上来说比精确和质量更为重要吗?"她还指出一个纯属操作层面的问题:直接从日语译成德语肯定比干等着英译本更快。她继续道:

> 相对于日文版,修改过的美国版到底处于一种什么地位?确实是部新作吗?……如果村上春树相信他参与修改的英文版要高于日文原版,是否意味着这部"新作"有朝一日还会翻回日文(也许由村上春树本人翻译)?

杜蒙宣称的"新作"云云实是夸大其辞。我们正在谈论的并非日文原版与英译本之间巨大的文本差异。比如,无论是英译本还是后来的日文平装本都没有提到"著名"插图画家托尼瀑谷——村上一个同名短篇的中心人物。在小说的第一稿中,村上是将这个名字当作一个小圈子里的笑话抛出的,然后在对修改版的译本进行修订时经过深思熟虑最终删去了,在日文平装本中也照此办理。然而,对于那些为英文版做的较大删削他并未采用到日文平装本中。另一个文本上的不同出现在哈维尔出版社的英国版,其中采用了英国式拼法和短语,并附了一个很有用的美国版删削内容的一览表。我对整部小说所做的"修改"是非常有限的,所有重要的场景——特别是蒙古和满洲里的场景——都只字未删。

伊吉亚-基尔施奈里特教授针对从英译本转译的问题还说到:

> 人们本来以为身兼翻译家的村上春树不会乐意接受转译的做法。然而,如果(杜蒙网站上的)声明当真体现了村上的本意:他竟然鼓励将他的作品的英译本转译为其他文种,那么他本人就已成为以英语为中心的文化帝国主义的代表,我们会一如既往地予以谴责和抵制。将美国趣味当作标准,他正在助以一臂之力的后果无非就是他本人作品的全球化——或者不如说好莱坞化。在这种情况下,即使日文的原

版也会被降至仅仅是个地区性版本的地位。

这一点说得好。翻译是一种阐释性的艺术，这就意味着转译是一种对阐释的再阐释。如果一位钢琴家对一首贝多芬奏鸣曲的演绎是基于他听的一张唱片，而他竟然从未看过乐谱，我们当然会震惊不已。我同样也应该指出的是：译本会过时，但原作却不会。翻译是一种细读，一种批评性的行为，并非创造，随着时间的流逝，当新的观念出现后就会需要新的阐释。

村上告诉我，那个杜蒙发表的所谓"共同"声明并未经过充分的协商，不过幸而他有本谈翻译的新书，有助于厘清他的立场。《翻译夜谈》（原本是"业余"就翻译进行的闲谈）包括三个论坛，有读者参与，谈话方是村上春树和他在进行美国文学翻译时的合作者兼顾问、东京大学美国文学教授柴田元幸。这本书出版于二〇〇〇年十月，在此我想从论坛二中引一段，这段对话是一九九九年十一月在东京进行的，距在德国引发了一场骚乱的那次电视节目尚有七个月的时间。

村上被问及他如何看待将文学作品转译为日语的问题——这经常会造成意义上的巨大走样，村上答道：

> 实不相瞒，我还挺喜欢转译的。虽说我的趣味是有点怪僻，不过我确实对转译啦或是电影的小说版之类的玩意儿感兴趣，所以我的观点可能会有点片面化。不过随着全球化以及这类的发展，我们将会看到更多您刚刚提到的类似问题。比如，我有四本小说已经被译介到挪威。挪威只有四百万左右的人口，所以没有那么多能直接从日语翻译的人才，而且销售量也很有限，这正是为什么这四本书里有两本是从英语转译的原因。
>
> 而且我们应该面对现实：纽约是出版界的中心。不论你喜不喜欢，整个出版界都得围着纽约转。英语又是出版业的

通用语言，而且这一趋势肯定会越来越明显……

当然，直接从日语翻译肯定是最准确最恰当的途径，但我怕会有越来越多的事例表明我们根本没办法要求完美。

柴田元幸教授在辩论中指出，欧洲语言之间的互译，较之于欧洲语言与日语之间的翻译，所造成的文本差异要小得多。如果将一个文本从英语译为法语再译为日语，这中间造成的文本差异要远远少于从英语译成日语再译为法语。然后村上捡起了这个转译的话题：

即使我的小说照这样被转译，我作为原作者的想法是"那又怎么样？"（笑声）我**并不是**说即使有些翻译错误或事实的关系被搞错也没关系，只是相比之下还有更重要的事要考虑。我并不太操心语言表达层面的细节，只要故事层面的大是大非过关了，也就大体达到目的了。如果作品本身有力量，它会超越几个小错误的。我更多地不是操心这些细节，而是为我的作品被翻译感到高兴。

（村上曾对我说起，这一观点更适用于像他这种讲故事型的作家，而像一九六八年的诺贝尔文学奖得主川端康成这类作家就又当别论了，因为川端作品的魅力更多地以微妙的匠心营造的诗意意象取胜。）

"而且速度也很重要。"村上在论坛中继续道。

比如说我现在写的一本书十五年后被译成了挪威文，我当然也高兴，但如果译本在我的小说出版后两三年内就能出现，那我才**真是**高兴呢，哪怕有些小小的出入。这很重要。准确性当然重要，但速度也是不容忽视的。

他继续举例说，库尔特·冯内古特的《冠军牌早餐》在刚出版时非常伟大，但等到十多年后译成日语时，它的冲击力已经大部分丧失了。"小说会对它们的时代产生影响，"他解释道，"我想，确实有些作品是只能放到它们的时代中去读的。"他说约翰·欧文的《为欧文·米尼的祈祷》是又一部在日本处于不利地位的小说，因为日译本是小说出版十年后才出现的。

我知道村上在开始创作《奇鸟行状录》时即已感到这种时间滞后带来的烦恼，也正因此，当第一部还在连载时他就要求我开始将其译为英文。当然，身为学者的我本不该如此匆忙行事，而应该等到全书完成后看是什么样子，并评判一下这在村上的创作中是否算得上重要的作品，以此决定村上的作品是否高过其侪辈或者他是否真正代表了他的时代或他这辈作家，这部作品是否真能成为经典。不过等这一切尘埃落定之时我恐怕早就不在人世了，也包括村上。你不能告诉一位四十五岁的作家："这本书六十年后将被译成匈牙利文，到那时你在匈牙利可就出名了。"你也不能告诉一位喜欢某部文学作品的译者："再等个几十年看看这部作品能否经得住考验。"

以上观点出自身为当代文学译者的我，不是作为学者的我。作家和出版商不是——也不该是——学者。出版商关心的是销售，是截止时间，是"塑造"和"调整"一位作家的事业，是发行某位作家的作品的时机与节奏，是要保持这位作家的公众关注程度又不能淹没了市场——总之是要把书卖出去。这个产业中当然有些眼睛只盯着商业利润的人，不过也有很多人希望自己做的是些重要的书，而且有意无意地都希望他们会发现第二个亨利·詹姆斯或海明威。当然了，话说到底，他们也得把他们的书卖掉，否则这第二位亨利·詹姆斯或海明威就没饭吃了，也就不会继续写下去，出版公司也就无法维持了。这其中还牵涉各位文学代理商的利益，他们对于怎样最好地经营他们客户的事业自有一套想法。数不清的决定都得在某个截止时间前完成。学者们有的是时间，而且他们最权威的论述都是关于那些已经安全地死去和埋葬了的作家的。

我猜因为我涉足了这一"产业"，可能已经被指责为背叛了身为学者的职责，不过我一直很高兴自己没有错失进行这一历险的机会。我从未有过跟夏目漱石讨论其作品的机会（虽然我确实尝试过一次），而且也从未跟他一起去越野滑雪或打过壁球。我一直为在夏目漱石的作品中发现了主题与模式兴奋不已，但我从未有机会得到他的印证或认可。当我在哈佛的一间教室里跟村上辩论他某个短篇中出现的海底火山的象征意义，以及在华盛顿大学听他亲口说"你想得太多了"时，那真是巨大的享受。

作为一位译者和学者，我对于作家为了赶速度宁愿姑息译本质量的做法跟伊吉亚-基尔施奈里特教一样感到愤慨，但我也很能理解村上想在有生之年亲眼见证自己作品的命运的愿望。超越了时代的作品将会被一遍遍地重译，后来的译者将肯定会得益于较其前任更宽阔的学术视野。

当我翻译明治时代伟大的小说家夏目漱石的作品时，我更多地将文本当作一种不容触动的艺术品看待。如果我发现作者出现了前后不统一之处，我也会以附注的形式指出而不会径自更动文本。然而在翻译村上的作品时，我将自己视作正在进行的跨国创造和传播行为中的一份子（有人也许会说是出版工业这个机器中的一个小齿轮）。而且我感到日本出版界的编辑远不如英语国家的有那么高要求，所以如果我发现了日文编辑没能发现的错误，我通常会直接纠正它。

没有人比译者对一本书读得更为细心了，也正因此，英文版删掉了村上那本畅销书第一页中以下括号中的那半句话："飞机一着陆，（禁烟显示灯关闭，）天花板扩音器中流淌出轻柔的音乐：由管弦乐甜美地奏出的披头士的《挪威的森林》。"这或许可以印证村上有关故事远重于细节的观点。

二、译者、编辑与出版商

村上春树的主要英译者有三位：阿尔弗雷德·伯恩鲍姆、菲利普·加布里埃尔和我。在日本文学研究的学术圈子里，当阿尔弗雷德在一九八九年翻译《寻羊冒险记》时他简直是位神秘人物。他当时是位自由翻译者和记者，跟学术圈子没有任何联系，就是个在日本长大的小伙子，懂得这门语言并能写相当有风格的英文。他当初是如何"发现"村上并开始翻译其作品的故事在第十章已经讲过。

阿尔弗雷德在译完《舞！舞！舞！》及之前所有村上的长篇作品后，很有理由地觉得自己已经被耗尽，此时村上刚刚开始写《奇鸟行状录》。我此前已经翻译了村上的好几个短篇，当他说需要找一位翻译他下一部长篇的译者时我正想多做点他的翻译。阿尔弗雷德此时因疲惫而退出对我正是天赐良机。阿尔弗雷德并非只是暂时休整，他离开日本去了缅甸，并娶了位缅甸太太。

菲尔·加布里埃尔原是我在华盛顿大学的同事，职位比我要低，现在是位于图森的亚利桑那大学的日本文学教授。他主要研究战后文学，特别是作家岛尾敏雄，他写过一本有关他的专著：《岛尾敏雄与日本文学的边缘》(火奴鲁鲁：夏威夷大学出版社，1999)。他一九八六年在长崎的一家书店里初次邂逅村上春树的作品，然后就如饥似渴地遍读了当时市面上所有的村上短篇。"我真是被它们迷倒了，"他在肯诺普出版社的网上一次关于翻译的圆桌讨论中说，"我喜欢他轻松的格调，他的幽默，他对人生常取的离奇的感受，还有这些早期作品中经常出现的对过去的怀恋。"

菲尔翻译的《袋鼠通讯》发表于一九八八年秋加州伯克利的一本文学杂志 ZYZZYVA 上，这是村上在美国发表的第一个短篇。之后他又译了《国境以南 太阳以西》、《斯普特尼克恋人》并节译《地下 2：应许之地》成为英译本《地下：东京毒气袭击及日本人之心智》(2001，本书为阿尔弗雷德和菲尔赢得日语翻译的笹川奖）的第二部。

在文学出版中，编辑的重要性无论如何高估都不会过分。如果一位作家没有一位信任他的编辑，出版社也就根本不可能去促进这位作家的创作事业。埃尔默·卢克对讲谈社国际出版公司的关键性作用在第十章中也已简略讲过。

当美国的出版业开始注意村上时，罗伯特·戈特利布与琳达·阿舍就是他在《纽约客》最坚强的编辑后盾。村上是《纽约客》接受的第一位日本短篇小说家，而这本杂志对他的厚爱一直持续到今天比尔·布弗德和戴伯拉·特雷斯曼"当政"的时代，迄今已发表了他的十一个短篇（包括《奇鸟行状录》的两个节选）。这使村上成为在《纽约客》发表作品最多的作家之一。我想，拙著的出版也显示了哈维尔出版社克里斯托弗·迈克尔霍斯与伊安·品达尔对村上作品的热爱。

加里·菲斯凯顿在一九九三年将《象的失踪》中的短篇结集出版，他曾是肯诺普出版社雷蒙德·卡佛作品的编辑。加里对日本文学的兴趣源自一九七〇年代中他在威廉姆斯学院读书时对所谓"三大师"：谷崎润一郎、川端康成与三岛由纪夫的阅读。讲谈社国际公司的村上译本使他确信村上"绝对是那批杰出作家的接班人"，所以当村上决定将作品转到肯诺普出版时，加里当然成为他最合适的编辑人选。

至于谈到我，我本人的工作此前一直集中在那批活跃于二十世纪早期的日本作家，对当代日本文学没什么兴趣。因为我当时觉得不论举谁为例，跟我仍在继续研究的二十世纪早期的大师夏目漱石相比都显得单薄和幼稚。

然后，我在一九八九年第一次读到村上的作品。此前我只是模模糊糊地意识到有这么个作家——一位很是流行的作家，作品占据了东京各个书店的前台——我都懒得屈尊去翻翻肯定是描写青少年喝醉了酒在床上乱搞之类的愚蠢货色。在《寻羊冒险记》的英译本出版前几个月，一家美国的出版社请我审读一本村上的长篇，看有没有翻译的价值；此前他们已经读过一个译本，不过想请人对日文原版做个评判。我表示，不管发现内容多么垃圾反正对我也没什么损害，于是就接受了这项工作，心里还是颇有疑虑的。那本书就是《世界尽头与冷酷仙境》，一读之下我就身陷其中不能自拔了——结果是接下来的十年间我几乎只研究村上春树了。

在多年集中研究含混灰色的日本现实主义之后，我简直不敢相信一位日本作家竟能像村上这般勇敢和富于想象力。小说临近结尾时，那逃入从独角兽头骨中逸出的氤氲之中的梦之色彩至今仍历历在目。当我回忆起第一次阅读《世界尽头与冷酷仙境》时，我记得在就要翻完最后几页时我的怅惘心绪，我为无法再在村上的世界中逗留感到何等的憾然。我告诉那家出版社，他们无论如何都该出版这本书的英译本，而且如果他们不满意正在考虑的译本，我愿意承担翻译任务。但我这两个建议都不幸落了空，阿尔弗雷德·伯恩鲍姆的译本几年后由讲谈社国际出版公司出版。

我想，如果我最先读到的是村上别的任何一本小说，包括《挪威的森林》在内，我都不会这么喜欢他的作品的。在认识到他就是那个不可思议的奇情异想的造物《世界尽头与冷酷仙境》的创造者之后，我已经能够欣赏村上几乎所有的作品了，那种奇情异想回响在他写的所有作品之中。

自读大学期间迷上陀思妥耶夫斯基以来，我还从未对一位作家产生如此强烈的共鸣。我将所有能找到的村上作品全部搜罗齐备，自此以后，找读的、讲的就只有他了，我的学生可以作证。我尤其喜欢他的短篇。我找到了村上在东京的地址，就写信请他允许我翻译我最喜欢的五六个短篇中的任何一个。他当时的代理人从东京回信说我可以着手翻译。我将自己最喜欢的短篇之一《再袭面包店》的译稿寄给了她，接下来就是村上本人打电话问我是否介意将译作发表在《花花公子》上。习惯于只将我的学术文章与两三同道分享的我欣然接受了这一机会，虽然对所谓的《花花公子》"哲学"我颇有疑虑。为这第一个短篇配的插图堪称杰作：抢劫麦当劳的场景用十八世纪的日本浮世绘风格出之。而差不多同时，《纽约客》也接受了《象的失踪》。

村上第一次打电话给我就让我吃了一惊，因为他说是从普林斯顿打来的。我当时可能是美国唯一一位不知道他身在美国的现代日本文学教授。他当时正要参加一九九一年四月的波士顿马拉松，他跑完马拉松后，我们就在坎布里奇见了面，他受邀参加一个霍华德·希贝特班就我尚未发表的《再袭面包店》译文进行的讨论。后来我们成为坎布里奇的邻居，见面相当频繁。我因为总是请他解释一些比较含混晦涩的段落并指出他的日本编辑忽略了的前后不一之处，搞得他不止一次险些抓狂。

下面我想谈谈从日语译为英语的几个问题。日语是种非常不同于英语的语言，不过它仍然只是种语言，因此应该警惕日本国内外仍然附着在日语形象上的那种神秘主义的胡说八道。日语非常不同于英语，即使是在如村上这般"美国化"的作家笔下，真正的逐字翻译也是不可能的，因此译者的主体性过程将不可避免地起到重要作用。这个过程是个好事；它将不断地追问文本的真正含义。你最不希望看到的情况应该就是译者认为自己完全是一个被动媒介，只是将一套语法结构转换为另外一套：这样你只能得到毫无意义的垃圾，而非文学。①

说到精确地传达作品风格的问题，将村上翻译为传统的笨拙的翻译腔英文也是个办法，但村上的日文却绝不笨拙。作品中蕴涵的美国味道非常微妙，给人既舶来又自然的感觉。这在很大程度上应归功于日本读者对于翻译腔比我们更加宽容的事实。一位日本作家可以比一位使用英语的作家更大程度地"扭曲"其语言而不被讥为风格笨拙。不过对于村上的作品来说这也是把双刃剑：

---

① 以下略去数段分析英日语言差异及如何具体翻译的文字。

村上那种接近英语的风格对于一位想将其译"回"英文的译者来说其本身就是个难题——使他的风格在日语中显得新鲜、愉快的重要特质正是将在翻译中损失的东西。

我想阿尔弗雷德·伯恩鲍姆是通过在英译本中引入一种特定的有些夸张的嬉皮风表达方式来弥补这种缺损的（菲尔·加布里埃尔的程度轻些）。我的办法是力图在译本中重塑村上的那种干净的节奏感，村上风格的特有推动力即源于此。我当然更喜欢自己的方法，不过引起英语读者注意的无疑正是阿尔弗雷德·伯恩鲍姆那爵士风的译本《寻羊冒险记》。

不论是原作还是译本，村上都已经证实了他具有吸引广大读者的魅力。他的幽默感当然是使他超越国际界限的最重要因素，不过我认为村上最终胜在他能进入你的头脑并任意"胡为"的本事。我记得当时我刚译完《奇鸟行状录》中肉豆蔻爬到她的兽医父亲膝上闻到他从动物园带回来的动物气味那一段，当天的晚些时候我突然发现自己竟然唱起了《哦，爸爸，对我来说他多么了不起》，多少年来我都没想起来的一首歌。

加里·菲斯凯顿曾将村上概括为："在西方取得突破性成就的日本作家……因为继续不断地在成长，在变化，在迷惑我们，也许一路上他自己也跟他的读者一样吃惊匪浅。"诚哉斯言！

351

附录二

村上春树主要作品表

长篇小说与短篇小说集

《且听风吟》讲谈社，1979。

《一九七三年的弹子球》讲谈社，1980。

《寻羊冒险记》讲谈社，1982。

《去中国的小船》中央公论社，1983。

《袋鼠佳日》平凡社，1983。

《萤》新潮社，1984。

《世界尽头与冷酷仙境》新潮社，1985。

《旋转木马鏖战记》讲谈社，1985。

《再袭面包店》文艺春秋社，1986。

《挪威的森林》讲谈社，1987。

《舞！舞！舞！》讲谈社，1988。

《电视人》文艺春秋社，1990。

《村上春树全集 1979—1989》八卷集。讲谈社，1990—1991。

《国境以南　太阳以西》讲谈社，1992。

《奇鸟行状录》三卷本。新潮社，1994—1995。

《列克星敦的幽灵》文艺春秋社，1996。

《斯普特尼克恋人》讲谈社，1999。

《神的孩子全跳舞》新潮社，2000。

《海边的卡夫卡》两卷本。新潮社，2002。

《村上春树全集 1990—2000》七卷集。讲谈社，2002—2003。

《天黑以后》讲谈社，2004。

《1Q84》三卷本。新潮社 2009（第一卷和第二卷），2010（第三卷）。

随笔、访谈、游记、图画书与纪实文学

《Walk，Don't Run（慢慢走，别跑）》与村上龙合作。讲谈社，1981。

《梦里相会》与系井重里合作。东树社，1981。包括最初版的《夜袭面包店》。

《象厂喜剧》与安西水丸合作。CBS-Sony，1983。

《波画波语》与稻越功一合作。文艺春秋社，1984。

《村上朝日堂》与安西水丸合作。若林出版企画，1984。

《羊男的圣诞节》与佐佐木真纪合作。讲谈社，1985。

《电影冒险记》与川本三郎合作。讲谈社，1985。

《村上朝日堂的卷土重来》与安西水丸合作。朝日新闻社，1986。

《朗格汉岛的午后》与安西水丸合作。讲谈社，1986。

《"THE SCRAP（碎片）"怀念八十年代》文艺春秋社，1987。

《日出国的工厂》与安西水丸合作。平凡社，1987。

《司各特·菲茨杰拉德 Book》TBS Britannica，1988。

《村上朝日堂嗨嗬!》文化出版局，1989。

《远方的鼓声》与村上阳子合作。讲谈社，1990。

《雨天炎天》与松村映二合作。新潮社，1990。

《终究悲哀的外国语》讲谈社，1994。

《夜半蜘蛛猴》平凡社，1995。

《村上朝日堂日记：旋涡猫的找法》与村上阳子合作。新潮社，1996。

《去见村上春树，河合隼雄》与河合隼雄合作。岩波书店，1996。

《村上朝日堂是如何锻造的》与安西水丸合作。朝日新闻社，1997。

《地下》讲谈社，1997。

《为年轻读者讲解短篇小说》文艺春秋社，1997。

《爵士乐群英谱》与和田诚合作。新潮社，1997。

《边境·近境》新潮社，1998。

《边境·近境：摄影篇》与松村映三合作。新潮社，1998。

《地下2：应许之地》文艺春秋社，1998。

《翻译夜话》与柴田元幸合作。文艺春秋社：文春新书129，2000。

《CD-ROM版村上朝日堂：梦之冲浪城》与安西水丸合作。朝日新闻社，1998。

《如果我们的语言是威士忌》与村上阳子合作。平凡社，1999。

《"对了！问问村上看！"大家都这么说，并向村上春树抛出二百八十二个重大问题，但村上究竟能否像样地全部回答呢？》与安西水丸合作。朝日新闻社，2000。

《CD-ROM版村上朝日堂：斯麦尔佳科夫对阵织田信长的家臣》与安西水丸合作。朝日新闻社，2001。

《村上广播》与大桥步合作。Magazine House，2001。

《爵士乐群英谱2》与和田诚合作。新潮社，2001。

《翻译夜话之二　塞林格战记》与柴田元幸合作。文艺春秋社：文春新书330，2003。

《少年卡夫卡》新潮社，2003。

《当我谈跑步时我谈些什么》文艺春秋社，2007。

《我与小泽征尔谈古典音乐》新潮社，2011。

《高墙与鸡蛋》载《文艺春秋》(2009.4)，165—169页。

《现实A与现实B》杰伊·鲁宾（Jay Rubin）译，载《纽约时报》(2010.11.29)。

《一位不切实际的梦想家的发言》(加泰罗尼亚奖受奖演说)伊曼纽尔·帕斯特雷赫（Emanuel Pastreich）译，载《亚太杂志》9：29：7（2011.7.18）。

村上春树译作

成人小说与非小说作品

F. 司各特·菲茨杰拉德：《我失落的城市及其他短篇》1981。

雷蒙德·卡佛：《我打电话的地方及其他短篇》1983。

雷蒙德·卡佛：《鲑鱼在夜间游动》1985。

约翰·欧文：《放熊归山》1986。

保罗·索鲁：《世界尽头及其他短篇》1987。

C.D.B. 布莱恩：《伟大的德斯里弗》1987。

杜鲁门·卡波蒂：《我想起了爷爷》1988。

F. 司各特·菲茨杰拉德：《杂录》1988。

《美国短篇小说集萃十二篇》1988。

雷蒙德·卡佛：《一件很好的小事及其他短篇》1989。

蒂姆·奥布莱恩：《核时代》1989。

杜鲁门·卡波蒂：《一个圣诞节》1989。

蒂姆·奥布莱恩：《他们背负的重担》1990。

杜鲁门·卡波蒂：《圣诞忆旧》1990。

《雷蒙德·卡佛全集》八卷，1990—1997。

罗伯特·谢泼德与詹姆斯·托马斯编：《小说速读》1994。

《雷蒙德·卡佛最佳小说十二篇》1994。

贝尔·克鲁：《从波德兰到百老汇》1995。

F. 司各特·菲茨杰拉德：《再访巴比伦及其他三个短篇》1996。

米卡尔·吉尔摩：《利穿心脏》1996。

马克·斯特兰德：《巴比夫妇》1998。

格雷斯·佩利：《最后一刻的巨大变化》1999。

《当代美国随笔：D.T. 马克斯、理查德·福特、蒂姆·奥布莱恩、约翰·保罗·纽波特、托姆·琼斯、丹尼斯·约翰逊》2000。

贝尔·克鲁：《爵士乐逸事》2000。

雷蒙德·卡佛：《如果需要就打电话给我：未结集小说与其他散文作品》2000。

《生日故事》(英国、爱尔兰、美国短篇小说十篇，附村上春树作品《生日女郎》) 2002。其英文版增加了一个短篇更名为《生日故事：村上春树选篇并作序》2004。

格雷丝·佩利：《生而为人的小烦恼》2005。

J.D. 塞林格：《麦田里的守望者》2003。

F. 司各特·菲茨杰拉德：《了不起的盖茨比》2006。

雷蒙德·钱德勒：《漫长的告别》2007。

杜鲁门·卡波蒂：《蒂芙尼的早餐》2008。

吉姆·富西利：《宠物之声》2008。

雷蒙德·钱德勒：《再见，宝贝》2008。

F. 司各特·菲茨杰拉德：《冬天的梦》2009。

雷蒙德·钱德勒：《小妹妹》2010。

杰夫·戴尔：《可是，美啊》2011。

马塞尔·泰鲁：《极北》2012。

插图童书

克里斯·范·奥尔斯伯格：《西风号失事》1985。

克里斯·范·奥尔斯伯格：《极地特快》1987。

克里斯·范·奥尔斯伯格：《陌生人》1989。

克里斯·范·奥尔斯伯格：《哈里斯·伯迪克的秘密》1990。

马克·海尔普林与克里斯·范·奥尔斯伯格：《天鹅湖》1991。

厄休拉·K.勒·吉恩：《飞天猫》1992。

克里斯·范·奥尔斯伯格：《寡妇的扫帚》1993。

厄休拉·K.勒·吉恩：《飞天猫回家》1993。

克里斯·范·奥尔斯伯格：《最甜的无花果》1994。

克里斯·范·奥尔斯伯格：《木的梦》1996。

厄休拉·K.勒·吉恩：《神奇的亚历山大与飞天猫》1997。

克里斯·范·奥尔斯伯格：《肮脏的石头》2003。

影片

大森一树执导《且听风吟》(改编自小说《且听风吟》)故事片，小林薰饰"我"，1981。

山川成人执导《袭击面包店》(改编自短篇小说《袭击面包店》，并非《再袭面包店》)，16分钟，1982。

山川成人执导《百分之百的女孩》(改编自短篇小说《四月一个晴朗的早晨，遇见百分之百的女孩》)，11分钟，1983。

市川准执导《托尼瀑谷》(改编自短篇小说《托尼瀑谷》)故事片，2004。

陈英雄执导《挪威的森林》(改编自小说《挪威的森林》)故事片，2010。

舞台剧

《象的失踪》。改编自三个短篇《象的失踪》、《眠》和《再袭面包店》，由世田谷公共剧院与伦敦 Complicite 剧院联合出品，西蒙·迈克伯尼执导。上演于东京世田谷公共剧院（二〇〇三年五月二十三至六月八日）、大阪戏剧城（二〇〇三年六月十三至十五日）、伦敦桥头堡剧院（二〇〇三年六月二十六至七月六日）。二〇〇四年在东京、纽约、伦敦、巴黎与美国安阿伯重新上演。

《地震之后》。改编自短篇小说《蜂蜜派》和《青蛙君救东京》，弗兰克·加拉蒂执导。上演于芝加哥的荒原狼剧院（二〇〇五年十月二十日至二〇〇六年二月十九日）、康涅狄格州纽黑文的长码头剧院（二〇〇六年二月二十二日至三月十九日）。

《海边的卡夫卡》。由弗兰克·加拉蒂改编并执导，二〇〇八年上演于荒原狼剧院。

《奇鸟行状录》。由斯蒂芬·厄恩哈特改编并执导。首演为二〇一〇年一月在纽约俄亥俄剧院的"内部预演"，官方"国际首演"于二〇一一年八月的爱丁堡国际艺术节，亚洲首演于二〇一二年五月二十五至二十六日的新加坡艺术节。

附录三

乔治·布什绝不可能是村上春树的"粉丝"
——杰伊·鲁宾教授访谈录

杰伊·鲁宾（Jay Rubin）是哈佛大学日本文学荣誉退休教授，研究日本文豪夏目漱石的专家及重要译者，是西方村上春树文学研究的扛鼎人物，多年来一直开设村上春树课程，是村上作品《挪威的森林》《奇鸟行状录》《象的失踪》《地震之后》《盲柳，及睡女》《天黑以后》以及《1Q84》等重要作品的英译者。《倾听村上春树》是鲁宾教授全面评析村上春树作品的专著，堪称世界范围内第一部也是最权威的村上春树评传。笔者作为评传的中译者，在译本二〇〇六年初版后通过EMAIL对鲁宾教授进行了专访，现在虽说又有好多年过去了，不过自觉访谈的内容还不算过时，遂决定作为附录收入新版的译本，供有兴趣的读者参阅。

关于《倾听村上春树》

1. 您为什么会写这样一本书？前后历时多久？中间有什么故事吗？村上知道您在写这本书吗？他对您提供了什么帮助吗？

身为村上几部作品的英译者，我经常感到人们对于村上春树及其作品的了解是何其有限——不但是一般的国外读者，就连积极在国外推广其作品的出版界的专业人士也不例外。英语国家的读者最先是通过《寻羊冒险记》认识村上的，他们曾认为那是他的第一部长篇小说。这之后，村上早期和晚近的短篇陆续在英美的杂志上刊登，并没按照写作先后的顺序，所以每部新发表的作品都被认为是村上的最新创作。我写这本书的主要目的之一就是为普通读者及文学界的专业人士提供些普通日本读者并不陌生的实际信息：关于村上的生活、他作品的逐渐发展外加他翻译的范围广泛的美国小说等等实际的状况。

我自一九九三年开始写这本书，原打算弄成一本按照编年顺序排列的村上短篇小说及长篇小说片段的选集，外加最少限度的介绍性评论。原本以为这个计划并不难完成，而且会有助于将村上介绍给更广大的读者群。不过最终我还是意识到我不得不比原来设想的多做很多更困难的研究和写作工作，而且村上压根不需要我的任何帮忙：他的作品本身已经越传越广。

从一开始村上就知道我的计划，而且自始至终很乐意回答我的各种问题（不论是一九九三至一九九五年他住在马萨诸塞的坎布里奇期间面对面回答，还是后来通过 EMAIL）。不过他并不喜欢我原本按年代编一个作品选集的主意。事实上除了我之外没有一个人喜欢！现在，我当然很高兴这本书最终成了一本我写他的书，而不是一本有我的一些评论的他的书。

2. 您身为一个美国人，为什么会以日本文学作为研究方向？

我在芝加哥大学读书时原本计划以英语文学作为专业，当时几乎是闹着玩似的选了一门日本文学的入门课，主讲的教授就是埃德温·麦克莱伦，伟大的夏目漱石专家和英译者。他激动人心的课程使我确信，译本再好也不如直接阅读日文原版的作品收获大，于是那年夏天（一九六一年）我开始学习日语，一直到现在。

3. 您是什么时候开始研究村上的？研究村上在您的学术生涯中具有什么样的重要意义？

那是在一九八九年，《寻羊冒险记》的英译本出版几个月前，一家美国出版社请我审读一本村上的长篇，看有没有翻译的价值；此前他们已经读到过一个译本，不过还是想请人对日文原版做个评判。我表示，不管发现内容多么垃圾反正对我也没什么损害，于是就接受了这项工作，不过心里毕竟还是颇有疑虑。那本书就是《世界尽头与冷酷仙境》，一读之下我就完全被它给俘虏了——结果是接下来的十几年间我几乎只研究（或者讲授）村上春树了。就连我最近为企鹅出版公司英译的芥川龙之介的《罗生门及其他短篇》，都是请村上写的导言。

在多年集中研究含混灰色的日本现实主义文学之后，我简直不敢相信一位日本作家竟能像村上这般勇敢和富于想象力。小说临近结尾时，那从独角兽头骨中逸出的氤氲之梦的缤纷色彩至今仍历历在目。当我回忆起第一次阅读《世界尽头与冷酷仙境》的情形时，我记得在即将要翻完最后几页时我的怅惘之情，我为无法再在村上的世界中逗留感到何等的憾然。我告诉那家出版社，他们无论如何都该出版这本书的英译本，而且如果他们不满意正在考虑的译本，我愿意承担翻译任务。但不幸我这两个建议都落了空，阿尔弗雷德·伯恩鲍姆的译本几年后由讲谈社国际出版公司出版。

对村上作品的分析

1. 您认为村上春树是个什么样的作家？首先，他是位严肃作家呢，还是只不过如有些评论者所说的专门取悦读者的畅销书作家？您认为他的作品有何独特之处？如果放在世界文学的背景之下他处在什么位置上？

村上春树显然不是那类已经找到一种可以不断重复的模式，

可以用来取悦专为娱乐消遣而读书的读者的公式化的"畅销书作家"。他没有一种可以不断重复的简单公式,他的每部新作都是一种"实验",将一种不可预料感不断注入他一直在拓展中的小说世界。他是"严肃"的,却丝毫不笨重冗长。事实上,他的幽默感是他最吸引人的特质之一。我因为在书中称其为"轻普鲁斯特趣味"而遭到一些批评,不过我这么说的原意是,他能够以一种易于消化的形式来深挖记忆与意义的某些最深刻以及最具普遍性的主题。他是位真正的现代艺术家,却从不让"艺术家"的标签显露出来。他也是第一位在世界范围内拥有如此众多读者的日本小说家,而且并非作为一位日本作家,而是作为一位世界级的小说家被人接受,只不过碰巧生成了个日本人。安部公房在村上之前就已超越了国籍的界限,不过他并未赢得如此广泛的读者。

2. 您认为代表村上春树最高文学水准的作品是哪一(几)部,为什么?

我至今仍然认为他最伟大的文学成就就是我读到的他的第一部长篇小说:《世界尽头与冷酷仙境》。与其他所有的长篇小说相比,它结构更加谨严,更加完整统一,也更能为读者提供看待这个世界的全新途径。当然,《奇鸟行状录》可以说是部更重要的作品,因为它深挖了日本现代史的根源——尤其是日本在二战期间对中国犯下的罪行问题。《奇鸟行状录》确立了村上国际级作家的地位,那些描写战争的章节也自然成为他最具震撼力的创作。不过,《奇鸟行状录》跟《世界尽头与冷酷仙境》相比在结构上显得松散,而且临近结尾时它试图处理的问题实在太多了。《海边的卡夫卡》也引起极大关注,不过对我而言,它太刻意地想成为《世界尽头与冷酷仙境》的续篇,因此缺乏了《世界尽头与冷酷仙境》中那种"发现"的新鲜感。

3. 您本人是日本文学教授,还是夏目漱石专家,您认为村

上的作品与传统的日本文学处于一种什么关系？他与其他同代作家——比如村上龙——又处于什么样的关系？

日本文学具有深挖心理状态以及在时间之流中从内部把握人的个体性的悠久传统，紫氏部早在十一世纪就在古典名著《源氏物语》中这样做了，十五世纪的世阿弥[①]在能剧中也是这么做的，而夏目漱石在二十世纪又以非常不同的形式继续这种做法。村上自己认为他受到的完全是西方（特别是美国）作家的影响，不过他对时间以及记忆问题的超常敏感仍可以视作得自日本古典文学的传统。

4. 不少亚洲读者喜欢村上可能是因为他作品里的西方情调，它们绝然不同于传统的日本小说，而处在西方文化背景下的美国人喜欢村上的原因是什么呢？

村上作品中的西方文化指涉对英美的读者而言当然算不得新奇，不过这种共同性的西方文化指涉自然也确实使这样的读者更容易进入村上春树的世界。日本文化指涉的缺席本身自然无法解释读者为什么会喜欢读村上。我想，村上能够吸引读者最根本的原因在于，他写的都是些自觉与他人稍有不同的人物，他们确信这个世界对他们而言并不是一目了然的。那些对自身以及自身在社会中充当的角色满有把握，完全认同主流的价值观，生活得兴兴头头的"成熟"之辈应该不会喜欢村上春树。我想我可以满有把握地说，乔治·布什就绝不可能是村上春树的"粉丝"。（如果乔治·布什竟然有阅读村上春树的头脑和想象力的话，他也就不会成为这么一位糟糕透顶的总统了。）在村上春树的作品中，神秘一直都是神秘，他不是个传教士或政客，他从不假装知道所有的答案。事实上，他将那些假装什么都懂的人视作滑稽甚至邪恶。当你年轻（或者虽然上了一定年纪却并"不成熟"）时，当你在

---

① 又称观世元清，是日本能剧最伟大的剧作家和理论家。

思考你在这个世界中的位置以及你人生的意义时，你最讨厌的就是那些所谓的权威人士开始向你灌输的所有那些刻板、公式化的基本原理，这些所谓的基本原理你从别的权威人士那儿早就领教够了。

村上春树没有宗教信仰，没有浅薄的民族主义思想，也没有假冒的理想主义，只有一种深切的感受：生命具有无穷无尽的有趣性。他的小说中充满了自杀、暴力死亡、绝望，以及，我认为，对这个世界以及人类的生命都是虚空、都毫无意义以及对所有的现实都不过是个人记忆的综合的确信。然而，村上春树接受人生虚空的镇定从容，他能在人生荒诞中寻得的丰富的幽默以及他要不断学习这个世界并始终对日常生活中的终极神秘保持开放的心胸的决心，都使他不致堕入虚无或悲观主义。

若说果真有什么"主义"存在的话，那就是存在主义——完全地、诚实地确信生命就是我们亲手创造出来的模样。一部村上的小说或许会迫使我们去体验黑暗，但其结局永远都不阴沉。你合上书本之后会觉得这番神游完全值得。当读者说某部村上的小说改变了他们时，他们的意思并非说那本小说使他们想跑出去并杀掉他们自己，而是他们已然学到一种全新的看待这个世界的方式。不论何种样式的文学，你对它们的最大期望也不过如此了。

5.《挪威的森林》是在东方最受欢迎的村上小说，在西方却不尽然，这是为何？

我也无法解释。

6. 我们都知道，村上最喜欢而且可能对他影响最大的作家大都是美国二十世纪卓有成就的小说家，如菲茨杰拉德、雷蒙德·卡佛、塞林格等等，您作为学者如何评价这种影响？村上除了是位多产作家之外还是位多产翻译家，翻译的作品也大都是美国二十世纪他喜欢的那批小说家，您作为学者和译者如何评价他

对翻译的热情与实绩？

村上春树热爱读书：他从来都手不释卷。当然，最精确的阅读方式就是翻译，所以我首先将他的翻译看作他想尽可能深入地阅读他热爱的作品的机会，将它们所有的汁水全部吸光。仅凭他一人之力，他使雷蒙德·卡佛在日本比在他的祖国美国更加著名，更加受到尊重。可以毫不夸张地说，要想全面理解村上春树必定需要对当代美国文学也有深入的了解，而我不得不抱歉地说，我因为一直忙于阅读并翻译村上春树，反而没机会欣赏我本国的文学了。这将是我下一个课题。也许花个五年左右的时间，我将写一本讨论村上春树与美国文学的专著！

7. 我们知道村上是个音乐迷，尤其对爵士乐情有独钟，他的这种爱好对他的创作有影响吗？主要表现在哪些方面？

村上的作品中总会不断提到音乐。小说中的人物对音乐类型的选择可以反映出他们的个性（要提防歌剧爱好者！），而且村上也会赋予小说中的整个章节或部分一种跟某部特定音乐作品相关联的气氛。或许最重要的是，音乐在村上春树的世界中是进入无意识领域的最关键的入口之一，而在村上的世界中，再也没有比来自（并返回）那个无意识领域的信号更重要的东西了。

8. 您在书中写到村上每次写作长篇时都会有一种逼近死亡的感觉，并详细引述了他做的一个噩梦。对此您是怎么看待的？从文学批评或者说心理分析的角度来看这有什么典型意义吗？

请参见我上面对内在性的论述。

9. 大作初版于二〇〇二年，二〇〇三年村上又出版了他的长篇小说《海边的卡夫卡》，您特意增补了一章进行了详尽评述，中文版已将增补的章节收录进来。不过村上在《海边的卡夫卡》之后已经又出版了一本小说《天黑之后》(2004)以及小说集《东京奇谭集》(2005)，您能否评价一下这两本新作？

《天黑以后》跟村上此前的所有创作都截然不同。或者不如说跟他所有已经出版的作品都不一样更加保险些。他读大学期间曾写过电影剧本，而《天黑以后》在很多方面都像一部电影剧本。首先，它对时间的流逝异常敏感，自始至终都停留在现在时态。每一章的开始都有明确的时间标记，我们非常清楚每一章（或者每一"场"）情节的发生发展经历了多长时间。第一章始于深夜十一点五十六，最后一章的确切时间是次日凌晨六点五十二。叙述的声音也像极了电影剧本的说明，不但描述了每一"场"的场景设置，还点出了"镜头"的位置——而且，事实上，他经常公然将叙述视角等同于摄像机的镜头。在日语语境中显得特别令人吃惊的是村上用第一人称复数（"我们"）来指代视点，这在英语中普遍得多，不过在学术论文中应用得比虚构小说中多。《天黑以后》的开篇也是电影式的，首先是夜晚城市航拍的全景，之后"镜头"向下拉，越来越近地聚焦于具体的对象和人物。在《海边的卡夫卡》歌剧式的倾泻之后，那个老村上又回来了：酷酷的，疏离的，实验性的村上。你会很好奇，读者在被《海边的卡夫卡》的激情完全吞没后对这次质朴无华、黑白影片般的技巧探索会有何种反应。

技巧如此，这部小说在内容上跟《海边的卡夫卡》的反差也同样巨大。《海边的卡夫卡》让天空下起了鱼雨，让琼尼·沃克残杀猫咪，让山德士上校给一个扎马尾辫的卡车司机拉皮条，让年轻的主人公通过四国的森林进入一个充满二战士兵鬼魂的梦幻般的另一种现实，而《天黑以后》的大部分则由那些典型的极简主义的村上时刻构成：主人公或从容不迫地做个三明治或清洗耳朵或熨烫衬衫。小说绝大部分完全聚焦于天黑以后都市生活的那些琐事，那些在夜间最黑暗的时刻在城市中发生的各种各样的小事：或在二十四小时营业的餐馆喝咖啡，或在公园里逗逗猫，或在指尖捻弄一支铅笔，或是倾倒垃圾，或只是相互间说说话（交谈构成了这部小说的很大部分——另一"电影剧本"特征的表现)。在这种绝对低调的语境中,最令人惊奇的"动作"场景之一也不过是个上班族在自家厨房里吃酸奶。

跟村上此前所有的短篇小说集相比,《东京奇谭集》因其调子、严肃性以及主题材料的不同而引人关注。如果说这五个短篇有个共同主题的话,那就是"疗伤"。有几篇因其深切的情感性大异于早期村上或《天黑以后》中那标志性的"酷"。标题中的所谓"奇"对村上来说却没任何新鲜可言,他从一开始就一直在写"奇谭"故事:也许叙述者对日常生活中偶然性的作用的公然的反思最好地定义了此处所谓的"奇谭"的性质。这部小说集令人联想起他前期的《旋转木马鏖战记》,叙述者也是走到幕前而且对他从各类熟人那儿听来的故事评头品足。

10. 您在评传的结尾部分曾引述过村上对自己未来创作的瞻望,他的理想是创作一部类似陀思妥耶夫斯基《群魔》那样的"综合性的小说",他当时讲这番话的时候是二〇〇三年,如今几年已经过去,似乎并没有出现这么一部小说,您如何评价他的这种"瞻望"?对村上未来的创作有何期待?

村上春树从未做过我期待他做的任何事情。当初他决定写《地下》对我来说就绝对是个意外,他最近的长篇《天黑以后》也同样如此。我能做的不过是静候并享受这种意外带来的乐趣;我永远都不会贸然去预测他未来的发展。

和村上春树的交往

1. 您在大作的开头就大方地承认您是村上的"粉丝",您最喜欢他哪一点?

说到喜欢"他"哪一点,我想不论这个"他"指的是他的作品还是他个人，都可以用一个词来概括，那就是"诚实"。

2. 据我所知，您后来作为村上作品的主要英译者，跟村上也成了朋友，能否介绍一下你们的交往？有没有什么趣事？在您的心目中，村上是个怎样的人？

我想，村上春树像极了他大部分作品中那个"我"的形象：他坦率，谦逊，满怀智性的好奇，自律，持不可知论的态度，稍有些疏离，算得上个美食家，专注于运动，而且是个如假包换的书虫。他绝对不会吹牛胡扯，从来不觉得就因为碰巧成了个著名作家就跟别人有所不同或高人一等。他身上有种真正明澈的品质——从他的眼睛中就可以看到这一点。总之一句话：他是个好人。

译后记

我应该向本书作者杰伊·鲁宾教授学习，先痛快地承认我也是村上春树的"粉丝"。我一直也跟鲁宾教授有点类似，看不大起排行榜上的"文学"，用鲁宾教授的话说就是"懒得屈尊去翻翻肯定是描写青少年喝醉了酒在床上乱搞之类的愚蠢货色"——当然，我们自己的畅销文学只有更加不堪。但在读了《挪威的森林》，特别是《寻羊冒险记》之后——擅用一个村上的比喻——就像一头巨大的猿猴用一柄大棰在我脑后死命一击——我就被村上彻底击倒了。那是当初漓江出版社推出的"村上春树精品集"，除了上述两部长篇之外，还有《舞！舞！舞！》、《世界尽头与冷酷仙境》两部长篇和一部短篇选集《象的失踪》。我几乎"心急如焚"地以最快的速度把它们全部看完——好在还有译林出的《奇鸟行状录》。但在我即将翻完最后几页时，我竟感到一种巨大的恐慌：怎么办？都已经看完了，没的看了。怎么办？村上本人曾引约翰·欧文的话说什么是"好故事"："约翰·欧文曾说过，一个好故事就像一剂麻醉针。如果你能把一个好故事注入读者的静脉，他们就会形成依赖，跑回来要求再来一剂，不管评论家如何评说。"我当时的感觉庶几类似。此后就是我在沪上各大小书店焦虑地找寻村上新书的过程：没办法，我真是上瘾了。我都没来得及客观理智地分析一下这位村上君到底好在何处就已上了他的套，这种经历在我已不算短的读书生涯中还真是不多见。翻看当时购书时记在书扉页上的日期：那套"精品集"是二〇〇〇年一月七日买的，《奇鸟行状录》是一月九日。对了，印象中满城找寻村上新书时确实是冬日。也还确实让我找到了一两本"新书"，但满心狂喜地翻看之下才知道原来是冒名顶替的盗版。缺失之下的不满足中我想起了钱钟书还是张爱玲的一个比喻：像一颗刚刚拔掉的牙齿，越发彰显出缺失之痛。转过年头（谢天谢地！），上海译文出版社开始大规模推出"村上春树文集"（截至目前已出版二十九种村上作品的中译本，"即将出版"的书目中已列到三十七种），在我，真有荒漠碰上甘泉的痛快酣畅之感。当然，在这长达五年多的阅读过程中，也有感觉不满的时候：觉得村上在某一点上没有写透，或是某种程度上在重复自己，毕竟都只是支离破碎的感念，一晃即逝。最重要的问题是村上的作品到底有何突出之处，他是个立意深刻的严肃作家抑或只不过是个迎合读者口味的畅销书作家——他到底因何能如此令我入迷，自己一直以来除了直观的喜爱之外都未曾深究。感谢哈佛大学日本文学教授杰伊·鲁宾的这本村上春树评传，我在这一年多翻译的过程中，借助他的"法眼"，参照自己的阅读经验，将村上的作品及人生重新理过一遍。原本模糊直观的印象渐渐清晰起来，上面提出的几个问题自觉也有了确定的答案：村上春树是一位严肃的小说家，他在自己的作品中执著、深入地探讨了人之为人的诸多根本意义和问题：生与死的意义、真实的本质、存在与时间、记忆与物质世界的关系、寻找身份和认同、爱之意义，等等。

村上春树直到二十九岁才开始写作，而一旦开始就一发而不可收。当年他的爵士乐酒吧开得蛮兴隆的，而且他也相当享受这种自食其力的相对自由的生活，那他为什么突然想提笔写一部虚构的小说？据村上自己讲，他是在一个午后一边喝啤酒一边看一场棒球赛时突生写作念头的，至于内在的原因，我想村上的以下一段话或者可以道明：

译后记

> 一个叙事就是一个故事……它是一个你不断做的梦，不管你有没有意识到。就像你在不断地呼吸一样，你也不断地在继续梦到你的故事。而且在这些故事中你拥有两副面孔。你同时既是客体又是主体。你是全部又是部分。你是真实又是个幻影。既是"讲故事的"，同时又是故事中的"人物"。正是借由我们故事中的这种多层次的角色，我们才治愈了在这个世界上作为一个孤独无依的个体所感到的寂寞。

"叙事"（narrative）对村上而言就像个反复不断的梦，只有将这个梦——自我内心中的那个故事表达出来（"升华"），才会"治愈在这个世界上作为一个孤独无依的个体所感到的寂寞"。

那么，如何将这个故事表达出来？为什么将故事表达出来就能治愈一己的孤寂？村上在《奇鸟行状录》中借评论自发的故事讲述者肉桂之机，将他深思熟虑的思考和盘托出：

> 肉桂于写作中追求的东西……是在认真求索他这个人之所以存在的意义。而且他希望通过追溯自己出生前就发生的事件找到答案。……血为此势必需要填补自己鞭长莫及的过去的几个空白。于是他企图通过自己动手构筑故事来补足进化链条中失去的环节……他以完全继承自母亲的讲故事的基调来讲述自己的故事，也就是说：**事实未必真实，真实的未必是事实**。至于故事的哪一部分是事实哪一部分不是，对于肉桂来说大概无关紧要。对肉桂而言至关重要的不是（一个人）干了什么，而是（那个人）可能干什么。一旦他成功地讲完了这个故事，答案也就昭然若揭了。

为什么写作？为了求索个人之所以存在的意义。为了这一求索，则一定不能拘泥于所谓的事实，但求真实。而村上舍"现实"取"真实"的途径就是深挖自我意识的深处，深掘自己精神上的过去（直至集体无意识的层面），挖掘得越深，物质世界与精神世界、此岸世界与彼岸世界、现实与记忆、生与死的界限就越来越模糊——搞不好（还是搞得好？）就会跟"另一世界"迎头撞上。于是在《寻羊冒险记》中就有了那只生有星斑的羔羊，就从意识的最深处蹦出来一个"羊男"，在《舞！舞！舞！》中就会邂逅那间装满骸骨的房间，而在《海边的卡夫卡》中则有威士忌商标杀猫、肯德基的创始人山德士上校拉皮条，最了不起的就是《世界尽头与冷酷世界》中那并立的两个世界——那个有独角兽出没的"世界尽头"就是"我"最深层的精神世界！等等，不一而足。虽然这"另一世界"并非总是死亡和湮灭（"羊男"就是个例子），不可否认，其主题仍然不可避免地与"死亡"相连。而村上写作的过程，在某种程度上也都可以看作他主动地深挖或被动地静待意识最深层的故事进入脑际的过程，这一过程因深入到意识的最深层，可能凶险无比。也正因此，村上曾坦承自己每次在创作一部新的长篇小说时都会切实深刻地体验到死的滋味。

村上春树最初趴在酒吧的餐桌上从后半夜一直写到日上三竿之时，他还不太清楚到底"应该"写什么，只是想将"不断梦到的"那个故事一吐为快。从《且听风吟》开始，作品的主人公就已经自感与世界与他人（哪怕是自己最好的朋友）总隔了段距离，因此"不得不"取一种酷酷的、超然的姿态。从一开始，村上就本能地厌恶那种"日本状况"，一心想从日本以及日语（！）的诅咒中脱身出来，逃得越远越好。一直到《挪威的森林》，村上还借花花公子永泽之口道出"我"本质上"是只对自我感兴趣的人……缺乏在内心深处爱上任何人的能力……总有个地方保持完全的清醒和疏离"。而随着村上本人的愈发成熟，他开始探讨自己为什么会一直秉持这种疏离态度，他开始将写作当作探讨他之所以疏离的途径。他开始探索他的生活他的时代以及他本国的历史，试图搞清楚这其中到底欠缺了什么才导致了他的这种疏离感，导致他无法感受更多的东西。以下就是他的结论：

译后记

> 我们确实远离了战前的天皇体制并确立了和平宪法。结果我们也确实逐渐进入一个以现代公民社会的意识形态为基础的高效而且理性的世界，而且这一点已经为我们的社会带来了几乎压倒一切的繁荣昌盛。然而，我（也许还有很多人）却似乎仍然免不了疑心：即使到了现在，在社会的很多领域内，我们仍然在和平地、静悄悄地被当作微不足道的消费品给彻底抹去。我们已经相信我们生活于其间的日本是一个我们的基本人权得到保障的所谓自由的"公民社会"，但事实果真如此吗？如果将表层剥去，我们会发现骨子里在呼吸和跳动着的仍是那个旧有的封闭国家体系或曰意识形态。

像《奇鸟行状录》中的肉桂一样，他也"希望通过追溯自己出生前就发生的事件找到答案"，而日本对亚洲其他民族特别是对中国的侵略以及至今仍不愿直面那段历史、承担相应的道义责任正是最大的问题。《寻羊冒险记》中的羊博士曾道："现代日本愚蠢的根源在于我们在跟其他亚洲民族的接触中什么都没学到。"

村上自从小时候偶然看到"诺门罕事件"的报道后，这一日本与蒙、苏之间发生的边境冲突就不知何故一直萦绕在他脑海中，直到他将其写入《奇鸟行状录》才算了却这一心结。村上之所以对这一局部战争念念不忘，就在于这场战争正是体现将人民当作消费品抹去的那个"旧有的封闭国家体系"的最佳案例。

而更加重要的是村上对于中国的复杂态度。村上写的第一个短篇就叫《去中国的小船》，文中记述了主人公对与之有过交往的几个中国人的负疚感，而且对于中国他怀有一种莫名的情感，他想对中国讲些什么却又不知从何讲起。到了《寻羊冒险记》，村上就已经逐渐明确了对曾受到日本长期侵略、践踏的中国（以及中国人）的态度：那头背生星斑的邪恶之羊就是侵略中国的邪恶意志的代表，"我"的挚友"鼠"竟以生命为代价，当这头邪恶之羊进入他体内后将其彻底扼杀。自从《且听风吟》就已出现的酒吧老板、中国人杰则越来越成为理解与宽容的象征,作者竟然写道:"若是杰能来这里,所有事情肯定一帆风顺。一切都应以他为核心运转,以宽容、怜爱、容纳为中心。""我"在完成"鼠"的遗愿后带着从黑帮那儿得到的一张巨额支票("我和鼠挣的")飞回故乡去看杰,那简直就像是赔付战争赔款。

据村上自述,关于《寻羊冒险记》这部小说,他在还没弄清楚到底写什么时就已确定了"羊"的主题。他在调研中发现,日本政府当初之所以在北海道鼓励农民养羊,正是为在中国北方发动战争做好物资上的准备(以小说中虚构的"十二瀑镇"作为典型代表)。至于为什么邪恶精神的体现竟然也是只"圣洁的羔羊"这个问题,我本人在阅读当中也未予深究,借助鲁宾教授的分析才豁然开朗:天皇的皇军最终目的是建立"大东亚共荣圈"。如此"高尚的"暴力,除了和平的羔羊,还到哪儿找更好的象征去?

如果说《去中国的小船》时期的村上还不清楚到底应对中国讲些什么,那么中经《寻羊冒险记》,到了他的鸿篇巨制《奇鸟行状录》之时,他已经再清楚不过了。在创作《奇鸟行状录》第三部期间的一次采访中,他被问到:"为什么你们这一代人要为你们出生前就已结束的战争负责?"他的回答是:

> 因为我们是日本人。当我在书中读到日军在中国的暴行时,我都不敢相信这是真的。那是如此愚蠢,如此荒谬和丧心病狂。那是我的父辈和祖辈的罪行。我想知道到底是什么驱使他们干出这样的事:屠戮成千上万的平民。我试图去理解,却怎么也做不到。

中国已成为日军在战争中犯下的恐怖的屠杀罪行的象征对象。日本近代血腥的历史就活在村上以及主人公冈田亨的内心,要想解决自身的问题,要想解决日本当代的问题都不得不直面那段血腥的历史。而且村上认为，每一个日本人都应该这么做。

村上的作品是一个完整的整体，最初的他本能地取一种疏离态度，沉浸在一己的臆想世界，后来的他开始探索他之所以疏离的根源，从内在的集体无意识一直到外在的日本近代史及意识形态。后期采访阪神大地震受灾者及东京地铁毒气事件受害人和奥姆真理教教徒写就的纪实作品，立意亦在于揭出日本社会弊端的根源："在研究东京毒气袭击的过程中我再次为日本社会那种封闭的、逃避责任的事实所震惊：如今的行事方式竟然跟当时大日本帝国陆军的行事方式如出一辙。"

村上春树的艺术世界风光无限，以上我只拈出几点我认为村上作品中最重要的特质予以强调，书中自有更全面和深入的论述。而且更多的精彩光影都留待读者在本书中慢慢领略吧。比如，我最钦佩的村上那天马行空般神奇的想象力，每每令我惊叹不已。

最后，还有几个事实需交代一下。本书原名 *Haruki Murakami and the Music of Words*，直译应是《村上春树与文字之音乐性》，所以各章的标题也都跟音乐有关。不过因为直译太不像个书名，译者鲁钝，实在想不出既"信"又"雅"的译法，只好老老实实定了这个实打实的译名。为我国读者阅读的方便起见，译者大胆删除了原书六百多个注解（大多是引文出处）的绝大部分以及篇首的"致谢"、篇末有关村上的英文评论等附录。附录《翻译村上》对于了解西方国家对村上作品的接受情况不无帮助，特予保留。附录作品表不但收入村上的原创作品，还罗列了村上的翻译作品，村上的译作范围和数量都很惊人，不过都是他本人喜欢甚至是对他的创作有过巨大影响的作品（主要是美国现当代作家的佳作），喜欢村上的读者不妨"按图索骥"，找来这些作品的中译本对读。感谢我的朋友、本书责编孟丽对我翻译工作的支持和

"纵容",感谢王俊兄对书中涉及的大量拉丁字母拼写的日本专用名热心而又专业的帮助。翻译这本书对我而言是一次愉快的经历,希望与村上春树众多的"粉丝"们分享。

冯涛
二〇〇五年七月

感谢我的老同学杨全强兄重新购买版权,使这本评传有机会推出新版。转眼五六年的时间已经过去了,村上又出版了几部新作,除了一本记述他跑步感想的随笔以外,最重头的就是厚达三卷的《1Q84》了。这或许就是当初他在"瞻望未来"时,提出的想创作一部类似陀思妥耶夫斯基的《群魔》式的"综合性小说"的结果吧。而至于"村上君"到底有没有实现他多年来的文学理想,那就只能是见仁见智——或许只能留待将来评说了。

冯涛
二〇一一年三月

人说书有书的命运,我是真没想到,年轻时因为狂热地喜欢过一位作家,由此而翻译了一本他的评传,而这个译本居然有第三次出版的机会。

村上春树是我们这代人青年时代最流行的文学偶像,而且除了在日本本国、亚洲儒家文化圈诸国以外,在整个西方世界也成为最被广泛阅读的日本乃至亚洲的当代作家,他在全世界范围内如此广泛流行的原因到底何在?我想,本书作者杰伊·鲁宾教授的这段话可以作为一个注解:"村上春树在记忆的内部世界进行的冒险,目的就是步普鲁斯特之后尘力图捕获时间之流,但有一个至关紧要的不同:村上一点都不沉闷。你可以轻松地读完全书。他像艾勒里·奎因一样轻松有趣——是为我们这个高度商业化、低胆固醇的时代提供的一种清新的低卡路里式的普鲁斯特趣味。他处理的都是那些根本性的问题——生与死的意义、真实的本质、对时间的感觉与记忆及物质世界的关系、寻找身份和认同、爱之意义——但采取的是一种易于消化的形式，不沉闷、不冗赘、不压抑，但又十足真诚，绝不故弄玄虚。他面向现今的我们讲话，用的是我们这个时代的语言，对于活在这个世上所具有的全部好处和乐趣既敏于感受又秉持一种虚无主义的态度。"

从村上春树开始广为流行，到现在至少已有三十多年的时间了，哪怕只算他在中国国内的流行，也至少已有二十多年的时间，我们这些差不多算是他第一批的读者也早已走过了人生旅程的中途，我们比较关心的另一个问题也就成了：村上春树的作品过时了吗？或者说现在的年轻读者还会像我们当初那样喜欢他的作品吗？

村上本人在回顾自己的创作历程，检视最早开始写作的初心时，说他当时就强烈地意识到日本人民不想要自由，"而我想要写的，就是在这样的一个国家里想要自由、想要成为一个与众不同的个体有多么困难"。

我想，如果他当真做到了这一点，至少中国现在的年轻读者就仍旧会像当初的我们那样喜欢他的作品。

冯涛

二〇二二年九月

Jay Rubin
Haruki Murakami and the Music of Words
Copyright © 2002 by Jay Rubin

图字：09-2022-0535 号

图书在版编目（CIP）数据

倾听村上春树/（美）杰伊·鲁宾（Jay Rubin）著；冯涛，张坤译. — 上海：上海译文出版社, 2023.11
书名原文：Haruki Murakami and the Music of Words
ISBN 978-7-5327-9429-4

Ⅰ. ①倾… Ⅱ. ①杰… ②冯… ③张… Ⅲ. ①村上春树—文学研究 Ⅳ. ①I313.065

中国国家版本馆 CIP 数据核字（2023）第 188777 号

倾听村上春树
[美] 杰伊·鲁宾 著 冯涛 张坤 译
责任编辑 / 姚东敏 装帧设计 / 张志全工作室

上海译文出版社有限公司出版、发行
网址：www.yiwen.com.cn
201101 上海市闵行区号景路 159 弄 B 座
浙江新华数码印务有限公司印刷

开本 890×1240 1/32 印张 12.25 插页 6 字数 262,000
2023 年 11 月第 1 版 2023 年 11 月第 1 次印刷
印数：0,001—5,000 册

ISBN 978-7-5327-9429-4/I·5897
定价：78.00 元

本书中文简体字专有出版权归本社独家所有，非经本社同意不得转载、摘编或复制
如有质量问题，请与承印厂质量科联系：T: 0571-85155604